国家社科基金青年项目"文学叙事与言语行为研究"
（[11CZW003]）
湖北师范大学重点学科建设经费资助项目
湖北师范大学学术著作出版基金资助项目

文学叙事与言语行为

谢龙新 著

中国社会科学出版社

图书在版编目（CIP）数据

文学叙事与言语行为/谢龙新著.—北京：
中国社会科学出版社，2017.9
ISBN 978-7-5203-0706-2

Ⅰ.①文… Ⅱ.①谢… Ⅲ.①文学研究 Ⅳ.①I0

中国版本图书馆 CIP 数据核字（2017）第 163440 号

出 版 人	赵剑英
责任编辑	郭晓鸿
特约编辑	席建海
责任校对	王佳玉
责任印制	戴　宽

出　　版	中国社会科学出版社
社　　址	北京鼓楼西大街甲 158 号
邮　　编	100720
网　　址	http://www.csspw.cn
发 行 部	010-84083685
门 市 部	010-84029450
经　　销	新华书店及其他书店

印　　刷	北京明恒达印务有限公司
装　　订	廊坊市广阳区广增装订厂
版　　次	2017 年 9 月第 1 版
印　　次	2017 年 9 月第 1 次印刷

开　　本	710×1000　1/16
印　　张	22.5
插　　页	2
字　　数	265 千字
定　　价	96.00 元

凡购买中国社会科学出版社图书，如有质量问题请与本社营销中心联系调换
电话：010-84083683
版权所有　　侵权必究

序

今年暑假龙新来信请我为他的书稿写序，我手头正在做慕课《比较文学》和试题库，当时真有点焦头烂额。不过，我没有半点迟疑，答应做完慕课就写，因为我们是师生。

师生，这是人生中弥足珍贵的情感和关系。龙新从湖北师范学院毕业后就跟着我读硕士，后来又接着读博。我是看着他成长的，就像自己的孩子，从襁褓到蹒跚学步，一路充满惊喜。这几年，不断听到龙新的好消息：老师，我拿到国家课题了；老师，我到英国剑桥大学做访问学者了；老师，我评上楚天学子了；老师，我当上十佳教师了。还有：老师，我当爸爸了，我买房了，我买车了……每接到龙新的喜讯，心境就格外亮堂，觉得窗外的树都变得那么绿，那么多姿。

谢龙新的《文学叙事与言语行为》是在他的博士学位论文基础上完成的。最初龙新提出他的博士学位论文选题准备将奥斯汀的言语行为理论引入叙事学研究，我对这一选题有些踌躇，因为言语行为理论属于日常语言哲学，是分析哲学的一种，其重要特征是强调语言的意义取决于特定语境下的"用法"，它的关注点已从语言的形式属性转向语用属性，突出的是语言在使用中的行为功能，而这与以结构主义语言学为理论支撑、推崇语法结构的经典叙事学显然是有冲突的。不过，我发现龙新对这一语言理论很执着，并有一种将这一言语行为理论与叙事学结合的冲动。作为老师，应该尊重学生的研究旨趣，因为没有兴趣，就没有研究的激情和理论的创造力。经过一番掂量，我认可了这一选题，并在后来的研究中，我个人也有了通过新的语言理论推动叙事学的突破的希冀。

龙新对理论的追求不仅体现在博士学位论文的选题上，而且体现在整个理论的思辨和建构中。英国语言学家也是言语行为理论的代表人物奥斯汀认为，说出一句话的同时也实施了行为。在这个意义上，文学叙事显然是一种言语行为，而这正是叙事话语与言语行为之间的内在联系。龙新抓住这一点，作了艰苦的思考，整出了一系列术语，如言内规约、言效规约、叙述语力、修辞语力、话语场力等，并在此基础上建构了一个叙事述行的理论框架。书稿中最富启发性的部分是对读者阅读的关注。读者接受也是一种言语行为，话语产生的语境，参与者的意图、态度和期望，参与者之间的关系，以及话语产生和接受的潜在规约，这些都是言语行为理论研究的内容，这样一来，言语行为理论实际上为叙事学走向读者提供了新的视野，而这些新的语言理论无疑对叙事学的改变有促进作用。在博士学位论文的基础上，书稿还增加了言语行为理论在叙事研究中的具体应用，分别阐述了巴特勒性别叙事的述行批评和卡恩斯修辞叙事的述行批评，以及其他一些具体案例。基于言语行为理论的语言功能是由描述世界转向建构世界，在书稿的最后，龙新提出了走向建构主义叙事研究的设想。由此，书稿不仅实现了从抽象到具体，而且进一步又从具体上升到抽象。这种清晰的逻辑体系建构使这部书稿具有一定的理论深度。

这部书稿对叙事学的拓展提供了新的思路，而这种启发也存在于尚未解决的问题之中，其中最突出的问题仍是读者研究。言语行为理论虽然为叙事学进入读者开了一扇窗，但叙事学到底面对的是一个什么样的读者？这个问题并没有得到完全解决。记得我在20世纪80年代撰写《叙事学》时，出于对经典叙事学的局限的反思，曾专门辟出"阅读"一章，并颇费心思地建构了一个抽象的"理想读者"模型，以解决阅读问题，当时的确是不得已而为之。现在基于言语行为理论的立场，叙事世界对不同的个体读者所产生的效果是不一样的，那么，叙事如何面对千差万别的读者，这是当今叙事学需要探讨和回答的问题。此外，书稿关于言语行为理论中的有些观点还需要进一步吃透，当然，语言学理论尤其是20世纪以来的语言学理论要真正融会贯通是很不容易的。还有，书稿的行文风格也可以更简明一点。

在我的印象中，龙新是一个相当刻苦的学生，这一点在外语学习上表现得尤为突出。记得考研时龙新外语差1分，我据理力争，得到学校和研究生处领导的"恩准"。而在2015年，当我看到他发表在《外国文学研究》杂志上的全英文访谈时，一下子被震住了，不由得感叹，这要付出多大的努力才可以做到啊。也许在龙新眼里，我是一个严师，他曾私下跟我说很怕我。我自己也反思过，有时追求完美的偏执使我对学生提出了过于严苛的要求。好在龙新对我很包容，每次聚会，当大家在一起热闹时，他就不再是一个腼腆的、把理论术语讲得绕来绕去的学子，而是一个活跃分子，高兴时还会声嘶力竭地唱一段，由此得到了"野兽派"歌唱家的美誉。我知道，他正是用这种方式，表达他对老师和对同学的满满的爱意。在我和我的学生们的交流中，我逐步悟到，"诗意的栖居"不仅仅在山野和旅途，它存在于生活的各个皱褶中，可以是读书时的思索，也可以是课堂上的陶醉，其

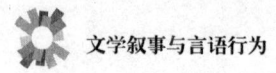

中师生的情分本身就充盈着诗意。

龙新是从大山里走出来的孩子,一路全凭着自己的努力一步步攀登。我对这些学生有着特殊的情感和敬意,教育应该为他们提供上升的阶梯,这也是学校和教师的责任及义务。衷心希望龙新在今后学术的道路上走得更加坚实,学术之路更加宽广。

胡亚敏

2016 年中秋节

于华大家园

目　录

上　篇

绪　论 …………………………………………………………… 3

第一章　言语行为理论与叙事转向 …………………………… 30
　第一节　言语行为理论概观 ………………………………… 31
　第二节　罗兰·巴特的符号学体系与叙事转向 …………… 42
　第三节　言语行为理论与叙事转向的内在逻辑 …………… 61
　本章小结 ……………………………………………………… 68

第二章　言语行为理论的叙事维度 …………………………… 69
　第一节　言语行为的规约性 ………………………………… 70
　第二节　文学叙事的规约性 ………………………………… 77
　第三节　真实与虚构的交流及语言的建构功能 …………… 92
　本章小结 ……………………………………………………… 108

第三章　言语行为与叙事话语 ·············· 110

第一节　叙述语力 ······························· 113
第二节　修辞语力 ······························· 139
第三节　话语场力 ······························· 150
本章小结 ·· 165

第四章　言语行为与文本阅读 ·············· 168

第一节　叙事符号的双向流程：文本既是可读的也是可写的 ······ 169
第二节　理解与误解：叙事述行的语境性 ················ 181
第三节　示例：《S/Z》的阅读行为分析 ················· 187
本章小结 ·· 202

下　篇

第五章　朱迪斯·巴特勒：身体/性别叙事与言语行为 ········· 207

第一节　叙事与述行：巴特勒的又一副面孔 ················ 207
第二节　朱迪斯·巴特勒：身体/性别述行的叙事策略
　　　　　及其颠覆 ······································ 219
本章小结 ·· 238

第六章　米歇尔·卡恩斯：修辞叙事与言语行为 ········· 240

第一节　语境与规约 ····························· 241

第二节 合作原则、蕴含与标记 ·············· 251
本章小结 ·························· 260

第七章 "述行"批评实践 ·················· 262
第一节 《阿Q正传》：言语行为与叙事反讽 ········ 263
第二节 "非男非女"：间性文化与感性复归 ········ 274
本章小结 ·························· 289

第八章 走向建构主义叙事研究 ················ 291
第一节 建构主义的理论渊源及言语行为理论的
建构主义特征 ···················· 292
第二节 一个实例：本质与诠释学"空白"和
符号学"待在" ··················· 297
第三节 言语行为理论对建构主义叙事研究的可能贡献 ········ 300
本章小结 ·························· 308

结 语 ································ 310

附录 术语解释 ·························· 315

参考文献 ······························ 335

后 记 ································ 348

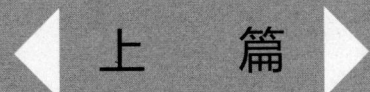

绪 论

　　文学研究与语言学的结合是20世纪文论发展的基本线索之一，20世纪因此也被称为"语言学的世纪"①。大体上以20世纪60年代为界②，文论发展可以分为前后两个时期。前期以索绪尔开创的结构主义语言学为主要理论资源，形成了俄国形式主义、布拉格学派、英美新批评、结构主义等"形式主义文论"，关注文学的形式属性和文本内部构成要素。20世纪60年代以后，西方哲学、美学、文学理论等领域发生了重大转向，出现了以拉康、德里达、福柯等为代表的后结构主义和解构主义文论，整体上呈现"向外转"的理论趋势。20世纪后期理论转向的根本原因在于对"语言"的不同理解，以及调用

---

　　① 李泽厚、刘再复认为："20世纪是一个否定的世纪，或者说是一个解构的世纪。在实践上，科学技术的高度发展，机器便否定和解构了人，这是工具批判了人；在理论上，还有另一种工具否定、解构、批判人的现象，这就是语言对主体的解构，所以说，20世纪是语言学的世纪。"刘再复、李泽厚：《美学概论》，生活·读书·新知三联书店2009年版，第119页；许钧从语言学对20世纪美学、哲学、文艺批评理论等产生深远影响的角度，也指出"20世纪是语言学的世纪"。参见许钧等《文学翻译的理论与实践：翻译对话录》，译林出版社2001年版，第266页；杨大春指出："就哲学和人文学科而言，20世纪是语言学的世纪，而结构主义和后结构主义在这场革命中具有中坚的作用。"参见杨大春《文本的世界——从结构主义到后结构主义》，中国社会科学出版社1998年版，第268页。

　　② 然而，叙事转向要晚于20世纪的整体理论转向，1969年叙事学才得以命名，但这时西方文论已经发生了理论转向，20世纪80年代叙事学才发生"后经典"转向。当然，在叙事学命名之前已经有以结构主义语言学为理论资源的叙事研究，如普罗普1928年问世的《故事形态学》、列维-斯特劳斯1958年的《结构人类学》等。

了不同的理论资源。20世纪后期因此也被称为"后索绪尔主义"①。

20世纪后期的理论转向整体上并没有离开语言学,诚如贝尔西所说:"我使用'后索绪尔'一词不仅限于时间顺序的意义上,而在于表明他们的工作是索绪尔符号理论基本原理的直接承继。"② 理论转向只不过走向了索绪尔语言学的另一面。"后索绪尔派的理论从分析语言入手,提出语言并不是透明的。它不仅仅是自主个体互相传达独立存在的世界万物的信息的工具,相反,正是语言提供了建构世界上的个体和事物并区别它们的可能性。语言的透明性是一个错觉。"③ 后结构主义摧毁了语言的稳定"结构"和所指的确定性,由静态的语言观走向了动态的话语实践,或者用索绪尔的术语来说,由"语言"研究走向了"言语"研究。这一转变规划了20世纪语言论文论的基本走向。

叙事转向从时间上晚于20世纪整体理论转向,但在总体走向上与20世纪理论转向基本一致。经典叙事学以结构主义语言学为主要理论资源,后经典叙事学则主要借鉴了后结构主义和解构主义的基本理论。经典叙事学以封闭的文本为对象,后经典叙事研究则走向了动态性和开放性,将一度排除在外的语境、历史、读者与作者等文本外的因素重新纳入研究视野。叙事转向也经历了一个由内而外、由"语

---

① Rice 和 Waugh 在他们编辑的《现代文学理论读本》中谈到了界定后结构主义的困难,在人们面前出现的是众说纷纭的情况:有些人认为后结构主义是对索绪尔的更极端的阅读,另一些人认为它是结构主义自我反思的一个环节;有些人认为它是对结构主义的批评,另一些人认为它是对结构主义的发展;在某些情况下它与德里达开启的分析模式——解构理论差不多是同义词,在通常情况下则指德里达和后期巴尔特的工作,不太确定地也把福柯和拉康的工作包括在内。他们自己的看法是:后结构主义指的是一系列以结构主义为前提,但偏离许多重要特征的工作,在他们看来,后结构主义更激进地批判了正统的批评理论,而曾经作为革命形象的结构主义也被归入这一正统之列。并且他们认定,后结构主义是一种"后索绪尔主义"。参见杨大春《文本的世界——从结构主义到后结构主义》,中国社会科学出版社1998年版,第69页。

② [英]凯瑟琳·贝尔西:《批评的实践》,胡亚敏译,中国社会科学出版社1993年版,第53页。

③ 同上书,第11页。

言"到"言语"的转变过程。

　　叙事离不开语言，叙事转向也没有离开语言学。如果说结构主义语言学是经典叙事学的主要理论资源，那么，由英国语言哲学家奥斯汀开创的言语行为理论则为后经典叙事研究贡献了理论力量。① 言语行为理论"不关心语言自身的语法结构，也不热衷于语言的潜在系统，而要知道人们以言能做何事，如何去做，会产生什么效果"②。言语行为理论将关注点从语言的形式属性转向语用属性，突出了语言在使用中的行为功能。言语行为理论为文学研究"提供了一种新的探讨话语的方式，不仅探讨话语表层的语法属性，也考虑话语产生的语境，参与者的意图、态度和期望，参与者之间的关系，以及话语产生和接受的潜在规约"③。后经典叙事学显然正是在上述方面突破了经典叙事学的局限。

　　20世纪下半叶以来，言语行为理论对文学理论产生了重大影响，也为观照叙事转向提供了一种新的视域。本书的目的在于用言语行为理论透视叙事转向的内在逻辑，将言语行为理论引入叙事研究，将叙事看作言语行为，探讨言语行为对文本内的虚构世界及文本外的现实世界的建构作用。

一　研究对象：言语行为与叙事述行

　　言语行为理论由奥斯汀（J. L. Austin，1911—1960）提出，经由塞尔、格赖斯等人的发展完善，形成了日常语言学派。奥斯汀的言语

---

① 本书的研究旨在表明，言语行为理论贯穿于叙事转向前后，叙事转向的内在逻辑通过言语行为理论得以说明。
② 顾曰国：《John Searle 的言语行为理论：评判与借鉴》，《国外语言学》1994 年第 3 期。
③ Mary Louise Pratt, *Towards a Speech–Act Theory of Literary Di Scourse*, Bloomington: Indiana University Press, 1977, p. 86.

行为理论主要体现在他的《如何以言行事》（*How to Do Things with Words*，1962）一书中。奥斯汀认为说出一句话的同时也实施了行为，言即行，说话就是做事。语言的功能不是对事实做真假描述，而是带来行动。比如，甲对乙说"对不起"，说出这三个字的同时，也实施了"道歉"的行为。言语行为就是通过话语而实施的行为，如承诺、打赌、宣誓等。

奥斯汀将言语可以做事的功能称为述行（performative）①，是言语行为理论的核心范畴。奥斯汀指出："这个术语当然来自动词'实施'（perform），它的名词是'行动'（action）：它表明，说出话语就是在实施一种行动——而不是像通常认为的仅仅说了一些东西。"② 比如在婚礼中说"我愿意"，就是在实施一种承诺的行为，"我宣布你们二人结为夫妻"就是一种宣告行为。

奥斯汀最初对"表述话语"（constative utterance）和"述行话语"（performative utterance）做了区分。表述话语描写或报道事物的状态，可以做出真假判断，如"约翰有两个孩子"。但在后来的研究中，他认为所有的表述话语也有述行功能，如"约翰有两个孩子"起码实施了"陈述"或"宣告"的行为。述行话语不描述或报道事物的状态，而是生产或建构一种社会现实，话语述行的结果不是先在于话语的客观事实，而是由话语本身建构出来的。话语述行改变了语言描述世界的工具性地位，突出了语言建构世界的实践性功能。上帝说"要有光"，便有了光，是话语述行的最好例证。上帝用语言创世，完

---

① performative 有人译为"施为""施行""践行""施事""表演"等，当后来的学者使用时，"言语行为""述行""施事行为"三个概念常被交替使用，不作严格区分。本书采纳"述行"的译法。

② [英]奥斯汀（J. L. Austin）编著，*How to Do Things with Words*，顾曰国导读，外语教学与研究出版社2002年版，第6—7页。

美展现了语言的述行功能。

言语行为理论对文学研究产生了深远的影响。"从这一思想出发，我们可以把文学也视为一种言语行为，它不只是对社会生活的反映或描述，更重要的是文学是一种以词做事的施为性（即述行性——引者注）实践活动，它能够以一种特殊使用语言的行为方式直接介入人类现实生活，参与构建和创造人类社会生活实践，直接作用于人类的社会生活。"[①] 伊塞尔的《阅读行动》和德里达的《文学行动》，直接将阅读、文学与言语行为结合在一起，视文学为行为。米勒在《文学中的言语行为》中提出了"文学述行"的概念：文学述行既指"文学作品中的言语行为"，也指"作为一个整体的文学作品所具有的述行功能"，还指"通过文学（虚构）来达成某事"[②] 的行为。米勒的定义表明，文学述行既可以体现在文本内部——建构一个文学世界，也可以体现在文本外部——对现实产生影响。米勒的定义对本书研究叙事述行有重要的启发意义。

爱伦·坡的《窃信案》象征性地表达了文学话语的述行功能。拉康认为那封失窃的"信"（letter）隐喻的是"话语"，因为"letter"既有"信"的含义，也有"字母"的含义。拉康认为"信"的几度转手带来主体的移位，并由此认为没有固定的主体，主体是"话语"（即"信"）建构的结果。[③] 在拉康的基础上，如果用言语行为理论来看《窃信案》，不妨说它隐喻了文学话语的述行性："信"的被窃其实是"话语"的失去，偷信人（德××部长）由于得到了"信"（即

[①] 张瑜：《文学言语行为论研究》，学林出版社2009年版，第5—6页。
[②] J. Hillis. Miller, *Speech Acts in Literature*, California：Stanford University Press, 2001, pp.1−2.
[③] 参见［法］拉康《关于〈被窃的信〉的研讨会》，《拉康选集》，褚孝泉译，上海三联书店2001年版，第1—56页。

"话语"),他就可以"随意摆布失主",而失去"信"的贵妇人由此变得"声望和安宁岌岌可危"①。可见,话语能够做事。尤为重要的是,文本反复强调了偷信人德××部长如何善于隐藏那封"信",警长为此一筹莫展,而杜宾则轻松地找到了它。文本的叙述表明,原因在于德××部长和杜宾都是诗人。可见,诗人深谙话语的力量。文学叙事就是用话语的力量在做事。

本书以言语行为理论为对象,探讨其在叙事研究中的应用。文学叙事是一种言语行为,也具有述行功能。那么,何谓"叙事述行"?根据米勒对文学述行的定义,叙事述行也在不同的层面体现出来。文学叙事首先必须有"叙述"这一行为,没有"叙述"就没有叙事,这正是热奈特在故事和话语之外特别强调"叙述"的价值所在。其次,文学叙事在"叙述"的同时也"建构"了一个虚构世界,该世界是"叙述"的目的,也是其结果,即进行"叙述"的同时也进行了"建构"的行为。最后,文学叙事的最终目的在于读者接受,读者阅读也是一种言语行为,他/她在"读"的同时,也在对所读的对象进行"重构",从而形成一个新的世界,并且,叙事作品会对读者产生现实的影响。

在后经典叙事学看来,叙事无所不在,无时不在,叙事存在于一切媒介。真理跨出一步就是谬误,因此有必要对本书所论"文学叙事"做一限定。本书首先将对象限定于叙事作品,即叙述者的叙述能够带来一个行动序列(情节)的作品。诗歌、抒情散文等作品不是本书的研究对象。其次,本书的对象是虚构性叙事作品。因此,排除了纪实性作品,本书所论"文学叙事"即特指这样一个世界,其主要对

---

① 《爱伦·坡短篇小说集》,人民文学出版社1998年版,第312页。

象是小说（Fiction）。小说必须借助语言"叙述"一个世界，正是在这个意义上，小说是不同于真实世界的另一个世界。小说是一种语言存在，或者说，小说是一种"言语"行为，它构建了一个虚构世界，如罗兰·巴特所说，小说人物只是"纸上的生命"，但是，并不排除戏剧和影视。戏剧舞台已经划定了一个世界，如同小说的书页，戏剧仍然是一个虚构世界。舞台的界限是现实与虚构的边界。影视当作如是观——屏幕同样也是虚构与现实的界限。需要说明的是，我们虽然将诗歌、抒情散文、纪实性作品排除在外，但并不排除它们也包含言语行为。

本书致力于解决如下问题。

其一，言语行为理论与叙事转向是何关系？

言语行为理论为我们透视叙事转向的内在逻辑提供了一个新的视角，这是本书将语言行为理论引入叙事研究的切入点。言语行为既建构了文本内的故事世界，也通过虚构世界对文本外的读者产生现实影响，由内而外正是叙事转向的基本方向。马克·柯里指出："叙事学不过经历了一次转折而已，而且是一种积极的转折。"① 马克·柯里着眼于叙事的"扩容"及"多样化"，而在本书看来，叙事转向"积极的转折"的根本原因在于，经典叙事学和后经典叙事学有共同的父性起源——现代语言学理论，没有作为符号的语言，就没有叙事——当然，图像、图画甚至手势等可看作特殊的语言。言语行为理论与叙事转向的内在联系是本书理论的基础。

其二，言语行为理论如何与叙事研究相结合？

本书的着眼点是言语行为理论中关于述行规约的论述，言语行为

---

① ［英］马克·柯里：《后现代叙事理论》，宁一中译，北京大学出版社2003年版，第3页。

要达到述行的目的必须遵循言语活动本身的规则及其与接受者之间订立的"合作原则",即契约。文学叙事要建构一个世界也必须遵循一定的叙事规约,而读者阅读则是与作者创造的虚构世界进行合作,从而达成理解,并完成对世界的"重构"。言语行为理论与文学叙事的这种相关性是本书立论的前提。

其三,言语行为如何建构故事世界?

后经典叙事学突出了读者的重要地位,这是言语行为理论与叙事研究相结合的关键。言语行为理论强调了语言建构世界的功能,听话人的理解行为是话语述行的预设前提,如果没有听话人对话语的理解,话语将无法述行。就文学叙事而言,叙事作品要实现述行功能,也必须有读者的接受行为。伊塞尔指出:"读者的介入是完成文本的必要过程,因为文学是一种潜在的现实——它需要一个'主体'(即读者)将它的潜力现实化。文学文本首先作为交流手段而存在,阅读的过程基本上是一种双重的相互作用。"[1] 马克·柯里也指出:"从文本和阅读的关系来看,虚构叙事显然提供了一种时间模式。阅读一部小说,便卷入了一个事件通道,使未来可能世界进入读者在场的现实性,然后进入读者的记忆。"[2] 因此,读者的阅读使"不在场"的虚构世界进入"在场",阅读不是被动地接受,而是一种现实性的建构行为。言语行为理论正是在这一点上发挥了巨大作用,后经典叙事学家视阅读为一种言语行为,它不仅重构了叙事文本,而且对读者的现实存在也构成了影响,米勒、德·曼、后期巴特、巴特勒、费什等都从中吸收了理论养分,从而形成各自的叙事理论。

---

[1] Wolfgang Iser, *The Act of Reading: A Theory of Aesthetic Response*, London and Henley: Routledge & Kegan Paul Ltd., 1978, p. 66.

[2] Mark Currie, *About Time: Narrative, Fiction, and the Philosophy of Time*, Edinburgh: Edinburgh University Press Ltd., 2007, p. 16.

后经典叙事学家强化了叙事的交流功能，读者的介入使叙事文本重新与世界产生联系。这对纠正经典叙事学的偏颇大有益处。然而，就言语行为理论来看，后叙事学强调了言语行为对现实世界的建构能力，而忽略了言语行为对虚构世界的建构能力。这也是学界普遍认为言语行为理论适用于后经典叙事学而不适用于经典叙事学的原因。既然文本是言语行为的结果，文本内的世界也是由复杂的言语行为所构成，那么，言语行为对故事世界的建构如何起作用？这是本书致力于解决的问题之一。

其四，文本内的言语行为如何能够转化为文本外的现实行为？

Lubomír DoleŽel 认为："文学虚构世界由文本行为构成……文学文本是行为的中介，通过符号学的潜力，诗人把虚构存在带入可能世界，可能世界并非先在于诗人的行为。"[1] 即文学文本是诗人通过语言的符号学潜力的创造物。虚构世界只是一种符号存在，那么，它如何能够对现实世界产生影响？伊塞尔指出："文学语言符号不表征任何经验现实，但是它们确实具有表征的功能，它不与存在对象相联系，它所表征的必须是语言自身。"同时，他又指出："如果符号能使我们感知存在世界，并且独立于可见世界，它们也必须在原理上能够使我们看到不存在的世界。"[2] 在伊塞尔看来，文学文本既是独立的、自我表征的世界，又是能够被感知带入现实存在的世界。

因此，文学叙事的建构性来自语言作为符号的符号性。符号之所以为符号，就在于其所指之物不在场，但它又指向所指之物。这正是符号的价值所在，如果所指之物在场，就不需要符号。因此，符号是

---

[1] Lubomír DoleŽel, "Mimesis and Possible Worlds", *Poetics Today*, Vol. 9, No. 3, 1988, pp. 475–496.

[2] Wolfgang Iser, *The Act of Reading: A Theory of Aesthetic Response*, London and Henley: Routledge & Kegan Paul Ltd., 1978, p. 64.

一种"待在"（becoming），它具有使事物在场的潜力。正是语言作为符号的这种既"不在场"又能使之"在场"的功能使文学叙事的建构性得以实现。

本书分为上下两篇，上篇是理论探讨（第一章至第四章），力图构建叙事述行的基本理论框架，下篇是批评实践（第五章至第八章），主要探讨言语行为理论在性别叙事、修辞叙事中的应用，并以具体文本分析的案例展示"述行"批评广阔的适用场域及其可操作性。

第一章"言语行为理论与叙事转向"介绍言语行为理论，并引出叙事转向。通过罗兰·巴特的符号学体系，引出叙事转向的内在逻辑问题，并通过罗兰·巴特的符号学体系与言语行为理论的关系，引出言语行为理论与叙事转向的内在联系，为下文的展开奠定基础。

第二章"言语行为理论的叙事维度"主要介绍言语行为理论关于规约性的思想，并论述其与叙事研究结合的可能性，以及本书将言语行为理论引入叙事研究的特殊视角。

第三章"言语行为与叙事话语"论述言语行为如何构建了虚构的故事世界，人物、场景、视角等对情节的建构作用，以及直接引语、间接引语等对故事世界的述行功能。本章力图将言语行为理论与经典叙事学结合起来。

第四章"言语行为与文本阅读"论述文学叙事对现实世界的建构作用，读者对故事世界的重构及阅读对读者的现实影响。本章致力于探讨言语行为理论与后经典叙事学的关系。

第五章"朱迪斯·巴特勒：身体/性别叙事与言语行为"重点探讨言语行为理论在巴特勒思想中的应用，分析巴特勒的述行理论中蕴含的叙事思想及其对性别叙事的可能贡献。

第六章"米歇尔·卡恩斯：修辞叙事与言语行为"着眼于卡恩斯修辞叙事学与言语行为理论的相关性，分析语境、合作原则、规约、蕴含、标记等言语行为理论在卡恩斯修辞叙事理论中的应用。

第七章"'述行'批评实践"提出了"述行"批评的基本构想，并提供了两个具体文本分析的案例，以示"述行"批评的可操作性。通过对《阿Q正传》叙事反讽的探讨，揭示了反讽的双重意义结构对建构叙事文故事世界的重要意义；以"非男非女"这种文化现象为例，探讨了"行为"如何"叙事"。

第八章"走向建构主义叙事研究"回应国内文论界正在进行的建构主义与本质主义之争，言语行为理论是建构主义文学理论重要理论资源，而在这场争论中却鲜被提及。本章主要探讨言语行为理论对建构主义叙事研究及文学理论的可能贡献。

二 研究综述：言语行为理论在文学理论和叙事学领域的应用

在语言学和哲学领域，言语行为理论产生了重大影响。在语言学领域，不仅形成了日常语言学派，而且成为认知语言学的重要资源。在哲学领域，言语行为理论发展了语言的建构功能，扭转了语言作为描述世界的工具性地位，强调语言建构世界的实践性功能，成为分析哲学的重要流派。在文学研究领域，言语行为理论成为后结构主义、后殖民主义、女性主义、新历史主义等理论流派的重要资源，使文学活动成为动态的、主动的建构行为。本书关注的是它对文学研究的影响，下面对言语行为理论在文学理论领域和叙事学领域的应用进行简要综述，并分析其成就与不足。

文学叙事与言语行为

(一) 国外研究

较早将言语行为理论与文学研究结合起来的是荷兰的 Van Dijk，他在《语言和文学的语用学》一书中建议"将文学当作具有自己的恰当条件的一种具体言语行为"①，他还区分了文学作品中的宏观言语行为和微观言语行为，前者决定整个语篇，后者则由语篇中的单个句子来执行。这一观点对本书的启发是，我们可以将文学叙事整体上看作一种言语行为，是作者通过文本与读者之间交流的言语行为，同时，文本内的言语行为可以构成故事世界。

第一部将言语行为理论引入文学研究的专著是普拉特的《走向文学话语中的言语行为理论》。② 普拉特并不局限于奥斯汀和塞尔的言语行为理论，利用了社会语言学的最新研究成果，认为日常话语和文学话语（叙事）有相同的结构，文学是社会惯例，是与读者的契约。普拉特求助于格赖斯的"合作原则"来论文学，认为文学批评理论对文学作品意图的忽视或否定就是违背了合作原则及相关准则。

20 世纪 80 年代以后，言语行为理论在西方文学理论和文学批评领域逐渐形成气候，涌现出了一批重要的理论家和批评家。他们分别从不同的角度进行论述，使得文学述行成为文学理论的重要术语，并被收进各种文论关键词著作中。艾布拉姆斯的《欧美文学术语词典》对"言语行为理论"有较为详细的评述，并指出其对文学虚构的重要意义。③ 本尼特和罗伊尔合著的《关键词：文学、批评与理论导论》

---

① Dijk. A. T., *Pragmatics of Language and Literature*, North - Holland Publishing Company, 1976, p. 30.

② Michael Hanker, *Beyond a Speech - act Theory of Literary Discourse*, MLN, Vol. 92, No. 5, Compartive Literature (Dec., 1997), pp. 1081 – 1098.

③ 参见 [美] M. H. 艾布拉姆斯《欧美文学术语词典》，朱金鹏、朱荔译，北京大学出版社 1990 年版，第 336—339 页。

将"述行语言"作为文论关键词收录,并通过具体的文学案例分析表明,"文学文本不仅能够说而且能够做:它们在用语言做事情,并且是为我们做事情。更为确切地说,它们通过语言做事情"①。《剑桥文学批评史》第八卷专辟一章论述言语行为理论与文学研究的关系,对言语行为理论在文学中的应用进行了介绍。赛尔登的《文学批评理论:从柏拉图到现在》将奥斯汀的《如何以言行事》择要摘录,收在"语言与再现"章节之下,显然编者将言语行为理论看作探讨文学与世界关系的重要理论。

佩特雷(Sandy Petrey)1990 年出版了《言语行为和文学理论》。他认为,奥斯汀的表述话语和述行话语之间、奥斯汀言语行为的非意图和塞尔的意图性之间,言语行为理论和解构主义之间并不是绝对对立,而是相互补充的。对于佩特雷来说,言语行为理论有助于文论走出形式主义,既不将语言化约为纯粹的模仿,又不会落入旧的意向主义的窠臼。同时,它也有功于补充解构主义将语言抽离出具体语境的做法。埃斯特哈默(Angela Esterhammer)的《创造王国:弥尔顿和布莱克的述行性语言研究》(1994)和《浪漫主义述行性:论英德浪漫主义的语言和行动》(2000)是文学述行性理论和批评最重要的文献。她以奥斯汀的言语行为为理论基础,论证了浪漫主义时期写作的述行性特征,揭示了盛行于 20 世纪的言语行为的理论源泉,利用言语行为理论分析了浪漫主义文学和哲学的主题和结构。②

更多的研究散见于各种文学理论著作当中。雅各布森指出,说出一句话首先进行了一种说话的行为,但这句话要取得效果,则必须发

---

① [英]安德鲁·本尼特、尼古拉·罗伊尔:《关键词:文学、批评与理论导论》,汪正龙、李永新译,广西师范大学出版社 2007 年版,第 231 页。
② 参见王建香《当代西方文论中的文学述行理论》,中国广播电视出版社 2009 年版,第 18—19 页。

挥其意动功能（conative），这样，语言行为就与语境联系起来，即说话者与接受者共有的合适条件。因此，"我们必须明确区分给定文本的基本'功能'和它的次生'用法'，区分文本的内部结构与外部因素（这些外部因素影响其他功能），区分文本的基本结构和次生的、象征的符码化"①。话语的内部结构和其用法的区分显然来自言语行为理论。雅各布森的这种认识使形式主义理论走出封闭的文本研究具有了可能性。伊格尔顿指出，文学有时确实可以描述世界，但它的主要功能却是述行性的，即它按照一定的惯例使用语言，目的是在读者身上产生一定的效果。②卡勒则重点探讨了文学话语与真实世界之间的关系。卡勒指出，文学言语像述行语一样并不指先前事态，也不存在真伪。文学言语创造了它所指的事态。卡勒认为文学与言语行为理论的相关性也体现在"它至少在原则上打破了意义与说话人意图的联系，因为我用言语完成的行为不是由意图所决定的，而是由社会的和语言学的程式所决定的"。③卡勒的理论为叙事述行性研究提供了重要参照。

　　解构主义哲学家德里达和福柯论及言语行为理论时强调了阐释的语境性和话语的建构性。德里达在《批评公司》中用自己一贯的解构手法颠覆了奥斯汀言语行为理论中真实述行句和虚假述行句的等级关系。奥斯汀认识到并非所有的以言行事都能取得效果，存在一些虚假述行句，因此他设立了一系列适合的条件来保证真实述行句的功能范围。他认为那些虚假述行句只属于非主流的、边缘性的、寄生性的例

---

　　① Roman Jakobson, *Verbal Art, Verbal Sign, Verbal Time*, Minneapolis: University of Minnesota Press, 1985, p. 149.

　　② Terry Eagleton, *Literary Theory: An Introduction*, Minneapolis: University of Minnesota Press, 2008, p. 103.

　　③ ［美］乔纳森·卡勒：《当代学术入门：文学理论》，李平译，辽宁教育出版社1998年版，第101—102页。

绪 论

外，出于策略上的考虑，应将其悬搁起来，存而不论。因此奥斯汀的理论预设了真实/虚假的等级对立。根据奥斯汀为言语行为所设立的条件，一个真实的述行句必须遵从一套既定的规约性程式，那么，这些程式当然能在不同的场合、以不同的方式被转述或复述。所以，生活中做出的承诺只不过是规约性程式或套话的重复，而舞台上的承诺则可以被看作是这程式本身。话语的程式成了元语言，而真实述行句只是程式的应用，后者依赖于前者而存在。这样，德里达就用程式的可重复性颠覆了真实/虚假的等级关系。同时，奥斯汀用语境保证言语述行能力，而在德里达看来，语境因其无限开放性而难以把握，因此，言语的述行性是不断被编码的结果。① 德里达的解构为后经典叙事研究贡献了理论资源。在《知识考古学》中，福柯探讨了陈述、命题、语言和言语行为的复杂关系。与奥斯汀、塞尔不同的是，福柯不关心陈述的述行力量，关心的是话语包含的制度性力量，只有被一些权威形式所认可的话语才是真实的。一个支持系统控制了陈述的结果和顺序，同时也将另一些陈述排除在"真实"之外。福柯其实走向了奥斯汀和塞尔的另一面，强调了话语的"被建构"性。② 他的理论在叙事的意识形态分析中有重要意义，这也是叙事述行的一个构成方面。

伊塞尔的《阅读行动》德文版初版于 1976 年，两年后被译成英语在英国出版，随即产生了广泛的世界影响。伊塞尔的接受美学突出了读者接受在文学活动中的重要地位，而言语行为理论，尤其是塞尔和格赖斯的理论也强调了听话人的理解对言语述行的重要性，因此，

---

① Jacques Derrida, *Limited INC*, Evanston, IL: Northwestern University Press, 1988, pp. 1–21.

② 参见［法］米歇尔·福柯《知识考古学》，谢强、马月译，生活·读书·新知三联书店 2003 年版，第 84—147 页。

言语行为理论成为接受美学的重要理论基础。伊塞尔将文学看作一种交流行为:"言语行为理论尝试去描述语言交流成功与失败条件的诸因素,这些因素也适用于小说。小说阅读也是语言行为,我们的任务是去检查这些因素,去描述语言制造现实的过程。"[1] 读者阅读就是说话人与读者分享一系列规约程序的过程。伊塞尔的理论是本书的重要资源。

在叙事研究领域,言语行为理论也产生了广泛的影响,热奈特、米克·巴尔、华莱士·马丁、米勒等人都明显地借鉴了言语行为理论。热奈特在《虚构与措辞》中明确指出言语行为理论可以用于叙事分析,"小说人物之间交换的语词明显是一种在小说虚构世界中实现的言语行为。……除了他们上下文之间的虚构性之外,小说人物的言语行为,不管是戏剧性的还是叙事性的,是可信的行为,完整地实现了说话行为、言内行为和潜在的言效行为,不管是有意的还是无意的"[2]。言语行为构成了叙事话语自身。显然,热奈特着眼于文本之内言语行为对叙事的作用,具有鲜明的经典叙事学特征。托多洛夫在《从〈十日谈〉看叙事作品语法》中,论及语式时也指出:"在推测语式里,词在创造事情,而不在反映事情。"[3] 词的这种功能正是言语述行的体现。米克·巴尔在《叙事学:叙事理论导论》中用具体的例子说明了叙事是一种创造行为。"叙事把叙述的力量和神圣的创造性结合起来,从根本上,叙事是一种言语行为。"[4] 叙事层次的分析表

---

[1] Wolfgang Iser, *The Act of Reading: A Theory of Aesthetic Response*, London and Henley: Routledge & Kegan Paul Ltd., 1978. pp. 54–55.

[2] Gérard Genette, *Fiction and Diction*, Ithaca and London: Cornell University Press, 1993, p. 33.

[3] 赵寅德编选:《叙述学研究》,中国社会科学出版社 1989 年版,第 184 页。

[4] Mieke Bal, *Narratology: Introduction to the Theory of Narrative*, Toronto Buffalo London: University of Toronto Press Incorporated, 1997, p. 55.

明，叙事的意义在于故事讲述本身的创造性力量，就像给予生命的行为。话语创造的人物既是"真实"的，也是虚构的。其真实性在于他是故事中的生命，是话语创造的结果。巴尔的分析仍然是文本之内的话语分析，突出了话语构造故事的"用法"功能。华莱士·马丁在《当代叙事学》的结尾用一个小节专门探讨言语行为理论，具有总结全文的意义。马丁指出奥斯汀和塞尔的言语行为理论"暗示着定义文学的新方法"。按照这种理论，"文学可以被设想为对于言语行为即语言普通用法的模仿，而非对于现实的模仿"。因为现实模仿论会凸显模仿的真假问题，而言语行为理论则颠覆了传统的语言真假值的逻辑实证主义观点。因此，文学就是"叙事言语行为"，小说可以被定义为"假装的言语行为"。真实与虚假、现实与想象/虚构之间的区别由此被悬置起来。既然词语的意义取决于它们如何被使用，那么剩下的问题就是"有关组成我们话语的种种不同的语言游戏中所包含的成规的问题"。规则本身就包含了"犯规"的概念，或者说，犯规是规则的前提。小说的"说谎"是以众多可证实的事物为前提的，小说既是实话也是谎言，这就是小说的规则。因此，读者"主要是全神贯注于重构一个与我们自己的现实如此相似的现实，而不是为没有所指的专有名词大伤脑筋"[①]。马丁在某种意义上走向了德里达。马丁的探讨明显贯穿了言语行为理论的两个核心概念，"言内行为"和"言效行为"，前者指向文本之内的真实，而后者指向文本之外的谎言。如果说热奈特、巴尔等人的探讨属于经典叙事学的范围，那么马丁的探讨则体现了向后经典叙事学转变的痕迹。

在后经典叙事研究领域，叙事述行研究不仅有德里达和福柯的解

[①] [美]华莱士·马丁:《当代叙事学》，伍晓明译，北京大学出版社1990年版，第231—237页。

构主义哲学所贡献的理论资源，而且有不少叙事学家进行了专门论述。沃尔施从语用的角度发挥了言语行为理论，将其应用到叙事研究，从这个角度来看，"理论关注的焦点就会从虚构叙事的实质转移到虚构叙述的行为上，或者说从虚构叙事的产品移到虚构叙事的生产上"①。米勒的《解读叙事》提出了"阅读述行性"的重要论题，其理论基础就是奥斯汀等人的言语行为理论。米勒认为，俄狄浦斯的悲剧命运不是必然的，而是话语述行性带来的结果。一方面文本的话语以其述行功能将俄狄浦斯推向了悲剧的结局；另一方面，俄狄浦斯自己主动地将现有的资料进行整合（阅读），阅读的结果使自己认罪。米勒虽然提出了"阅读述行性"的观点，但没有对叙事述行进行全面考察，叙事述行不仅有阅读的述行性，更应该包括文本话语的述行性。米勒另一部著作《论文学》②则重点考察了言语行为理论与文学叙事的关系。米勒指出："既然文学指称一个想象的现实，那么它就是在施行（performative）而非记述（constative）意义上使用词语。"在这部著作中，米勒不仅重点论述了阅读的述行性，而且注意到文本话语对故事世界的建构作用，"文学中的每一句话，都是一个施行语言链条上的一部分，逐步打开在第一句话后开始的想象域"③。叙事述行在新历史主义和后殖民主义的研究中有重要体现。在这些理论看来，历史、民族、种族、性别等概念都是一种话语结构，"是一种只有通过话语才能发生的事物"。它们没有固定的内涵，只是语言的"用法"，是"建构而非反映，发明而非发现"。运用语言是一种物质

---

① ［美］詹姆斯·费伦、彼得·J. 拉比诺维茨：《当代叙事理论指南》，申丹等译，北京大学出版社2007年版，第156页。
② 中文翻译成《文学死了吗？》，秦立彦译，广西师范大学出版社2007年版。
③ ［美］希利斯·米勒：《文学死了吗？》，秦立彦译，广西师范大学出版社2007年版，第57页。

化的活动，它可以建构一个世界。因此，"对社会叙事学来说，其结果就是：叙事不是大脑的发明，而是政治与意识形态的实践活动，它们如同炸弹与工厂、战争与革命一样，都是现实世界中的物质肌质"①。后现代叙事理论整体上都体现了话语对文本和读者的述行功能。道勒齐尔在《虚构叙事与历史叙事：迎接后现代主义挑战》中明确指出，奥斯汀的言语行为理论引发了对虚构话语建构世界的力量的进一步解释。"虚构话语包括具有证实其真实性力量的述行语。一个可能的事物经过合适的述行句证实其真实性之后，就转化为一种虚构的存在。"后现代主义取消了真实与虚构的对立，其理论基础则是言语行为理论，"所有的世界都依赖话语而存在，所有的话语都具有述行性"。写作就是一种用话语创造世界的行为。"述行写作创造了词语存在的世界。然而写作的述行话语如果要有所作为，就必须是实际的词语，从而存在于一个实在的世界。最终而言，虚构与历史等赖以存在的整个构成主义哲学大厦，要么坍塌，要么必须得到一种用词语构建世界的魔术表演的支持。"② 在这个意义上，叙事就是应用词语的魔术表演。话语的述行性在后经典叙事研究中具有中心的地位。卡恩斯的修辞叙事学则"描述了言语行为理论怎样为话语使用找出意义，以及允许我们将作者对其作品的言内姿态看作虚构性的钥匙"③。

罗兰·巴特在《历史的话语》一文中将写作的述行性思想也应用于历史话语："历史话语是一种肆意操纵的述行话语，看似表述（描

---

① ［英］马克·柯里：《后现代叙事理论》，宁一中译，北京大学出版社2003年版，第99页。

② ［美］戴卫·赫尔曼主编：《新叙事学》，马海良译，北京大学出版社2002年版，第191—193页。

③ Sandra Heinen, Roy Sommer, *Narratology in the Age of Cross-disciplinary Narrative Research*, Berlin: Walter de Guyter, 2009, p. 91.

述）的语句实际上是作为权威行为的言语活动的能指。"① 在《S/Z》中，巴特进一步将阅读与写作等同起来，二者都是物质化行为，并且必须承受话语的述行性后果。在该著作中，巴特虽然没有提到"述行"的概念，但是明显运用了言语行为理论。《S/Z》是展示叙事述行的理想范本。

另外，哈贝马斯的《交往行为理论》第三章专门探讨了言语行为理论，其中关于字面意义与语境意义及知识背景的论述对文学研究具有重要的启示。②

以上简要概述了言语行为理论在文学研究中的影响及其过程。这个过程表明了一种明显的变化，即由"日常言语行为"转变为"文学话语行为"。上述过程也表明这两种行为在描述上具有契合之处，即日常言语描述性可以用于文学话语的描述性研究。这是本书立论的基点。同时，在叙事学研究领域，上述过程也表明已有研究存在的不足，以及可能的理论生长点，主要表现如下。

（1）借用而非研究。上述理论家仅仅是借用了言语行为理论来说明叙事中存在述行性，而不是将叙事述行作为理论对象来研究。因此，将叙事述行作为专门对象来研究就具有理论意义。

（2）零散而不系统。由于仅仅是借用，所以就零散地见于各个理论家的表述之中，而没有系统性。奥斯汀和塞尔的言语行为理论本身具有系统性，那么，将这种系统性的理论用来分析叙事问题也应该系统化。因此，将叙事述行问题系统化是重要的理论生长点。

---

① ［美］戴卫·赫尔曼主编：《新叙事学》马海良译，北京大学出版社2002年版，第202页；另见［法］罗兰·巴特《历史的话语》，李幼蒸译，［英］汤因比等著，张文杰编《历史的话语：现代西方历史哲学译文集》，广西师范大学出版社2002年版，第123页。李幼蒸的译文与上述引文有出入。

② ［德］J. 哈贝马斯：《交往行为理论：行为合理化与社会合理化》，曹卫东译，上海人民出版社2004年版，第260—320页。

（3）孤立而少联系。上述理论家在应用言语行为理论时没有考察它与其他理论之间的联系。20世纪整体上的理论变迁与各个具体理论的内部变化很大程度上具有一致性，如雅各布森的言语交流理论、叙事转向及罗兰·巴特的符号学理论都能体现整体理论的变化。既然言语行为理论贯穿于叙事转向始终，那么，在整体理论转向的背景上，它就应该与其他理论有联系。因此，考察言语行为理论与其他理论之间的联系也是重要的理论生长点。

（二）国内研究

国内对言语行为理论的研究主要在语言学界，如，钱敏汝的《篇章语用学概论》、何自然的《语用学概论》、何兆熊的《语用学概要》等。中国哲学界也对言语行为理论进行了深入的研究，如，陈嘉映、徐友渔、车铭洲、牟博、涂纪亮、杨玉成等人都论及言语行为理论。

但是与语言学研究相比，国内对言语行为理论在文学中的应用却远不成熟，尚处于起步阶段。

台湾学者高辛勇的《形名学与叙事理论》（1987）是较早将言语行为理论与叙事学相结合的著作。在该著的最后一章重点探讨了言语行为理论在文学研究中的应用，并尝试将言语行为理论应用于中国文学批评。[①] 香港中文大学孙爱玲的博士论文《〈红楼梦〉对话研究》则"尝试用言语行为理论分析《红楼梦》的对话，证明言语行为理论可以用在中国小说中"[②]。这是用言语行为理论进行文学批评的较早尝试，对本书有重要的借鉴意义。国内学术期刊上20世纪90年代中后期也陆续出现了一些用言语行为理论批评外国文学作品的论文。近年

[①] 参见高辛勇《形名学与叙事理论》，台北联经出版公司1987年版。
[②] 孙爱玲：《〈红楼梦〉对话研究》，北京大学出版社1997年版，第2页。

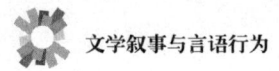

来陆续出现了一些探讨言语行为与文学理论及叙事学的论文。①

周宪《现代性的张力》②的部分章节运用言语行为理论分析文学话语的特征,是内地较早关注文学言语行为的理论著作。汪民安主编的《文化研究关键词》将"述行"和"言语行为理论"作为文论关键词收录进来,表明国内学界对言语行为理论有所重视。③撰写者马海良介绍了言语行为理论及其述行范畴的主要观点,为我们了解言语行为理论及其重要范畴打下了基础。

作为文学理论的言语行为理论主要是随着对德里达和米勒的研究一起引入的。陆扬的系列论文为此做出了重要贡献,如《意义确证:一个难解的结——解构言语行为理论》《言语行为理论的解构与批评——德里达评奥斯汀》《德里达与塞尔》④等论文在介绍德里达的同时也引介了言语行为理论。张旭春的论文《德里达对奥斯汀言语行为理论的解构》论述了德里达对奥斯汀解构的同时提出了自己的观点:"受德里达的启发,我们何不这样来思考这一问题:哲学话语和文学话语都是一种言语行为,都不仅能言有所述,还能言有所为。区别在于哲学总是企图传达真理,而文学却从不讳言自己的虚构性。由于此,文学写作作为一种言语行为便是某种程式或元话语的裸露,是元写作。因而,文学比哲学更具有颠覆性和批判性。"⑤在另一篇论文中,他认为文学话语的建构行为使"文学的话语虚构性及其物质建构

---

① 如梅美莲《文学批评言语行为意义观》,《绍兴文理学院学报》2004年第4期;谢晓河、余素青《虚构话语:言语行为和交际性》,《外语研究》2005年第3期;余素青《言语行为理论与虚构话语研究》,《上海机电学院学报》2006年第2期等。

② 周宪:《现代性的张力》,首都师范大学出版社2001年版,第201—217页。

③ 汪民安主编:《文化研究关键词》,江苏人民出版社2007年版,第319、427页。

④ 参见陆扬《意义确证:一个难解的结——解构言语行为理论》,《华中师范大学学报》1991年第2期;《言语行为理论的解构与批评——德里达评奥斯汀》,《学术研究》1991年第4期;《德里达与塞尔》,《外国哲学》2006年第11期。

⑤ 张旭春:《德里达对奥斯汀言语行为理论的解构》,《国外文学》1998年第3期。

性这一对看似矛盾的概念实际上是一个难分彼此的统一体"①。这些观点对本书有重要的启发意义。

在对米勒的研究中有三篇博士学位论文都重点探讨了言语行为理论在米勒文学思想中的重要地位。张青岭的博士学位论文《论希利斯·米勒的解构批评》② 分别从"言语行为与文学""述行（践行）与阅读伦理""述行（践行）写实主义"和"述行（践行）与文学的权威"等方面论证了米勒对文学述行理论的贡献。肖锦龙教授的博士学位论文《希利斯·米勒文学观的元观念探幽发微》③ 以述行为主线组织了论文，指出米勒文学述行理论的核心观念是文学不是表述，而是以言行事。郭艳娟的博士学位论文《阅读的伦理：希利斯·米勒批评理论探幽》④ 用"阅读的伦理"概括米勒的批评理论，指出伴随着米勒的观念从"阅读的不可能性"到"阅读的伦理"的转移，其批评理论的关键词也相应地从"解构"转向"修辞性阅读"。对米勒文学述行理论的研究为探讨叙事述行提供了重要的理论依据。

此外，近年来出现了以言语行为文学论为专门对象的博士学位论文和著作。上海外国语大学梅美莲博士的《文学批评言语行为意义观》⑤ 探讨了利用"言语行为意义理论"研究文学的重要性。王建香的《当代西方文论中的文学述行理论》首先对西方从述行角度研究文学的理论家进行了全面的分析，然后分别从"文学述行的规约与语

---

① 张旭春：《文学行动与文化批判——后现代主义在中国的角色定位》，《四川外国语学院学报》2002年第1期。
② 张青岭：《论希利斯·米勒的解构批评》，博士学位论文，北京师范大学，2006年。
③ 肖锦龙：《希利斯·米勒文学观的元观念探幽发微》，博士学位论文，北京师范大学，2006年。
④ 郭艳娟：《阅读的伦理：希利斯·米勒批评理论探幽》，博士学位论文，北京师范大学，2009年。
⑤ 梅美莲：《文学批评言语行为意义观》，博士学位论文，上海外国语大学，2004年。

境""文学述行与意义生产""文学述行的运作机制""文学述行与社会现实"等方面展开论述,是国内首部以文学述行为主题的理论专著,对文学述行理论的研究有重要的意义。① 张瑜博士的《文学言语行为论研究》通过建立一种以创造性和交往性为主旨的言语行为文学论,转向对语境、文本、意义和语言力量等范畴的分析,对言语行为理论与文学语言、文学意义、文学观念的关系进行了深入的研究,揭示了言语行为理论所具有的独特方法论意义,深化了关于文学的理解。②

国内的研究无论是广度和深度都远远滞后于西方,因此,言语行为理论及其述行范畴对文学研究而言还有广阔的空间。国内的研究一方面着眼于言语行为理论对总体文学理论的建构;另一方面集中于个体理论家相关理论的研究,如米勒、德里达等。而对叙事述行的研究几乎无人问及,所以本书是一个大胆的尝试。

三 研究方法、创新之处及研究意义

本书借助言语行为理论研究叙事问题,属于跨学科研究,涉及语言学、叙事学、符号学等多学科领域。因此,在研究方法上必然涉及不同理论之间的横向比较和整合。

(一)研究方法及理论资源

罗兰·巴特在《叙述作品结构分析导论》中提出叙事研究必须采用演绎法:"叙述的分析注定要采用演绎的方法;它不得不首先假设

---

① 参见王建香《当代西方文论中的文学述行理论》,中国广播电视出版社2009年版。
② 参见张瑜《文学言语行为论研究》,学林出版社2009年版。

一个描写模式（美国语言学家称之为'理论'），然后从这一模式出发，逐渐潜降到与之既有联系又有差距的各种类型：由此具备了统一的描写工具的叙述分析只有在这些联系和差距中才能发现叙事作品的多样性及其历史、地理和文化的不同性。"① 罗兰·巴特的方法对本书研究仍然适用。

本书首要的方法是演绎法。罗兰·巴特首先假定的"理论"是语言学——"按照研究现状把语言学本身作为叙事作品结构分析的基本模式似乎是适宜的"。具体地说，他借助的是索绪尔开创的结构主义语言学。由这一"理论"假定出发，去发现众多叙事作品统一的结构。与罗兰·巴特相似，本书首要借助的也是语言学理论，只不过是奥斯汀开创的言语行为理论。与罗兰·巴特不同的是，由这一假定出发，本书致力于挖掘文学话语对世界的建构作用。同时，本书还从罗兰·巴特的符号学理论、可能世界理论、接受美学等诸多理论中吸收养分，这些理论都是本书假定的理论前提。

其次是比较法。将言语行为理论与叙事学理论、罗兰·巴特的符号学理论进行横向比较，挖掘它们的共同点，从而找出其内部联系。同时也有纵向比较，将言语行为理论的三分法（主要是后二者）与叙事转向前后对比，发现其中的有机联系。比较法可以发现比较对象之间的联系，为论点提供理论基础。

最后是系统考察法。将言语行为理论、叙事学理论、罗兰·巴特的符号学理论各自看作一个有机整体，通过比较发现这些理论之间的内在联系，从而说明叙事转向及20世纪整个文学批评理论转向的内在逻辑。

---

① 赵寅德编选：《叙述学研究》，中国社会科学出版社1989年版，第4页。

（二）创新之处及研究意义

国内外已经有众多将言语行为理论应用于叙事分析的研究，但并没有系统化。国外的叙事学家主要将言语行为理论应用于后经典叙事研究，而本书则试图将其引入经典叙事学。国内的相关研究才刚刚起步。因此，本书的研究具有一定的创新意义，主要表现在以下几个方面。

1. 将言语行为理论引入叙事研究，把叙事看作言语行为，发挥了奥斯汀语言对世界建构性的观点，考察文本话语对故事和读者的建构功能，提出了叙事述行的基本理论框架。学界已经充分认识到言语行为理论对文学研究和叙事研究的重要意义，但并没有将叙事述行作为一个对象全面地、正面地进行研究，也没有对其进行理论构建，就此而言，本书具有创新意义。

2. 从言语行为理论的视角出发，分析了话语对故事的构建作用，从故事的诸要素和文本语言形式两方面探讨了话语如何构建故事世界，突出了文本内的故事世界与文本外的现实世界的不同。叙事对读者的述行作用学界已有研究，但对话语在文本内的述行作用却很少探讨，本书比较细致地研究了话语对故事的生成作用（即述行性），有一定的创新意义。

3. 为观照叙事转向提供了内在视角。论文密切关注言语行为理论和叙事研究的内在关联性，以叙事转向为背景探讨叙事述行在经典叙事学和后经典叙事研究中的体现。学界普遍从社会思潮的转变（即外部原因）来探讨叙事转向的原因，本书借助言语行为理论探讨了叙事转向的内在逻辑。

4. 第八章回应国内学界关于建构主义和本质主义的论争。言语行为理论是建构主义思想的重要理论资源，而在这场论争中却没有被提到。本书探讨了言语行为理论的建构主义特征，以及它对建构主义叙事研究及文学理论的可能贡献。

5. 根据言语行为理论与叙事研究的相关性，本书提出了一些新的术语，诸如言内规约、言效规约、叙述语力、修辞语力、话语场力等，对叙事分析有一定的理论意义和实践价值。

本书的研究意义主要体现在以下两个方面。

其一，理论意义。论文的理论意义主要体现在三点。

（1）用言语行为理论构建"叙事述行"的理论框架，并将其系统化，为叙事研究提供了必要的研究视角。

（2）把叙事转向作为整体来研究，用言语行为理论来观照转向前后的有机联系，揭示了叙事转向的内在逻辑。

（3）将言语行为理论、罗兰·巴特的符号学理论、叙事学理论进行横向比较，分析三者之间的内在关系，为揭示20世纪批评理论整体转向的逻辑联系提供了参照系。

其二，实践意义。论文的实践意义主要体现在三点。

（1）叙事述行理论为叙事研究和叙事实践提供了理论指导。

（2）系统化的叙事述行理论为叙事分析提供了阐释框架，以具体文本为案例展示了其可操作性和实用性。

（3）回应国内文论界争论热点，有助于澄清建构主义与本质主义的分歧。

第一章 言语行为理论与叙事转向

言语行为理论由语言哲学家奥斯汀于20世纪50年代末提出,经由塞尔、格赖斯等人的发展,逐渐形成一种语言哲学理论,在语言学、哲学、文学、文化研究等领域产生了深远的影响。在文学研究领域,从接受美学到解构主义文论,言语行为理论都有广泛的应用,伊塞尔、米勒、卡勒、德里达等理论家都从中吸收了理论养分。在叙事学领域,尤其是后经典叙事学,言语行为理论也发挥了重要作用,热奈特、罗兰·巴特、卡恩斯、米克·巴尔、华莱士·马丁等人的叙事理论都借鉴了言语行为理论。

20世纪80年代,随着经典叙事学到后经典叙事学的转变,叙事研究的方法、模式,以及核心范畴都发生了改变。与经典叙事学相比,后经典叙事学并没有发生所谓的断裂,也不是前者的继续,而是研究方法和思维模式发生了一定的变化,如,马克·柯里所说,是叙事研究的一次"积极转折"。那么,叙事转向的原因何在?关于叙事转向有各种不同的说法,如,语境转向、接受转向、空间转向、修辞转向、反本转向等,这些"转向"将转向的原因主要归于社会转型,或社会思潮的转变——如解构主义、后结构主义、后现代主义等。笔者在此将这种诊断称为社会诊断,即从社会及其思潮的转变来看待叙事转向。这种社会诊断模式有其合理性,也道出了叙事转向的重要原因。但这只是原因的一个方面,即外部原因,它不能从叙事理论内部来透视叙事研究的转变。或者说,社会诊断能够充分说明叙事转向前后的"不同",但不能很好地说明转向前后的"联系"。因此,有必要从叙事理论内部对叙事转向进行探讨,以揭示转向前后的有机联系。

本章试图从言语行为理论出发,探讨叙事转向的"内部原因",并由此说明叙事研究的嬗变过程。文学叙事从根本上说是一种言语活动,因此,本书的意图在于从语言学理论内部观照叙事转向的原因。

第一节 言语行为理论概观

言语行为理论在 20 世纪产生了革命性的影响,我国学者盛晓明评论道:"这一革命与往常的观念革命,诸如康德的'哥白尼式的革命'等有一个显著的不同点:即言语行为理论不是试图去构建一个非常识或反常识的理论,而恰恰是要返回到某种最最日常的观念上来。"[①] 言语行为理论研究日常生活中的语言,后期维特根斯坦关于"语言游戏论""生活形式论"及"词的意义在于它的用法"等观念是其直接理论来源。言语行为理论是日常语言学派的重要构成部分。正是在这个意义上,我们说言语行为理论研究的不是"语言",而是"言语"。因此,言语行为理论具有实践性、动态性和开放性。

文学叙事与生活世界息息相关,尽管在语言形式上可能超出了生

[①] 盛晓明:《话语规则与知识基础》,学林出版社 2000 年版,第 21 页。

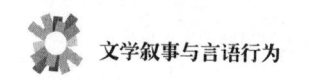

活世界的语言，但与日常语言有必然的联系，文学语言不同于科学语言。因此，言语行为理论为研究文学叙事提供了可能性。下面对与本书论题相关的言语行为理论家的思想做一简要介绍。

一 奥斯汀："言语行为"及其分类

奥斯汀的言语行为理论主要体现在《如何以言行事》（1962）中。该书由他的学生乌姆森（J. O. Urmson）根据他在哈佛大学演讲的笔记整理而成。在《如何以言行事》中，奥斯汀提出了言语行为理论的基本思想：说话就是做事，言即行。

奥斯汀首先区分了"表述话语"和"述行话语"（该书第一至七章）。表述话语的典型形式是陈述句，是对事实的描述或报道，可以做出真假判断。比如，"湖北省的省会是武汉"，对该句话我们可以进一步追问："这是真的吗？"必然会有一个肯定或否定的回答。表述话语体现了逻辑实证主义的观点，凡是不能证明真假的陈述都是"伪陈述"（pseudo-statements），是"毫无意义的"（nonsense）。[1]

但是，大量存在不是描述或报道事实的句子，这些句子不能对之做出真假判断，比如，"把盐递给我"，该句没有报道什么事实，而是说话人在以言行事，即通过话语在实施"请求"或"命令"的行为。这样的句子奥斯汀称为"述行话语"（performative）。所谓"言语行为"就是通过说出话语在实施某种行为，即通过言语"述行"[2]。述行话语有合适与不合适、愉快与不愉快的问题，或者说，话语要成功述行必须具备一定的合适条件（具体见本书第二章第一节的分析）。

---

[1] J. L. Austin, *How to Do Things with Words*，顾曰国导读，外语教学与研究出版社、牛津大学出版社 2002 年版，第 2 页。
[2] 何谓"述行"见"绪论"第一节。

同时，话语实施的是什么行为与语境相关。比如，"把盐递给我"是"请求"还是"命令"，与说话人及其语境有关。

在《如何以言行事》的第七章末尾，奥斯汀发现表述话语和述行话语的区分是有问题的，因为有些述行话语也有真假值，比如"我提醒你老板马上就要来了"，该句一方面实施了"提醒"的行为，另一方面也是"猜测"，猜测就有真假的问题。同时，有些表述话语也有合适条件的问题，比如"法国国王是秃头"的前提条件是法国必须有国王，否则这句话就是不合适的。真假判断与合适条件并不能区分表述话语和述行话语。表述话语也可以述行，比如"我已经吃饭了"就是一种"陈述"行为。因此，表述话语和述行话语没有本质的区别，所有的话语都有述行功能。

摈弃表述话语和述行话语的区分，标志着奥斯汀对言语行为有了新的认识。在此基础上，奥斯汀提出著名的言语行为三分法：发言行为（locutionary acts）、言内行为（illocutionary acts）和言效行为（perlocutionary acts）。[①] 发言行为是指说出一句有意义的话语，它与词汇和语法相关。需要指出的是，词汇和语法也是一种规约；言内行为是指说出话语的同时实施的行为，行为在话语之中，是一种规约行为，它与言内行为"语力"相关；言效行为是指话语在听众方面所产生的效果和影响，是一种非规约行为，与话语的目的和作用相关。奥

[①] 这三个术语有多种翻译：在哲学界常被翻译为"以言表意的行为""以言行事的行为"和"以言取效的行为"；在语言学界则比较混乱，熊学亮（1999）将这三个术语分别译为"言之所述""言之所为"和"言之后果"；索振羽（2000）译为"叙事行为""施事行为"和"成事行为"；钱敏汝（2001）译为"表达性言语行为""施为性言语行为"和"成事性言语行为"；顾曰国（2002）译为"说话行为""施事行为"和"取效行为"等。本书参考朱锐、黄敏的翻译，将三者分别译为"发言行为""言内行为"和"言效行为"；将 phonetic、phatic、rhetic 分别译为"发声行为""用词行为"和"取义行为"。本书参考了朱锐的译法，参见陈启伟《现代西方哲学论著选读》，北京大学出版社 1992 年版，第 618—640 页。

斯汀认为说话行为和言内行为必受规则制约，而言效行为则不是一种规约行为，因为效果可以通过非说话的方式获得，比如恐吓可以通过挥舞棍棒获得，也可以通过用枪指着对方获得。①

为了区分言内行为和言效行为，奥斯汀提出了两个公式，"in"公式和"by"公式：

"In saying x I was doing y" or "I did y"。（"在说 x 中我正在做 y"或者"我做了 y"）

"By saying x I did y" or "I was doing y"。（"通过说 x 我做了 y"或者"我正在做 y"）②

"in"公式主要适用于言内行为，即在说出一句话 x 的同时正在进行 y 行为，y 行为是在话语"之中"完成的。有学者指出，言内行为（illocutionary act）的前缀"il"不是表示"非"或"否定"的意思，而是"in"，"在……之中"的含义。③ 正是出于这种考虑，本书将其译为"言内行为"。因此，言内行为可以理解为"在话语之中实施的行为"。比如，甲对乙说"对不起"，"道歉"行为是在话语"之中"实施的，或者说，言内行为是话语意义本身带来的行为。当然，言内行为与语境相关，同一句话在不同的语境中可能产生不同的言内行为，下文将详细探讨。

"by"公式主要适用于言效行为，所谓言效行为是指，"所说的事

---

① J. L. Austin, *How to Do Things with Words*，顾曰国导读，外语教学与研究出版社、牛津大学出版社 2002 年版，第 119 页。
② 同上书，第 122 页。
③ 参见张瑜《文学言语行为论研究》，学林出版社 2009 年版，第 40 页；另见陈杰《内向指标：以康德批判哲学为进路的意义理论研究》，上海大学出版社 2009 年版，第 141 页；杨玉成《奥斯汀：语言现象学与哲学》，商务印书馆 2002 年版，第 84 页。

情对听众、说话者或其他人的感情、思想或行为产生一定的效果的影响"①。即通过说出的话语使听者产生后续的现实行为。例如，我说，"请把门关上"，如果听者关上了门，那么，言效行为就实施了。

奥斯汀还提出了"语力"（force of the utterance）的概念，凡符合言语行为"合适条件"的表述除自身的意义之外，还具有语力。所谓"语力"是指话语本身所具有的力量，正是这种力量才使它能够述行。例如，某种表述可能具有一种陈述的"力量"，也可能具有一种警告的"力量"，或者可能具有一种允诺、一种命令的"力量"。这些语力规定了某种表述打算派什么用场，即该表述打算产生什么样的效果（包括认知的、动机上的、社会的或法律的），从而规定了应该在什么尺度（为真、可行、适当等）上对它们进行评价。②

奥斯汀的理论包含了自身的理论困境，顾曰国在《如何以言行事》的导读中提出了几点批判，指出了奥斯汀言语行为理论的混乱和理论矛盾，但不可否认其在哲学和语言学领域的重要意义。他的学生塞尔则在一定程度上修正了奥斯汀的理论难题。奥斯汀的"合适条件"为理解文学叙事的总体规约提供了基础。

二 塞尔：意义与意向

塞尔既是美国分析哲学家，也是日常语言学派在美国的重要代表。他的哲学思想大致可以分为三个阶段③：20 世纪 60—70 年代主要探讨言语行为理论本身，以《言语行为：语言哲学论》（1961）和

---

① J. L. Austin, *How to Do Things with Words*, 顾曰国导读, 外语教学与研究出版社、牛津大学出版社 2002 年版, 第 101 页。
② 参见钱敏汝《篇章语用学概论》, 外语教学与研究出版社 2001 年版, 第 143 页。
③ 参见 John R. Searle, *Speech Acts: an Essay in the Philosophy of Language*, 涂纪亮导读, 外语教学与研究出版社、剑桥大学出版社 2001 年版, 第 24 页。

《表述和意义：言语行为研究》（1979）为代表；20 世纪 80 年代起，侧重于探讨作为言语行为基础的意向结构，以《意向性：论心灵哲学》（1982）和《以言行事行为逻辑的基础》（1985）为代表；20 世纪 80—90 年代转向研究心智哲学，特别是心脑问题和人工智能问题，以《心、脑与科学》（1984）和《心、脑与行为》（1988）为代表。

作为奥斯汀的学生，塞尔既继承了老师的主要观点，也对言语行为理论进行了发展和完善。奥斯汀对言语行为分类包含了逻辑上的混乱。发言行为是指说出一句有意义的话语，这里的意义指字面意义。如"我命令你们开火"，"命令"这个施事行为动词明确点出了这句话的言内语力，可是"命令"也是这句话字面意义的一部分。这就是说，在显性述行句中，字面意义已经包含了语力。因此，顾曰国提出质疑："那么在这种情况下还有什么必要区分说话行为（即发言行为——引者注）和施事行为（即言内行为——引者注）呢？"① 塞尔针对奥斯汀的理论困境进行了一定的修正，发展了言语行为理论，形成一个较为完备的理论体系。

塞尔首先对奥斯汀言语行为三分法进行了修正。比较下面四个句子：

（1）萨姆经常抽烟。

（2）萨姆经常抽烟吗？

（3）萨姆，经常抽烟！

（4）但愿萨姆经常抽烟。

塞尔认为这四个句子包含共同的指称（referring）：萨姆，和共同

---

① J. L. Austin, *How to Do Things with Words*，顾曰国导读，外语教学与研究出版社、牛津大学出版社 2002 年版，第 30 页。

的述谓（predicating）：经常抽烟。但这四个句子的"语力"却是不同的：(1) 是陈述；(2) 是询问；(3) 是命令；(4) 是述愿。因此，"说出上述四个句子的任何一个典型地实施了至少三种不同的行为：(a) 词语的说出（词素，句子）；(b) 指称和述谓；(c) 陈述、询问、命令、承诺等"①。塞尔将指称和述谓称为"命题行为"（propositional act）。塞尔接受奥斯汀"言内行为"和"言效行为"的区分，这样，三分法就变成了四分法，如图1-1所示。

言语行为（奥斯汀）			
发言行为 （发声行为、用词行为、取义行为）		言内行为	言效行为
言语行为（塞尔）			
发言行为 （词语的说出）	命题行为 （指称和述谓）	言内行为	言效行为

图1-1 言语行为分类

图1-1表明塞尔将奥斯汀的发言行为的三种行为（发声行为、用词行为、取义行为）进行了合并，并另加了命题行为。在塞尔看来，发言行为是与发声和用词相关的"词语的说出"，而命题行为则包含了取义行为，因为字面意义实际上是由命题构成的。这样就有效地克服了上述奥斯汀发言行为和言内行为的混乱。塞尔的言语行为四分法可以这样表述：说出一句话就实施了（1）发出由词语构成的声音；（2）表达了一个命题；（3）进行了陈述、询问、命令、承诺等

---

① John R. Searle, *Speech Acts: an Essay in the Philosophy of Language*, 涂纪亮导读, 外语教学与研究出版社、剑桥大学出版社2001年版, 第23页。

（言内行为），还可能（4）对听众产生现实的影响和效果（言效行为）。

四种行为中，关键在于命题行为和言内行为的区分，塞尔由此提出了著名的公式：F（p）。

式中，F 表示言内语力（illocutionary force），p 表示命题（proposition）。同一个命题可以有不同的言内语力，因此 F 是可变的（variable）①。上述四例中"萨姆经常抽烟"就是命题，而每一句话的言内语力却是不同的。因此，"一个命题行为可以说成是'表达命题 p'。于是一个言内行为就可以说成'通过表达命题 p，做……（by expressing proposition p, do x）'"②。言内语力和命题有时会同时出现，如"我警告，警察要来了"。该句中"警告"就成了言内语力的标志，"警察要来了"就是命题。言内行为标志也可以通过语序、语调、标点符号、语气等体现出来（这一点对本书具有重要的意义）。

在《表述和意义：言语行为研究》（1979）中，塞尔进一步发展了早期理论，不仅对各种言语行为进行了细致的分类，而且重点研究了虚构语言的言语行为问题，为本书提供了理论基础。尤其是他在 1975 年提出的"间接言语行为"③ 的概念，为分析小说语篇、隐喻、反讽等文学问题提供了重要的工具。

间接言语行为是通过实施一种言语行为而实施其他言语行为的方式。例如：

学生甲：今晚我们去看电影吧？
学生乙：我要考试必须学习。

---

① John R. Searle, *Speech Acts: an Essay in the Philosophy of Language*，涂纪亮导读，外语教学与研究出版社、剑桥大学出版社 2001 年版，第 31 页。
② 黄敏：《分析哲学导论》，中山大学出版社 2009 年版，第 344 页。
③ 该文见 A. P. 马蒂尼奇编《语言哲学》，并作为《表述和意义》的第二章。

在该例中，学生乙的话语起码包含两种言内行为："在学生乙的话语中，首要（primary）的言内行为是拒绝学生甲的建议，该行为是通过实施次要（secondary）言内行为——陈述必须准备考试——而实施的。"①首要言内行为是间接的、非字面的，而次要言内行为是直接的、字面的。或者说，通过直接的字面意义表达了一种间接的非字面的意义。间接言语行为对于分析小说的隐含意义及对故事世界的建构有重要的作用。

塞尔强调言语行为理论与意义理论之间密不可分的联系，"句子意义的研究原则上并不能与言语行为研究区分开来，正确地说，它们是相同的研究"②。因为每一个有意义的句子凭借它的意义，能够被用来实施一种特殊的言语行为，而每一种可能的言语行为原则上也能够被一个或几个句子公式化地表达出来。所以言语行为研究和意义研究不是相互独立的两种研究，而是从两种不同视角进行的同一种研究。言语行为也是一种意向行为，言语交流的一个显著特征在于它具有意向性。因此，进入20世纪80年代以后，他致力于意义—意向—行为之间关系的研究，为他的言语行为理论提供了哲学基础。③与格赖斯不同的是，塞尔研究的是表述的意图，而非交际意图。或者说，他研究的是意义的产生而不是意义的理解。因此，说话人如何表达意义是他研究的目的。塞尔的理论对研究叙述者的意图有重要意义。

---

① John R. Searle，*Speech Acts: an Essay in the Philosophy of Language*，涂纪亮导读，外语教学与研究出版社、剑桥大学出版社2001年版，第33页。

② 同上书，第18页。

③ 参见John R. Searle，*Expression and Meaning: Studies in the Theory of Speech Acts*，张绍杰导读，外语教学与研究出版社、剑桥大学出版社2001年版，第31页。

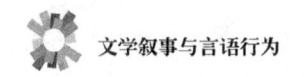

三 格赖斯：会话蕴含理论

格赖斯的话语蕴含理论（theory of conversational implicature）可以看作对奥斯汀言语行为理论的一种修正，奥斯汀将语词的意义与合适条件联系在一起，而格赖斯则致力于对"所说"（what is said）与"所蕴含"（what is implicated）的意义进行区别。会话蕴含理论主要集中于《逻辑与会话》（1975），其发端则是早期的著名论文《意义》（1957）。

在《意义》中，格赖斯发现有两种不同的意义，他将其区分为"自然意义"（natural meaning）和"非自然意义"（non-natural meaning）。比较两个句子：

（1）那些红斑意味着麻疹。
（2）三声铃响意味着客车人满。

句（1）是自然意义，红斑和麻疹之间有自然的联系，不能陈述这一事实，而同时否定它，如"那些红斑意味着麻疹，而他没有得麻疹"。句（2）是非自然意义，三声铃响和客车人满之间没有必然的联系，二者之间是一种约定的关系。[①] 非自然意义表示的是与说话人相关的意义，与说话人的交际意图相关。格赖斯的理论旨趣不在自然意义，而在于与人密切相关的非自然意义。非自然意义将语言的意义和语言的使用者联系在一起，打破了语言的真假逻辑，是会话蕴含理论的基础。

格赖斯在研究语言意义时发现，人们说话时，传达的意义往往超

---

① H. P. Grice, "Meaning", *The Philosophical Review*, 1957, (66): pp. 377–388.

出其所言。比如，某人说了这样一句话："He is in the grip of a vice."因为 vice 既有"恶习"的含义，也有"老虎钳"的含义，所以，这句话的含义之一为"他被老虎钳夹住了"，另一含义则是"他受恶习的支配"。那么，要判断这句话的意义，必须知道说话人的身份、说话的时间和说话时的语境。他把这种受语境制约的超出意义统称为"蕴含"（implicature）。

格赖斯区分了约定蕴含和会话蕴含。约定蕴含是指话语在形式上就可以把握的蕴含，如"他是一个英国人，因此他是勇敢的"。虽然说话人没有说出"英国人是勇敢的"，但从语言形式上已经蕴含了"英国人是勇敢的"。而会话蕴含是一种必须经过"推算"才能够把握的蕴含，是一种非约定蕴含。比如，

（1）那只狗看起来很高兴。

（2）也许它吃了烤牛肉。

（3）A：到底是什么动了我的烤牛肉？

B：那只狗看起来很高兴。

只有在句（3）的言语环境中，句（1）才蕴含句（2）。

会话蕴含受合作原则的制约（见第二章第一节的论述）。推算一种会话蕴含可以表述为这样一种范型："他说出 p；没有理由去假设他没有遵守准则，或至少没有理由去假设他没遵守合作原则；如果他没有想到 q，他就不能这样做；他知道（并且知道我也知道他知道）我能认识到他想到 q 这一假设是必需的；他无法阻止我想到 q；他试图让我想到或至少情愿让我想到 q；因此，他蕴含 q。"[1] 会话蕴含的

---

[1] ［美］格赖斯：《逻辑与会话》，［美］A. P. 马蒂尼奇《语言哲学》，牟博、杨音莱、韩林合等译，商务印书馆 2006 年版，第 307 页。

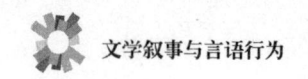

推算不仅要说话人和听话人遵守合作原则,而且要共享知识背景和语境,与说话人的意图密切相关。

会话蕴含理论对说话人意图和语境的强调,为分析文学叙事提供了理论工具。

第二节 罗兰·巴特的符号学体系与叙事转向

罗兰·巴特及其理论对于叙事转向具有特殊的意义,正如张寅德所言:"他的批评观的多重性、他的批评实践的丰富性,恰如一面镜子,反映了法国当代文学批评所走过的道路。"① 不仅如此,甚至可以说罗兰·巴特是一面反映叙事转向的"镜子",因为他的批评实践本身就是叙事转向的缩影,其前期是经典叙事学的主将,以《叙事作品结构分析导论》为代表,而后期则超越结构主义,对语言的"结构"进行拆解,走向后经典叙事研究,如《s/z》。因此,通过罗兰·巴特这面"镜子"我们更能看清叙事转向的内在机制,而这面"镜子"的主要材料则是符号学。

一 社会诊断及其局限:以马克·柯里为例

马克·柯里在《后现代叙事理论》一书中对叙事转向进行了出色的诊断,堪称后经典叙事研究的代表作。马克·柯里归纳了叙事转向的三大特点:"多样化、解构主义、政治化——这三者便是当代叙事

---

① 张寅德编选:《叙述学研究》,中国社会科学出版社1989年版,第41页。

学转折的特点。显然,这三个词相互关联,形成一个三角体。它们所描述的是后结构叙事学的一般性假定和过程的转折。"① 并且在"引论"中对这三大特点进行了详细的论述。笔者在此以马克·柯里的概括为例,评述这种诊断的合理性及其局限性。

叙事转向的第一个特点具体表现为,"从发现到发明——反映了叙事学告别科学假定的整体性转变"。"发现"意指经典叙事学。经典叙事学致力于对叙事规律的发现,认为叙事规律是客观的,它潜藏在叙事文本之中,叙事学研究就是去"发现"它。因此,经典叙事学明显具有科学主义的倾向,因为它事先"假定"了叙事"规律"的存在。"发明"则意指后经典叙事学。"发明"意味着创造,是一种建构活动,所以后经典叙事研究认为"阅读的对象总是由阅读行为所建构的","后结构主义者偏爱构造(construction)、建构(construct)、结构化(structuration)和建立(structuring)等词,因为它们都指向读者在意义构成中的积极作用"②。从"发现"到"发明"反映了叙事研究的整体性转变,马克·柯里认为后结构主义为这种转变提供了理论资源。事实也正如马克·柯里的诊断。然而,需要指出的是,后结构主义的出现本身就包含了对结构主义的反思,而结构主义又是现代以来科学主义的体现。因此,这种诊断暗含叙事转向与社会转型相一致的论断。

叙事转向的第二个特点也当作如是观——"从一致性到复杂性的转变,是与叙事作品有着稳定结构的观点开始告别的一部分"。马克·柯里指出:"大多数关于叙事形式的科学实际上是关于一致与连贯的科学。"经典叙事学对作品稳定结构的揭示是对一致性的追求,

---

① [英]马克·柯里:《后现代叙事理论》,宁一中译,北京大学出版社2003年版,第8页。
② 同上书,第4—5页。

而"在对一致性的批评性寻求中存在着一种要将叙事作品呈现为一个连贯而稳定的设计的欲望"。显而易见,这种"欲望"正是现代性宏大叙事的欲望。而后经典叙事学则"设法保持叙事作品中相矛盾的各层面,保留它们的复杂性,拒绝将叙事作品降低为一种具有稳定意义和连贯设计的冲动"。因此,"从一致性到复杂性的转变"也隐含着从现代性到后现代性转变的社会大语境。

马克·柯里认为叙事转向的第三个特点是"从诗学到政治学的转变",这种转变"可看成是解构主义的一大遗产"。解构主义不仅颠覆了现代性宏大叙事的权威性,摧毁了结构主义二元对立的等级关系,而且"允许将历史观再次引入叙事学,此举为叙事学走向更为政治化的批评起到了桥梁作用"。由此,意识形态成为叙事研究的重要领域,种族、性别、身份等成为叙事研究的关注对象。在此需要指出的是,解构主义与后结构主义、后现代主义具有大体相同的理论背景和社会语境,三者共同构成所谓后现代转向的重要部分。所以,从社会思潮的角度看,"从诗学到政治学的转变"仍然是一种社会诊断。

马克·柯里的诊断代表了绝大多数研究者对叙事转向的看法。语境转向、接受转向、空间转向、反本转向等大体上都从这个角度看待叙事转向的原因。比如,空间转向看似与社会诊断无关,实质上也暗含着社会动因。空间转向的前提是对19世纪兴起的历史决定论的批判。福柯指出,"19世纪沉湎于时间和历史,空间被当作是死亡的、刻板的、非辩证的和静止的东西。相反,时间是丰富的、多产的、有生命力的、辩证的","空间遭到贬值,因为它站在阐释、分析、概念、死亡、固定还有惰性的一面"[①]。到了20世纪后半叶,在后现代

---

① [法]米歇尔·福柯:《权力的眼睛——福柯访谈录》,严锋译,上海人民出版社1997年版,第152—153页。

思潮的作用下，历史的线性进步观遭受前所未有的质疑和批判，事物存在的空间形式进入理论的前台。在叙事研究中，片面关注时间的研究开始被清算。如龙迪勇指出："任何一个事件都既是时间维度的存在，又是空间维度的存在。如果仅强调前者而忽视了后者，无疑是对事实的歪曲，对真实性的遮蔽。""正是有感于时间性对真实性的遮蔽甚至扭曲，自20世纪下半叶以来，许多思想敏锐的学者都觉得应该把空间维度引入到人文社会科学研究中去。"① 而历史决定论和线性进步观正是现代性内核的重要内容。因此，空间叙事学的兴起也与现代社会向后现代社会的转换相联系。

这种社会诊断得到学界的广泛认可，其合理性值得充分肯定。但是，不难发现，这种诊断只是叙事转向的"外部原因"，认为是社会思潮的变化引起叙事研究的转变，因此，这种诊断能够充分说明叙事转向前后的不同，但并不能说明叙事转向前后的联系。正如马克·柯里所声称的："叙事学不过经历了一次转折而已，而且是一种积极的转折。"既然如此，那么就有必要寻找叙事转向的"内部原因"，以说明转向前后的相关性。这种"内部原因"应该从叙事理论本身寻找。它应该一方面是经典叙事学的理论，另一方面也能够体现后经典叙事研究的追求。本书将对此进行尝试。

二 问题的提出：基于罗兰·巴特理论文本的细读

罗兰·巴特的《叙事作品结构分析导论》② 被称为经典叙事学的奠基之作。但是，其中包含的一些重要思想却没有得到应有的重视。

---

① 龙迪勇：《叙事学研究的空间转向》，《江西社会科学》2006年第10期。
② 该文发表于《交际》杂志1966年第8期，"叙事学"正是这一时期得以命名。

学界充分注意到罗兰·巴特对叙事作品结构层次的研究,在某种程度上却忽略了其中包含的符号学思想。巴特指出,

> 事实上,叙述只能从使用叙述的外界取得意义。超过叙述层次就是外界,也就是其他系统(社会的、经济的、意识形态的)。这些系统项不再仅仅是叙事作品,而是另一种实体的因素(历史事实、决心、品行等等)。语言学的研究到句子为止,同样叙事作品分析到话语告终,然后则应当过渡到另一种符号学。语言学遇到这一类的界限,对此已经作过假设——或作过研究——称之为语境。①

上述引文至少具有两方面的重要启示。

首先,巴特区分了两种叙事研究。以话语告终的叙事分析是经典叙事学的研究界限,而超越这一界限的研究,巴特称为"语境"研究,后者显然属于后经典叙事学的研究范畴。虽然巴特无意在此建构后经典叙事理论,但是,他已经"先见地"指出叙事研究走出话语研究的可能性——"叙述只能从使用叙述的外界取得意义"。因此,我们说,罗兰·巴特在"叙事学"成立之初就已经注意到两种不同的叙事研究,一种是经典叙事学对话语和叙述的研究,而另一种则是超出文本的"语境"研究。正是在这个意义上,罗兰·巴特指出:"任何叙事作品都依属于一种'叙事作品的语境',即叙事作品赖以受到消费的整套规定。"后经典叙事学正是在"语境""消费的整套规定"等方面发展了叙事理论。

其次,巴特暗示了两种符号学分别与两种叙事研究相对应。"语

---

① 张寅德编选:《叙述学研究》,中国社会科学出版社1989年版,第33页。

言学的研究到句子为止,同样叙事作品分析到话语告终,然后则应当过渡到另一种符号学。"这里,"另一种符号学"暗示了存在两种符号学,既然有"另一种符号学"当然就有"这一种符号学"。并且,"然后"表明这两种符号学在叙事研究中具有时间上的联系。罗兰·巴特将叙事作品分为三个描写层次:功能层、行为层和叙述层。这三个层次具有等级关系,下一层的意义只有"归并"到上一层才能获得意义,即"一种功能只有当它在一个行动元的全部行为中占有地位时才具有意义;而这一行为本身又因为交给一个自身具有代码的话语、得到叙述才获得最终意义"[1]。经典叙事学研究的最后界限是叙述层,即以"话语告终"。巴特显然在这里提示了以话语分析为终点的叙事研究是不同于"另一种符号学"的"这一种符号学",而"另一种符号学"则走出了文本的封闭性,如上文所述,走向了后经典叙事研究。

那么,这两种不同的符号学到底是什么符号学呢?在《符号学原理》《流行体系》等著作中,巴特明确区分了两种符号学。一种他称为"直接意指符号学"或"元语言符号学",另一种称为"含蓄意指符号学"。前者局限于文本本身的意指关系,而后者则指向文本之外的"世界"或"世事"。显然,这两种符号学与叙事研究的两种方式具有一种对应关系。巴特紧接上述引文对此做了说明,并给出了与经典叙事研究对应的符号学的具体所指:

> 叙述层次因而具有模棱两可的作用:叙述层次因为与叙事作品的语境接壤(有时甚至把叙事作品的语境包括在内),所以,向叙事作品展现(消费)的外界开放;但同时叙述层次又给先前

---

[1] 张寅德编选:《叙述学研究》,中国社会科学出版社1989年版,第9页。

的层次封顶,封闭了叙事作品,决定性地使叙事作品成为规定着和包含着自身元语言的某种语言的言语。①

叙述层次的模棱两可性使叙事研究具有向两个方向发展的可能,一方面它向"外界开放",走向"语境"和"消费";另一方面它又"封闭自身","决定性地使叙事作品成为规定着和包含着自身元语言的某种语言的言语"。20世纪60年代的巴特执迷于结构主义,因此,这里没有对"开放的"叙事研究展开论述,但却明确指明了"封闭的"叙事研究——经典叙事学——与元语言的关系。同时,根据前文的论述,我们也可以得出结论说,巴特所说的超越话语界限的"另一种符号学"指的就是"含蓄意指符号学"。

三 两种符号学与叙事转向的内在逻辑

符号学研究的是意指系统,即符号的意义是如何产生的。叶尔姆斯列夫将一个意指系统分为"表达平面"(E)和"内容平面"(C),而意指作用产生于两个平面之间的"关系"(R)。那么,"ERC"就构成了一个完整的意指系统。罗兰·巴特在此基础上引申出另外两个相互区别的系统:"现在我们假定,这样一个系统 ERC 本身可以变成另外一个系统的单一成分,这个第二系统因而是第一系统的引申。"②第一系统和第二系统的分离可以按两种方式进行:一种是第一系统(ERC)本身变成第二系统的表达层,即(ERC)RC,如图1-2(a)所示。在这种分离方式中,第二系统吸收了第一系统(ERC)的意指

---

① 张寅德编选:《叙述学研究》,中国社会科学出版社1989年版,第34页。
② [法]罗兰·巴特:《符号学原理》,李幼蒸译,生活·读书·新知三联书店1988年版,第169页。

结果,带来一个新的意指,ERC 被称为直接意指,而"(ERC)RC"被称为含蓄意指;另一种方式是第一系统(ERC)变成第二系统的内容层,即 ER(ERC),如图 1-2(b)所示。在这种分离方式中,第一系统(ERC)成了第二系统的意指对象,即第一系统本身成了第二系统的对象,因此,这种第二系统被称为元语言,即表述语言的语言。那么,第一系统整体在第二系统中就被抽象化为一个对象。

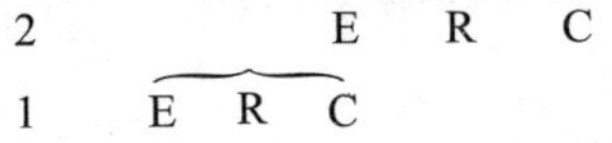

```
2     E R C              2     E R C
1   E R C                1       E R C
```

含蓄意指   元语言

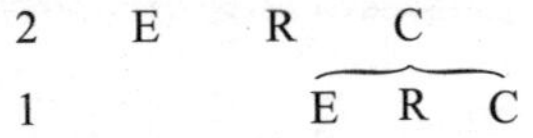

图 1-2(a)   图 1-2(b)

叶尔姆斯列夫认为"元语言是科学语言的主体,其作用在于提供一种真实系统",而"含蓄意指具有一种普遍的感染力或理念规则,它渗透在原本是社会性的语言中"[①]。与叶尔姆斯列夫不同的是,罗兰·巴特将这种元语言扩展到所有的符号意指系统中,其原因在于,巴特将"ERC"进一步抽象化为一个符号,表达层(E)与能指(Sr)对应,内容层(E)与所指(Sd)对应。这样,图 1-2(a)和图 1-2(b)就分别变成图 1-3(a')和图 1-3(b'),如下所示:

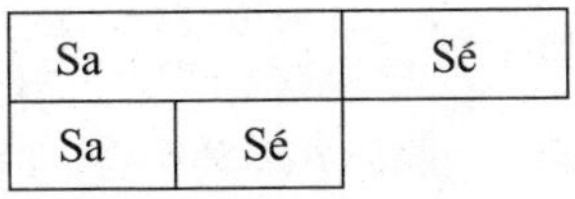

Sa	Sé	
Sa	Sé	

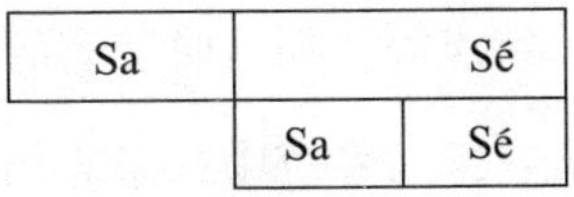 Sa		Sé
	Sa	Sé

含蓄意指   元语言

图 1-3(a')   图 1-3(b')

---

① [法]罗兰·巴特:《流行体系——符号学与服饰符码》,敖军译,上海人民出版社 2000 年版,第 33 页。

这样，罗兰·巴特区分了两种符号学：含蓄意指符号学和元语言符号学。罗兰·巴特认为含蓄意指现象还没有被系统地研究过，他确信将来会有一门含蓄意指符号学。并且，这种符号学会逐渐涉及真正的历史人类学。因为，含蓄意指的所指"同文化、知识、历史密切交流，可以说正是因此外在世界才渗入记号系统"。因而，"它是意识形态的一部分"①。而含蓄意指的能指则是第一系统整体所形成的修辞形式，因而修辞学是其能指形式。元语言符号学则是一种"操作程序（opération）"，它操控着第一系统（所指）。

进一步，罗兰·巴特将上述两种分离方式结合起来，构建了自己完整的符号意指系统：

3. 含蓄意指	Sr：修辞学		Sd：意识形态
2. 直接意指：元语言	Sr		Sd
1. 真实系统		Sr	Sd

图1-4 罗兰·巴特符号意指系统

在《神话学》《流行体系》《符号帝国》等著作中，罗兰·巴特证明了这一符号学系统的广泛用途。这里仅举一例进行说明，"双排扣西装"在第一系统中意指真实世界中的一种服装，它有自己的实在功能、特点等，那么时装杂志中对"双排扣西装"的介绍就进入第二系统。在第二系统中，杂志语言表述的是"双排扣西装"这一概念，它并不意指真实世界中某一件具体的服装。"双排扣西装"在此被抽象化为一个概念，成为杂志语言表述的"对象"（所指），从而与真实的服装脱离开来。杂志语言就成了元语言。杂志语言整体又可能作

---

① [法]罗兰·巴特：《符号学原理》，李幼蒸译，生活·读书·新知三联书店1988年版，第171页。

为一个符号,成为第三系统的修辞学能指。因为杂志语言在表述这一"对象"时带有自己的情绪、偏好等修辞色彩,所以它可能又意指其他的内容,比如流行。这构成第三系统的含蓄意指。流行的含蓄意指反过来又引导第一系统(真实世界)的消费,因此,含蓄意指的所指具有意识形态功能。

用这种符号学眼光来观照叙事研究,我们会发现叙事转向的奥秘就潜含在符号学系统的三个层次之中。

第一层次属于真实系统,它与真实的世界相联系。对叙事学而言,与此相关的一个重要概念是"法布拉"(fabula)。俄国形式主义对"法布拉"和"休热特"的区分对叙事研究具有重要的意义。"法布拉"是指事件发生的编年顺序,通常译为故事、本事等,而"休热特"是指事件在叙述中的顺序和方法,通常译为情节。① 米克·巴尔把"法布拉"理解为构成"故事"(story)的"素材"(fabula),是指"按逻辑和时间先后顺序串联起来的一系列由行为者所引起或经历的事件。"而"故事"则是对"素材"干预的结果。② 也就是说,只有通过一定的手段对素材进行编码才能形成故事。按照米克·巴尔的看法,素材包括事件、人物(行动者)、时间、场所等。素材属于真实世界,而故事则属于艺术世界。这种区分对叙事学至关重要,显然,经典叙事学关注的不是"素材",而是"故事",即对素材进行安排和讲述的方式。"素材"进入"故事"的前提条件是它必须转变为一个符号,唯有如此它才能成为故事的对象。或者说,只有将现实

---

① 当然,也有不同的理解。彼德罗夫斯基就将"法布拉"理解为对故事的艺术加工,而将"休热特"理解为所叙述的故事;波斯别洛夫也将"法布拉"理解为故事的叙述方式,将"休热特"理解为叙述的对象。参见龚翰熊《文学智慧——走近西方小说》,巴蜀书社2005年版,第148页。

② 参见[荷]米克·巴尔《叙述学:叙事理论导论》,谭君强译,中国社会科学出版社2003年版,第3页。

性事件的编年顺序（素材）按照艺术要求进行重新叙述才能成为"故事"。显而易见，无论考据派有多么充足的证据，都不能改变贾宝玉只是《红楼梦》叙事中的一个符号的事实，他不是现实中的曹雪芹，贾府也不是曾经的"曹府"。这正是符号学体系的要求，即第一系统（在此我们将其理解为素材）只有作为一个符号整体进入一个叙事体系，它才能够成为叙事的对象。曹雪芹是个"实体"，他不可能被"叙述"。在这个意义上可以说任何叙事都是对符号的叙述。当素材进入叙述的过程，成为叙述的"内容"（叶尔姆斯列夫），或所指（罗兰·巴特），就进入符号学体系的第二系统。

符号学的第二系统是元语言层面。在叶尔姆斯列夫看来，元语言是一种"操作程序"（opération），它是"建立于无矛盾性（一致性）、充分性、简单性等经验原则之上的"。因此，元语言是科学语言的主体。罗兰·巴特进一步认为："显然符号学是一种元语言，因为它把作为被研究的系统的第一语言（或对象语言）当成第二系统。这个对象系统是通过符号学的元语言被意指的。元语言不应限于科学语言。"元语言渗透于社会性语言之中，"尤其在文学中的重要性还未曾被人们所认识"①。因此，罗兰·巴特扩大了元语言的对象范围，认为文学语言也是一种元语言，这一认识奠定了经典叙事学的研究模式和思维模式。尽管罗兰·巴特否认符号学是科学，但他并没有否认元语言的科学性，相反，正是在这种科学语言的观照下进行了文学叙事研究。科学性正是经典叙事学的追求。胡亚敏教授指出"科学性"是经典叙事学的重要特征，"叙事学是对叙事文的一种共时、系统的形式研究，它探讨的范围是叙事文的叙述方式、结构模式和阅读类型，它的意义

---

① [法]罗兰·巴特：《符号学原理》，李幼蒸译，生活·读书·新知三联书店1988年版，第171页。

在于为科学地认识叙事文提供理论框架"①。当第一系统的"素材"进入元语言的"操作程序",它就脱离了其现实性而成为一个符号,从而成为元语言的操作"对象"。罗兰·巴特指出,叙事作品是"规定着和包含着自身元语言的某种语言的言语",即认为每一个叙事作品都是一种"言语",而这种"言语"有赖于一种更高的语言,即元语言——来进行操作,这种元语言就是使我们的言语得以理解的"语言结构"。毫无疑问,如果没有这种"语言结构"的"操作程序",任何叙事作品就不能够被有序地叙述,也不能够被理解。经典叙事学正是在这个层面研究符号的运作规律。经典叙事学不考虑大观园"荒芜"的社会意义,只考虑大观园是如何在《红楼梦》的"叙述"中走向"荒芜"的。因此,经典叙事学研究局限于文本本身,探讨文本叙述的基本元素、模式及其语法规律,这正是元语言层面科学性的体现。正如布雷蒙所说:"叙事作品的符号学研究可以分成两大方面:一方面是关于叙述技巧的分析;另一方面是关于对所叙故事起支配作用的那些规律的研究。"② 在这个意义上,我们认为,经典叙事学与符号学的第二系统相对应,并且将研究限定在这一系统。

如果说经典叙事学研究符号(文本)内部的意指关系,如热奈特所说,研究话语(能指)/故事(所指)的结构关系,那么,后经典叙事学的研究则溢出了文本之外。戴卫·赫尔曼认为:"最根本的转换是从文本中心模式或形式模式到形式与功能并重的模式,即既重视故事的文本,也重视故事的语境。"③ 或者说,文本形式并非故事的唯一因素,故事之所以是故事,有赖于对故事的阐释。这样,叙事研究

---

① 胡亚敏:《叙事学》(第2版),华中师范大学出版社2004年版,第17页。
② 张寅德编选:《叙述学研究》,中国社会科学出版社1989年版,第153页。
③ [美]戴卫·赫尔曼:《新叙事学》,马海良译,北京大学出版社2002年版,第8页。

就在文本之外获得更大的阐释空间。叙事转向使隔离的文本形式与真实的世界重新获得了联系，从而也使叙事学焕发了新的生命。在本书的论域中，我们认为，叙事转向正好体现在符号学体系由第二系统向第三系统的转换上，即由元语言的直接意指向修辞学的含蓄意指的转换。如前所述，含蓄意指是一种修辞效果，即第二系统整体上作为一个符号成为第三系统的能指所带来的引申义。这种修辞效果具有意识形态的功能。能指的修辞性是后经典叙事学"意义"的诞生地，这种修辞性是阅读与阐释的结果，因此意义潜含在读者的无限阐释之中，同时，这种阐释可以发挥意识形态的功能。这就是后经典叙事学的理论链条，链条的起点是第三系统能指的诞生。因此，我们认为后经典叙事学正好与符号学体系的第三系统相对应。

综上所述，符号学体系与叙事转向的关系如图1-5所示。

符号学体系		叙事学	
第三系统	含蓄意指	后经典叙事学	社会历史
第二系统	直接意指（元语言）	经典叙事学	文本形式
第一系统	真实系统	素材(fabula)	现实世界

图1-5 符号学体系与叙事转向

四 两种元语言与两种诊断模式

依据罗兰·巴特的符号学理论，本书提出了一种看待叙事转向的内部视角，即从叙事理论内部探讨叙事转向的原因。从元语言符号学到含蓄意指符号学的转变是叙事转向的内在逻辑。这种内部诊断模式能够有效说明叙事转向前后的相关性，它不同于从叙事理论外部考察叙事转向的社会诊断模式。

实际上，罗兰·巴特在《符号学原理》的结尾以自己特有的方式将上述两种诊断模式结合起来，结合的方式是其对元语言的理解。

> 原则上说，没有什么可以阻碍一个元语言反过来成为一个新元语言的对象语言。例如，符号学的情况就是这样，当它被另一门科学"说着"时。如果我们同意把人文科学定义作一种一致性、充分性、简单性的语言（叶尔姆斯列夫的经验原则），即定义作一种操作程序的话，那么每一门新科学都将表现为一种新的元语言，它将把在它之前的元语言当作对象，并关涉到实际上为其"描述"的真实对象。因此在某种意义上，人文科学的历史就是元语言的一个历时面，而且每门科学当然都包含着符号学方面，包含着它自身的衰亡，这种衰亡是以谈论它的语言形式表现出来的。……一种完整的符号学分析，除了所研究的系统和进行这一研究时所最常用的（直接意指）语言以外，还需涉及含蓄意指系统和对其进行研究时所用的元语言。①

可以看出，罗兰·巴特在这里指出了两种元语言，其中一种新元语言"说着"另一种元语言。显然，这两种元语言处在不同的层次。就叙事研究而言，一种元语言"说着"一个"故事"，这种元语言就是巴特所说的"语言结构"，它处于较低的层次，是讲故事的"操作程序"，即一个故事能被讲述必须遵循的"语言"。而另一种"新元语言"则是对故事本身和讲故事行为本身进行"评说"或阐释的"操作程序"，它处于高一级的层次。具体而言，这种"新元语言"

---

① ［法］罗兰·巴特：《符号学原理》，李幼蒸译，生活·读书·新知三联书店1988年版，第172页。

是一种理论，因为只有理论才堪称"科学"，它能将先前的"元语言"本身当作对象，并对其加以评说和阐释。格雷马斯大体上也持这种观点，并称这种元语言为第三语言，或"元元语言"。元元语言的作用在于"用来分析既定元语言"①。

我们已经知道，符号学的第二系统被巴特定义为元语言，它是用文学语言"说着"作为符号的"素材"（对象）。那么，在巴特看来，这种元语言完全可以成为另一种科学语言的"对象"（所指）。比如，《萨拉辛》是用法语写成的，要讲述这样一个故事，就必须遵循法语的语言规则，那么，这种语言结构就是"说着"《萨拉辛》这个故事的元语言。然而，当我们用解构主义来"说着"《萨拉辛》的时候，"解构主义"就成了一种新元语言，而《萨拉辛》就成了对象语言。因此，罗兰·巴特认为完整的符号学分析还需涉及含蓄意指系统和对其进行研究时所用的元语言（即"元元语言"）。

同时，巴特又指出这种作为更高一级的理论元语言并非固定不变的，"人文科学的历史就是元语言的一个历时面"，"包含着它自身的衰亡"，因此，理论元语言也有产生、衰亡，而后又产生新元语言的变化过程。那么，这种变化又是由何而来的呢？罗兰·巴特给出了答案：

> 我们可以说，作为含蓄意指面掌握者的社会，"说着"被研究系统的能指，而符号学"说着"其所指。因此社会似乎具有一种对世界进行解码的客观功能（其语言是一种操作程序），世界用第二系统的能指把第一系统的记号吸收或伪装起来，但是历史

---

① [法] A. J. 格雷马斯：《结构语义学》，蒋梓骅译，百花文艺出版社2001年版，第16页。

本身却使其客观性不能长存,因为历史是不断更新其元语言的。①

这段话具有两个方面的重要意义。

首先,它以符号学理论将上述所论两种诊断模式结合起来。"作为含蓄意指面掌握者的社会,'说着'被研究系统的能指,而符号学'说着'其所指"表明叙事转向的内部原因,即叙事研究从元语言符号学(经典叙事学)转向含蓄意指符号学(后经典叙事学)。同时,他又指出含蓄意指的掌握者是社会,它操控着并且不断更新自己的元语言。而这种被更新的元语言表现为理论的变化和转向,理论元语言的变化反映了社会、世界或历史的变化。由此可见,经典"叙事"向后经典"叙事"转变的背后原因,正是历史元语言的改变:结构主义走向了后结构主义。那么,这种诊断模式正是前文所说的社会诊断模式。

其次,他表明叙事研究,甚至可以说所有的学术研究——处在动态的变化之中。理论元语言作为一种"科学",它力求保持自身的"客观性",但"历史本身却使其客观性不能长存",社会或历史不断更新它的元语言,这正是阐释趋于无限的根本原因。在这个意义上,结构主义叙事学本身就是一种元语言,它操纵着对叙事作品的一种阐释。只不过,它是在结构主义"语法规范"规约之下的阐释。后结构主义、解构主义同样是一种元语言,它提供了对叙事作品进行阐释的另一种语言,但它必然会面临自身"衰亡的历史"。可以想见,在不久的将来——也许现在已经出现了,一定会有一种新的理论来取代后结构主义、解构主义或后现代主义。这就是社会"对世界进行解码的

---

① [法]罗兰·巴特:《符号学原理》,李幼蒸译,生活·读书·新知三联书店 1988 年版,第 172 页。

客观功能",这才是真正的"客观性"。

总之,20世纪80年代的叙事转向在巴特这篇20世纪60年代的论文中已经得到深刻的"预言"。因此,罗兰·巴特及其理论对于叙事转向具有特殊的意义,尤其是他的符号学理论为叙事转向提供了一种新的观照视角,从叙事理论内部说明了经典叙事学向后经典叙事学转变的关系。同时,他关于两种元语言的论述不仅包容了社会诊断,而且给叙事研究带来多方面的启示。

五 罗兰·巴特的符号学体系与言语行为理论

罗兰·巴特先后在《叙事作品结构分析导论》和《作者之死》中提到言语行为理论。这两篇论文在巴特的思想体系中具有重要的意义,前者是其结构主义思想的顶点,而后者则体现了向后结构主义的转变。

在《叙事作品结构分析导论》中,巴特谈到叙述者时指出,叙述者不是作者,作品也不是作者的表达工具。真正的叙述或叙述者代码同语言一样只有两种符号系统:人称系统和无人称系统,叙事作品的人称只能用它在话语中的编码地位来确定。这样就使叙述由陈述范畴转变为行为范畴,写作不是讲故事,而是讲故事的言语行为。"总之,一切都从语义转向语义实践了;一切都从内容转向内容的生产机制了。"[①] 显然,巴特在此将故事看作叙述者叙述行为的产物。

在《作者之死》中,巴特依然坚持写作不是作者"记录、标示、表达、描写的操作,而是恰恰像语言学家说到牛津哲学时说的,写作是一个述行性的罕见的语言形式。它永远使用第一人称和现在时,在

---

① 汪民安:《谁是罗兰·巴特》,江苏人民出版社2005年版,第118页。

这里叙述除了言语行为本身之外，别无其他内容（不包含其他命题）——这有点像国王说的'我宣布'，古代诗人所说的'我赞美'。"① 写作是叙述者的言内行为。但是，巴特在这篇论文中公然颠覆了作者与作品的父子关系，文本没有一个父性起源。写作不停地安放意义，又不停地使意义蒸发。文本由多重写作构成，阅读就是写作，读者是多重写作的汇聚点。巴特以作者死亡为代价宣布了读者的诞生。《作者之死》是《S/Z》的理论先声，对读者的强调走向了话语接受者，其实是强调了言效行为，过渡到后经典叙事学。

从《叙事作品结构分析导论》到《作者之死》和《S/Z》表明了言语行为理论在罗兰·巴特研究转向中的意义，即从言内行为（关注文本本身）转向言效行为（关注读者阅读）。这种转向也体现在他的符号学双层系统（元语言符号学和含蓄意指符号学）之中。

言内语力产生于语言内部，言内行为是"在话语之中实施的行为"，这是奥斯汀"in 公式"的题中之意。换一种角度，如果用罗兰·巴特的符号学体系来看言内行为，则可以说是元语言操控着言内语力。元语言是规则系统，是"操控程序"，是"语言结构"。任何一种规范化、系统化的语言都可能成为另一种语言的元语言。言语只有在这种规则系统中才有意义，或者说，言语只有符合某种元语言的操控程序才可能具有语力。比如，"我要杀死你"要想具有"威胁"的语力，除合适的语境外，还必须符合汉语的规则系统。（注意，我们这里将"我要杀死你"这五个字作为对象语言来看待。）同样的五个字如果说成"我杀死要你"就不具有"威胁"的语力，也不会执

---

① Roland Barthes, *Image Music Text*, London: Fontana Press, 1977, pp. 145 – 146. 此处翻译参阅了林泰的译文，参见赵毅衡编选《符号学文学论文集》，百花文艺出版社2004年版，第509页。有所改动。

行"威胁"的言内行为。因此,言内行为与罗兰·巴特的符号学系统中第二层次(即元语言符号学)相对应。

　　言效行为产生于听话人对话语的理解之后,如果话语不被理解就不会产生言效行为。奥斯汀的"by 公式"表明,言效行为是听话人"通过"对话语的理解产生的行为,所以言效行为产生于"话语之外"。如果用罗兰·巴特的符号学体系来看言效行为,则可以说是含蓄意指带来的结果。含蓄意指的能指是一种修辞形式,其所指则是"意识形态的一部分"。也就是说,只有理解了话语的修辞含义,才能得到话语的所指,实现话语的目的。"我要杀死你!"要想在听话人身上产生效果,它必须被理解为"威胁"的修辞,只有这样才可能在听话人身上产生"恐惧"的效果。含蓄意指的所指使外在世界渗入符号系统,从言语行为理论来看,这个外在世界首要所指就是读者的世界。因此,我们说言效行为与含蓄意指符号学相对应。

　　罗兰·巴特的符号学体系不仅说明了叙事转向的内在逻辑,也与言语行为理论有密切的联系。三者之间的联系至此已经清晰,表述如下。

　　1. 叙事转向:经典叙事学→后经典叙事学。
　　2. 符号学体系:元语言符号学→含蓄意指符号学。
　　3. 言语行为理论:言内行为→言效行为。

　　用一句话概括就是:叙事转向表现为经典叙事学向后经典叙事学的转变,相应地既体现为元语言符号学向含蓄意指符号学的转变,也体现为言内行为向言效行为的转变。

第三节　言语行为理论与叙事转向的内在逻辑

罗兰·巴特的符号学体系与叙事转向之间的关系，为观照言语行为理论与叙事转向关系提供了参照系。叙事转向带来文本"内/外"关系的转换，与言语行为理论的"言内/言效"关系有关联。这是本书的基本出发点。

一　言内行为与经典叙事学

当前，学界主要在后经典叙事学的整体框架中使用言语行为理论，而对经典叙事学与言语行为理论的关系研究甚少。本书将言语行为理论与经典叙事学联系起来，主要基于以下思考：（1）故事世界是由语词构成的，故事本身由各种言语行为推动；（2）文学叙事首先是作者的发言行为（即"叙述"行为），而由叙述行为带来的故事包含命题和言内语力，其作用在于传达作者的话语意图，或者说，故事是作者叙述行为的言内行为：批判、揭露、表情、宣告等；（3）言语行为三分法——发言行为、言内行为、言效行为的言内行为对应于经典叙事学的研究对象——故事本身。我们已经知道，言内行为是话语本身带来的行为，它并不指向外在世界（即奥斯汀的"in"公式），在这个意义上，我们说故事话语指向虚构世界本身，对故事有建构作用。在众多理论家的论述中，其实已经有将故事与言内行为结合起来的思考，只不过没有主题化。

热奈特在《虚构与措辞》中指出虚构叙事是一种诸如承诺、宣告的言内行为,"叙事性虚构与数学虚构或其他虚构一样,可以作为塞尔意义上的宣告,作为一种基本的或严肃的言内行为,或至少作为更广泛类型的宣告类言语行为的一种特殊形式,其功能在于开创新的事件状态"[①]。在热奈特看来,承认小说的虚构性就是赋予作者用语词创造故事世界的权利。米克·巴尔也用具体的例子论述了叙事是一种用语词创造生命的言语行为。

米勒明确指出文学是述行语言,"文学中的每一句话,都是一个述行语言链条上的一部分,逐步打开在第一句话后开始的想象域。语词让读者能达到那个想象域。这些词语以不断重复、不断延伸的话语姿势,瞬间发明了同时也发现了(即'揭示了')那个世界"[②]。米勒在此强调的并非故事话语对读者的述行作用,而是话语建构虚构世界的述行功能,如罗兰·巴特所说,叙事中的每一句话对故事世界的建构都有意义,只不过在不同的层次上显示出来。同时,米勒也指出,话语创造故事的标志之一就是修辞:隐喻、反讽、呼语、借代、拟人等,这些修辞"表明这些新世界的诞生是由语言实现的",并且修辞语力"能简洁、优雅地让想象中的人物活起来"。第三章我们论述了叙述语力、修辞语力和话语场力对故事世界的建构作用,我们的着眼点是故事本身,而不是故事外的世界,这正是经典叙事学的研究对象。

伊塞尔也指出虚构语言有言内行为的基本特征,"它与自身所带的惯例联系起来,并且它也使程序成为必要,程序即策略,有助于引

[①] Gérard Genette, *Fiction and Diction*, Ithaca and London: Cornell University Press, 1993, p. 42.
[②] [美] 希利斯·米勒:《文学死了吗?》,秦立彦译,广西师范大学出版社2007年版,第57—58页。

导读者去理解文本潜藏的选择过程"①。惯例和程序显然指奥斯汀提出的实施言内行为的"合适条件"。虽然伊塞尔特别强调读者对叙事的建构作用（即言效行为），但他并没有否认故事本身是作者的言内行为。Lubomír DoleŽel 也指出："奥斯汀的语力概念带来世界的改变，虚构世界的产生可被视为'世界改变'的极端例子，从非存在到'虚构'存在，文学言语行为的语力创造了这种改变。"② 显然这里也强调了故事世界的产生是言内行为带来的结果。"故事世界是由语言通过被文化惯例认可的述行力建构的可能世界。当一个第三人称叙述者做出了一个关于某人的陈述，根据言语行为理论，它就是一个述行话语：通过说的行为创造了它所说的东西。"③

上述理论家的论述是本书将经典叙事学与言语行为理论联系起来的基础。但是，用言语行为理论观照故事和话语与经典叙事学研究也有很大的不同。主要体现在：（1）经典叙事学研究话语"如何讲述"故事，言语行为理论研究话语"如何建构"故事，前者研究故事的讲述规律，后者研究故事的建构行为；（2）经典叙事学研究"语言"，言语行为理论研究"言语"；（3）经典叙事学不关心作者，认为故事是独立的存在，言语行为理论认为讲述故事是作者的发言行为，因此包含作者的意向性；（4）经典叙事学将文本视为静态的、封闭的存在，不关心文本的意义，言语行为理论认为故事是作者与读者交流的中介，而交流的基础在于对文本意义的理解。

---

① Wolfgang Iser, "The Reality of Fiction: a Functionalist of Aproach to Literature", *New Literary History*, Vol. 7, No. 1, Critical Challenges: the Ballagio Symposium, Autumn, 1975, p. 14.

② Lubomír DoleŽel, "Mimesis and Possible Worlds", *Poetics Today*, Vol. 9, No. 3, 1988, p. 490.

③ Alan Palmer, *Fictional Minds*, Lincoln and London: University of Nebraska Press, 2004, p. 33.

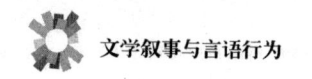

二 言效行为与后经典叙事学

后经典叙事学极大地发挥了言语行为理论的潜力,罗兰·巴特、查特曼、米勒、卡恩斯、费伦、兰瑟都一定程度上借鉴了言语行为理论。尤其是罗兰·巴特,其前后期的理论转变既体现了经典叙事学向后经典叙事学转变的轨迹,也体现了言语行为理论在叙事研究中不同的应用场域。言语行为理论是女性主义叙事学、新历史主义叙事学、修辞叙事学、认知叙事学等诸多后经典叙事研究流派的理论基础。

正如日常言语行为是说话人与听话人之间的交流,文学叙事也是作者与读者的交流过程。后经典叙事学普遍打破了经典叙事学封闭的文本观念,文本在阅读中存在,并且在阅读中被改写。"文本的言语行为理论主要强调文本是实践性的,文学文本为我们做了事情,它们带来的东西并不在阅读之后,而是通过阅读或在阅读之中被影响。"[①]在伊格尔顿看来,"阅读就是加入阶级斗争"。阅读是实践性的,其实践性体现为对读者的现实影响。修辞叙事学认为叙事是"有目的的交流行为",假定了"一种回路关系",即作者代理、文本现象和读者反应之间的逆向运作。认知叙事学提供了既指向文本又指向语境的叙事研究,超越了文本边界,在文本与读者的交互作用中解释叙事现象。

后经典叙事学与言语行为理论的结合点主要体现在两个方面:(1)强调话语发出者的意图,即作者的话语目的;(2)强调话语接受者(读者)的建构作用。前者遵从言语行为的顺向流程,即从作者

---

① Terry Eagleton, "Ideology, Fiction, Narrative", *Social Text*, No. 2, Summer, 1979, p. 66.

意图到读者接受的顺向过程。如女性主义叙事学对男性权力话语的揭示和对女性书写意图的强调，新历史主义叙事学也强调了历史书写中作者潜含的意识形态目的；后者遵从言语行为的逆向流程，即从读者出发反向建构话语的意义，这是后经典叙事学研究的重点。

后经典叙事学主要在言效行为方面发挥了言语行为理论，无论是强调话语发出者还是强调话语接受者，关注的都是话语在接受者方面产生的效果，或对读者产生的影响。阅读具有述行性。需要说明的是，话语的效果不仅体现为发出者意图的实现，也体现为接受者主观建构的意义。显然，阅读行为使文本与真实世界联系起来，这种联系是理解"叙事转向"的一个重要支点。

那么，阅读述行性的物质基础是什么呢？是世界还是文本？伽达默尔的阐释学认为，理解产生于不同视域的融合，即文本的视域和读者视域的融合。理解既与世界相关也与文本相关。但是，在根本上，伽达默尔认为"能被理解的存在就是语言"，因为语言不仅是理解得以实现的普遍媒介，而且世界本身就体现在语言之中。这是20世纪分析哲学的基本思路。因此，我们认为，阅读述行性尽管与读者的"世界"或"期待视野"有关，但在根本上，它来自文本的语言。文本话语不仅"述行性地"建构了故事，而且也"述行性地"使读者的阅读服从故事的规则，即我们只能把故事当作"故事"来理解，或者说当作"语言事实"来理解。这样，阅读述行性实际上是"客观"文本所带来的"主观"效果。巴特的"阉割恐惧"来自他阅读了一个"阉割故事"，而这个阉割故事是巴特本人阅读或建构的结果，《萨拉辛》并不必然是一个阉割故事，因为，文本中从来没有出现"阉割"一词。当然，需要指出的是，阅读述行性并非与读者的"世界"毫无关系，读者的"期待视野"起码对阅读具有定向作用，正如棋赛的观众具有"理解的偏见"一样,他会先在地、有选择性地支持某一方。总之,后经典叙事研究将读者的阐释置于重要地位,而读者的阐释仍然以语言为中心,这一点对于认识20世纪语言学转向与历史转向之间的内在逻辑非常重要。

三 再说"走马":言语行为理论与叙事转向的总体比喻

"走马"既是俄国形式主义、索绪尔语言学、结构主义理论经常用到的比喻,也是奥斯汀、塞尔等言语行为理论家反复使用的比喻。既然是共同的比喻,它们之间就应该有一定的关联。什克洛夫斯基用"走马"来说明形式主义理论的重要特征,即文学作品关注的是语言形式本身,与语言之外的现实世界没有关系。"象棋赛中的马该如何走动,这和棋赛之外的'现实'毫无关系,它不需要得到外部的证实。因此,'走马'可以作为形式主义那个大前提的合适的象征:规则和'现实'无关;而是和具体棋赛有关。"① "走马"的比喻是成功的,它基本体现了从俄国形式主义到结构主义的理论走向。

但是,从整个20世纪批评理论的总体背景上再来看"走马"理论的时候,其局限性则显露出来。如果将棋赛或"走马"看作一个符号系统,它包含如下几个因素,如图1-6所示。

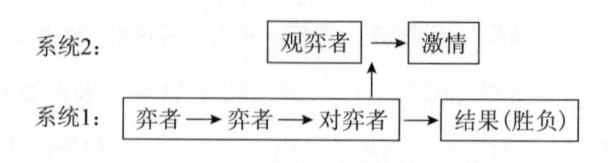

系统2:　　　　　观弈者 → 激情
　　　　　　　　　　　↑
系统1:　弈者 → 弈者 → 对弈者 → 结果(胜负)

图1-6 棋赛符号学系统

---

① [英]特伦斯·霍克斯:《结构主义和符号学》,瞿铁鹏译,上海译文出版社1997年版,第72页。

显然，什克洛夫斯基的"走马"仅仅聚焦于系统1，而没有考虑系统2。系统1服从于规则本身，胜负是规则带来的结果，而系统2则走出了规则系统，整个系统1作为一个能指进入第二系统，获得一种修辞效果——"激情"。由是观之，"规则和'现实'无关"的说法是值得怀疑的。首先，语言是一种规则系统，同时，如塞尔所认为的，语言又是人类的基本制度性事实，因此，语言既是世界的一部分，也是构成世界的重要力量，因此语言本身就含有"世界"因素；其次，语言作品的两个端点——创作和阅读——与"世界"具有联系，尤其是阐释学、接受美学、后结构主义等理论更加强调了读者对文本的重要意义（在象征的意义上，"观弈者"就是读者。既然是棋赛，就必然有观弈者）。

那么，这两种转向之间是否具有内在的联系呢？言语行为理论有助于解答这一问题。

上述"走马"系统是两种言语行为——言内行为和言效行为的比喻。系统1表明，规则具有强制作用，它使"马"必须走斜线，不能走直线。或者说，棋局的规则决定了"马"的行为能力及其结果。由此可见，规则具有述行性，它不仅控制了棋子的存在状态，也必然会带来一个胜负结局。系统2表明，观弈者的"激情"来自对系统1的"阅读"，它既是规则本身带来的结果，也是棋赛结局带来的结果。因此可以说系统2是系统1整体上作为一个能指的述行性后果。可见，系统1和系统2具有两种不同的述行性，前者局限于棋局本身，而后者则延伸到棋局之外的现实世界。无论是棋局中还是棋局外，它们共有的对象是棋子。

由此反观20世纪叙事研究的变迁，则可发现经典叙事学对故事规则的研究凸显的正是话语的言内述行性，它局限于文本之内；而后经典叙事学对读者的重视凸显的则是阅读的言效述行性，它突破文本

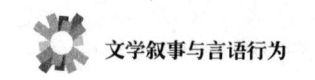

的局限，而进入"历史"。一如棋赛中的棋子，两种叙事研究共有的对象则是语言。

总之，从言语行为理论来看叙事转向，可以认为转向发生于言内行为到言效行为的焦点转移，转向前后都可以在言语行为理论内部得到说明。叙事转向并没有离开语言。

本章小结

本章主要探讨言语行为理论与叙事转向的联系。罗兰·巴特的符号学体系、言语行为理论共同表明，叙事转向并没有离开语言学，只是语言学内部研究焦点的转移。

罗兰·巴特的符号学体系表明，叙事转向体现为元语言符号学向含蓄意指符号学的转移。并且，巴特的符号学体系与言语行为理论也有对应关系，元语言符号学对应于言内行为，含蓄意指符号学对应于言效行为。

言语行为理论与叙事转向的联系体现为：经典叙事学关注文本、拒绝历史，言内行为是话语本身产生的行为，二者具有一致性。当然，经典叙事学与言内行为也有区别，前者回避意义，而后者以意义为中介，并潜在地与作者和读者有联系。后经典叙事学走出文本、回到历史，言效行为是读者理解产生的行为，是话语之外的行为，二者具有相关性。因此，叙事转向体现为言内行为向言效行为的转移。

二者都是语言学理论，它们共同说明了叙事转向与语言学的关系。

第二章 言语行为理论的叙事维度

奥斯汀在《如何以言行事》中明确指出，言语行为理论只适用于日常语言，而不适用于文学语言，他称后者为"空洞的"（hollow）、"无效的"（void）、"寄生的"（parasitic）语言："如果述行话语被舞台上的一个演员说出，或者在诗歌和戏剧独白中说出，那么它就是以一种空洞的或无效的特殊方式表达的述行话语。……所有这样的话语我们都不加以考虑。我们的述行话语，无论合适与否，都作为日常环境中说出的话语来理解。"① 显然奥斯汀排除了文学话语的述行功能。尽管他的学生塞尔相信书写话语有述行功能，但他仍然认为小说虚构是"假装的"，或"伪（准）述行"（pseudoperformance）。那么，言语行为理论与叙事研究相结合如何"可能"？本章主要考察言语行为理论与叙事研究结合的可能性。

普拉特从日常话语和文学话语的一致性上论证了文学话语的述行性；德里达和米勒等解构主义思想家则从语言的重复性和引用性的角度颠覆了奥斯汀关于日常话语和文学话语对立的等级关系，论证了文学话语的述行性。费什通过对语言与现实、真实与虚构的探讨表明文学语言也具有述行的功能和特征；卡勒则直接指出文学言语创造角色

---

① J. L. Austin, *How to Do Things with Words*, 顾曰国导读，外语教学与研究出版社、牛津大学出版社 2002 年版，第 22 页。

和行动,创造思想和观念;中国学者孙爱玲通过对《红楼梦》的个案分析指出:"奥斯汀他的想法,理论和理论之间所产生的问题,他顾虑到的一些情况,更适合应用来分析小说。"①

本书着眼于言语行为理论中关于述行规约的论述,探讨它与文学叙事的契合点。言语行为和文学叙事都是规约性行为。言语行为理论与文学叙事的这种相关性是本书立论的前提。

第一节 言语行为的规约性

言语行为理论家认为成功的言语行为必须遵循一定的规约,奥斯汀、塞尔、格赖斯分别从不同的角度论述了述行的条件、规则和原则。这些规约为观照文学叙事提供了新的视角。

一 奥斯汀的"合适条件"

奥斯汀反复强调了成功述行是在一定语境下进行的,必须遵循一定的规约程序。它们是:

(A1) 必须存在一套有规约作用的可接受的规约程序,这一程序包括一定的人在一定的环境中说出的一定的话;

(A2) 在一给定的事件中,特定的人和特定的环境必须符合特定程序的要求。

(B1) 程序必须由对话双方正确而(B2)彻底地执行。

---

① 孙爱玲:《〈红楼梦〉对话研究》,北京大学出版社1997年版,第47页。

第二章 言语行为理论的叙事维度

（Γ1）通常，当那个程序被设计为有一定思想和情感的人所使用，或设计为在任何参与者身上能产生结果行为的仪式典礼上所使用的时候，那么参与其中的人和他所援引的程序必须在事实上有哪些思想和情感，参与者必须愿意根据程序引导他们自己，并且，参与者必须拥有一定的实施行为的打算。

（Γ2）必须事实上接着这样做了（引导他们自己）。①

六个条件中，前四个为一组，后两个为一组，二者有重大区别，所以奥斯汀分别用罗马字母和希腊字母来表示。AB条件表明言语行为的外在情境条件，即合适的言语环境；Γ条件表明言语行为的"真诚"条件，或者说是内在的情境条件，即双方要有执行的"意图"——塞尔由此发展出言语行为的"意向性"理论。

满足上述"合适条件"，话语才能成功述行。比如，"我宣布你们两人结为夫妻"这句话要产生"结婚"的施事功能，必须（1）有基督教的文化规约；（2）由神父宣布；（3）在教堂宣布；（4）正确而完整地执行程序。否则，这句话就是无效的，从而不具述行性。因此，话语的述行性为一定的规则所制约，"言内行为"（illocutionary）就是在规则制约下施事的。李幼蒸指出，它是"直接通过与说出一特定语句相联系的惯习力，按照一惯习程序，所实行的言语行为"②。言效行为则更多地与Γ条件相联系。如，"我赌六便士他赢"，说出这句话实施了一个"打赌"的行为，要获得效果必须有"出钱"的真诚意向。

奥斯汀重点探讨了违反上述条件的"不合适"（infelicities）言语

---

① J. L. Austin, *How to Do Things with Words*, 顾曰国导读, 外语教学与研究出版社、牛津大学出版社2002年版, 第14—15页。

② 李幼蒸:《理论符号学导论》, 中国人民大学出版社2007年版, 第262页。

行为，这样的言语行为就无法奏效。违反 AB 条件他称为"未成"（misfire），违反 Γ 条件他称为"滥用"（abuse）。例如，在孩子们做游戏时，某人想挑选伙伴，便说："我要乔治。"乔治却一板面孔说："我不玩。"这是因为乔治并不准备参加游戏，不是合适的对象。[①] 如果说话人不具备"真诚"条件，话语也不能成功述行，即"口是心非"。例如，当乙取得成绩后，而甲并不为乙感到高兴或当甲根本不相信成绩属于乙的时候，甲还对乙说"我祝贺你"，这就是一种缺乏真诚的心口不一现象。此外，如果说话人毫无要做某事的愿望和动机，或者自己本身并不相信此事能够做得到，却明确说出去做某事的保证，这也同样是一种缺乏真诚的情况。在这类情况下，说话人口头上虽然确实表达了允诺和祝贺，或可以说用言语做出了相应的行为，但这只是在缺乏真诚的情况下做出的，所以是虚假的、空洞的。

"in"公式和"by"公式也是言语行为的规约（具体见第一章第一节）。比较两个公式可以发现，言内行为是话语自身产生的行为，即行为在"话语之中"（in），而言效行为是"通过"（by）话语而产生的行为，即行为在"话语之外"。这种区分对本书的论题至关重要。后经典叙事学发挥了文学"话语之外"的述行能力，强调了叙事的现实建构作用，即叙事对读者的建构和读者对叙事的重构，以及叙事对现实世界的构成性作用，如米勒的阅读伦理、福柯的权利话语、巴特勒的女性主义话语述行等。文本之内的虚构世界显然也是话语"建构"的产物，如俄狄浦斯的开篇"提问"对《俄》剧整个故事的构成性作用。"in"公式对本书的启示在于，言内行为建构了虚构世界，它与现实世界无关，文本话语通过自身的交互作用而构成了故事。这

[①] 参见 J. L. Austin, *How to Do Things with Words*，顾曰国导读，外语教学与研究出版社、牛津大学出版社 2002 年版，第 28 页。

种见识就将言语行为理论与经典叙事学联系了起来。

二 塞尔的调节性规则与构成性规则

在塞尔看来，言内行为是典型地通过发出声音或制造命题标志而实施的行为，而言内行为中的声音或命题标志是具有意义的，言内行为是意义的一个功能。意义的获得有赖于规则。塞尔首先就强调："说出一种语言就是加入了一种规则操控的行为形式。言谈就是根据规则实施的行为。"[①] 塞尔提出并区分了两种基本的规则：调节性规则（regulative rules）和构成性规则（constitutive rules）。

调节性规则调节先在的或独立存在的行为，比如礼仪调节不依赖规则而存在的人际关系。或者说，调节性规则调节先在（pre-existing）的行为，该行为逻辑上独立于规则。无论有没有礼仪，人际关系依然存在。调节性规则在语言形式上典型地体现为祈使句的形式，如"官员就餐时必须打领带"。但行为与规则之间没有必然的联系，无论是否打领带，就餐是独立的行为。比如，握手作为礼仪，它独立于或先在于礼仪规则，握手表示欢迎，但并不意味着不握手就是不欢迎，表示欢迎也可以采取其他的方式。

构成性规则不仅仅可以调节行为，它也可以创造新的行为。或者说，构成性规则构成一个行为，该行为逻辑上依赖于规则。比如，下象棋，棋子该如何走，如何将军，如何吃子，必然依赖于规则，没有规则，就没有象棋比赛。同时，象棋规则是不变的，但棋局却个个不同，即规则创造了新行为。因此，构成性规则是以系统的方式存在

[①] John R. Searle, *Speech Acts: an Essay in the Philosophy of Language*，涂纪亮导读，外语教学与研究出版社、剑桥大学出版社2001年版，第22页。

的，每个棋子的意义在于其在整个棋局中的位置。

塞尔认为，言语行为依赖于规则，而这种规则是构成性的。"人类的不同语言，在其交互可译的意义上说，可以看作同一个潜在规则的现实化。"因此，"不仅语言是规约性的，各种言内行为也是由规则操控的"①。在《什么是言语行为》中，塞尔明确指出："一种语言的语义学被视为一系列构成规则的系统，并且以言行事的行为就是按照这种构成规则完成的行为。"② 并将言语行为的一套构成规则公式化。下面就是塞尔从言语行为的"合适条件"中提取出来的四条构成规则：

（1）命题内容规则：规定话语的命题内容部分的意义。例如，做出承诺，一定指说话人将来的行为。

（2）先决条件规则：规定实施言语行为的先决条件。例如，表示感谢，说话人一定意识到，听话人做了有利于说话人的事。

（3）真诚条件规则：规定保证言语行为真诚地得到实施的条件。例如，要真诚地表示歉意，说话人必须对所做的事表示遗憾。

（4）基本条件规则：规定言语行为按照规约当作某一目的的条件。例如，提出警告，可当作一项保证，某一将来事件对听话人不利。③

通过这些构成规则就可以对各种言语行为进行区分。塞尔区分了

---

① John R. Searle, *Speech Acts: an Essay in the Philosophy of Language*, 涂纪亮导读，外语教学与研究出版社、剑桥大学出版社2001年版，第39—40页。
② [美] A. P. 马蒂尼奇：《语言哲学》，牟博、杨音莱、韩林合等译，商务印书馆2006年版，第233页。
③ 参见 John R. Searle, *Expression and Meaning: Studies in the Theory of Speech Acts*, 张绍杰导读，外语教学与研究出版社、剑桥大学出版社2001年版，第25页。

五种言语行为：断言行为、指令行为、承诺行为、表情行为和宣告行为。

三　格赖斯的"合作原则"

与塞尔不同的是，格赖斯从言语交流的角度提出会话原则理论，更侧重于言语行为是如何被理解的。格赖斯认为言语行为是参与双方共同合作的结果："在正常情况下，我们的谈话交流不是由一连串不连贯的话组成的；如果是那样，我们的谈话则毫无条理。从特征上看，它们至少在某种程度上是共同努力的结果，它们中的每一个参与者都在某种程度上意识到一个共同的目的或一组目的，或至少一个相互都理解的方向。"格赖斯称这种参与者共同遵守的一般原则为"合作原则"（cooperative principle）："即在你参与会话时，你要依据你所参与的谈话交流的公认的目的或方向，使你的会话贡献（conversational contribution）符合这种需要。"格赖斯仿效康德将合作原则划分为四个范畴：

1. 量的范畴：

（1）需要多少信息就提供多少信息（以满足当前的交流目的）。

（2）不提供比需要的信息更多的信息。

2. 质的范畴：

总准则：争取使你的贡献为真。

（1）不说你确信为假的东西。

（2）不说你缺乏充分证据的东西。

3. 关系范畴：

使之有相关性。

4. 方式范畴：

总准则：要清楚明白。

(1) 要避免表达方式含混不清。

(2) 要避免模棱两可的话。

(3) 要简洁（避免冗长）

(4) 要有条理。①

从塞尔的调节性规则和构成性规则来看，格赖斯的"合作原则"是调节性的规则。调节性规则调节独立于规则的行为，因此，行为可以打破规则。如"握手"是表示欢迎的调节性规则，但是表示欢迎不一定必须以握手的方式进行。这样，"合作原则"时时面临被打破的危险。格赖斯提出了四种违反"合作原则"的方式：

(1) 说话者可能暗中违反一个原则，由此带来误解。

(2) 他可能弃权，或者根本公开地拒绝合作。

(3) 他可能面临原则之间的冲突，如质的范畴的第一条和第二条准则。

(4) 他可以藐视（flout）一条准则，即公然地（blatantly）不去遵守它。

格赖斯感兴趣的是他们怎样和为什么故意地违反规则。前三种违反（violations）直接威胁到合作原则本身，但是第四种违反——藐视——则可能与合作原则一致，是说话人有意地"利用"（exploit）

---

① [美] H. P. 格赖斯：《逻辑与会话》，[美] A. P. 马蒂尼奇《语言哲学》，牟博、杨音莱、韩林合等译，商务印书馆2006年版，第300—302页。

合作原则来做事，表面的一致其实"蕴含"（implicature）① 了其他的东西。

格赖斯细致地研究了话语的"蕴含"机制，"在他的许多次主题中，明显的有对文学批评的兴趣：反讽、隐喻、分裂、夸张都'藐视'了质的范畴的第一个准则，含混、朦胧则'藐视'了方式范畴的准则"。普拉特就是很大程度上运用了格赖斯的学说将言语行为理论引入了文学研究。"文学中的任何违反规则将是最可能的对规则的利用，蕴含机制为此提供了服务。"② 或者说，文学既有自身的规则，同时又是对规则的违反。文学叙事当作如是观。

总之，奥斯汀的"合适条件"、塞尔的调节性规则和构成性规则、格赖斯的"合作原则"为观照文学叙事的规约提供了视角，这正是本书将言语行为理论引入叙事研究的切入点。

第二节　文学叙事的规约性

文学叙事有没有自身的规约？这看似是个不是问题的问题。经典叙事学研究故事本身的规则，即故事是如何讲述的；而后经典叙事学则很大程度上走向了接受的规则，即读者是如何阅读故事的。这其实都暗含了规约的问题。叙事学家注意到规约的存在，但很少对规约的运作方式进行正面的研究。

---

① Implicature 作为术语，在格赖斯的理论中兼有暗示、建议、象征、意味的含义，还有提示、迂回的含义。

② Michael Hanker, "Beyond a Speech–act Theory of Literary Discourse", MLN, Vol. 92, No. 5, *Compartive Literature* (Dec., 1997), pp. 1081–1098.

文学叙事作为一种"行为",无论是"讲述"还是"阅读",都是按规约行事。根据言语行为理论,本书将建构故事的规约称为"言内规约",将读者阅读的规约称为"言效规约",这两种规约服从文学叙事的总规约——虚构。仿效格赖斯的做法,不妨将文学叙事的规约表述如下。

文学叙事的规约:

总规约:虚构,与真实言语行为相区别。文学叙事是虚构的言语行为,虚构本身也是一种言语行为。

1. 言内规约:文本世界之内的言语行为规约,是指文学叙事建构故事世界的各种手法。

2. 言效规约:由虚构世界走向现实世界的规约,是指读者重构故事及故事产生现实影响的规约。

言内规约和言效规约以虚构为条件,言效规约以言内规约为条件,而不是相反。文学叙事既是叙事者与读者的合作,也是虚构与现实的交流。

一 虚构:文学叙事的总规约

文学叙事是虚构的言语行为,虚构本身也是一种言语行为。这里要强调的是,虚构作为言语行为,其本身是真实的行为,比如马原正在创作《虚构》的行为。但故事内的世界相对于外在的现实世界而言,却是虚构的世界。同时,如果将故事世界看作独立存在的时候,它又是真实的,日常世界的言语行为在此仍然有效。因此,我们不将文学叙事看作"空洞的""无效的""寄生的"或"假装的"言语行为,而称为虚构的言语行为。

奥斯汀的言语行为理论着眼于日常世界的、"面对面"(face to

face)的言语活动,他将文学世界的言语行为称为"空洞的""无效的"或"寄生的"言语行为,因为文学言语行为不指涉现实,不会产生现实的行动。比如,惠特曼的诗句"去抓住一颗流星",并非在下命令,也不会产生相应的行为。在并非"贬低"文学言语行为的意义上,我们承认奥斯汀的观点是正确的。同时,奥斯汀的观点暗示了文学话语也是一种言语行为,所谓"寄生的"说法只不过是说,文学话语不是"真正的""现实的"述行句,不产生真实的行为。"文学言语的'寄生'意味着它具有述行话语的内在本性,仅是不充分地应用了它们。或者说,文学模仿言内行为,但是,它所说的并不产生它所意指的东西。"① 因此,奥斯汀的观点从反面说明了文学叙事的重要规约——"虚构"。如果将虚构作为叙事的规约,奥斯汀的"合适条件"同样适用于故事世界,在虚构世界之内所有的言语行为都是"真实的"。

塞尔正是在这个角度发展了奥斯汀的理论。在1969年的《言语行为:语言哲学论》中,塞尔对"真正的"日常世界和"寄生的"虚构世界的话语模式进行了明确的区分:

> 在真正的日常世界,我不能指称福尔摩斯,因为从来没有这样一个人。如果在这种"话语的宇宙"(universe of discourse)中,我说"福尔摩斯戴着一顶猎帽",就像我说"福尔摩斯今晚要到我家吃饭"一样,都是无法指称的。但是,现在假设我进入虚构的、戏剧的、"让我们—假装的"(Let's‑pretend)话语模式。这时,如果我说"福尔摩斯戴着一顶猎帽",我确实可以真

---

① Wolfgang Iser, "The Reality of Fiction: a Functionalist of Approach to Literature", *New Literary History*, Vol. 7, No. 1, Critical Challenges: the Ballagio Symposium (Autumn, 1975), pp. 7 – 38.

正地指称一个虚构人物（即一个不存在但在小说中存在的人物），并且我在这里所说的是真实的。请注意，在这种话语模式中，我不能说"福尔摩斯今晚要到我家吃饭"，因为"我家"将我拉回到真实世界。而且，如果在虚构的话语模式中，我说"福尔摩斯夫人戴着一顶猎帽"，也是无法指称的，因为并不存在一个虚构的福尔摩斯夫人，在虚构话语模式中，福尔摩斯从来没有结婚。……在真实的交谈中，我们仅仅能够指称存在的事物；在虚构交谈中，我们能够指称虚构的事物。①

塞尔一方面承认文学虚构是"寄生的""假装的"言语行为；另一方面也认为虚构话语在虚构世界中的指称是真实的，它服从现实世界的言语行为规则，如果在虚构世界中福尔摩斯没有结婚，福尔摩斯夫人就是不存在的。在1979年的《表述和意义：言语行为研究》中，塞尔进一步发展了这种观点，并重点研究了言语行为与文学虚构的关系。他指出："把一个陈述看作虚构，上述话语就与制造陈述（statement-making）的构成性规则相一致。……因为作者已经创造了这些虚构人物，我另一方面就能够把他们作为虚构人物对他们做真实的陈述。"② 既然小说作者是假装实施言内行为，那么他是如何做到的？塞尔通过对垂直规则（vertical rules）和水平规则（horizontal conventions）的区分对此做出了回答：

垂直规则：是指语词与世界之间的关系，通过该规则语词（Word）与现实（reality）产生联系。

---

① John R. Searle, *Speech Acts: an Essay in the Philosophy of Language*, 涂纪亮导读, 外语教学与研究出版社、剑桥大学出版社2001年版, 第78—79页。
② John R. Searle, *Expression and Meaning: Studies in the Theory of Speech Acts*, 张绍杰导读, 外语教学与研究出版社、剑桥大学出版社2001年版, 第71页。

水平规则：是一套语言之外的、非语义的惯例，它打破了由垂直规则建立的语词与世界的联系。它不是意义规则，也不是说话人的语义能力。因此它不改变语词的意义。说话人所做的就是对语词的字面意义的使用，但不承担语词指称世界的义务。①

用索绪尔的理论可以更好地理解垂直规则与水平规则的区分：索绪尔认为语言符号是由能指和所指构成的，即 Sd/Sr。能指符号指称符号之后的所指物，或者说"世界"中总有一个存在物与能指相对应，即垂直规则。而水平规则不指称"世界"中的对象，或者说仅仅是个能指符号，它与所指分离。虚构依赖水平规则。因此，塞尔总结说："构成虚构作品的假装的言内行为通过悬置言内行为与世界之间的正常机制而得以可能。在这个意义上，用维特根斯坦的话说，讲述故事是真正的分离的语言游戏。"② 当然，塞尔在此只是极端地强调了虚构话语与日常话语的区别。在稍后的部分，他指出，并非所有虚构作品的指涉都是假装的，有些是真实的指涉。大多数虚构的故事包含非虚构的因素。③

虚构本身也是一种言语行为。这种观念在西方的文学理论起源处就得到强调，比如亚里士多德的理论。亚里士多德的《诗学》强调了模仿（mimesis）在"诗"中的重要地位，凡诗皆模仿。而模仿的本质却是虚构，因此汉伯格和热奈特干脆将模仿翻译为虚构（fiction）。"诗"（poiesis）在希腊语中不仅指"诗"（poetry），而且在更广泛的

---

① 伊塞尔在《阅读行动》中将垂直规则看作"过去的价值也适用于当前"，而水平规则是对垂直规则有效性的剥夺，强调了社会和文化惯例在虚构叙事中的意义。
② John R. Searle, *Expression and Meaning: Studies in the Theory of Speech Acts*, 张绍杰导读，外语教学与研究出版社、剑桥大学出版社2001年版，第67页。
③ 参见 John R. Searle, *Expression and Meaning: Studies in the Theory of Speech Acts*, 张绍杰导读，外语教学与研究出版社、剑桥大学出版社2001年版，第72页。

意义上指"创造"①。热奈特指出："《诗学》的题目表明论文的主题是语言能够，或者能够成为一种创造手段，即生产作品的手段。但是，通常作为交流和行为工具的语言是如何成为创造的手段的呢？亚里士多德的答案是明确的：语言只有成为模仿的工具，即成为再现或模拟想象的行动和事件的工具，才能成为创造的工具；语言只有服务于创造故事，或至少传达已创造的故事，才能成为创作的工具。语言只有服务于虚构时才有创造力。"②

总之，言语行为理论和文学理论本身都表明，虚构是文学叙事的一个基本规约，正是在这种规约之下，故事世界和读者接受才得以可能。如果文学叙事都指称现实，每一个语词都有现实所指，这种局面是不可想象的，这样的作品也是"不可读"的。文学叙事与现实世界的"分离"是文学创作的前提，也是文学得以"解放"的前提。当然，这样说并不意味着文学叙事与现实世界没有联系。

二 言内规约：虚构世界的文本规约

文学叙事是一种话语虚构，虚构话语同样具有言内之力，是一种"真实的"言语行为，像日常话语一样，它也是一种规约行为。接下来的问题是，言内之力是如何在文本之内实现的？或者说，语言如何建构了故事世界？它遵从什么样的言内规约？

---

① Gérard Genette, *Fiction and Diction*, Ithaca：Cornell University Press, 1993. p. 6. 另见[英] 安德鲁·本尼特、尼古拉·罗伊尔《关键词：文学、批评与理论导论》，汪亚龙，李永新译，广西师范大学出版社2007年版，第228页。

② Gérard Genette, *Fiction and Diction*, Ithaca and London：Cornell University Press, 1993, pp. 6 - 7. 另见《热奈特论文集》，史忠义译，百花文艺出版社2001年版，第89页。史忠义将该文翻译为《虚构与行文》，本书在"绪论"中译为"虚构与措辞"，将illocutionary act 和 perlocutionary act 分别译为"非措辞行为"和"超措辞效果"，本书译为"言内行为"和"言效行为"。本书对该著的引文参照了史忠义的译文。

奥斯汀的"in"公式表明，言内行为是言语"之中"实现的行为。塞尔的水平规则也表明，虚构话语将垂直规则带来的语词与世界的指涉关系悬置（suspend），实现的是文本之内的指涉关系。因此，有必要暂时将文本与现实世界的关系搁置一旁，此处仅考虑语词与虚构世界的关系。

先看一个例子是必要的。马原的一篇小说题目就叫《虚构》，如果将它转换成英文，我们也可以说题目就是"小说"（fiction）。那么，这个题目其实就是一种"宣告"行为，即宣告"小说就是虚构"。所讲述的故事接着就证明了这种宣告。叙述者反复强调"我"就是那个写小说的马原，"我"到过西藏是事实，"我"用七天时间考察麻风病村（玛曲村），并且，"我"因为麻风病的传染而现在正躺在医院里写这部关于麻风病村的小说。故事因此而有了一个坚固的"事实"外壳。然而，故事本身很快就摧毁了这个外壳。叙述者说他五月一日从拉萨出发，五月三日到达玛曲村，而他逃出玛曲村回到村外的世界时，时间却是五月四日，电视正在直播五四国际青年足球邀请赛开幕式。他真的在玛曲村待了七天吗？叙述者"我"真的就是那个现实世界中的作家马原吗？故事表明叙述者根本没有到过玛曲村，关于玛曲村的故事纯属虚构。然而，玛曲村的"故事"仍然是"真实"的，老哑巴、珞巴人、她、"我"在故事中都是真实的存在。我们相信"她"怀上了"我"的孩子。这如何可能？引用小说中的一段话也许有助于回答这个问题：

> 我讲的只是那里的人，讲那里的环境，讲那个环境里可能有的故事。细心的读者不会不发现我用了一个模棱两可的汉语词汇，可能。我想这一部分读者也许不会发现我为什么没用另外一个汉语动词，发生。我在别人用发生的位置上，用了一个单音汉

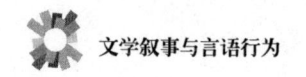

语词，有。①（着重号为引者所加）

用马原的话说，细心的读者一定会发现，这里的"陈述"其实是在"宣告"一个事实，即小说叙述的只是"可能有的故事"，而不是真正"发生"的故事。这一"宣告"行为不仅回应了题目"虚构"，也构成后续故事的基础。

Lubomír Doležel 认为虚构世界是由文本行为建构的可能世界，并将奥斯汀的言内语力的概念改造为认可力（the force of authentication）。所谓认可力是指使不存在变为存在的力量，"通过在一种合适的文学言语行为的表达中被认可，一个非事实可能的事件状态变成一个虚构的存在。虚构存在意味着一种文本上被认可的可能性"。认可力就是"使它存在"（Let it be）②。文本行为使虚构世界得以存在，并且这种存在被认可，那么虚构世界就是真实的存在。这就是我们玛曲村故事仍然可信的原因。

那么，接下来的问题就是，虚构世界通过什么手段"使它存在"，并且使它可信？我们已经假定虚构世界的存在有赖于读者的建构，它是在读者的阅读中存在的。我们也认定虚构世界从"不在场"到"在场"是由其符号性特征决定的（详见本章第三节的探讨）。虚构总是凭借一定的话语手段使不存在的世界呈现出来，并使读者相信它是真实的。这种话语手段就是虚构文本的言内规约，伊塞尔称为"文本策略"（textual strategies）。

言内规约或文本策略的功能在于组织文本的各种元素，并使之现

---

① 马原：《虚构》，《马原文集》（卷一），作家出版社1997年版，第2页。下文引用该作品只标页码，不做注解。

② Lubomír Doležel, "Mimesis and Possible Worlds", *Poetics Today*, Vol. 9, No. 3, 1988, pp. 475–496.

第二章 言语行为理论的叙事维度

实化。"换句话说,文本策略既组织文本材料,也组织使文本材料得以传达的一系列必要条件。它们并不能因此等同于'再现'或'效果',而是在它们的相关性上得以生效。文本策略包括文本的内在结构和因此激发读者的理解行为。"[①] 在伊塞尔看来,文本策略通常以文本技巧表现出来,它们就是奥斯汀言语行为理论中的"可接受程序"。

因此,言内规约就是使虚构世界得以存在的话语手段,是构成文本的话语规约,这些话语手段与整个故事世界具有相关性。伊塞尔强调读者分享文本规约,而对文本技巧没有展开论述。与伊塞尔不同的是,本书在此要重点突出文本内的话语技巧,强调其建构故事世界的功能。

文本话语的形式从宏观上看包括陈述和对话,这种区分来自柏拉图的经典理论,柏拉图称为叙述和模仿。[②] 柏拉图通过对话语形式的区分达到对文类的区分。本书强调不同的话语形式作为言语行为对故事的不同建构功能,如视角、叙述者、时间、直接引语、间接引语等对故事世界的建构都有不同的作用。

文本话语也是一种修辞行为,比如隐喻、双关、反讽、含混、夸张等。修辞包含显义和隐义,话语的字面意义可能意指其他的事物,即能指在场,所指在别处。叙事修辞常常作为间接言语行为出现,它们构成文本话语隐含的丝线,将故事联结成一个整体。

文本话语还包含一些特殊的话语元素,比如一次或重复出现的人物、对话、场景、事件等,这些元素在更大的层面上会构成话语集合,形成话语场,它们既是故事世界的构成部分,也是叙述者的话语

---

① Wolfgang Iser, *The Act of Reading: a Theory of Aesthetic Response*, London and Henley: Routledge & Kegan Paul Ltd., 1978, p. 86.
② 参见[古希腊]柏拉图《国家篇》,《柏拉图全集》(第2卷),王晓朝译,人民出版社2003年版,第358页。

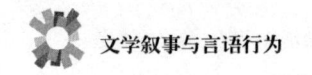

行为。分析这些元素对于理解文本意图有重要的意义。

上述内容将在第三章专门探讨,此处仅以马原的《虚构》为例简要说明。

> 病区没有任何形式的围栏,这样它既不能防止病人外出,又不能防止外人进入。我就是钻了这个空子。[马原《虚构》《马原文集》(卷一),作家出版社1997年版,第7页]

陈述通常代表叙述者的声音(并不排除叙述者也是人物),对话通常代表人物的声音。这里的陈述行为是由叙述者(也是故事中的人物)"我"发出的,而"我"就是文本宣称的作者马原。这一陈述不仅表明故事正在"讲述",也"解释"了"我"能够进入玛曲村的原因,它构成所有后续故事的前提。可以说,这一陈述更加强化了故事的"真实性"。同时,这一陈述也包含了一种修辞行为——隐喻。"病区"(玛曲村)隐喻故事世界,文本反复强调了玛曲村是与外面"现实世界"不同的另一个世界,故事就发生在玛曲村;"围栏"则隐喻了两个世界的边界,"病区没有任何形式的围栏"表明虚构世界与现实世界没有边界;"不能防止外人进出"表明虚构与真实可以相互穿越;"我就是钻了这个空子"表明写这篇小说的意图。这一切都与《虚构》的主题相关。反过来看,这一陈述可有可无,没有这一陈述并不影响故事的完整性,在这个意义上,该陈述违反了格赖斯合作原则量的范畴。但是,作者为什么要陈述?言内行为不仅是一种行为,而且与说话人的意图相关。因此,叙事陈述不仅对故事有建构功能,还要联系作者意图加以理解。这是下文探讨的主题。

言内规约与经典叙事学既有联系又有区别。二者的联系体现在都以文本之内的话语为对象,探讨文本话语本身的规则。不同的是,经典叙事学侧重于文本话语的结构规则、故事讲述的普遍规律，不关心文本的意义；而言内规约侧重于话语对故事的建构功能、文本策略与故事世界的整体联系，并且潜在地指向了文本的意义。在整个叙事转向的背景下，言内规约仍然属于经典叙事学的范畴，只不过对经典叙事学进行了一定程度的改造。

三　言效规约：现实世界的阅读规约

说话人与听话人之间的交流是言语行为理论暗含的基本前提。奥斯汀言语行为三分法的流程如图2-1所示。

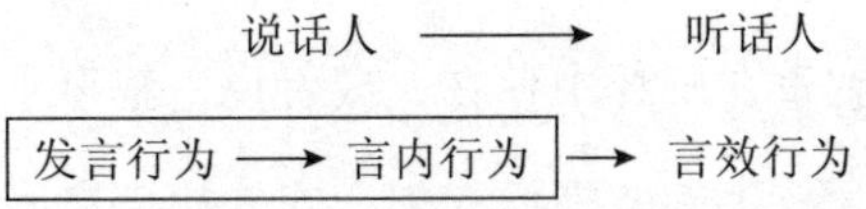

说话人 ⟶ 听话人

发言行为 ⟶ 言内行为 ⟶ 言效行为

图2-1　言语行为流程

发言行为和言内行为是说话人说出话语本身就实施的行为，而言效行为则是由前两个行为带来的在听话人方面产生的效果。图2-1的方框设置了界限，方框内是话语本身，而方框外则是真实世界。奥斯汀强调言内行为，而对言效行为论述不多。言语行为只有在听话人方面产生了效果才算真正完成。塞尔突出强调了说话人的意图，而对听话人的接受论述不多。其实说话人的意图已经潜在地指向了听话人，因为意图只有被理解才算真正实现。格赖斯的理论表明言语行为是说话人和听话人之间的合作。总之，言语行为理论隐含了言语交流，只有在动态的交流之中，语言才能真正实现对世界的建构。后经典叙事学正是在这一点上与言语行为理论找到了结合点。

读者的地位在后经典叙事学中得到突出的强调。查特曼认为叙事是一种交流，叙事首先预设了两个方面：叙事发送者和叙事接受者。

"无论叙事是通过一种表演还是通过一个文本被体验到,观众都必定会以一种解释做出回应:他们不可避免地要参与到交流中来。他们必须填补必要的或可能的事件、特征和对象,它们由于种种原因没有被叙事者提到。"① 读者或观众的"叙事性填充"具有重要的意义,其本身构成叙事的一部分。"叙事性填充"就是发现空白。国内叙事学家胡亚敏教授早在20世纪90年代就指出:"发现空白的阅读模式是一种既决定于文本又依赖于读者能力的创造活动,文本将在读者的重构中走向丰富和开放。"②

读者阅读同时也是一种阐释行为,读者的阐释参与了对文本世界的重构,因此阐释本身就是叙事。作为读者阐释的"叙事"有两种理解向度。其一,叙事在阐释中存在,或者说,叙事本身就是阐释,这尤其体现在故事套故事的叙事模式中,内外故事之间构成了阐释的关系。如,卡法勒诺斯通过对巴尔扎克《萨拉辛》和詹姆斯《拧螺丝》的功能分析表明,"叙事不只是一组事件序列,而且也是朝向(在某种意义上也是构成)事件主序列的一组第二或平行的阐释序列"③。这种分析同样体现在罗兰·巴特的《S/Z》中,以及詹姆斯·费伦对《魔法》的分析中。其二,阐释本身就是叙事。费伦将叙事看作修辞,"即对一个特定叙事给以修辞性解读"④。在费伦的理论视域中,作者、读者和文本之间的界限模糊了,修辞(或叙事)成了"作者代理、文本现象和读者反应之间的协同作用"。这里是说,阐释本身就成了一种修辞或叙事。费伦认为,真理是由我们用以论述真理的话语

---

① 阎嘉主编:《文学理论精粹读本》,中国人民大学出版社2006年版,第11页。
② 胡亚敏:《叙事学》,华中师范大学出版社2004年版,第238页。
③ [美]戴卫·赫尔曼:《新叙事学》,马海良译,北京大学出版社2002年版,第14页。
④ [美]詹姆斯·费伦:《作为修辞的叙事:技巧、读者、伦理、意识形态》,陈永国译,北京大学出版社2002年版,第8页。

构成的，我们关于世界的话语使世界成为我们所见的样子。所以，他坦言其关于《魔法》的分析（阐释）本身就是一种修辞行为，即叙事行为，这也是米勒所说阐释具有述行性质的意义。

叙事交流并非在一个层面，而是在多个不同层面上进行。德国叙事学家莫妮卡·弗卢德尼克在《叙事学导论》中给出了一个查特曼的叙事交流的图表，如图2-2所示。

叙事文本

真实作者 → 隐含作者 → （叙述者）→ （受述者）→ 隐含读者 → 真实读者

图2-2 叙事交流流程①

图中的方框是一个界限，方框内属于文本世界，而方框外则属于现实世界。因此，叙事交流宏观上有文本内的交流和文本外的交流。文本内的交流又可分为两个层面，叙述者与受述者的交流，以及隐含作者与隐含读者的交流。这样，叙事交流由内及外可以表述如下：

1. 文本内的交流

（1）叙述者与受述者的交流；

（2）隐含作者与隐含读者的交流。②

2. 文本外的交流

---

① Monika Fludernik, *An Introduction to Narratology*, London and Newyork: Routledge 2009, p. 26.

② 弗卢德尼克认为，隐含作者不是真正的人物，而是读者或解释者建构出来的。如文学作品中的狄更斯并非真正的历史人物狄更斯；隐含读者也不是真正的读者，他是批评家建构出来的，他指向一种对作品特定的读者反应。参见 Monika Fludernik, *An Introduction to Narratology*. London and Newyork: Routledge 2009, p. 26. 伊塞尔认为隐含读者作为一个概念根植于文本结构，他是一个建构物，绝不等同于真实读者。参见 Wolfgang Iser, *The Act of Reading: a Theory of Aesthetic Response*, London and Henley: Routledge & Kegan Paul Ltd., 1978, p. 34。

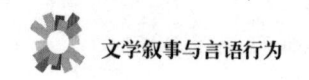

真实作者与真实读者的交流。

我们已经假定虚构世界的言语行为也是真实的言语行为，因此，文本内的交流基本遵循日常世界的言语行为规则。话语同时也是行动，并会产生效果。文本内的交流构成故事世界。

文本外的交流属于现实世界的交流。经典叙事学常常忽略作者的意图，在言语行为理论看来，说话人的意图对言语交流有重要意义。文学叙事作为一种虚构的言语行为，其本身就带有作者的意图。因此，塞尔说："忽略作者的意图是荒谬的，因为判别一个文本是小说、诗歌或其他文本时，就已经宣告了作者的意图。"① 文类的区别本身就代表一种意图，比如，小说是虚构、新闻报道要真实、诗歌要有情感等。兰瑟说："宣布该书为小说，就开启了一道鸿沟，将作者'安妮·贝蒂'的生活和思想与小说人物'安妮'的生活与思想隔开来。……小说是靠它自身言语行为的伪装品质为自己定义的。"② 读者因此与作者订立了契约。读者阅读小说其实已经先在地接受了虚构的契约。这是真实作者与真实读者进行交流的首要言效规约。这是在这个意义上，米勒说："面对作品的呼唤，读者必须说出另一个施行的言语行为：'我保证相信你。'……要求读者接受某一作品的特殊规则，对这一要求做出这样的肯定回应，这对所有阅读行为来说都是必要的。"③

同时，文本既传达了作者的某些观念，也应用了某些文化惯例。读者的阅读也是对文化惯例的识别，对作者观念的接受或反抗。"文

---

① John R. Searle, *Expression and Meaning: Studies in the Theory of Speech Acts*, 张绍杰导读, 外语教学与研究出版社、剑桥大学出版社2001年版，第66页。

② [美] 苏珊·S. 兰瑟：《观察者言中的"我"：模棱两可的依附现象与结构主义叙事学的局限》，[美] 詹姆斯·费伦、彼得·J. 拉比诺维茨主编《当代叙事理论指南》，申丹等译，北京大学出版社2007年版，第223页。

③ [美] 希利斯·米勒：《文学死了吗？》，秦立彦译，广西师范大学出版社2007年版，第58—59页。

本通过它展示的文学惯例，宣称自身是文学，并要求用一定的方式去读它，（这种方式要求把文本）看作现实作者的观念，而不是看作外部通常可理解现实的报道。文本通过自身的惯例而存在，它展现自我意识，它通过解释的在场而存在，要求读者注意文本是作者人为的构造。"① 文本传达的作者的观念，或多或少总会对读者产生一定的影响。读者阅读总在一定程度上使作者的观念现实化。正是在这个意义上，米勒认为作者具有述行的权威，操纵语词，通过言语行为发生作用，小说家记述的同时又在述行，在读者身上产生效果。这是文学述行的重要体现，因此，言效规约也要考虑作者的意图。

仍以《虚构》为例。真实作者马原首先向读者发出了一种"请求"或"邀请"，"请相信我，小说就是虚构"，或"读这篇小说吧，然后你将相信小说就是虚构"。而真实读者根据文学惯例或"契约"也做出了一种"承诺"："我保证相信你。"可以想象，读者如果没有这种承诺，任何小说将是不可读的。这就是伊塞尔所说的"反应—邀请"结构（response‑inviting structure）。作者已经预先将读者置于这种结构之中，读者也相应地认可了这种结构。这也是文学叙事言效规约的基本前提。同时，读者的阅读既要遵循文本的言内规约，既依赖于故事世界，又是对文本的重构，理解本身就是一种建构行为。如，笔者认为《虚构》整体上是一种隐喻，"病区没有围栏"意指真实和虚构没有界限。这样理解的时候，其实已经接受了马原的建议，即文本的言效行为实现了。

总之，言效规约要求将文学叙事首先看作一种交流行为，文本内的交流行为及其效果对故事世界的建构有重要作用，而文本外的交流

---

① W. John. Harker, Literary, "Communication: the Author, the Reader, the Text", *Journal Aesthetic Education*, Vol. 22, No. 2, 1988, pp. 5–14.

则使文本产生了现实效果。一方面读者阅读（阐释）重构了文本；另一方面，作者通过文本传达的观念对读者产生了现实的影响。当然，言效规约必须在"虚构"的总规约下才能起效。

第三节　真实与虚构的交流及语言的建构功能

　　文学叙事是一种言语行为，无论是"假装的"还是"寄生的"。言语行为的规约和可接受程序仍然适用于文学叙事。言语行为理论潜在的是一种交流理论，它预设了言语的发出者和接受者。因此，文学叙事也可看作是一种言语交流行为。宏观层面上是作者与读者的交流，微观层面上有文本内的叙述者与受述者、隐含作者与隐含读者之间的交流。

　　日常交流行为以发出的言语信息为中心，而文学叙事的交流行为则以虚构的文本世界为中心，当然，文本世界也是由话语构成的。文本世界是虚构的，但当话语指向自身的世界时，它是自足的，具有艺术的真实性。文本外的作者和读者是真实的，但当读者通过作者的文本来推测作者时，作者还是真实的吗？毕竟文学叙事是以文本为中介的，作者是"不在场的"；同时，当读者按照叙事规约来感受故事世界时，他还是日常世界的他吗？这是本节要探讨的问题。

一　言语行为理论视野中的真实与虚构

　　真实和虚构是哲学、美学、文学领域中的高频词汇，在不同的论域中有不同的理解，有必要先对它们进行界定。

第二章　言语行为理论的叙事维度

真实与虚构的关系在西方可以追溯到古希腊的模仿说。柏拉图认为艺术是对现实世界的模仿，而现实世界是对理式的模仿①，因此艺术与真理"隔了三层"。在柏拉图看来，最高的真实是形而上层面的理式，现实是理式的"影子"，艺术则是"影子的影子"，因而是不真实的。在《理想国》第十卷，苏格拉底以木匠制造床的例子说："他（木匠）既然不能制造理式，他所制造的就不是真实体，只是近似真实体的东西。如果有人说木匠或其他工匠的作品完全是真实的，他的话就不是真理了。"床的真实体是"床之所以为床"的那个理式。理式说推广到艺术就成了模仿说。"所以模仿和真实体隔得很远，它在表面上像能制造一切事物，是因为它只取每件事物的一小部分，而那一小部分还只是一种影像。"② 理式说深刻地影响了西方将本质与现象对立的形而上学传统，也引发了对何谓艺术真实问题的思考。

理查德·加纳罗和特尔玛·阿特休勒指出，真实常常有两个层次的含义，一方面，"真实"是"人群中的真"，即我们眼前大家都可以看到或接受的一把桌子、椅子、一本书、牛奶面包、一部好车、宽敞的厨房和露天阳台、大多数人的看法和选择等；另一方面，"真实"是个人感受和认知的"真"。正因此，孩子们才会把黑板上的一个"圆圈"看成是"太阳"和"布娃娃脸上的酒窝儿"。如果我们可以回过头去看看人类精神形态的历史，后一层面的"真实"往往比前一层面更为"真"（因为它可以在时空中驻留），尽管我们不能就此否

---

① 理式（Idea）在有些引文中被翻译为"理念"，只是翻译的不同，下文不再作注。
② ［古希腊］柏拉图：《文艺对话集》，朱光潜译，人民文学出版社1963年版，第69—72页。

决前一层面的"真"为"非真"。① 我们常称前者为现实世界的真实，后者为艺术世界的真实。滨田正秀在《文艺学概论》中说："真实在何处？又何谓真实？……柏拉图说现实并不是真实，只是真实的影子。海德格尔认为真实是隐藏着的东西，需要使之敞亮。我们周围的现实有不少并不真，为很多偶然的东西以及假象和片断所歪曲。文学是一种使现实更接近于真实的努力，它要把被歪曲和掩盖着的东西发掘出来，创造出更具价值的东西，并使全部生命得以复活。真实不是别的，乃是生命的真实。"② 在这个意义上，胡经之将艺术真实分为三种：（1）审美主体的真实（作家主体审美体验和评价的真实）；(2) 审美主客体所形成的审美关系物态形式——艺术作品的真实；(3) 艺术欣赏者二度体验的再创造的真实。③ 因此，艺术真实通常与审美主体的生命体验和情感判断有关。

　　瑞恰兹从语言出发探讨艺术作品的真实性，对我们深有启发。瑞恰兹认为，语言有两种用途：科学用途和情感用途。而文学语言是一种情感语言，"正是在这个意义上，他认为文学的本质特征是'非指称性的伪陈述'，不过，诗里词语的'伪陈述'并不意味着艺术作品完全失去'真实性'，而是指不被经验事实所证实"。那么，作为"伪陈述"的文学作品，其真实性就不能从与现实世界相对照的角度来理解。"文学作品的'真实性'主要体现为两点，一是读者所认可的接受效果；二是作品所具有的内在的必然性。"④ 从语言出发来理解艺术作品的真实性，是一种新的思路，对本书有重要的参考价值。

---

　　① 参见［美］理查德·加纳罗、特尔玛·阿特休勒《艺术：让人成为人》，舒予，吴珊译，北京大学出版社2007年版，第590页。
　　② 转引自胡经之《文艺美学》，北京大学出版社1989年版，第162页。
　　③ 参见胡经之《文艺美学》，北京大学出版社1989年版，第162页。
　　④ 王先霈、胡亚敏：《文学批评原理》（第二版），华中师范大学出版社2008年版，第135—136页。

因为文学语言是"非指称性的伪陈述",所以它指向文本自身,而不是外在现实。马尔库塞指出:"艺术的真实性在于:世界真是它显现在作品中的那个样子。"他认为:"艺术脱离物质生产过程,已有可能破除这一过程中所复制的现实的神秘化。艺术向既成现实决定何谓'真实'的垄断权提出了挑战,它是通过创造一个比现实本身更其真实的虚构世界来提出这一挑战的。"① 在这个意义上,武松确实在景阳冈打死了一只猛虎,鲁达打死了镇关西,甚至贾宝玉出生带玉、幻游仙境也是真实的。但是,如果文本语言用来指称现实世界时,一切都不复存在,甚至《红楼梦》中出现的"曹雪芹"也不是真正的作者曹雪芹。

言语行为理论也是从语言的角度理解真实,与瑞恰兹的不同之处在于,言语行为理论引入了"世界"和"行为"的因素,在语言与行为、语言与世界的关系上理解真实。"奥斯汀区分了语言和言语,把言语的本质看作是人类的行为,从而也就把语言看作是人类行为的一部分,看作是可见世界的一部分。"② 语言与世界和行为的这种关系颠覆了柏拉图将本质与现象二分的形而上学传统,真实不是柏拉图作为终极实在的理式,而是就在世界之中,就在语言之中。这既是奥斯汀言语行为理论的哲学基础,也是本书所论文学叙事之所以能够建构世界的哲学基础。

奥斯汀在《感觉和可感物》(*Sense and Sensibilia*)中特别探讨了"reality"③ 的含义。奥斯汀认为,reality 是由形容词 real(真实的)变来的,它只能在与其对立面 not real(不真实的)的对照中加以理

---

① [美]马尔库塞等:《现代美学析疑》绿原译,文化艺术出版社 1987 年版,第 3—16 页。
② 杨玉成:《奥斯汀:语言现象学与哲学》,商务印书馆 2002 年版,第 8 页。
③ reality 有真实、现实、实在、真实性等多种翻译,本书将其理解为"真实性"。

解。"真实"是对"不真实"的排除,但被排除掉的东西并不缺少真实性。例如,一只囮鸭不是一只真实的鸭,但它仍然是一只真实的囮鸭,仍然是世界中的真实之物。因此,对真实与不真实的区分是没有意义的。

在论述中,他几乎将真实性与"世界"同义使用,而在他看来,"世界远不是传统意义上的事物的总和,它还包括许多东西,呈现出的现象,发生的事件,事物的状况、特征,事物之间的关系,人的行为,人的感觉和经验,等等,凡是语言所能谈及的东西都是世界中的东西"①。《如何以言行事》就是将语言视作行为的专门研究。因此,奥斯汀的真实性就是语言所能谈及的东西,不仅包括一般意义上的事物,还包括行为、情感、经验等,甚至还包括我们所说的话语。在这个意义上,我们说语言、文化、制度、惯例等都是世界的构成部分。"奥斯汀头脑中所构想的'世界'是一个复杂的概念,它既意指一个由实际存在或实际发生的东西所构成的现实世界,又意指我们可以想象的、我们的语言所能谈及的、由可能的事物或事态等构成的'可能世界'。"② 在哲学论文《真理》(*Truth*)中,他指出,如果我们要通过语言达成沟通,"除了言词(words)之外,还必须有某种东西,即运用言词所要加以沟通的东西:这种东西可以被称为'世界'。除了因为在特定场合所做出的实际陈述本身涉及世界外,在任何其他意义上都没有理由不把言词包括在世界之中"③。语言不仅描述或表述世界,而且语言本身就是世界的构成部分——这正是奥斯汀独特的语言观。正是这种语言观将语言与世界和行为连为一体,也是语言建构功

---

① 杨玉成:《奥斯汀:语言现象学与哲学》,商务印书馆2002年版,第39页。
② 同上书,第43页。
③ 同上书,第38页。

能的哲学基础。

奥斯汀对语言、世界和行为的看法对我们的启示是，文学叙事中的真实和虚构并没有严格没有界限，二者可以相互沟通。瑞恰兹认为文学艺术是"非指称性的伪陈述"，表明文学叙事带来的世界是一个由语言构成的虚构世界，其真实性在于故事本身的内在必然性被读者所接受和认可。奥斯汀则将语言放在世界之中来考察，其真实性在于语言与世界及语言与行为的关系。杨玉成指出："实际上，语言和行为的关系是语言和世界关系的一个方面，因为行为是可见世界的一部分。其区分在于语言和世界的关系是间接的、抽象的和不固定的，它必须通过言语行为来实现；而语言和行为的关系则是语言和世界的现实联系，即语言和世界在言语行为中的结合。"[1] 文学叙事作为一种言语行为，不仅其本身是奥斯汀所论"世界"的一部分，而且文学叙事中包含的文化、制度、惯例、情感、经验等都是"世界"的构成因素，因为奥斯汀的"世界"不仅意指现实世界，也意指由上述因素构成的"可能世界"。塞尔也认为："虚构人物不存在于现实世界之中，可是他们确实存在于寓言、神话、小说等作品之中。不能因为他们不存在于现实世界之中就进一步否定他们在寓言、神话、小说等作品中的存在。因此，在关于现实世界的言谈中，代表虚构人物的语词是没有指称对象的；可是，在关于虚构世界的言谈中，他们却是有指称对象的。"[2] 由此看来，文学叙事既是虚构的，也是真实的。

正是因为文学叙事与"世界"有联系，虚构世界才可能对真实世界产生影响，叙事述行才可能实现。可以设想，如果某人用某种人类

---

[1] 杨玉成：《奥斯汀：语言现象学与哲学》，商务印书馆2002年版，第8页。
[2] John R. Searle, *Speech Acts: an Essay in the Philosophy of Language*，涂纪亮导读，外语教学与研究出版社、剑桥大学出版社2001年版。

无法识别的语言写了一本他称为"小说"的东西——当然，在这种情况下，它是不是小说我们无法识别，或者如果某人的小说写的是我们从未有过的文化惯例，表现的是人类从未体验过的情感，那么，这样的"作品"根本不会在读者方面产生效果。文学叙事总是与真实有关联。

奥斯汀的语言哲学不仅考察语言，还要考察语言所论及的世界。语言与世界的关系既是其言语行为理论的哲学基础，也是我们分析文学叙事建构功能的哲学依据。

二 作者与读者的真实性和虚拟性

作者与读者无疑是真实的，因为他们真实地存在于现实世界。将创作和阅读看作一种物质化的行为，行为的发出者一定是真实的存在，因为他们的身体和灵魂必须同时在场。可是当作者和读者进入故事世界，他们还是那个真实的作者或读者吗？在这种情况下，常常是身体留在现实世界，而精神或灵魂则进入了另一个世界。或者说，此时的作者或读者已经出离了日常存在而进入精神存在，因此我们说这种状态下的作者或读者也是虚构的。就作者而言，创作中的作者虽然具有主体性，但这个主体已归于故事世界，常常为后者所牵引；就读者而言，进入故事的读者已将自身虚拟化，甚至与人物同悲同喜，成为故事的一个元素（当然，这样说并不否认作者或读者可以自由地走出故事，回归日常世界）。

美学理论为此提供了支持，进入故事的作者或读者是审美状态的自我，而非实存的自我（即日常状态的自我）。柏拉图的迷狂说为诗人出离日常状态提供了注解。"缪斯凭附于一颗温柔、贞洁的灵魂，激励它上升到眉飞色舞的境界，尤其流露在各种抒情诗中，赞颂无数古代的丰功伟绩，为后世垂训。若是没有这种缪斯的迷狂，无论谁去敲响诗歌的大门，追求使他能成为一名好诗人的技艺，都是不可能的。"① 在柏拉图看来，肉体仅是容纳灵魂的容器，迷狂状态的诗人灵魂不再受肉体的束缚，精神超越了现实，只有在这种状态下才能做出真正的好诗。而里普斯的移情说则为读者出离日常状态提供了注解。"移情作用就是这里所确定的一种事实：对象就是我自己，根据这一标志，我的这种自我就是对象，也就是说，自我和对象的对立消失了，或则说，并不曾存在。"② 因此，主体与对象不是对立的关系，而是统一的关系。此时的主体不是实用的自我，而是观照的自我。由此看来，作者或读者由于故事世界的作用而改变了自身的存在状态，由真实存在变为虚构存在。这从一个侧面也说明了文学叙事的述行功能。

然而，作者或读者又总是能够从虚构世界中返回，由虚拟存在变为真实存在。这种转变也可以在布洛、博克的审美距离说和康德的审美无功利说中得到说明。审美距离说要求审美主体要与对象保持心理距离，审美无功利说要求主体超越与对象的实存关系，"只想知道我们在单纯的观赏中（在直观或反思中）如何评判它"③。换言之，我们要在意识中将对象仅仅看作"审美的对象"，它是形象而非实体。就文学叙事来说，我们要在意识中将故事当作"故事"来阅读，认识到它是虚构的而非真实的，这样就可以把自我从虚构世界中"解放"出来。其实，这正是叙事述行的总规约（即虚构）发挥了作用。

上述两方面的探讨表明，如果将自身投入故事世界（认可故事的

---

① ［古希腊］柏拉图：《国家篇》，《柏拉图全集》（第2卷），王晓朝译，人民出版社2003年版，第158页。
② 曾繁仁：《西方美学论纲》，山东人民出版社1992年版，第392页。
③ ［德］康德：《判断力批判》，邓晓芒译，人民出版社2002年版，第39页。

真实性），作者或读者就由真实存在变为虚拟存在；如果将故事看作虚构，那么，作者或读者就可以走出虚拟存在变为真实存在。无论哪一方面，都体现了叙事的述行功能。

作者还可能是由读者建构的形象。毕竟读者阅读文本时作者是不在场的，不可能每一个读者都与作者面对面的交流。"书写是在印刷的匿名性中再创造，创造了一种'自治的话语'，远离了它的作者，严格来说它不属于任何人。作者和读者一样，必须处理去语境化的话语，话语中传达的事实和情感并不服从控制或证实。"① 读者只能通过文本来推测作者。因此，读者的作者大多是虚构的。如，金圣叹认为："盖作者只是痛恨宋江奸诈，故处处紧接出一段李逵的朴诚来，作个形击。"而浦安迪则认为宋江、李逵、武松等都是作者否定的，因为他们都是"厌恶女性者"，与他们相比，林冲才是作者心目中真正的英雄。《水浒传》中女性的缺失正是作者要批判的。那么，在金圣叹和浦安迪眼中就有两个不同的作者形象。"浦安迪与金圣叹对作者意图的推导，得出了完全不同的隐指作者。这不奇怪，他们各自从自己的文化背景和历史条件作出不同的释义。"② 在这个意义上，我们也可以说文学叙事建构了作者。

文本外的交流不同于文本内的交流。文本内的交流局限于叙述者与受述者、隐含读者与隐含作者之间的交流，这种交流构成故事世界。经典叙事学侧重于研究这种交流模式。而后经典叙事学，尤其是修辞叙事学则将叙事文本看作作者有意设计出来影响读者的方式，作者通过语词、技巧、结构、形式和文本内的各种关系作用于读者，以

---

① Peter Brooks, *Body Work: Objects of Desire in Modern Narrative*, Harvard University Press, 1993, p.29.
② 赵毅衡：《文学符号学》，中国文联出版社1990年版，第211页。

引起反应。因此,文本外的交流是作者、文本和读者之间的意义交流。当修辞叙事倾向于将虚构作品看作有意的话语(intentional utterance),那么,"有血有肉的"作者形象就远比经典叙事学定位于文本内的交流重要。"当文本外的交流涉及作者时,通过重新建构的意向性,他或她倾向于被看作读者的建构物。"①

读者也是叙事建构的形象。沃尔特的一篇著名论文的题目就叫"作者的读者从来就是虚构",卡勒认为还必须加上"读者的经验——至少在解释中——从来就是虚构",读者是故事阅读中的叙事建构。因此,卡勒认为"读者的虚构性绝对是虚构阅读的中心"②。读者既是主动的也是被动的,从叙事述行的角度看,读者一直处于被建构的可能性之中。

三 语言的符号性与符号的建构性

言语行为理论强调了述行的规约化原则、语境和交流主体的意向性,它们构成述行的基本条件,但对言语活动的一个基本前提却相对忽略了,那就是语言本身的符号性。语言的符号性是言语述行的基本前提。奥斯汀认为言内行为是用语言实施的规约行为,而言效行为则可以通过非语言的方式获得,比如用挥舞木棒表示"恐吓"。从言语行为的整个流程看,言效行为根本上来源于"发言行为"的语义(即字面意义)。而语言的字面意义是由语言的符号性决定的。电影中,我们经常会看到这样的场面:甲用一支木棍或其他什么东西顶着乙的

---

① Sandra Heinen, Roy Sommer, *Narratology in the Age of Cross-disciplinary narrative research*, Berlin: Walter de Guyter, 2009, p. 92.
② Jonathan Culler, "Problems in the Theory of Fiction", *Diacritics*, Vol. 14, No. 19 (Spring, 1984), pp. 2–11.

文学叙事与言语行为

后脑勺说:"不许动,再动我就开枪了。"甲的话语实施了"恐吓"的言内行为。甲的话语要产生效果(即实现言效行为,乙不动了),基本前提是乙必须理解"枪"的所指,即一种能致人死命的武器。在这个语境中,即乙看不到其所指对象的情况下,木棍就能代替"枪"。如果不是语言的这种能指总是指向一个所指的符号性功能,言效行为是不可能实现的。

言内行为同样基于语言的符号性。看一个用过的例子:

学生甲:今晚我们去看电影吧?
学生乙:我要考试必须学习。

学生乙"拒绝"行为的前提是必须理解学生甲的"建议"或"请求"行为。而学生甲的言内行为是基于他说出话语的符号意义(能指+所指)。学生甲说出的每一个字必须具有明确的(约定的)字面意义,否则无法实施言内行为。

在索绪尔开创性著作《普通语言学教程》中,他指出语言符号是由能指和所指两个方面构成的,符号的两面犹如一张纸的正面与反面,二者是不可分割的统一体。能指是符号的"音响形象",所指是它所代表的心理概念。"我们建议保留用'符号'这个词表示整体,用所指和能指分别代替'概念'和'音响形象'。后两个术语的好处是既能表明它们彼此间的对立,又能表明它们和它们所从属的整体间的对立。"[①] 索绪尔所说的所指是指能指代表的"概念",而非实体(现实世界中的物)。认识这一点对本书而言非常重要。

美国哲学家皮尔斯提出符号三分法,符号是由符号形体(repre-

[①] [瑞士]索绪尔:《普通语言学教程》,高名凯译,商务印书馆1980年版,第102页。

sentamen)、符号对象（object）和符号解释（interpretant）构成。符号形体是"某种对某人来说在某一方面或以某种能力代表某一事物的东西"；符号对象就是符号形体所代表的那个"某一事物"，不是事物的所有方面，而是与"思想"（idea）相关的方面；符号解释也称为解释项，即符号使用者对符号形体所传达的关于符号对象的信息，即意义。① 皮尔斯的符号三分法来源于其对哲学"普遍范畴"的看法。皮尔斯将哲学范畴分为三个方面：第一存在（Firstness）、第二存在（Secondness）和第三存在（Thirdness）。

第一存在是事物本身所呈现出来的样式，或称为"感觉状态"。例如，颜色，无论它是否被某人的视觉所感受，它都独立存在着，不受时间和空间的任何约束。

第二存在是个别的时间和空间上的经验，它所呈现的样式关系到第二者，但不牵扯第三者。例如，对两种知觉"冷"和"热"的比较是相对的，是在某个具体的时间和空间被某个生物所感知的某种具体温度，它是依据现实性的存在，是经验性的存在。

第三存在所呈现的存在样式将第二者与第三者联结起来。此项属于"中介""习惯""记忆""交流"等抽象的范畴，它使具体的时、空经验获得新的形态，同时，也是作为一种"解释"用于符号本身的存在。②

三种范畴的划分与符号的三分法基本有对应关系。符号形体是符号本身的呈现；符号对象则是形体在心理上指称的对象，即符号的现实化，它关涉到第二者；符号解释则是将符号形体和符号对象联结的

---

① Charles Sanders Pierce, *Philosophical Writings of Pierce*. ed. by Jusdus Buchler, New York: Dover Publications Inc, 1955, p.99.
② 参见翟丽霞、刘文菊《皮尔斯符号学理论思想的语言学阐释》，《济南大学学报》2005 年第 6 期。

中介行为。符号是一种意指行为,三位一体的符号具有功能性和实践性。"在三位一体的关系中,对象决定符号,而符号在一定的关系中同时又决定解释项。这也就是说,相应于对象而言,符号是被建构的,因而是被动的,相对于解释项而言,被建构的符号则是主动的。但是从能动的角度而言,符号又决定对象或者说对象由于符号而存在。符号的对象是由符号所产生的某物。一方面,符号创造了它的直接对象,而另一方面则又通过能动的对象创造了确定自身的必要条件。"① 因此,符号意指作为一种过程,就不是自我封闭的。符号过程不是形式而是一种趋向,不是静态地关联某物,而是"即将成为某物"的条件。符号是一种可能性和潜力,是待在(becoming),而不是实在。

大体上讲,符号形体(符形)相当于索绪尔的能指,符号解释(符指)相当于所指。索绪尔二分法和皮尔斯三分法的关键区别在于,索绪尔限于符号本身,是一种内在研究,而皮尔斯则加入了"符号对象",使符号与外在世界具有了联系,并使符号成为"解释"中的动态存在。用著名的符号三角将二者统一起来,如图2-3②所示。

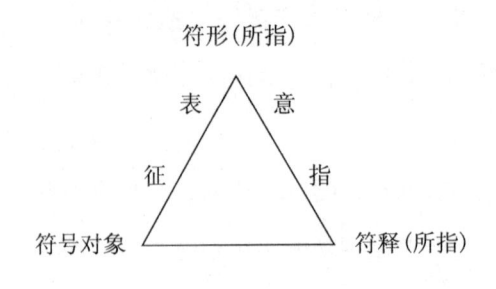

图2-3 符号三角

---

① 胡瑞娜、王姝慧:《皮尔斯符号学的实用主义特征及其后现代趋向》,《科学技术与辩证法》2007年第4期。
② 黄华新、陈宗明主编:《符号学导论》,河南人民出版社2004年版,第7页。

皮尔斯的符号学理论具有明显的建构性和"行为"功能。指号过程（semiosis）使符号成为符号，并使符号具有意义，这也是一个符号建构的过程。皮尔斯开启了实用主义符号学，并对莫里斯的行为符号学和艾柯的符号生产理论产生了影响。如莫里斯指出："由于某个东西是一个指号、一个所意谓、一个所指示、一个解释者或一个解释，这只是就它在指号行为中的出现来说的。"[①] 所以符号学就成了行为的经验科学的一部分。艾柯认为符号过程即一次行为，一次影响，它同时相关于符形、对象及其解释项。并由此提出符号过程是一种"劳作"，是一种生产。皮尔斯提出"符号的延展"的思想在罗兰·巴特的符号学中有明显的体现。

那么，符号的建构性和"行为"功能是否能够在言语行为理论中得到说明，或者说，语言建构世界（言即行）的功能是否基于语言符号的建构性呢？这是被言语行为理论家忽略的地方。

奥斯汀将言语行为分为发言行为、言内行为和言效行为。用皮尔斯的三分法来观照奥斯汀的三分法，则可发现二者之间的联系。发言行为指"说出"话语的行为本身，局限于符号本身的字面意义，但它是言内行为和言效行为的基础。或者说发言行为着眼于符号本身（第一存在），此时的符号（暂时）不与外界发生关系。言内行为是符号本身暗含的行为，它必须通过"达成理解"才能"引起反应"。言内行为暗含听话人的形象，它是在听话人的"解释"中实现的行为。如果没有听话人的理解，言内行为就无法实施。因此，言内行为是发言行为的现实化，字面意义在理解中对象化为一种现实行为（第二存在）。比如，朱总司令说"开火"，此话语就是"命令"。言效行为是

---

① ［美］莫里斯：《指号、语言和行为》，罗兰、周易译，上海人民出版社1989年版，第23页。

在听话人方面产生的影响和效果，它是在前两种行为的基础上产生的，前两种行为在此获得了结果，成了一种产品（第三存在）。听话人的解释和接受起了重要的作用。"第一存在是质，第二存在是效果，第三存在是'待在'的产品。第一存在是可能性（一个可能的存在），第二存在是现实化（在那个时刻发生了什么），第三存在是潜在性、可能性和必要性（在给定条件下，将是什么、可能是什么，或应该是什么）"① 当然，无论是言语行为理论，还是皮尔斯的符号学理论，规约性都依然起作用。

借用符号三角来表示言语行为三分法，这样就得到言语行为三角，如图 2-4 所示。

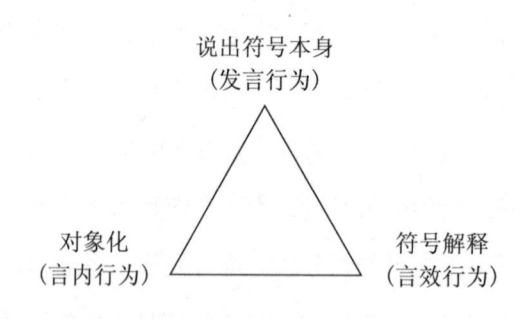

```
          说出符号本身
          （发言行为）
               △
   对象化              符号解释
  （言内行为）         （言效行为）
```

图 2-4 言语行为三角

奥斯汀将"发言行为→言内行为→言效行为"看作一个不可互逆的过程，用符号学理论反观这一过程，则可发现，三者之间不仅是可逆的，而且相互生成。比如，甲对乙说："打开窗户，空气就会进来。"这些文字是等待被解释的符号，其意义只是一种"待在"，是一种可能性。这是"陈述""请求"，还是另有他义，有赖于乙的理解和解释。理解为陈述，乙就会做出肯定或否定的回答；理解为请求，

---

① Floyd Merrel, "Charles Sanders Pierce's Concept of the Sign", *The Routledge Companion to Semiotics and Linguistics*, ed. by Paul Cobley, London and New York: Routledge 2001, p. 32.

乙就可能会做出开窗的行为。如果理解为隐喻，就离开了符号的字面意义，比如，窗户意谓"国门"，空气意谓"外国文化"，这其实已经重构了符号。当然，交流语境对言语行为有一定的定向作用，但这并不妨碍对方重构符号发出者意图及符号本身。塞尔的理论涉及这些方面，但没有主题化。符号的相互建构和言语行为的可逆性对文学叙事有重要的意义。

解释既源于符号，又是对符号的重构，同时也推断作者（符号发出者）的意图。理解行为是一种符号现实化的行为，同时也实现了符号的建构功能。"符号形体和它的符号学对象是被解释中介的，中介的结果是符号呈现出价值和意义。重要的是，符号形体与它的两个邻居一起在指号过程的大河中做事——符号变成其他符号，三种彼此相关，相互依存，解释者的参与是生产符号的行为。"[1]

关于符号的定义还有另一种看法，即将符号看作能指，实际上皮尔斯就常常将符号（sign）和符号形体（representamen）混用。将符号看作能指，就意味着所指是不在场的。这种看法在后结构主义理论中有重要意义。文本是能指的游戏，所指有待于读者的解释。"语言恰恰是用一种在场的错觉掩盖不在场的差异系统，它的可动性依赖于它中心的缺乏。符号除了同其他符号的区别与差异外没有意义，并且'一种先验所指的不在场无限地延长了意义的领域及游戏'。"[2] 德里达认为所指是推迟了的在场，人们从符号中寻找意义时所得到的不过是能指的能指、解释的解释。这种看法对于认识符号的建构性也有重要的意义。正因为符号的所指不在场，所以读者就可以通过解释赋予

---

[1] Floyd Merrel, "Charles Sanders Pierce's Concept of the Sign", *The Routledge Companion to Semiotics and Linguistics*. ed. by Paul Cobley, London and New York: Routledge 2001, p. 34.

[2] ［英］克里斯蒂娜·豪威尔斯：《德里达》，张颖、王天成译，黑龙江人民出版社2002年版，第44页。

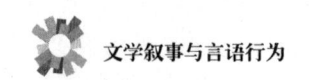

能指一个所指,这种过程也是建构意义的过程。

总之,言语行为理论强调了语言对世界的建构功能,而这种建构性来自语言作为符号本身的建构性。佩特里指出:"指称物是语言本身的产物,是其自身的效果。""它不仅仅是一个先验存在的实体,而是一种行为,一种修订现实的动态运动。"① 文学叙事是一种言语行为,其对故事世界和现实世界的建构都来自语言符号本身的建构性。

本章小结

言语行为是一种规约行为,或者说,言语述行受规则的制约。奥斯汀提出言语述行的六大"合适条件"可以简化为语境条件和真诚条件,就是说,言语只有在一定的语境和真诚的意愿中才能述行。塞尔认为言语行为遵循构成性规则,就是说,言语不仅要符合语言规则,而且,语言规则生成言语行为。格赖斯提出合作原则,即言语行为是说话人和听话人"合作"完成的,听话人的理解行为是言语述行的必要条件。

文学叙事是一种言语行为,因此文学叙事也受规则制约。文学叙事的总规约是虚构,即文学叙事不是"假装的"或"寄生的"言语行为,而是"虚构的"言语行为,言语行为的各种规则对文学叙事仍然有效。同时,虚构本身也是一种言语行为。言内规约是文本之内的言语行为规约,是指文学叙事建构故事世界的各种手法。言效规约是

---

① Sandy Petrey, *Speech Acts and Literary Theory*, New York: Routledge, 1990, p. 103.

指读者重构故事及故事对现实产生影响的规约,是由虚构世界走向现实世界的规约。言内规约和言效规约以虚构为条件,言效规约以言内规约为条件,而不是相反。文学叙事既是叙事者与读者的合作,也是虚构与现实的交流。

那么,文学叙事如何通过"虚构的"言语行为创造现实?首先,奥斯汀对语言与世界关系的探讨表明真实与虚构之间没有严格的界限,二者可以相互沟通;其次,文学叙事的作者和读者既是真实的,他们是真实世界中的实在人物,同时也是虚构的,即作者和读者是建构的产物;最后,言语行为理论强调了语言对世界的建构功能,而这种建构性来自语言作为符号本身的建构性。文学叙事对故事世界和现实世界的建构都来自语言符号本身的建构性。

第三章 言语行为与叙事话语

无论是言语行为理论,还是符号学理论都暗含一个接受者(解释者)的存在,言语行为只有在其被理解的基础上才能述行,符号只有被解释才能完成自身。这是言语行为或符号行为实现其建构功能的潜在前提。但是,这并不妨碍暂时搁置解释者单独研究符号本身(能指)。本章暂时将真实读者和真实作者悬置,着眼于文本内的世界,探讨言语行为如何建构了故事世界——这并不妨碍谈论隐含读者和隐含作者,因为二者内在于文本之中。当然,即使是暂时的悬置,也必须将解释者的形象放在心中,比如,"我"现在正在谈论的是故事世界,将现实世界悬置了起来,但"我"的谈论仍然是"我"的解释,并且"我"与现实世界有必然的关联。

言语行为理论以意义为纽带,不解读意义就无法实现言语行为,尤其在塞尔和格赖斯的理论中,说话人的意向和话语的意义得到了突出的强调,如,塞尔的《表述和意义:言语行为研究》(1979)、格赖斯的《表达者的意义和意向》(1969)等。文学叙事的故事世界也是通过话语的意义建构起来的。本书在这一点上与经典叙事学有很大的不同,虽然都以故事和话语为对象,但经典叙事学关心的是话语的规律和故事的结构,本书关心的是话语如何建构了故事。

话语以各种方式呈现意义,每一种方式都是一种言语行为。就意义而言，显义和晦义是两种最基本的意义呈现方式（罗兰·巴特），就言语行为而言，与之相对应的就是直接言语行为和间接言语行为（塞尔）。塞尔的间接言语行为前文已有论述，这里简要介绍一下罗兰·巴特的意义理论。

罗兰·巴特发展了索绪尔的符号学思想。索绪尔将语言符号看作能指与所指的结合物，能指与所指的结合具有武断性，即"符号＝能指＋所指"。罗兰·巴特进一步认为，由"能指＋所指"构成的符号整体上还可能成为一个新的能指，在新的系统中带来新的所指。符号的意义如此衍生以至无穷，如图3-1所示。

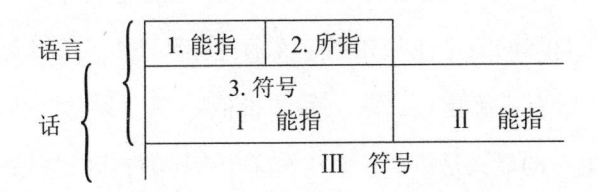

语言话	1.能指	2.所指	
	3.符号		
	Ⅰ 能指		Ⅱ 能指
		Ⅲ 符号	

图3-1 罗兰·巴特的符号学系统①

第一系统巴特称为外延义，第二系统巴特称为内含义，或神话意义。比如，汉字"龙"的外延意义是指一种动物（外延义），而"龙"在中国文化系统中又意指"中华民族"，这样就获得其神话意义或内含义。"内涵系统的编码大体上要么由一种普遍的象征系统构成，要么由一种富有时代特征的修辞学来构成，总之，是由一种俗套库（模式、颜色、笔法、动作、表达方式、要素组合）来构成。"②因此，内含义往往超出符号的字面义而成为一种隐喻或象征。在此基础上，罗兰·巴特构建了其完整的符号学体系。

---

① Roland Barthes, *Mythologies. translated by Annette Lavers*, New York: the Noonday Press, 1991, p.113.
② ［法］罗兰·巴特：《显义与晦义》，怀宇译，百花文艺出版社2005年版，第6页。

内含义不仅是通过内涵手段编码而成，往往与历史和文化相关，而且需要一种破释活动（déchiffrement）才能够获得。在《显义和晦义》中，罗兰·巴特区分了三种意义层次：

1. 信息层：传播信息。
2. 象征层：总体上讲是意指层，它不向讯息开放，而向象征开放。
3. 意指活动层：多余的意义、超出的意义，是一种化装，颠覆象征层的界限，是无所指的能指。①

罗兰·巴特将第二层意义称为显义，第三层意义称为晦义，因为显义带有"自然的明显性"和"意义的纯粹状态"，而晦义则随化装一起出现，带有不确定性，是一种"价值"和"评估"。举例来说，歌剧《江姐》的显义是革命，而江姐穿什么样的衣服，则是晦义。第一层意义是字典意义，第二层意义是文化意义（此二者相对固定和明显），而第三层意义则是寓意，是一种解读和价值判断。

显义和晦义都属于内含义。罗兰·巴特只不过用第三种意义来表明能指无限后移带来意义的无限延伸，因为晦义有可能不断摧毁显义。本书在使用这两个术语时，取显义为外延义，晦义为内含义，或者说，显义是字典义（字面义），晦义是象征、文化、隐喻等方面的意义。

文学叙事的故事世界就是在显义和晦义的交织中构成的。"内涵开启着意义的一种过程；从寓意的意义出发，其他的一些意义就是可能的了，但它们不再是'文化的'意义，而是在身体的运动中出现的

---

① ［法］罗兰·巴特：《显义与晦义》，怀宇译，百花文艺出版社 2005 年版，第 41—61 页。

意义（有诱惑力的或是令人厌恶的）。在感觉与意指（意指本身也是词汇性的或文化性的）之外，形成着一个价值的世界。……不仅要说：我解读、我变成、我认为、我理解，而且要说：我喜欢、我不喜欢。不适、恐惧、欲望，都一起进入了节日。"① 话语因其意义的增殖在构建世界，也在改变世界。

第一节　叙述语力

托尔斯泰说："幸福的家庭都是相同的，不行的家庭却各有各的不幸。"故事的主题已被千百年来的文学重复了无数遍，无论是"幸福"还是"不幸"。可以说，每一个主题都有无数的故事，但是，为什么相同主题的故事总有不同的故事世界，我们为什么能够将它们区别开来？故事总是通过人物的行动（事件）来展现的，人物的行动或事件也被重复了无数次，然而相逢与离别、爱恨情仇与家长里短、革命理想与日常琐事等相同的事件在不同的叙事中却有不同的地位，并形成不同的故事世界，这如何可能？

"没有新鲜的故事，只有讲故事的不同的嘴唇。"话语的力量铸造了不同的故事，"叙述语力"是指能够使相同或相似的主题和事件呈现出差异的构成性力量。奥斯汀开创性地提出"语力"的概念，塞尔接着提出语力公式：$F(p)$。p 是"命题"，相同的命题因为表述方式的不同可以形成不同的语力 F。因此，尽管主题和行动是相同或相似

---

① ［法］罗兰·巴特：《显义与晦义》，怀宇译，百花文艺出版社 2005 年版，第 151 页。

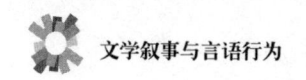

的，但在不同的叙事话语中却表现出不同的语力，从而形成不同的故事世界。这是本书用言语行为理论观照故事世界的基本出发点。

一 话语与叙述

首先有必要对叙事话语做一简要界定。宏观上看，叙事作品的话语可以分为叙述者的话语和人物的话语，后者又可分为直接引语和间接引语。这一古老的划分来自柏拉图和亚里士多德，即对叙述（或叙事）①与模仿的区别，前者是叙述者的声音，后者是人物的声音。柏拉图将叙事看作模仿的对立面，而亚里士多德则认为叙事是模仿的一种方式。二者的共同点是将叙述性与戏剧性区别开来。这一由柏拉图和亚里士多德开创的话语界限在叙事学产生之前已经得到广泛的研究。19世纪末20世纪初，亨利·詹姆斯用讲述（telling）和显示（showing）来表示这一区别，并表现出重显示轻讲述的倾向。卢伯克占用了詹姆斯的这一观点，指出："在其他条件不变的情况下，戏剧化程度越高越好。这是一种间接的方法，但是它将事情显示出来，而不是回忆、反映或描绘出来。"②布斯在《小说修辞学》中开篇就探讨了显示与讲述的关系，并将讲述放在更重要的位置，认为显示是讲述的一个局部效果，所有的显示中都潜藏着讲述。因此，"在'显示'与'讲述'之间划定界限，在某种程度上是武断的"③。托多洛夫认为："严格说来，我们并不能够展示任何摹仿（模声谐音的特殊情况

---

① 叙事或叙述来自同一个希腊词 diègèsis，有的地方翻译为叙事，有的地方翻译为叙述，本节下文中叙事或叙述都来自该词，没有意义上的区别，是指与人物话语相对的叙述者话语，也指讲述的行为。
② [美]詹姆斯·费伦、彼得·J. 拉比诺维茨：《当代叙事理论指南》，申丹等译，北京大学出版社2007年版，第14页。
③ [美] W. C. 布斯：《小说修辞学》，华明等译，北京大学出版社1987年版，第23页。

例外）：我们知道，词汇是'任意'的。当我们说摹仿时，实际上指的是将人们说出来的或内心想到的话语插入叙事作品；而我们所说的叙述则是用话语来指称非语言的事实（它永远而且只能是'任意的'）。"① 热奈特承认作为表现方式的叙述性与戏剧性的区别，但同时，他又指出，纯粹模仿或直接模仿，即戏剧性表现方式，是"海市蜃楼"，"是不折不扣的同语重复"。因此，作为文学表现的"叙事"只能是不齐全的模仿："作为表现的文学所有的唯一方式是叙事……文学表现，即古人说的模仿，不是叙事加'话语'，而只是叙事。柏拉图把模仿与叙事当作模仿与不完全模仿对立起来；但是完全模仿已不是模仿，而只是事物本身，说到最后，唯一的模仿是不完全的模仿。模仿即叙事。"② 热奈特的论述强调了"叙事"在文学表现中的重要性，纠正了柏拉图和亚里士多德将叙事作为"文学表现的一种弱化形式"的偏颇。

本书采纳热奈特、托多洛夫和布斯的观点，认为故事中人物话语从属于叙述话语。文学叙事的总规则是虚构，作者虚构了一个故事，通过其代理人（或隐含作者）讲述了出来，并对读者发出了邀请，"请相信"。因此，人物话语（无论是直接引语还是间接引语）只能是作者及其代理人"叙述"的结果。当然，这样说并不否认直接引语或间接引语本身具有的特殊效果。

叙事总体上是一种"叙述"行为。经典叙事学常常将叙事文分为话语和故事。"话语"着眼于叙事文的形式层面，是故事的组织方式或讲述方式；"故事"着眼于叙事文的内容层面，是事件及事件之间的关系。话语是能指，故事则是所指。热奈特出色地为叙事文加入了

---

① 张寅德编选：《叙述学研究》，中国社会科学出版社1989年版，第60页。
② 同上书，第284页。

第三项——作为一种言语行为的"叙述"。"为了避免语言上的一切含混和麻烦",热奈特建议:"用故事一词表示叙述所指或内容(哪怕这个内容可能会具有很低的戏剧性或很少的情节);把能指、陈述语句、叙述话语或原文本身称为叙事文;用叙述行为表示产生叙述之行为以及从广义上讲叙述行为所处的那个真实的或虚构的情境。"① 因此,叙事作为"叙述","也指一个事件,但不再是所讲述的事件,而是指某人讲述某事这个事件:叙述行为本身"。在热奈特看来,"叙述"是叙事"最古老的意义",它来自柏拉图对"纯粹叙述"与模仿的区分。"叙述"在叙事中具有重要的地位,"因为话语是它的产物,就像一切陈述语句都是某个陈述行为的产物一样。……不仅叙述话语存在与否取决于它,而且,它'传达'的那些情节的虚构性也取决于它。……没有叙述行为,便没有陈述语句,有时甚至会没有叙述内容"②。叙述行为是叙事作品存在的基础和动力。在这个意义上,茨维坦·托多洛夫说:"叙述等于生命,没有叙述等于死亡。"

三分法在叙事研究中产生了深远的影响。施洛米丝·里蒙-凯南根据热奈特的三分法相应地将叙事作品分为 story（故事）、text（文本）和 narration（叙述）三个方面。"故事"是指从文本的特定排列中抽取出来并按时间顺序重新构造的一些被叙述的事件,包括事件的参与者;"文本"则是口头讲述或书面描写这些事件的话语;"叙述"是指讲或写的行为或过程。可以看出,施洛米丝·里蒙-凯南的分类基本与热奈特相同。赵毅衡则明确强调了叙述行为在叙事中的基础地位,"不仅叙述文本,是被叙述者叙述出来的,叙述者自己,也是被叙述出来的——不是常识认为的作者创造叙述者,而是叙述者讲述自

---

① 张寅德编选:《叙述学研究》,中国社会科学出版社 1989 年版,第 190 页。
② 同上书,第 189 页。

身。在叙述中,说者先要被说,然后才能说"①。因此,赵毅衡在其著作《比较叙述学导论》中将第一章辟为"叙述行为",并指出述本(narrated text)是由叙述行为产生的,是叙述者加工的产物,"叙述加工是叙述行为中普遍存在、时刻存在的现象,不可能想象一部没有加工的叙述"②。

话语是叙述的手段,叙述操纵话语,话语的力量产生故事世界。从言语行为理论的视角看,话语与故事不完全是能指与所指的关系,而是在叙述的操控下实施的建构行为。

二 叙述语力与故事世界

这里用"叙述语力"将叙述和话语结合起来,意在表明故事世界是叙述行为通过话语的力量建构的结果。塞尔的语力公式 F(p) 为我们提供了工具。F(p) 中 p 是命题,F 是语力。命题总是依赖于一定的表达方式而存在,虽然命题相同,但如果表达方式变了,那么语力就会相应地发生变化(见第一章第一节的例子)。几乎所有的叙事文中都包含一些共有的成分,如,视角、叙述者、受述者、叙事时间等,这些成分是构成故事世界的必要因素,可以说没有这些因素故事将无以形成。如果将这些共同因素看作"命题",那么不同的叙事文显然通过操纵这些命题而形成了不同的故事世界。或者说,叙述通过操纵话语而形成不同的语力,从而建构了故事世界。

经典叙事学研究故事的"同",而忽略了故事世界的"异"。比如,普洛普的研究表明民间故事的世界几乎是相同的,所不同的只不

---

① 赵毅衡:《当说者被说的时候:比较叙述学导论》,中国人民大学出版社 1988 年版,第1—2页。
② 同上书,第19页。

过是角色的替换或情节的增减而已。用言语行为理论来观照这些"命题",则要表明故事世界是由"命题"产生的语力构建而成的。比如,视角显然对故事有构成作用,视角不同故事就不同。"F(视角)→故事"意指(作者选择的)视角产生的"语力"对"故事"的构成作用。

把p看作一个简单的主谓句,塞尔将F(p)改造为F(RP)。[①] 其中R是指称表达项(referring expression),P是谓语表达项(predicating expression),比如F(萨姆经常抽烟),其中萨姆就是指称表达项R,经常抽烟就是谓语表达项P。相似的,我们也可以将"F(视角)"改为F(谁看),F(叙述者)改为F(谁讲),F(受述者)改为F(谁听)。"谁看""谁讲"和"谁听"对故事世界的形成有重要意义。

(一) F(视角)→故事

"视角指叙述者或人物与叙事文中的事件相对应的位置或状态,或者说,叙述者或人物从什么角度观察故事。"[②] 胡亚敏指出了视角与声音、视角与叙述者的区别。视角研究的是"谁看",或者用热奈特更有涵盖力的说法——"谁感知",而声音研究的则是"谁讲",显然声音属于叙述者。叙述者是讲故事的人,但不一定是"看"或"感知"故事的人。

视角对故事的构成作用首先表现在视角的选择会带来相应的行为,即视角构成事件。例如,董超、薛霸押送林冲投宿客店设

[①] John R. Searle, *Speech Acts: an Essay in the Philosophy of Language*, 涂纪亮导读, 外语教学与研究出版社、剑桥大学出版社2001年版, 第32页。

[②] 胡亚敏:《叙事学》, 华中师范大学出版社2004年版, 第19页。

计陷害林冲一幕：

薛霸去烧一锅百沸滚汤，提将来倾在脚盆内，叫道："林教头，你也洗了脚好睡。"林冲挣得起来，被枷碍了，曲身不得。薛霸便道："我提你洗。"林冲忙道："使不得！"薛霸道："出路人那里计较的许多。"林冲不知是计，只顾伸下脚来，被薛霸只一按，按在滚汤里。林冲叫一声："哎也！"急缩起时，泡得脚面红肿了。(《水浒传》，第118页)

《水浒传》总体上使用全知视角，但这一段使用的是限知视角，即薛霸的视角。薛霸洞悉一切，而林冲蒙在鼓里。用语力公式来表达就是："F（薛霸看）→林冲上当→大闹野猪林→火烧草料场。"如果换成林冲的视角，林冲"看"着薛霸烧"百沸滚汤"，他的反应显然会发生变化，以林冲的本事，董超和薛霸也许在此就已经毙命（当然，这只是假设）。如果是这样，就不会有后续野猪林和草料场的故事，故事由此会走向另外的方向。可见视角的选择会影响整个故事世界。视角的叙述语力建构了故事情节和事件。

同时，视角的选择会影响对故事世界人物的评判。人物是故事的重要构成要素，没有人物就没有故事。视角不仅影响人物的行为，而且能够刻写人物形象。孔乙己给人的印象是可怜而不可恨，杨二嫂（《故乡》）给人的印象就有些可恨而不可怜了。为什么两个同样是社会底层的人在鲁迅的作品中会有如此反差的形象？原因就在于视角的选择。《孔乙己》的视角是咸亨酒店的小伙计，一个十二岁的孩子，在"我"眼中孔乙己不仅不可恨，甚至与"我"还有几分亲近感。如果换成店掌柜的视角，故事则会呈现出另一个样子。《故乡》的视角是"放了道台"的"我"。"我"在杨二嫂眼中是"贵人"，"我"

在无意识中也带有一种居高临下的眼光在"看"杨二嫂。因此杨二嫂的行为在"我"眼中就有些可恨了。而闰土则显得可悲了。闰土的一声"老爷"使"我似乎打了一个寒噤",在"我"看来,一声"老爷"使朋友关系变为主奴关系,因而使我"感到悲哀"。"我"的悲哀显然也来自这种居高临下的眼光,如果用杨二嫂或闰土的视角来看,这一切既不可恨也不可悲,而是一种自然状态。视角是"看"或"感知"故事的角度,同一人物或事件在不同的眼光中必然会有变化,因此,人物世界与视角的建构作用不无关系。

  多重视角的应用及视角变异丰富了故事世界。视角一般分为三种类型:非聚焦型、内聚焦型和外聚焦型。非聚焦型视角也被称为全知视角,叙述者和人物无所不知,无所不在,可以全方位地感知故事,所以又被称为"上帝的眼睛";内聚焦型视角严格地从一个或几个人物的角度感知故事,人物知道的就叙述,不知道的就不叙述;外聚焦型视角严格地从外部观察故事,不进入人物的内心世界。后两者都对人物的视野有所限制,也称为限知视角。非聚焦型视角有助于对故事世界进行多方位展示,内聚焦型视角有助于对人物内在世界进行解剖,外聚焦型视角则可使故事世界显得客观可信。多重视角的应用能够多维度地展示故事世界。《祝福》的开头和结尾部分使用的是内聚焦型视角,而中间部分对祥林嫂身世的叙述则是非聚焦型视角。对文本而言,如果不使用非聚焦型视角,祥林嫂的身世将无法展示,因为这一切都是在叙述者视野之外发生的。

  "谁看"作为视角的基本"命题",其中"谁"的转换直接可以带来世界面貌的转换,因为每一个世界只能是观察者眼中的世界;叙事中的世界并非客观的,它只是观察者眼中意象而已。因此我们说"视角"的语力可以创造世界也可以改变世界。《儒林外史》开篇以

王冕的视角描述了一个乡村小湖的美丽景色:

> 那日正是黄梅时候,天气烦躁。王冕放牛倦了,在绿草地上坐着。须臾,浓云密布,一阵大雨过了。那黑云边上镶着白云,渐渐散去,透出一派日光来,照耀得满湖通红。湖边上山,青一块,紫一块,绿一块。树枝上都像水洗过一番的,尤其绿得可爱。湖里有十来枝荷花,苞子上清水滴滴,荷叶上水珠滚来滚去。王冕看了一回,心里想道:"古人说,'人在画图中',其实不错。可惜我这里没有一个画工,把这荷花画它几枝,也觉有趣。"心里又想:"天下哪有个学不会的事,我何不自画它几枝?"
> (吴敬梓:《儒林外史》,第 1—2 页)

杨义先生高度评价了这一开篇描写:"这简直是一幅有灵气的'雨荷图',它的光色变化,物象点染,都很有些文人写意画的趣味。它实在是具有绘画天才的王冕的视角所见,这已经不是单纯地写景,而是借景物写出王冕的美学感觉和人生情趣。"而书中八股选家马二先生眼中的西湖则是另一番景象:富贵人家女子的衣裙、酒店柜台上的鸡鸭鱼肉、西湖里的打鱼船。马二的感叹不是生命的灵气,而是"四书五经"中的句子:"真乃'载华岳而不重,振河海而不泄,万物载焉'!"因此,"这么一对比,就可以领会到王冕眼中的乡村小湖是一个人与自然、诗与画交融的世界,它的文化品位竟然超过了马二先生眼中的杭州西湖的世界,其间的清逸之气迥异于后者被压抑和扭曲的食、色和科举一类浊气了。可见不同的视角选择,足以提供迥异的世界感觉"[①]。可见视角的选择已经决定了世界的面貌。《儒林外

[①] 杨义:《中国叙事学》,人民出版社 1997 年版,第 196 页。

史》中的这样两种视角具有重要的象征意义，可以说它决定了整个故事的结构和主题，形成两种不同的话语场（下文将要论述）。

世界永远是"被看"或"被感知"的世界。如同言语行为是言语的一种功能，视角也是叙述话语的一种功能。视角是叙述话语的基本"命题"，叙事世界总是通过视角呈现出来，视角的叙述语力对故事世界有重要的建构功能。

（二）F（叙述者）→故事

叙述者是叙述行为的发出者，是叙述的主体。叙事作品是一种"叙述"的言语行为，叙事作品是叙述行为的结果。因此，叙事作品一定有一个叙述者，不存在没有叙述者的叙事。在经典叙事学中，叙述者是重要的研究对象。关于叙述者的类型根据不同的标准有不同的划分：根据人称有第一人称叙述者和第三人称叙述者；根据叙述层次和故事的同异关系可分为外部—同叙述型、外部—异叙述型、内部—同叙述型和内部—异叙述型四类（热奈特）；根据叙述者在故事中的地位可分为干预型和自我意识型，根据叙述者与读者的关系可分为可靠型和距离型叙述者（普兰斯）等。胡亚敏教授在前人研究的基础上总结了四种类型两两相对的叙述者：异叙述者/同叙述者、外叙述者/内叙述者、"自然而然"的叙述者/"自我意识"的叙述者、客观叙述者/干预叙述者。[①] 应该说每一种划分都有道理，但并没有穷尽对叙述者的划分。

叙述是一种言语行为，言语行为总有一个发出者（即主体）。如果叙述行为的主体就是叙述者的话，显而易见，叙述者首先是作者。

---

① 胡亚敏：《叙事学》，华中师范大学出版社 2004 年版，第 41—49 页。

不论故事中有多少个在场的叙述者，作品都暗含一个不在场的叙述者，即作者，本书将其称为"作者叙述者"。必须时时提醒的是，这里的作者不是真实作者，仅仅是"作者形象"①。奥斯汀认为显述行句的标准形式为"第一人称现在时主动态"，那么，作者叙述者一旦开始叙述就预先做出了发言行为"我叙述"，这是一个典型的显述行句。同时，奥斯汀认为书写语言在附加作者签名的情况下也具有述行性。② 大部分小说都有作者的"签名"，这表明作者其实是始终在场的。显然，这里的签名只是一种符号，不是有血有肉的作者，而是作者形象，即使有些没有作者签名的作品，我们也可以推断一个作者的存在。因此，文学叙事的首要叙述者是作者，在一定的上下文中，我们也将其称为"我—叙述者"，这里的"我"不是人称代词，而是指作者形象，即：作者叙述者 = 我—叙述者。这种叙述者也被称为异叙述者。中国古典章回小说中"列位看官"等声音的发出者就属于这类叙述者，这种小说其实已经表明作者正在进行"叙述"的行为：我叙述。

米克·巴尔将这种叙述者称为"外在式叙述者"，即叙述者外在于叙述话语，不在话语中出现。与之相对的是人物叙述者，即叙述者在话语中出现，表明"我"在叙述。比较两个句子：

1. 我那天觉得有点累。

2. 伊丽莎白那天觉得有点累。

句 1 是人物叙述者，句 2 是外在式叙述者。这两句话可以相应地

---

① 下文中出现的"作者"如果不特殊说明指的就是"作者叙述者"，现实世界中有血有肉的作者则用"真实作者"表述。特此说明。
② J. L. Austin, *How to Do Things with Words*，顾曰国导读，外语教学与研究出版社、牛津大学出版社 2002 年版，第 60 页。

改写为：

1. ［我叙述：(我自传式地陈述:)］我那天觉得有点累。
2. ［我叙述：(我证明:)］伊丽莎白那天觉得有点累。①

米克·巴尔认识到无论是外在式还是人物式叙述者，叙事作品总在最外围的层面有一个作者的存在，叙述总是一种言语行为："我叙述。"因此，巴尔认为"我"和"他"都是"我"。正是在这个意义上，热奈特认为："与任何陈述中的陈述主体一样，叙述者在叙述中只能以'第一人称'存在。"②

秋天的后半夜，月亮下去了，太阳还没有出，只剩下一片乌蓝的天；除了夜游的东西，什么都睡着。华老栓忽然坐起身，擦着火柴，点上遍身油腻的灯盏，茶馆的两间屋子里，便弥漫了青白的光。

"小栓的爹，你就去吗？"是一个老女人的声音。里边的小屋子里，也发出一阵咳嗽。(《鲁迅小说》，第25页)

这是《药》的开篇两段话。显然这里有人在"叙述"。是谁在说"（这）是一个老女人的声音"？整个小说没有出现叙述者，叙述者只能是外在于文本的（隐含）作者。上述引文中除开"小栓的爹，你就去吗"出自一个"老女人"之外，其余的都是作者叙述者的声音。甚至可以说，即使是"老女人"的声音，也是作者叙述者"叙述"出来的。

---

① ［荷］米克·巴尔：《叙述学：叙事理论导论》，谭君强译，中国社会科学出版社2003年版，第142页。

② ［法］热奈特：《叙事话语》，转引自胡亚敏《叙事学》，华中师范大学出版社2004年版，第39页。

不同于米克·巴尔，本书认为人物叙述者"我"不是自传式的"我"，而是"我—叙述者"（即作者叙述者）的"他"。或者说，作者叙述者创造了一个作者代理"我"来进行叙述。只要"我"是故事中的一个人物，那么，"我"永远是一个人造物，故事中的"我"是作者的一个对象，成了"他"。这种叙述者我们将其称为"他—叙述者"，即人物叙述者 = 他—叙述者。这种叙述者也被称为同叙述者，如自传体小说中的叙述者，《萨拉辛》中的"我"，《孔乙己》中的小伙计等。这些小说中的叙述者虽然以"我"的面目出现，但同时是"他"，即作者叙述者的人物。

第三种情况是嵌套故事中的叙述者。这类故事常常包含两个或两个以上的层次，外层故事的叙述者被称为外叙述者，内层故事的叙述者被称为内叙述者，如《十日谈》《追忆似水年华》《狂人日记》等。外叙述者就是上文所说的"他—叙述者"，那么相应的，我们将内叙述者称为"他—他叙述者"，即内叙述者 = 他—他叙述者。也有内叙述者与外叙述者重合的情况，如《萨拉辛》的外故事是"我"与侯爵夫人罗契菲尔德的故事，内故事是萨拉辛与赞比内拉的故事，两个故事都是由"我"叙述的。

着眼于叙述作为一种言语行为，不同的叙述者是不同叙述行为的主体，我们将叙述者分为三个层次。显然，三个层次是一种包含关系，如图 3-2 所示。

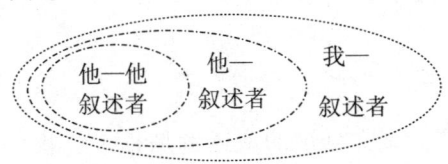

图 3-2　叙述者层次

最外围的"我—叙述者"是任何叙事作品都具有的叙述者,是所有故事叙述行为的发出者,他不在叙事文中出现,但他与真实作者的距离最近,这种叙述者就是隐含作者。其他两个叙述者都是故事中的人物,并明显表现出自己的叙述行为。图中的虚线表明三者并非相互隔绝,而是一种"共谋"关系,共同构建了故事世界。

《狂人日记》是体现三者关系的好例子。《狂人日记》由两个故事构成,外故事是"余"交代"狂人日记"的来由,仅有正文"日记"之前的一段话,一般认为这段话是正文的"序",其实这段话已经就是故事,它不仅包含故事的所有因素,且与正文故事互为镜像。如下:

> 某君昆仲,今隐其名,皆余昔日在中学校时良友;分隔多年,消息渐阙。日前偶闻其一大病;适归故乡,迂道往访,则仅晤一人,言病者其弟也。劳君远道来视,然已早愈,赴某地候补矣。因大笑,出示日记二册,谓可见当日病状,不妨献诸旧友。持归阅一过,知所患盖"迫害狂"之类。语颇错杂无伦次,又多荒唐之言;亦不著月日,惟墨色字体不一,知非一时所书。间亦有略具联络者,今撮录一篇,以供医家研究。记中语误,一字不易;惟人名虽皆村人,不为世间所知,无关大体,然亦悉易去。至于书名,则本人愈后所题,不复改也。七年四月二日识。(《鲁迅小说》,第9页)

这里的叙述者是"余",极像作者,其实不然,我们认为"余"仍是作者的"他"。正文日记的叙述者是狂人"我",显然二者不是同一人。如果说狂人"我"通过日记进行了"断言"的行为,即断言"历史是吃人的历史","这是个人吃人的世界",并最终做出了一个"请求"的行为,"救救孩子",那么,"余"则通过话语实施了"陈述"的行为,即陈述日记来源为真,日记所述为真。但这只是两个叙述者实施的直接言语行为,同时,二者还实施了间接言语行为,即话语字面意义之外所实施的行为。如果认可"我"是狂人,则"我"的断言和请求为假,如果"我"不是狂人,则"我"的叙述又真似狂人。此即话语的悖论。

再看外叙述者"余"。"余"的叙述力图与狂人"我"的叙述划清界限。首先是话语形式上的划界,"余"的话语是文言的形式,而"我"的话语则是完全的白话文,二者有鲜明的区别。"余"做出了明确的断言,狂人的话语是"语颇错杂无伦次,又多荒唐之言"。其次是行文上的划界,狂人的话语以"一"到"十三"的数字标明,而"余"的话语没有数字标示,在"一"之前,处于"零"状态。最后,"余"的叙述还表明我处于清醒状态,而狂人处于非正常状态。因此,"余"的陈述行为也是一种划界行为。

然而,界限一直在被拆除之中,"余"的话语穿透界限而进入"我"的话语,如表3-1所示。

表3-1　　　　　　　　话语渗透

序号	"余"的话语	"我"的话语
1	某君昆仲,今隐其名,皆余昔日在中学校时良友 宣称:"余"与狂人是朋友	父子兄弟夫妇朋友师生仇敌和各不相识的人,都结成一伙,互相劝勉,互相牵掣,(来吃我)。 宣称:朋友要吃我
2	今撮录一篇 陈述:对日记的编辑。间接言语行为:日记已经不是真实的了。	第六、八、九节的"……" 渗透:日记中的省略号是"余"编辑行为的痕迹。"余"叙述行为渗透进"我"的话语。穿透界限。

续表

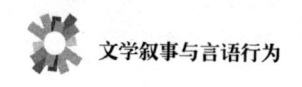

序号	"余"的话语	"我"的话语
3	以供医家研究 陈述:编辑的目的。存疑:医生是治病的人吗?其实"余"早已研究过日记。	假使那老头子不是刽子手扮的,真是医生,也仍然是吃人的人 宣称:医生也吃人。
4	(行文上的文言形式) 显义:划界。隐义:"古久先生",也隐喻"余"类似"大哥","大哥教我作论"采用相同的方式。	(行文上的白话形式) 廿年以前,把古久先生的陈年流水簿子,踹了一脚,古久先生很不高兴。 陈述:吃人的原因。设疑:"余"是否也是"吃人者"?

通过对照,至少有如下可能的结论:(1)日记并非如"余"宣称的那样真实,而是"余"的构造物,"我"的叙述从属于"余"的叙述(第2项);(2)"余"也是吃人者(第1、3、4项);(3)"余"也是狂人。关于第3条结论的证据是:"至于书名,则本人愈后所题,不复改也。"这里的"本人"指的是谁?是叙述者"余",还是下文中的狂人?从上下文看,两种理解都可行。歧义是作者的圈套。"七年四月二日识"是日记的明显标志。狂人的日记"不著月日",而"余"的话语却明显采用了日记的形式。"余"的日记比狂人的日记更像日记,且处于"狂人日记"的标题之下,"狂人日记"即"余"的日记。因此,我们认为"余"的话语并非故事的"序",而是整个故事世界的构成部分。它不仅颠覆了两个叙述者看似被划定的身份,而且摧毁了故事的内外边界,使整个故事呈现"疯狂"的状态:清醒与疯狂、正常与非正常的界限消失了。

"余"不是作者的替身,而是作者的人物,或者说,是"我—叙述者"的"他"。故事内的两个叙述者通过一系列言语行为构建了一个"疯狂"的故事世界,这一切受制于最外围"我—叙述者"的操控。米克·巴尔指出,叙述者的区别与叙述意图有关。叙述者的叙述是一种言语行为,故事世界的形成依赖于叙述者言内行为的实现。就《狂人日记》来说,两个内叙述者各自都有其意图:

叙述者"余":[我叙述:(宣称)]狂人日记是真实的。

叙述者"我":[我叙述:(断言)]吃人的历史、吃人的世界。

而外在于故事的"我—叙述者"则代表了作者的意图。作者通过操纵两个内叙述者及通过各种话语手段,颠覆内外故事的界限,使整个故事呈现"疯狂"的状态,显然正是《狂人日记》的主题所在:

"我—叙述者":[我叙述:(陈述)]狂人的故事→[我叙述:(警告)]世界的"疯狂"。

叙述者的叙述行为是建构故事世界的原始动力,没有叙述就没有故事,而叙述行为是通过话语实现的。话语形成命题,随着故事话语所表达的"命题"的不同,[我叙述]实施的言内行为是不同的,或者是一种"警告"(批判性小说),或者是一种"指令"(道德说教小说),或者是一种"表情"(罗曼司)等。

因此,叙事作品在根本的意义上与作者的操控有关,"我—叙述者"代表作者的意图。作者意图也可通过视角的选择体现出来。故事世界就是在作者意识的操控下逐步展开的。在这个意义上,杨义指出:"总而言之,作者是一部作品幻化出的叙述者,以及透射出视角的'原点',由此形成叙事的扇面,并在视角周转中形成叙事世界的圆。"并将作者、叙述者和视角之间的线性图表转换为圆形图表,如图3-3[①]所示。

[①] 杨义:《中国叙事学》,人民出版社1997年版,第209页。

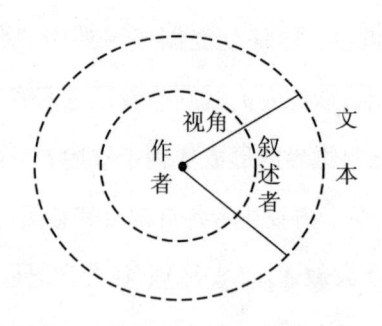

图 3-3　作者、叙述者与视角

（三）F（话语模式）→故事

话语包括叙述者话语和人物话语。叙述者话语对故事的建构功能上文已有探讨，这里主要探讨人物话语对故事世界的建构功能。需要说明的是，人物话语最终依然从属于作者叙述者，是作者叙述者的叙述话语。

经典叙事学依据人物语言与叙述者的关系，将人物话语分为直接引语、自由直接引语、间接引语、自由间接引语四类。按其与人物及叙述者的关系，从前到后，前者与人物关系更近，后者与叙述者关系更近，如图 3-4 所示。

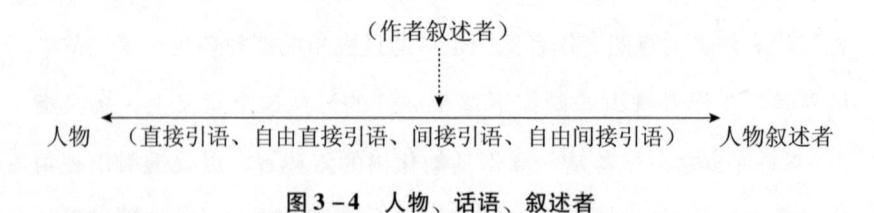

（作者叙述者）

人物 ←（直接引语、自由直接引语、间接引语、自由间接引语）→ 人物叙述者

图 3-4　人物、话语、叙述者

直接引语和自由直接引语呈单声状态，基本是人物的声音，而间接引语和自由间接引语则呈双声状态，既是人物的声音也是人物叙述者的声音。

第三章 言语行为与叙事话语

奥斯汀也谈到直接引语和间接引语,但他仅仅以此来区别"用词行为"和"取义行为"。我们认为,正如小说整体上是作者的发言行为,并在读者身上产生效果一样,人物的话语都是"发言行为",包含言内语力,并可能产生言效行为。话语实施的言语行为既是故事世界的一部分,也是推动故事进行的力量。

如《水浒传》中林冲火并王伦一节,火并事件的发生全在话语的力量:

> 吴用便把手将髭须一摸,晁盖、刘唐便上亭子来,虚拦住王伦,叫道:"不要火并!"吴用一手扯住林冲,便道:"头领不可造次!"公孙胜假意劝道:"休为我等坏了大义!"阮小二便去帮住杜迁,阮小五帮住宋万,阮小七帮住朱贵,吓得小喽啰们目瞪口呆。林冲拿住王伦,骂道:"你是一个村野穷儒,亏了杜迁得到这里。柴大官人这等资助你,周给盘缠,与你相交,举荐我来,尚且许多退却。今日众豪杰特来相聚,又要发付他下山去。这梁山泊便是你的?你这嫉贤妒能的贼,不杀了要你何用!你也无大量之才,也做不得山寨之主!"(《水浒传》,第 246 页)

前三人的话语中包含了共同的命题"不要火并",但三者的言内语力是不同的,晁盖、刘唐简直可以说是"命令":"不要火并!"具有最强的语力;吴用的话语是"建议":"不可造次!"语力减弱;公孙胜的话语是"劝说":"休为我等坏了大义!"语力最弱。语力最强的话语针对的是不想火并的王伦,语力最弱的话语针对的是要火并的林冲,"造次""大义"等语更加激起林冲火并的欲望。同时,身怀武功的两个大汉拦住"村野穷儒"王伦,而文弱书生吴用拦住的却是武功盖世的林冲。吴用等人的话语意图在当时的语境中实际上是"要

· 131 ·

火并",并在林冲身上取得了效果,即实现了言效行为,所以林冲话语的言内语力是"发誓":必须火并。

直接引语或自由直接引语不仅能够"生产"事件,也可以"叙述"事件。如,《祝福》中对祥林嫂身世的揭示:

"后来怎么样呢?"四婶还问。

"听说第二天也没有起来。"她抬起眼说。

"后来呢?"

"后来?——起来了。她到年底就生了一个孩子,男的,新年就两岁了。……"

(《鲁迅小说》,第149页)

间接引语或自由间接引语除具有直接引语建构故事的功能外,还包含叙述者的声音,因此与叙述者的意图有关。叙述者的声音与人物的声音交织在一起,形成张力,对理解故事的意义有重要的作用。如上文提到《狂人日记》的开篇段落中就包含了间接引语:

某君昆仲,今隐其名,皆余昔日在中学校时良友;分隔多年,消息渐阙。日前偶闻其一大病;适归故乡,迂道往访,则仅晤一人,言病者其弟也。劳君远道来视,然已早愈,赴某地候补矣。因大笑,出示日记二册,谓可见当日病状,不妨献诸旧友。

这段话中叙述者的声音笼罩了人物的声音。(1)"劳君远道来视,然已早愈,赴某地候补矣"是去掉了引号的直接引语,说话人是病者的兄长;(2)"谓可见当日病状,不妨献诸旧友"是间接引语,"谓"的主语仍然是病者的兄长。整个这段话的主语是叙述者"余",人物话语的发出者处于缺省状态。

再看人物话语包含的命题。(1) 句是"宣告":狂人的当下状态。"候补"颇有意味,与上文所分析的日记本身命题联系来看,"候补"可能有两方面的内含义:等候加入吃人的世界,或等候被吃。(2) 句是"承诺":"献诸旧友"。所献之物是狂人的"日记",何谓"日记"?日记即人物的内在世界,是人物之"心"。"余"遭遇的不是狂人的肉体,而是狂人的符号。日记作为人物的符号代表人物本身。而他成了"敬献的礼物",成了"余"及"医家"研究(即"解剖")的对象。

间接引语受叙述者的控制,人物的言语行为由"宣告"而"承诺",是在"余"的操作下完成的。人物话语的显义和晦义与日记的正文构成映射关系,从而建构了整个故事世界。当然,还必须指明这一切都是在作者的操控下进行的。

(四) F(时间)→故事

同视角、叙述者、话语模式一样,叙事时间也是"叙述"的一个重要命题。作为叙事文"叙述"行为命题项的时间,不是原生的自然时间,而是经作者操作过的时间。不同的时间处理会给故事带来不同的面貌,同时也蕴含了文化传统和作者的生命意识,此即叙述时间的言内语力。

时间以过去、现在、未来为向度,叙述者对时间的操作常常打破时间存在的持续性,使故事显得跌宕起伏。常见的时序变异有倒叙、预叙、插叙、补叙等,但基本的立足点是现在。以现在为原点,叙述过去的事情就是倒叙,叙述未来的事情就是预叙。时序变异常常交错出现。

所谓过去、现在、未来的时间向度,如利科所说,是在宇宙论时间的意义上标示的。宇宙论时间(Cosmological time)是钟表时间,客

· 133 ·

观时间，线性时间，视时间为一系列"现在"的哲学传统是宇宙论时间观的基础。还有另一种时间观是现象学时间（Phenomenological time）。现象学时间观视时间为一种嵌入结构（embedding structure），先前的"现在存在"作为"永久的现在"的构成部分被嵌入其内部。过去是现在的过去，现在也是过去的未来；现在正在成为过去，客观上也是未来的过去，而未来即将变成现在，并处于成为过去的潜能之中。宇宙论时间是线性的，现象学时间是循环的。宇宙论时间如同流逝的河水，流走则永不会再回，而现象学时间则如同荡秋千，过去和未来都会被带入"现在"。

文学叙事的时间正是这种现象学的时间嵌入结构。如，《百年孤独》开篇名句："多年之后，面对着行刑队，奥雷连诺上校将会想起那久远的一天下午，他父亲带他去见识了冰块。"叙述者的叙述时间是现在，即话语的发出时间是现在（正在叙述），"多年之后"是对未来事件的预叙，"面对着行刑队，奥雷连诺上校将会想起那久远的一天下午"是回忆，时间又倒转到过去，过去和未来都被嵌入叙述的"现在"中。再如：

> 三十年前的上海，一个有月亮的晚上……我们也许没赶上看见三十年前的月亮。年轻的人想着三十年前的月亮该是铜钱大的一个红黄的湿晕，像朵云轩信笺上落了一滴泪珠，陈旧而迷糊。老年人回忆中的三十年前的月亮是欢愉的，比眼前的月亮大，圆，白；然而隔着三十年的辛苦路往回看，再好的月色也不免带点凄凉。
>
> 月光照到姜公馆新娶的三奶奶的陪嫁丫鬟凤箫的枕边。凤箫睁眼看了一看，只见……
>
> （张爱玲：《金锁记》，《张爱玲文集》第二卷，第85页）

"三十年前的上海，一个有月亮的晚上"显然是一个过去时间："三十年前"。"我们也许没赶上看见三十年前的月亮。"以下诸语显然是叙述者的声音，是现在时间。从第二段开始是对三十年前事件的叙述，而这个叙述又可以当作现在时间来体验，尽管是三十年前的"月光"，它现在"正"照在凤箫的枕边。

"叙述"对时间的不同处理形成不同的故事模式。托多洛夫区分了侦探小说和惊险小说，认为前者是双重故事，而后者是单一故事。侦探小说的双重性来自时间的双重性，犯罪发生的时间也是调查开始的时间，随着调查在时间中行进，揭示了犯罪发生的原因。在侦探小说中，时间既是向前的，也是向后的，或者说，在调查的时间线中重构了犯罪的时间线。而惊险小说则在单一的故事中叙事与行动相一致。侦探小说是由结果到原因，而惊险小说是由原因到结果。马克·柯里认为侦探小说的时间逻辑总体上是小说的范例，因为犯罪故事展示未来事件，而未来事件已经是已知的，只是"埋伏在等待中"（lies in wait）[①]。

无论故事是用现在时态还是用过去时态讲述，作者的"叙述"永远是现在时态，即"我"正在叙述。时间中的事件总是指向未来的，过去的故事也不例外。对过去事件的叙述已经隐含了对未来的预期。或者说，过去在"叙述"中指向了未来。例如：

  一八〇一年——我拜罢房东刚刚回来——这位离群索居的芳邻往后还够让我麻烦呢。这一带地方的确是妙不可言。（勃朗特：《呼啸山庄》，第1页）

[①] Mark Currie, *About Time: Narrative, Fiction, and the Philosophy of Time*, Edinburgh: Edinburgh University Press Ltd., 2007, p. 87.

这是《呼啸山庄》的第一句话。这是人物叙述者"我"的声音，"我"显然在叙述过去的事件，但这个叙述同时为未来的"麻烦"埋下了伏笔。同理，《金锁记》的开头叙述"然而隔着三十年的辛苦路往回看，再好的月色也不免带点凄凉"也指向了未来的"凄凉"。在这个意义上，马克·柯里指出，时间旅行发生在故事之内，那么未来已经被预先决定，它已被文字写下来，在埋伏中等待读者阅读，叙述中的过去已经指向了未来的事件。马克·柯里称其为"述行预期"（performative prolepsis），"述行预期涉及想象未来，它生产现在，而被生产的现在又生产未来"①。时间的述行首先体现在对故事世界的建构功能，故事时间不断地生产未来的事件。

叙述中的时间速度也对故事世界有重要的建构作用。叙述速度也被称为时限，即故事发生的时间长度与叙述时间长度的关系。以故事时间从大到小，叙述时间从小到大的顺序，时限依次可分为省略、概述、等述、扩述和静述五种类型。省略是时间在流逝，但没有叙述，如，"至于他们的旅程所必须经过的一些名胜地区，例如牛津、布楞恩、沃里克、凯里尔沃斯、伯明翰等，大家都知道得够多了，我也不打算写"。（《傲慢与偏见》）概述是故事时间长于叙述时间。例如，《三国演义》第一回前半部分，从周末天下纷争到汉献帝近七百年的时间只用了七十多字叙述，从桓灵二帝到黄巾起义三十七年的历史只用了九百字，都是概述。② 等述是故事时间与叙述时间基本吻合，常用在对话和细节描写中；扩述是叙述时间长于故事时间，常用于人物的心理描写；静述是叙述充分展开，而故

---

① Mark Currie, *About Time: Narrative, Fiction, and the Philosophy of Time*, Edinburgh: Edinburgh University Press Ltd., 2007. p. 44.
② 数据参见杨义《中国叙事学》，人民出版社 1997 年版，第 145 页。

事时间基本停顿。

五种时限对故事有不同的建构作用。省略有助于加快叙述节奏，使故事更为集中凝练，省略留下的空白也是为读者留下了运思空间；概述能为故事提供远大的时空背景，有助于时空转换；等述有助于客观地展现事件，精细地表现人物的意识活动；扩述能够推迟情节的进展，造成节奏的延宕；静述突出了叙述者的地位，是叙述者对故事的干预，有助于从外围展示故事时间之外的背景，从而起到烘托故事的作用。

五种时限安排最终都受作者的控制，体现了作者的叙述意图。比如：

> "呼啸山庄"是希斯克利夫先生住宅的名字。"呼啸"是当地一个意味深长的形容词，用来描绘在狂风暴雨恣意肆虐的天气，它坐落的处所那种喧嚣噪乱的情景。其实这里想必是一年四季空气明净，清新爽朗。你只要看一看房子尽头那些疏疏落落、干枯低矮极力倒向一边的枞树，还有那朝一边伸着细枝、好像在向阳光求乞的荆棘，就会想见从山那边刮过来的北风的那股劲头了。幸亏建筑师有先见之明，把房子造得结结实实：狭窄的窗户都深深地砌在墙壁里面，房子的四角都有巨大突出的石块护卫着。（勃朗特：《呼啸山庄》，第1页）

这是《呼啸山庄》第一章对呼啸山庄环境的描述，属静述，故事时间在此暂停，叙述者现身说话。这段描写绝非可有可无，环境描写已经暗示了将要出现的故事。"其实这里想必是一年四季空气明净，清新爽朗。"这只是叙述者的猜想（"想必"），与下文北风肆虐的描写明显构成一种张力。作者构想的叙述者"我"暂时还不了解故事世

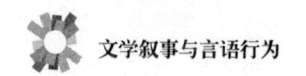

界的真相，因而做了虚假的"推断"，实为将要出现的恐怖故事张本。而作者对这一切了然于心。

作者对时间的操作使时间具有了叙述语力，"如果说，时间速度的控制，使叙事文本有若一条大河，飞泻于峡谷，缓行于平原，那么这些时间顺序的变异形态，就使这条大河波浪万迭，曲折多姿了"①。时间的叙述语力对故事世界有重要的建构意义。

时间的叙述语力还能够创造一个文化世界，体现作者的生命关怀。杨义先生对此做了出色的研究，指出中西叙事对时间的不同处理体现了文化差异在叙事中的重要意义。"叙事过程，实际上也是一个把自然时间人文化的过程。时间依然可以辨认出某些刻度的，但刻度在叙事者的设置和操作中，已经和广泛的人文现象发生联系，已经输入了各种具有人文意义的密码。前述的时间速度、时间顺序的变动，以及时间的幻化，都是叙事者在操作中进行时间变异处理的结果，其间濡染着叙事者及其人物的感觉、感情和理智，因而已经将时间人文化了。"② 不同于西方"日—月—年"的时间顺序，中国时间的"年—月—日"顺序是以时间的整体观念，以及对天人之道的探究贯通理念作为文化哲学根据的。因此，中国文化中的个体只有在全体的参照框架中才有意义，而西方的时间观念突出的却是个体的重要性，这在中西叙事文的开头（"叙事元始"）有普遍的表现。"它们都以习以为常的不起眼的面貌，在平凡中隐藏着奥秘，隐藏着中国人的时间哲学和语言哲学，并衍生出一套叙事操作的谋略和方法。"③

---

① 杨义：《中国叙事学》，人民出版社1997年版，第148页。
② 同上书，第169页。
③ 同上书，第190页。

总之,视角、叙述者、话语模式和时间是作者实施叙述语力的重要手段,它们对故事世界的建构起着重要的作用。

第二节 修辞语力

如果说视角、叙述者、话语模式和时间作为显述行命题建构了故事世界的人物、情节、环境等故事骨架,那么,叙述中的修辞手段则是隐述行命题,它们常常超越话语的字面意义,变成间接述行句,构成故事的经络,弥漫在整个故事世界中,暗中实施建构故事世界的功能。

叙事修辞研究自20世纪60年代兴起,至今仍兴盛不衰。从修辞角度来理解叙事性(narrativity),费伦认为有相互关联的两个方面:"(1)对于叙事的修辞性界定:叙事是某人在某个场合出于某种目的告诉另一个人发生了某事。(2)关于叙事进程的概念。从这一角度来看,叙事性具有两个层次,既涉及人物、事件和叙述的动态进程,又涉及读者反应的动态进程。这些词语'某人……告诉……发生了某事'属于第一个层次:叙事涉及对一系列相互关联的事件的叙述,在这一过程中,人物和/或他们的情景发生了某种变化。"① 第一层次属于叙事进程的层次,第二层次才是读者反应的层次。本节主要关注文本内的叙述修辞对故事进程的作用,第三节从话语场探讨修辞对读者

---

① [美]詹姆斯·费伦:《叙事判断与修辞性叙事理论——以伊恩·麦克尤万的〈赎罪〉为例》,申丹译,《江西社会科学》2007年第1期。另见[美]詹姆斯·费伦、彼得·J. 拉比诺维茨《当代叙事理论指南》,申丹等译,北京大学出版社2007年版,第370页。

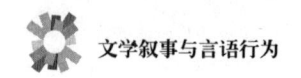

的作用。因此，本节的修辞主要是指一种语言技巧。

叙述修辞是叙述者的言语行为，叙述修辞不仅对故事世界的构建有重要作用，而且在最终的意义上是作者的言语行为。因此，文本内的修辞还与作者的叙述意图相关，最终参与了文本意义的构建。

一 F（隐喻）→故事

隐喻涉及两方面的意义：（1）为语词或语句的字面意义；（2）为说话人的意义或表述意义。"严格地说，每当我们谈论语词、表达式或语句的隐喻意义时，我们都是在谈论说者能够以背离语词、表达式或语句的实际意义的方式使用词语、表达式或语句来意谓的东西。"或者说，隐喻就是"说者的话语意义和字面语句意义之间的破裂"，或"说出一件事而意谓别的事"①。如，"萨丽是一大块冰"是一个隐喻，对其相应的解释意义就是"萨丽是一个极缺乏感情和无反应的人"。塞尔详细地分析了隐喻的各种表现及其原理，大体上有三种隐喻：简单的隐喻（simple）、开放的隐喻（open ended）和亡隐喻（dead）。如果语句的意义"S 是 P"，而话语的表述意义是"S 是 R"，那么这就是隐喻。塞尔区分了三种隐喻方式，如图 3-5 所示。

简单的隐喻：一个说话者说 S 是 P，但是隐喻地意谓 S 是 R。通过字面的语句意义达到表述意义；开放的隐喻：一个说话者说 S 是 P，但隐喻地意谓不确定的意义范围，S 是 R1、S 是 R2 等，像简单的隐喻一样，通过字面意义达到表述意义；亡隐喻：原先的语句意义被忽略，并且语句获得一个新的与以前隐喻表达意义同一的字面意义。②

---

① ［美］塞尔：《隐喻》，［美］A. P. 马蒂尼奇《语言哲学》，牟博、杨音莱、韩林合等译，商务印书馆 2006 年版，第 805 页。
② 同上书，第 839 页。

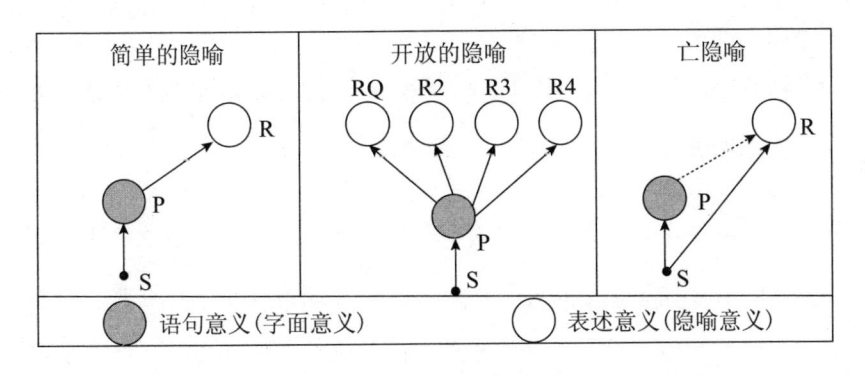

图 3-5　塞尔的隐喻

亡隐喻实际上是已经固定的隐喻,如,"冰"隐喻"缺乏感情"。

在格赖斯的合作原则中,隐喻被认为是违反了质的第一条准则:"不说你确信为假的东西。"例如,"你是我咖啡中的奶油",这句话中明显包含有范畴谬误,因为"你"不是"奶油"。就字面意义来看,"你是我咖啡中的奶油"为假,但在隐喻的解释中它可以为真:"你是我的骄傲和快乐。""最有可能的推测是说话者把他的听众看成是具有某种特征,或看成是(多少有些想象出来的)具有类似于所说的那种物质的特征。"① 隐喻是说话者有意违反合作原则,从而达到话语目的。

隐喻的双重意义结构类似于间接言语行为的次要言内行为和首要言内行为,也与符号学系统中的显义和晦义一致。因此,隐喻的言内语力对故事的建构能力也体现为两个方面,首先是其字面意义建构了一个**显故事**,其次是其表述意义建构了一个**隐故事**。而二者的关系常常是隐故事颠覆显故事,从而显现了作者的叙述意图。隐喻言内语力的获得有赖于发出话语的语境,就叙事文而言,解释隐喻的语境就是

---

① [美] 格赖斯:《逻辑与会话》,[美] A. P. 马蒂尼奇《语言哲学》,牟博、杨音莱、韩林合等译,商务印书馆 2006 年版,第 310 页。

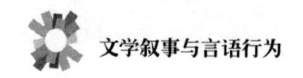

话语的上下文。

请看詹姆斯·费伦用过的一个例子《深红色的蜡烛》（安布罗斯·比尔斯著）：

> 一个在弥留之际的男人把妻子叫到床边，对她说："我就要永远离开你了；给我关于你的感情和忠诚的最后一个证据。根据我们神圣的宗教，一个已婚男人试图进入天国之门时，必须发誓自己从未受到任何下贱女人的玷污。在我的书桌里你会找到一根深红色的蜡烛，这根蜡烛曾蒙受主教的祝祷而成为圣物，具有一种独特的神秘意义。你向我发誓，只要蜡烛在世，你就不会再婚。"女人发了誓，男人也死了。在葬礼上，女人站在棺材前部，手上拿着一根点燃的蜡烛，直到它燃为灰烬。①

显故事：男人发出"命令"（"给我关于你的感情和忠诚的最后一个证据""你向我发誓，只要蜡烛在世，你就不会再婚"），女人接受命令，并做出了"承诺"（"女人发了誓"，该句实际上是"女人发誓说：'只要蜡烛在世，我就不会结婚'"的省略），接着男人死了，女人参加葬礼，并点燃了蜡烛。显故事显示了男人的权威，女人对男人的命令必须做出承诺，并兑现承诺。

隐故事：蜡烛是故事的重要意象，如果将蜡烛看作隐喻，隐喻男人的生殖器——根据弗洛伊德的理论，"深红色的蜡烛"正是男性生殖器的象征，那么故事将呈现另外的局面。男人为什么能对女人发号施令？为什么具有权威？在于他拥有男人的"圣物"。当男人健在时，肉体的生殖器直接在场，因而不需要其符号象征物，所以将其珍藏在

---

① [美] 詹姆斯·费伦、彼得·J. 拉比诺维茨：《当代叙事理论指南》，申丹等译，北京大学出版社 2007 年版，第 371 页。

书桌里——显然，女人在此之前并不知道有这样一个蜡烛。实体在场，不需要符号。当肉体的生殖器将要失去时（"弥留之际"），作为象征符号的生殖器（蜡烛）就要发挥作用，它的"在世"将继续代替男人发号施令。故事的结尾也是故事的高潮，戏剧性的变化出现了，"在葬礼上，女人站在棺材前部，手上拿着一根点燃的蜡烛，直到它燃为灰烬"。女人的行为实际上是默默地"宣告"："我一定遵守承诺，只要蜡烛在世，我就不会结婚。可是，您看，它现在化为灰烬了。"显然隐故事表明了女人对男性权威的颠覆，也颠覆了显故事。

费伦对这个故事进行了改编，如下：

一个在弥留之际的男人对长期守候在病床旁的妻子说了下面这番话："我就要永远离开你了。希望你知道我非常爱你。在我的书桌里你会找到一根深红色的蜡烛，这根蜡烛曾蒙受主教的祝祷而成为圣物。无论你走到哪，也无论你做什么，你若能一直带着这根蜡烛作为我们爱情的见证，我就会感到十分欣慰。"妻子感谢他，并向他保证一定会那样做，因为她也爱他。在他死后，她兑现了自己的承诺。

费伦认为自己的改编与原作相比，叙事性大大减弱。在笔者看来，叙事性的减弱在于削弱了故事的隐喻性，改编后的故事只有显故事，而读不到隐故事。可见隐喻对故事的建构力量。费伦的改编也说明有些故事是没有隐喻的，那么它提供的就只是一个显故事，不在本节讨论范围之列。

隐喻的言内语力具有结构故事的功能，叙述中的隐喻像丝线一样将故事联结为一体。如，米勒对《俄狄浦斯王》的分析：

俄狄浦斯的名字意为"肿胀的脚"，这一名字既与斯芬克斯之谜相联系——该谜涉及人的"脚",同时,瞎眼后的俄狄浦斯将用拐杖走路,实现了斯芬克斯的预言,也与俄狄浦斯最终刺瞎眼睛(arthra)相联系——该词也指踝关节。"这样一来,作为他的身份之标志的当初的脚伤,就与他最终所受到的惩罚联到了一起。行走蹒跚是看不清楚的结果。这又将脚与视觉及追踪的意象连接在一起。"俄狄浦斯的命运实际上早已被结进这样一个话语之网,如米勒所说:"在《俄》剧开场不久,很多这样的词语就被相当巧妙或者漫不经心地引了进来。它们就像是音阶上的音符,为下一步演奏作准备。"又如,俄狄浦斯在福喀斯的三岔路口杀害了他的父亲及其随从,而"俄狄浦斯插入其母亲身体的部位也是两条腿和身体的三岔交合点",因此,"三岔路口"是个隐喻,它预示俄狄浦斯杀父娶母的命运,因为这一"三岔交合点"本应是其父亲占有的位置,他却取而代之。再如,喀泰戎山是俄狄浦斯被丢弃之地,它处于一切疆界之外,为无名分之地。"它预示了俄狄浦斯的前景:在被克瑞翁流放之后,双目失明的俄狄浦斯流离失所,不属于任何一地。"同时,话语的双重性意义也总使俄狄浦斯的语言产生相反的述行效果,从而促使悲剧最终实现。"他的承诺和诅咒均属于施为(即'述行')性质的言语行为,但它们的施为效果却有违他的本意。"① 总之,米勒的分析似乎处处证明了隐喻对故事世界的述行功能,即建构故事世界的功能。

叙述中的隐喻只能在叙事文的具体语境中才能被理解为隐喻,也

---

① [美] J. 希利斯·米勒:《解读叙事》,申丹译,北京大学出版社2002年版,第22—28页。

就是说，隐喻既是使叙事文构成可理解整体的述行力量，也是整体的一部分，离开上下文隐喻就不存在。如：

> 晌午的时候，正在山上砍柴的桂花嫂突然瞥见一辆黑色小汽车贴着河堤上的柳树驶了过来，然后停在村口的苦楝树底下。她的心立马一揪，眼睛似乎也花了，手上的柴刀滚落在刚刚砍下的一束茅草上。
>
> 桂花嫂盯着地上的柴刀，嘴上嘀咕着，柴刀躺在渐渐松软的茅草里，锋刃上闪着水一样的光芒。茅草里夹杂着二枝紫色的口哨花和一根黑色的刺棍，刚才，桂花嫂举刀砍它的时候，那根刺棍还戳破了她的食指，"你这个挨千刀的！"她像骂曹旭一样骂了一声刺棍，随即将指头塞进嘴里，然后吐出一口血水来。（荒湖：《半个世界》）

这是《半个世界》的开篇两段。"半个世界"是指女性世界，或者说，某种程度上是指男性缺场的世界。"半个世界"为理解文本意象的性隐喻提供了语境，整个故事也是在这种隐喻的基础上构建起来的。

根据弗洛伊德的理论，"长而直竖的物体"和"有穿刺性而足以伤损身体的物品"是男性生殖器的象征，而"一切有空间性和容纳性的事物"[①]则是女性生殖器的象征。因此，这里"茅草里夹杂着二枝紫色的口哨花和一根黑色的刺棍"具有丰富的含义，"紫色的口哨花"和"黑色的刺棍"分别隐喻女性和男性的生殖器。并且，在这里具体指代下文将要出现的人，"黑色的刺棍"显然是指桂花嫂的丈夫曹

---

① ［奥］弗洛伊德：《精神分析学引论·新论》，罗生译，百花文艺出版社1997年版，第30页。

旭——"她像骂曹旭一样骂了一声刺棍",而"二枝紫色的口哨花"则代表着两个女人——桂花嫂和曹旭在城里的女人。男性的缺失意味着性的缺失,这里,"将指头塞进嘴里""锋刃上闪着水一样的光芒""松软的茅草""血水"都充满性的暗示。对性的渴望与不可得,以及对男性的怨恨和咒骂是"半个世界"的真实境况。

尤具象征意味的是桂花嫂"砍"刺棍这个行为本身。如上所述,"刺棍"代表桂花嫂的丈夫曹旭,在更大的层面上,则隐喻男性世界。桂花嫂"砍"刺棍这一行为是拒绝男性世界的表征,或者说,是对阉割的抗拒。"对于男人的想象界自我来说,'女人'这个符号,更重要的是女性形象,是作为'被阉割'的他者而存在的;作为符号的'女人'和妇女形象,巩固了父权秩序。'女人'因此在父权文化中是作为男性他者而存在的。"① 因此,桂花嫂的行为暗示了其反阉割的价值诉求。"柴刀"隐喻阉割工具,本应握在父亲(男性)的手中,现在却握在桂花嫂(女性)手中,一方面象征女性在身体上取代了男性——从事男性的工作;另一方面在精神上象征着女性用男性阉割女性的工具进行反阉割。简单的工具易手在更深的层面意味着价值主体的转换,深刻地反映了当代女性——即使在乡村世界——作为价值主体的独立。

桂花嫂"手上的柴刀滚落在刚刚砍下的一束茅草上",表明其反阉割的行为——"刚刚砍下一束茅草"——面临威胁,而这个威胁来自城市——"一辆黑色小汽车"。来自城市的"小汽车"代表发出阉割指令的父亲,他闯入乡村的目的就在于继续实施阉割。小说后继叙事的核心事件——"挖"(阉割)走桂花树——说明了这一点。同

---

① [英]休·索海姆:《激情的疏离:女性主义电影理论导论》,艾晓明、宋素凤、冯芃芃等译,广西师范大学出版社2007年版,第75页。

时，桂花嫂手中反阉割的工具"柴刀"的"滚落"，表明她反阉割的努力面临城市的威胁和剥夺。"那根刺棍还戳破了她的食指"是对反阉割的惩罚。如上所述，这个工具本属于她的丈夫，而她的丈夫在城里有了新的女人，已经不再属于乡村。"柴刀"之所以"滚落"，是因为它的主人要讨回自己的工具。城市与男性在这里得到隐喻性的同一，二者的合谋是"半个世界"形成的原因。

隐喻既是说话人的意图，也需要听话人的解读才能实现其述行功能，比如以上列举的隐喻实例都是笔者解读的结果。本节只讨论隐喻作为"叙述"的一种手段对故事的建构能力，读者的解读对故事的重建是第三节的内容。

二 F（圈套）→故事

故事中的圈套大体上有情节圈套、结构圈套、主题圈套等。情节圈套指叙述者有意推迟故事真相的揭示，为故事进程设置障碍。如果故事进程是 A→B→C，情节圈套就是有意延迟 B 的揭示，从而使 C 延后；结构圈套不是内外故事的"套盒"结构，而是故事主体与故事结局之间的反差，故事结局出人意料，如果一般期待是 A→B→C，那么结构圈套就是打破通常的故事期待，从而使故事进程呈现为 A→B（→C）→D；主题圈套是指故事主体一直在强化某一主题，而故事的结局却使这一主题走向了反面。圈套在总体上违反了格赖斯的合作原则。

隐喻和反讽[①]属于话语的修辞范畴，圈套严格来讲不是修辞，而是作者讲述故事的技巧。圈套的语力不是修辞性的劝服，而是延宕。

---

① 关于反讽的修辞语力，见第七章第一节。

本书将圈套也放入修辞语力的范畴，原因在于圈套作为作者操纵故事的手段，客观上有诱导读者进一步阅读的功能，类似于修辞的劝服。并且，结构圈套和主题圈套已经接近于修辞。如果说隐喻或反讽是作者的间接言语行为，那么，圈套则是其直接言语行为："看下去你就能了解真相。"本节只关注圈套对故事的建构作用。

情节圈套不断推迟故事真相的揭示，引诱读者走入故事的深处。罗兰·巴特说："叙事上，一个谜自问题引至解开，需经种种拖延。众拖延中，主要的自然是声东击西、惑人的解答和假象，我们称之为圈套。"因此，"圈套为读者而设"[1]。情节圈套是大多数探案小说的基本规则，故事总是设置重重障碍，使案情处于叙述的迷雾之中。费伦的进程概念及在此基础上的叙事性概念，在一定意义上涉及情节圈套。情节圈套是形成叙事性的必要手段。早期罗兰·巴特提到"悬念"的作用，在一定意义上，悬念就是圈套。"一方面，悬念用维持一个开放性序列的方法（用一些夸张性的延迟和重新推发的手法），加强同读者（听众）的接触，具有明显的交际功能；另一方面，悬念也有可能向读者提供一个未完成的序列，一个开放性的聚合，也就是说，一种逻辑混乱。"[2] 因此，悬念是一种结构游戏。情节圈套对故事的建构作用显而易见，以《萨拉辛》为例：

叙述者一开始就在设置话语圈套，不提郎蒂家族巨额财富的真正来源，为叙事设谜，引诱倾听者探究真相。叙述者明知这个老人是阉人赞比内拉，但他仍然说"这是个男人"，将听者（读者）引入歧途。在整个内故事的讲述中，叙述者一直在使用圈套。法语中，La Zambinella 意指阴性，因为 La 是阴性冠词。叙述者明知道赞比内拉的身份——一个

---

[1] ［法］罗兰·巴特：《S/Z》，屠友祥译，上海人民出版社2000年版，第100—101页。
[2] 赵寅德编选：《叙述学研究》，中国社会科学出版社1989年版，第36页。

被阉割的男人，但在讲述的过程中，他依然使用了这一阴性称谓，直到真相揭露才换为阳性的他"il"。如果赞比内拉的真实身份一开始就被揭示，就不会有《萨拉辛》的故事。话语一直使萨拉辛陷入圈套，延迟真相，最终陷入悲剧结局。可以说，是话语杀死了萨拉辛。

结构圈套常常使故事结局与主体故事之间构成一种张力，出人意料的结局常常摧毁主体故事为读者设置的期待。如，探案小说或间谍故事中，某人在主体故事中常常被塑造成一个正义的形象，而随着故事的推进，该人却是罪魁祸首。"欧·亨利式的结尾"通常就是这样一个结构圈套，如《警察与赞美诗》中，流浪汉索比为了进监狱度过寒冬，想尽办法做出各种犯罪的举动，警察都置之不理。但最后他听到优美的赞美诗音乐，决定弃恶从善重新开始新生活时，警察却逮捕了他。《麦琪的礼物》中妻子德拉在圣诞节来临之际，为给心爱的丈夫吉姆买一条表链作为礼物，忍痛卖掉了自己一头秀发。而深爱妻子的吉姆却卖掉了自己祖传的金表，为德拉买了一把梳子。结构圈套是"欧亨利式的结尾"的重要手段，详写警察不抓是为了结尾索比被抓做铺垫，详写德拉卖发是为吉姆的梳子做准备。

结构圈套与主题圈套密不可分，前者为后者服务。结构圈套的结尾不仅颠覆了的对主体故事的阅读期待，常常也颠覆了主体故事所确立的主题。如上文所引用的《深红色的蜡烛》，既是结构圈套也是主题圈套，主体故事是不断确立男性的权威，而最终的结尾却摧毁了这一权威；《项链》的主体故事确立的主题是十余年偿还债务的艰辛，而结局却是这一艰辛毫无意义，因为丢失的项链是个赝品；《俄狄浦斯王》的主体故事在于确立俄狄浦斯的理性能力——不断追问，查明真相，而结局却表明俄狄浦斯的非理性——自己就是凶手，自我致盲，失去理性的眼睛。

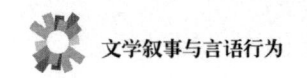

结构圈套与主题圈套常常具有反讽或隐喻的修辞效果,是作者的叙事策略,最终体现了作者的叙述意图。

话语的修辞性有很多表现,如夸张、复义、含混、悖论等,本节仅仅探讨了有限的几种。从言语行为理论看,修辞话语大多都违反了合作原则的一些规则,如反讽、隐喻、夸张违反了质的第一条准则:"不说你确信为假的东西。"复义、含混违反了方式范畴的总准则:"要清楚明白。"悖论违反了质的总准则:"争取使你的贡献为真。"但这些违反在最终层面上都是作者为了其目的有意为之。不能说作者没有遵守合作原则,而是恰恰相反——用格赖斯的话说,他在利用(exploited)合作原则,从而获得一种话语效果。

第三节 话语场力

话语场是从福柯思想中借来的一个概念。福柯认为:"人、主体或作者不能被认作基础、本源或话语可能性的条件。相反,主体,特别是作者,可被定义为话语场的一个元素,话语场是一个特殊的空间,通过它,主体才可能说或写,话语要想存在,话语场必须被充满。"[①] 在福柯看来,话语场是一种控制主体或作者的力量。

本书的话语场也是一种力量,但不同于福柯的话语场。本书认为,小说中重复出现的一些元素,比如,场景(包括行为、事件)、相似的话语形式,甚至重复讲述的故事等,它们在整个故事中以集合

---

① Jon Simons, *Foucault & the Political*, London and New York: Routledge, 1995, pp. 25 – 26.

的形式出现，彼此之间并不处于必然相接的故事链条上，那么，这些元素就构成故事之中的话语场。这些话语场以集合的形式形成叙述语力，构建了故事世界。与福柯相反，这里的话语场不是控制作者的力量，而是作者建构故事的手段，并最终指向故事的意义，即作者叙述行为的话语目的。

经典叙事学（热奈特）用频率来表示事件发生的次数与叙述次数的关系。叙述频率有四种类型：叙述一次发生一次的事件、叙述几次发生几次的事件、多次叙述发生一次的事件、叙述一次发生多次的事件。频率就涉及重复叙述，当然，需要指出的是，这里的重复不是绝对重复，而是相对重复，或者说是相似重复。经典叙事学局限于故事形式本身，不关注这种重复叙述对故事世界的建构作用。本书从言语行为理论的视角，认为重复叙述是作者操控故事的一种手段，体现了作者的话语意图。

解构主义者德里达和米勒、女性主义者巴特勒也研究了重复对文本的重要意义。如，巴特勒认为话语的重复具有述行功能，女性身份是不断重复的男性话语建构的结果。

德里达在《文学行动》和《有限公司》中创造了"可重复性"(iterability) 概念，并将其与言语行为理论结合起来。德里达认为既然言语行为是一种规约行为，言语行为离不开语境，规约或语境就是可重复和"引录"的。"如果一个述行句不重复某个'被编码的'、可重复的句子，换句话说，我讲出一句公式化的话语，从而宣布会议开幕、轮船下水或婚礼开始，如果这句套话不遵从于一个可重复的模式，或以某种方式被当作'引言'，那么，一个述行句能成功述行吗？"[①] 但是，并不

---

① Jacques Derrida, *Limited INC*, Evanston, IL: Northwestern University Press, 1988, p. 18.

能因此将语境绝对化,德里达指出,可重复性"既取缔了一个语境统一体的根源,同时也向一个非饱和的语境开放,即再语境化"①。没有一个语境是饱和的,重复永远是再语境化。在《有限公司》"签名事件语境"中,德里达突出强调了该观点,指出了书写的三个特点。(1)一个书写的符号是一个记号,该记号从来不会穷尽自身,既可以在主体缺场时重复,也可以在接受者缺场时重复。(2)这个书写的符号具有与其语境相隔绝的力量,能够突破它自己"真实的语境",在不同的语境中被阅读,不管它的作者的意图是什么。任何一串符号都可以"嫁接"到另一个语境中的话语里。(3)这个书写的符号在两个意义上受制于"分隔"(espacement):首先,它与一个特定链条中的其他符号相分离;其次,它与"当下的参照"相分离(这就是说,它只能指射那些并不实际在场的事物)。② 德里达在总体上说明了言语行为的"可重复性",话语不断地与语境分隔和再语境化实际上离开了主体的意图。"可重复性"对本书的启示是,文本中每一次重复都是一次再语境化,可能带来不同的意义。与德里达不同的是,这些重复元素作为整体可能形成一个话语场,而这个话语场的语力正是作者的意图所在。

米勒在《小说和重复》中研究了重复在小说及文学中的重要意义。米勒认为:"任何一部小说都是重复现象的复合组织,都是重复中的重复,或者是与其他重复形成链形联系的重复的复合组织。"③ 小说中的重复以各种形式出现,从小处来说,有"言语成分的重复",

---

① Jacques Derrida, *Acts of Literature*, New York and London: Routledge, 1992, p. 63.
② Jacques Derrida, *Limited INC*, Evanston, IL: Northwestern University Press, 1988, pp. 9–10.
③ [美] J. 希利斯·米勒:《小说与重复——七部英国小说》,王宏图译,天津人民出版社 2008 年版,第 3 页。

如语词、修辞格、外形或内在情态的重复等；从大处来说，有事件或场景在文本中重复；最后还有"作者在一部小说中可以重复其他小说中的动机、主题、人物或事件"。重复从形态看有横向的和纵向的两类。横向的重复，指的是文本内的因素的一再显现，如"词语因素的重复""事件或场景的复现"、人物的重复、题旨的重复等，此类重复将作品内部各种不同的因素如词语、符号、事件、场景、人物、题旨等编织到一起，组构成一种"线形序列"，使之成为一个整体；纵向的重复指的是文本"外部的东西"在文本中的复现，此类重复将文本外部所指内容和文本内部的词语形象连接起来，使之合为一体。小说等文学作品是由上述两类不同形态的重复的交互运动组构成的。[1] 本节主要关注的是横向重复，即文本内多次出现的因素所形成的话语场对故事世界和文本意义的建构作用。

本书反复强调了文学叙事是作者叙述行为的产物，从言语行为理论的角度来看，言语体现了说话人的意图，用格赖斯的术语来说，文本中的重复在一定程度上"蕴含"（implicate）了作者的话语目的，或者说，"蕴含"了作者想要表达的意义。在这个意义上，本节关注的焦点与经典叙事学也与后经典叙事学有区别。

一　场景重复

这里的场景包括静态的场景，即环境描写，也包括动态场景，如人物行动带来的事件。叙事文中常常会出现一些场景的重复，这些重复一方面是故事世界的一部分，另一方面构建故事的意义世界。以下

---

[1]　关于横向与纵向的重复参见肖锦龙《解构批评的洞见与盲区——从希利斯·米勒的〈小说和重复〉谈起》，《外国文学研究》2009年第2期。

是动态重复的例子：

《阿Q正传》中三次叙述了阿Q与小D相见的场面，这就是场景重复。如下：

第一次：

> 几天之后，他竟在钱府的照壁前遇见了小D。"仇人相见分外眼明"，阿Q便迎上去，小D也站住了。
>
> "畜生！"阿Q怒目而视地说，嘴角上飞出唾沫来。
>
> "我是虫豸，好么？……"小D说。
>
> 这谦逊反使阿Q更加愤怒起来，但他手里没有钢鞭，于是只得扑上去，伸手去拔小D的辫子。小D一手护住自己的辫根，一手也来拔阿Q的辫子，阿Q便也将空着的一只手护住了自己的辫根……
>
> 阿Q进三步，小D便退三步，都站着；小D进三步，阿Q便退三步，又都站着。……他们的头发里便都冒烟，额上便都流汗，阿Q的手放松了，在同一瞬间，小D的手也放松了，同时直起，同时退开，都挤出人丛去。
>
> "记着罢，妈妈的……"阿Q回过头去说。
>
> "妈妈的，记着罢……"小D也回过头来说。
>
> （钱理群、王得后编：《鲁迅小说》，浙江文艺出版社2000年版，第84—85页。下文出自该书的引文，只标明页码，不再作注。）

这个场面明显表现出阿Q和小D互为镜像，无论是动作还是语言。这种叙述显然是作者有意为之。不独这一次，两人之后的两次相遇几乎都是这种叙述的翻版。

第三章　言语行为与叙事话语

第二次：

　　小 D 也将辫子盘在头顶上了，而且也居然用一支竹筷。阿 Q 万料不到他也敢这样做，自己也绝不准他这样做！小 D 是什么东西呢？他很想即刻揪住他，拗断他的竹筷，放下他的辫子，并且批他几个嘴巴，聊且惩罚他忘了生辰八字，也敢来做革命党的罪。但他终于饶放了，单是怒目而视的吐一口唾沫道"呸！"（《鲁迅小说》，第 96 页）

第三次：

　　阿 Q 一看见，便赶紧翻身跟着逃。那人转弯，阿 Q 也转弯，既转弯，那人站住了，阿 Q 也站住。他看后面并无什么，看那人便是小 D。（《鲁迅小说》，第 96 页）

　　不独二人的语言和动作互为镜像，在阿 Q 因为恋爱悲剧被赶出钱府后，阿 Q 的打工位置也是小 D 填补的。二人的名字（阿 Q、小 D）也互为镜像。鲁迅在《且介亭杂文·寄〈戏〉周刊编者信》中说小 D "大起来，和阿 Q 一样"。表明作者的叙述意图，叙述本身也使我们确信这种意图。二人的唯一区别是，阿 Q 最终被砍了头，而小 D 还活着。叙述语力宣告了阿 Q 和小 D 的镜像关系，其实也断言了阿 Q 并没有死，因为小 D 仍然活着，从而揭示了故事的主题。

　　再看一个静态重复的例子。

　　鲁迅在《故乡》中三次描写了故乡的面貌：

第一次：

　　时候既然是深冬；渐近故乡时，天气又阴晦了，冷风吹进船舱中，呜呜的响，从蓬隙向外一望，苍黄的天底下，远近横着几

· 155 ·

个萧索的荒村,没有一些活气。我的心禁不住悲凉起来了。

(《鲁迅小说》,第 57 页)

第二次:

这时候,我的脑里忽然闪出一幅神异的画图来:深蓝的天空中,挂着一轮金黄的圆月,下面是海边的沙地,都种着一望无际的碧绿的西瓜,其间有一个十一二岁的少年,项带银圈,手捏一柄钢叉,向一匹猹尽力地刺去。那猹却将身一扭,反从他的胯下逃走了。(《鲁迅小说》,第 58 页)

第三次:

我在朦胧中,眼前展开一片海边碧绿的沙地来,上面深蓝的天空中挂着一轮金黄的圆月。我想:希望本是无所谓有,无所谓无的。这正如地上的路;其实地上本没有路,走的人多了,也便成了路。(《鲁迅小说》,第 65 页)

三次描写形成的话语集合向我们展示了三个故乡:第一次是现在的故乡(眼前的、在场的);第二次是过去的故乡(回忆的、不在场的);第三次是未来的故乡(想象的、不在场的)。三次描写分别对应故事中的三个人物:第一次是中年(老年)闰土(现在的闰土);第二次是少年闰土(过去的闰土);第三次是水生和宏儿(下一代、未来)。三次描写也是三次对故乡的不同"语境化":现实、过去和未来,重复就是再语境化,故乡向语境开放,因此故乡是可变的。

根据塞尔的言语行为分类,三次描写分别实施了三种不同的言语行为:第一次是"断言",指向现在,语词与世界相符,眼前的故乡确实是"萧索的";第二次是"表情"(expressives),表达说话人的某种心理状态,假定语词与世界相符,因为过去的故乡已经不在场,所以只能是一种假定,是"一幅神异的画图";第三次是"承诺"(commissives),指向未来的事件状态,真诚条件是说话人打算采取某种行动,说话人尽力使世界与语词相符,"其实地上本没有路,走的人多了,也便成了路"。表明承诺是使未来的世界与表述的语词相符合。

三次对故乡的描写构成一种话语场,不仅使故乡呈现不同的样态,也使故事人物在话语中具有了联系。这一切都是在"我叙述"的行为实现的。叙述者意图主导了话语的存在。

二 话语重复

叙事文中的话语重复是指相似或相类的话语多次出现,这些话语本身构成了话语场,实现叙述者的话语目的。话语总是在一定语境中出现的,因此话语场的语力也只能在上下文中才能形成。

张爱玲在《年青的时候》中三次直接引录了教科书语言,每一次引录话语的内部语句之间并没有逻辑联系,它们只有作为话语场才有意义。而三次引录整体上又形成更大的话语场,体现了作者的叙述意图。《年青的时候》讲述的是一个不成功的爱情故事。潘汝良自小就有在课本空白边缘画小人的坏习惯,"铅笔一着纸,一弯一弯的,不由自主就勾勒出一个人脸的侧影,永远是那一个脸,而且永远是向左"。偶然的机会他遇见俄国姑娘沁西亚,非常神奇的是,沁西亚就是那个侧影像的原型。他爱上了她,可是沁西亚嫁给了一个俄国人,潘汝良再也不在书头上画小人了。故事很简单,但话语并不简单。三次教科书话语在故事中有重要意义。

第一次：

> 他决定从今以后不用英文同她谈话。他的发音不够好的！——不能给她一个恶劣的印象。等他学会了德文，她学会了中文，那时候再畅谈罢。目前只能借重教科书上的对白："马是比牛贵么？羊比狗有用，新的比旧的好看。老鼠是比较小的。苍蝇还要小。鸟和苍蝇是飞的。鸟比人快。光线比什么都快。比光线再快的东西是没有的了。太阳比什么都热。比太阳再热的东西是没有的了。十二月是最冷的一月。"都是颠扑不破的至理名言，就可惜不能曲曲达出他的意思。
>
> "明天会晴吗？——也许会晴的。"
>
> "今天晚上会下雨吗？——也许会下雨的。"
>
> 会话书的作者没有一个不是上了年纪的人，郑重而噜苏。
>
> "您抽烟吗？——不大抽。"
>
> "您喝酒吗？——不天天喝。"
>
> "您不爱打牌吗？——不爱。我最不爱赌钱。"
>
> "您爱打猎吗？——喜欢，我最喜欢运动。"
>
> "念。念书。小说是不念。"
>
> "看。看报。戏是不看。"
>
> "听。听话。坏话是不听。"
>
> （张爱玲《年青的时候》，《张爱玲文集·第一卷》，安徽文艺出版社1991年版，第127—128页）

因为是教科书语言，所以话语之间没有必然逻辑联系。比如，"苍蝇还要小。鸟和苍蝇是飞的"两句之间没有任何关联，但这些语言放在一起时，就有了意义。或者说，形成了话语场力。这段话语出现的语境是，潘汝良向沁西亚学习德文，沁西亚向潘汝良学习中文。这是他们第一次上课，潘汝良已经爱上了沁西亚。这段教科书语言从内容上可以分为三个部分：对比、对话和造句。

这段话语看似与故事情节无关，实际上正在建构故事。教科书的对比话语涉及人物之间的对比。首先是沁西亚与潘汝良姊姊和母亲的对比："她是个干练的女孩子，白天在洋行里工作，夜校里还有兼职——至多也不过他姊姊的年纪罢？人家可不像他姊姊。""汝良不要他母亲那样的女人。沁西亚至少是属于另一个世界里的。"其次是沁西亚与潘汝良的对比：潘汝良看似叛逆，实际上严肃而理性，他献身医学一半是因为喜欢医疗器械，"冰凉的金属品，小巧的，全能的"。为了与沁西亚约会，"汝良穿上了他最好的一套西装"。而沁西亚则显得宽松自由，不受羁绊：随意地吃简便的午餐，与他谈话时随意地用手帕擦嘴上的面包屑，并脱下高跟鞋，打着赤脚。潘汝良就像教科书语言一样客观、冰冷，而"沁西亚却不像他一般地为教科书圈住了。她的中文虽然不行，抱定宗旨，不怕难为情，只管信着嘴说去"。这些对比已经在构建故事的走向。

教科书的对话语言涉及潘汝良与沁西亚之间不能对话。"汝良整日价把这些话颠来倒去，东拼西凑，只是无法造成一点柔情的暗示。"冰冷的教科书语言无法形成情感的热度。不能对话的结果是潘汝良失去了表达的机会。教科书首先教会我们造句，其实也在使我们适应它冰冷的程式。

第二次：

> 春天来了。就连教科书上也说："春天是一年中最美丽的季节。"

> 有一天傍晚，因为微雨，他没有骑自行车，搭电车从学校里

回家。在车上他又翻阅那本成日不离身的德文教科书。书上说：

"我每天早上五点钟起来。

然后穿衣洗脸。

洗完了脸之后散一会儿步。

散步回来就吃饭。

然后看报。

然后工作。

午后四点钟停止工作，去运动。

每天大概六点钟洗澡，七点钟吃晚饭。

晚上去看朋友。

顶晚是十点钟睡觉。好好的休息，第二天好好的工作。"

这段话的命题内容是教科书用自己的程式教导我们生活的程式。这是个机械的程式，与"春天是一年中最美丽的季节"相矛盾。因此，这段话"蕴含"着一种觉醒和反抗，直接决定了以后的故事情节。

第三次：

教科书上就有这样的话："怎么这样慢呢？怎么这样急促呢？叫你去，为甚么不去？叫你来，为甚么不就来？你为什么打人家？你为什么骂人家？为什么不听我的话？为什么不照我们的样子做？为了什么缘故，这么不规矩？为了什么缘故，这么不正当？"于是教科书上又有微弱的申请："我想现在出去两个钟头儿，成吗？我想今天早回去一会儿，成吗？"于是教科书又怆然告诫自己："不论什么事，总不可以大意。不论什么事，总不能称自己的心意的。"汝良将手按在书上，一抬头，正看见细雨的车窗外，电影广告牌上偌大的三个字："自由魂。"

这段话蕴含了三种话语行为：命令（或斥责）、请求和自我宽慰。教科书用自己的程式教导我们生活的法则，其实是要求我们顺应它的法则。而"汝良将手按在书上"则明显是一种拒绝行为，他拒绝了教科书的教导，"抬头"看见了"自由魂"。"教科书"与"自由魂"处于对立的两极。这段话建构的情节是："汝良第一次见到这一层。他立刻把向沁西亚求婚的念头来断了。他愿意再年轻几年。"潘汝良不愿意走进婚姻的"泥沼"，在于对"自由"的发现，因此他想在沁西亚的婚礼上"吃得酩酊大醉"。而与此相反的是，原先不受羁绊的沁西亚最终走向了婚姻的程式，结果是贫穷和疾病的缠绕。沁西亚在婚礼上的短暂美丽是最后的美丽，婚后的沁西亚"她的下巴与颈项瘦到极点，像蜜枣吮得光剩下核，核上只沾着一点毛毛的肉衣子"。偶像破灭了，潘汝良再也不画小人。

潘汝良走出了教科书，而沁西亚顺从了教科书。

话语不是无力的，其蕴含的语力构建了故事。话语也不是无意的，它是作者意图的表达。重复话语构成的话语场整体上建构了故事的意义。比如，《年青的时候》通过揭示教科书语言的程式化，最终实现了对程式化的生活和婚姻的批判。

三 故事重复

故事重复是指相同或相似的情节被多次叙述，故事本身由这些重复的故事所构成。故事重复包含两个层面：单个文本内的故事重复和一个文本重复其他文本的故事。本节研究文本的言内语力，所以只关注前者。故事重复总体上形成话语场，每一次叙述只有在话语场的整体框架中才有意义。

米勒吸收德鲁兹的观点，将重复分为两类，"柏拉图式重复"和

"尼采式重复"。柏拉图式重复是指以理念为原型的模仿式重复,是现实主义小说的首要预设。尼采式重复"假定世界建立在差异的基础上,这一理论设想为:每样事物都是独一无二的,与其他事物有着本质的不同。相似以这一'本质差异'的对立面出现,这个世界不是摹本,而是德鲁兹所说的'幻影'或'幻象'。它们是些虚假的重影,导源于所有处于同一水平的诸因素间的具有差异的相互联系"[①]。如果 a1 是对 a 的重复,柏拉图式重复表现为:A→a, a1,即 a 和 a1 是对先于它们存在的同一本源 A 的模仿。而尼采式重复则表现为:a, a1→B,即 a 和 a1 在差异的裂缝中创造了一个第三者 B,本雅明称为意象(image),通过相互重复衍生了这一意象的内涵,"它既不存在于第一种形式中(即柏拉图式重复——引者注),也不存在于第二种形式(即尼采式重复——引者注)以及先于两者存在的某种根基中,它存在于它们之间,存在于不透明的相似涉足的空寂的所在"[②]。米勒认为,尼采式重复依赖于柏拉图式重复,同时,尼采式重复又形成了柏拉图式重复"颠覆性的幽灵",它"总是早已潜藏在它的内部,随时可能挖空它的存在"。

虽然米勒并非从故事重复的角度展开论述,但他的观点对于认识故事重复有重要的启发意义。故事重复表现为尼采式重复,虽然是重复叙述,但每一次叙述都是差异叙述。这些重复叙述形成的话语场衍生了一种"意象",这种"意象"表现为故事的内涵或意义。那么,这些重复有没有一个柏拉图式的先在本源呢?柏拉图预设了作为原型的理念对重复的先在性和不变性,在本书的论域中,我们认为,这些

---

① [美] J. 希利斯·米勒:《小说与重复——七部英国小说》,王宏图译,天津人民出版社 2008 年版,第 7—8 页。
② 同上书,第 11 页。

差异性重复叙述也有一个先在本源，但它不是永恒不变的理念，而是作者意图。故事重复是作者的有意设计，相互差异的叙述表现为一个叙述颠覆另一个叙述，但最终会形成一个总叙述，这个总叙述就是作者的话语目的。

电影《英雄》分三次重复了"刺秦"的故事，三次叙述彼此差异，相互颠覆，无名的叙述颠覆了长风的叙述，秦王的叙述又颠覆了无名的叙述。三次叙述展现了"杀"和"不杀"的意义纠葛，故事最终肯定了秦王的叙述，即"杀是为了不杀，不杀是为了和平"，这既是作者意图的体现，也是整部电影的意义所在。

有必要将叙述语力、修辞语力和话语场力三者做一比较。叙述语力是直接语力，叙述者、叙述时间、叙述话语、叙述视角等直接生产故事。修辞语力是间接语力，必须发现显义背后的晦义，通过对修辞的理解获得话语的效果。话语场力是一种逻辑语力，必须在整个故事的逻辑中才可以发现其构建故事的力量。

从功能的角度来看，叙述语力属于分布类功能，修辞语力和话语场力属于归并类功能。罗兰·巴特认为叙事作品是一个层次等级，可以分为三个层次：功能层、行动层和叙述层。没有一个层次单独能够产生意义，只有归并到高一级层次才能获得意义。叙事作品的基本功能分为两大类：分布类和归并类。分布类功能生产故事的主序列，用索绪尔的理论来说，分布类功能属于横向组合功能，其功能是指向"更后面"的故事序列。归并类功能是一些"迹象"，"迹象的裁定在'更上面'，有时甚至是潜在的，超出明显的组合段范围（一个人物的'性格'可以从来不写明，但是不断有所显露），这是一种纵向聚合关系上的裁定"。因此，功能包含换喻关系，迹象包含隐喻关系；前者与行为的功能性相符合，后者与状态的功能性相符合。① 叙述语力生产故事序列，如，叙述者叙述庞德办公室的电话响了，接着的叙述要么是有人接电话，要么是无人接电话。叙述语力常常开启或封闭一个故事的行为序列。而修辞语力和话语场力常常作为"迹象"出现，要归并到更高的层次才能发现其意义，也只有如此，才能发现这些"迹象"对故事的建构作用。

然而，叙述中的一切最终都将在叙述层获得解释。"理解一部叙事作品不仅仅是理解故事的原委，而且也是辨别故事的'层次'，将叙述'线索'的横向连接投射到一根纵向的暗轴上；阅读（听讲）一部叙事作品，不仅仅是从一个词过渡到另一个词，而且也是从一个层次过渡到另一个层次。"② 而最外的叙述层次必然最终与作者相关，叙述总是作者的叙述。这样，叙述话语就不属于"纯陈述性范畴"，而属于"行为性范畴"。"根据行为性范畴，一句话的意义就是说这句话的行为本身。如今写作不是'讲故事'，而是告诉说在讲故事，并且把全部所指事物（'所言之物'）都归结到这个言语行为上面。……整个话语竟与发出话语的行为混为一体了。"③ 可见，尚处于经典叙事学阶段的早期罗兰·巴特就已经认识到叙事作为言语行为的重要意义。叙述是作者言语行为，作为话语发出者的作者是一切叙述的第一动力。舍此就没有叙事。只不过这一时期的罗兰·巴特对此没有展开充分的论述，而其后期的理论重点则转向了对读者阅读行为的研究，从而转向了后经典叙事研究。

从言语行为理论本身来看，话语发出者的意图在整个言语行为中具有支配地位，尤其是塞尔的意向性理论和格赖斯的会话蕴含理论。

---

① 参见赵寅德编选《叙述学研究》，中国社会科学出版社1989年版，第14页。
② 赵寅德编选：《叙述学研究》，中国社会科学出版社1989年版，第9页。
③ 同上书，第32页。

如果发出者的意图没有实现，或者被误解，话语就不能成功述行。文学叙事作为作者与读者之间的交流合作，不仅要遵守叙事的基本规约，而且必需假定作者虚构故事必定有所"蕴含"，并且他期望读者能够推算其蕴含。因此，作者意图是叙述行为的出发点，作者通过话语建构了故事世界，故事中的一切言语行为都是建构故事世界的具体施行者。罗兰·巴特说："一部叙事作品从来就只是由种种功能构成的，其中的一切都表示不同程度的意义。……一个细节即使看上去没有丝毫意义，不具有任何功能，但这一现象本身正可以表示荒唐或者无用等意义。一切都具有意义或者无不具有意义。"[①] 而这些意义最终只能归结为作者的叙述意图，是作者的有意蕴含。

当然，叙事是作者与读者的交流合作，作者的会话蕴含需要读者的"推算"，因此，读者的功能在于发现作者所蕴含的东西，用奥斯汀的术语来说，读者必须对作者的言内命题（即故事世界）"达成理解"，"引起反应"，才能实现作者的言内行为，只有这样，最终才能"达成目标"，"产生效果"，即实现言效行为。然而，读者的阅读行为是依据故事话语进行的一种"推算"，其时作者已经不在场，因此读者的"推算"并非一定与作者的意图相一致。或者说，读者是在重构故事的基础上进行"推算"。阅读行为也是一种建构行为。由此，我们进入第四章。

本章小结

一部叙事作品展现在读者面前，就在宣告作者的言语行为："我叙述。"与日常言语行为不同的是，此时的话语发出者（作者）已经

[①] 赵寅德编选：《叙述学研究》，中国社会科学出版社1989年版，第11页。

不在场，但他以"签名"的形式而在场，因此也是有效的言语行为。作者是叙事话语的发出者，其"叙述"行为就是"发言行为"。发言行为以字面意义为条件，即作者叙述行为必须带来一个字面上可理解的故事。

　　发言行为必然包含命题，命题的表述方式则形成语力，并由此实现言内行为。不同叙事作品的言内语力是不同的，因此不仅故事世界是不同的，而且其实施的言内行为也是不同的。如，批判性小说的言内行为是"我警告"，道德说教小说的言内行为是"我指令"，罗曼司的言内行为是"我表情"，侦探小说的言内行为是"我揭示"等。

　　文本内的叙述话语受作者的操控，是作者言语行为的具体体现。同时，故事话语本身也由各种形式的言语行为构成。在本章的讨论范围内，故事话语的言语行为对象不指向故事外的世界，而是仅仅指向故事本身。这是由文学叙事的虚构规约决定的。故事内的言语行为也是有效言语行为，其语力功能在于建构故事世界。从话语对故事世界的不同建构功能着眼，我们将叙事话语分为叙述语力、修辞语力和话语场力，这是一种不完全划分，不仅没有穷尽叙述话语的类别，而且三者之间常常相互包容。三种语力从不同的角度实现了对故事世界的建构。

　　言语行为总是围绕意义展开的。意义的达成是实现言语行为的关键。文学叙事总是包含作者的叙事意图，即话语目的。故事由话语构成，而故事中的话语常常有两层含义：显义和晦义。显义形成故事世界的表象，晦义则实现作者的叙事意图。因此，文学叙事常常是以间接言语行为来做事，首要言语行为实现话语目的，次要言语行为带来故事。故事的意义最终"归并"到作者的叙述行为，为叙事意图服务。

文学叙事是作者与读者的交流合作，正如话语的发出如果没有倾听的对象就无法实施言语行为，作者的叙述行为总是指向读者，作者呼唤读者来倾听，文学叙事潜在地将读者纳入自身的言语行为之中。故事需要读者的阅读才能实现自身。作者的言语行为需要读者的"推算"才能实现其蕴含。读者在叙事中的作用是第四章的内容。

第四章　言语行为与文本阅读

　　言语行为的基本链条是：说话人发出话语（发言行为）→话语命题（言内行为）→听话人反应（言效行为）。第三章我们集中探讨了作者的叙述行为，即从发言行为到言内行为。其实这只是关注了话语主体在言语行为中的作用，言语行为并没有完成。完整的言语行为必须有听话人的合作才能完成，如果没有听话人的合作就没有言语行为，如果对着墙壁说"对不起"，该话语的言内行为就不是"道歉"。言内行为是在听话人的理解中实现的。本章重点探讨听话人，即叙事文读者在叙事中的重要意义。其实，第三章中所举的例子都暗含了读者的解读，只不过暂时将其悬置。

　　本章主要的问题是，按照罗兰·巴特的划分，叙事文本可分为可读文本与可写文本，那么可读文本与可写文本是否有明确的界限？叙事阅读是否仅仅是被动地接受文本？我们的回答是否定的。任何阅读或多或少都包含了读者的主体性因素，阅读是一种建构行为。文本既是可读的，也是可写的，从根本上说，文本都是可写的。阅读即写作。

第四章 言语行为与文本阅读

第一节 叙事符号的双向流程：文本既是可读的也是可写的

罗兰·巴特在《S/Z》中明确区分了两种文本：可写文本与可读文本，屠友祥将其分别翻译为"能引人写作之文"和"能引人阅读之文"。

> 能引人写作之文，并非一成品，在书肆汲汲翻寻，必劳而无功。其次，能引人写作之文，其模型属生产式，而非再现式，它取消一切批评，因为批评一经产生，即会与它混融起来：将能引人写作之文重写，只在于分离它，打散它，就在永不终止的（infinie）差异的区域内进行。能引人写作之文，是无休无止的现在，所有表示结果的个体语言（parole）都放不上去（这种个体语言必然使现在变成过去）；能引人写作之文，就是正在写作着的我们，其时，世界的永不终止的运作过程（将世界看作运作过程），浑然一体，某类单一系统（意识形态，文类，批评），尚未施遮、切、塞、雕之功。①

而可读文本（"能引人阅读之文"）则恰恰相反："它是产品（而非生产），构成了我们文学的巨大主体。"因此，

> （读者）不把自身的功能施展出来，不能完全地体味到能指

---

① ［法］罗兰·巴特：《S/Z》，屠友祥译，上海人民出版社2000年版，第61—62页。

(signifiant)的狂喜，无法领略及写作的快感，所有者，只是要么接受文要么拒绝文这一可怜的自由罢了：阅读仅仅是行使选择权。如此，便与能引人写作之文相应，确立了相反的价值，消极然而对抗的价值：能让人阅读，但无法引人写作：能引人阅读者(le lisible)。我们称一切能引人阅读之文为古典之文。①

罗兰·巴特对两种文本的划分可谓泾渭分明：可写文本是可以被"重写"的文本、未完成的文本、生产性文本、现代文本、现在时文本，而可读文本则是不可"重写"的文本、定型的文本、古典文本、过去时文本。两种文本相应地区分出两种读者，与可读文本对应的是作为消费者的读者，被动的读者；与可写文本对应的是作为生产者的读者，主动的读者。质言之，可读文本的读者只能被动地接受文本，而可写文本的读者则主动地生产文本。对可写文本而言，阅读即重新写作，阅读是意义生产。

然而，从言语行为理论来看，这种对文本的划分是值得怀疑的，当然，罗兰·巴特的批评实践也颠覆了这种划分。文学叙事是作者的言语行为，而言语行为必须由听话人的理解才得以完成。任何阅读都是理解或阐释行为，必然包含理解主体的主观因素。如果说可读文本是定型的、不可重写的，那么这样的文本就只能有一种唯一的解释，这种解释只能是作为话语发出者的作者赋予的。这与文学史的事实相矛盾，可以说没有任何一部作品只有唯一的一种解释。同时，巴特本人的阅读实践也与他的观点相矛盾。巴尔扎克的《萨拉辛》当属古典文本，应该是可读文本，不可重写。而巴特正是在对《萨拉辛》重写的基础上形成了《S/Z》。罗兰·巴特的结论走向了"复数"的文本，

---

① [法]罗兰·巴特：《S/Z》，屠友祥译，上海人民出版社2000年版，第56—57页。

任何文本都是可写的。

文学叙事言语行为与日常言语行为的重要区别在于前者的说话人是不在场的，因此阅读必然面临"去语境化"，读者只能依据话语符号"推算"话语发出者的意图。这样就使言语行为的单向流程变为双向流程。

一　叙事符号的双向流程

言语行为的流程可以简单概括为：说话人→话语命题→听话人。言语行为理论家基本上是在这一模式上展开论述的。奥斯汀的理论重点探讨了话语的言内语力，仅仅在与言内行为比较的角度论述了在听话人方面产生的言效行为。塞尔在发言行为和言内行为之间增加了命题行为，重点探讨了命题语力，对听话人方面也论述不多。在塞尔后期《意向性》《心灵、语言与社会》等著作中，重点探讨了言语行为的意向性，但其着眼点仍然是说话人的意向性。"意义是派生的意向性的一种形式。说话人的思想的原初的或内在的意向性被转换成语词、语句、记号、符号等。这些语词、语句、记号和符号如果被有意义地说出来，它们就有了从说话人的思想中所派生出来的意向性。它们不仅具有传统的语言学的意义，而且也具有有意图的说话人的意义。一种语言的语词和语句的传统的意向性可以被说话人用来执行某个言语行为。当一个说话人执行一种言语行为时，他便将他的意向性赋予这些符号。"① 塞尔提出的传达意向也指的是说话人的意向，"当我意图向人们进行传达时，我的意图是要产生理解。但理解就在于要

---

① ［美］约翰·R. 塞尔：《心灵、语言和社会——实在世界中的哲学》，李步楼译，上海译文出版社 2001 年版，第 35 页。

领会我的意义。因此，传达意向就是要使听话人认识我的意义和意向，也就是理解我的意向"①。可见，塞尔理论的出发点是说话人的意向性。格赖斯的会话合作理论虽然明确指出会话蕴含是"推算"的结果，但其立足点仍然是发出话语的主体，即说话人，只不过强调了从"他说出 p"到"他蕴含 q"的过程中合作原则的重要作用。言语行为流程基本上是一个单向流程。但塞尔关于传达意向的论述、格赖斯关于"推算"会话蕴含的论述却打开了双向流程的可能性。

言语行为应该是一种双向流程，仅仅强调说话主体的意向或意图是不够的。言语行为理论家往往是在一种理想的环境中探讨言语行为的实现过程，这种理想环境就是确定的预设语境、确定的对象、双方共享的规约、合作原则被遵守等。但是，即使这些理想环境完全满足，也不可忽视听话人在言语行为中的主体作用。假定一个夏日的午后，在一个封闭的空间里，一群人关于通货膨胀问题在进行热烈的谈论，其中一个人说："天气真热，把窗户打开吧。"在这样一个理想的环境中，仍然不能保证说话人的意图是确定的。可以将其看作直接言语行为，即他先后实施了断言（"天气真热"）和请求或建议（"打开窗户"）的言语行为。也可以将其看作间接言语行为，即其断言的不是天气，而是屋内的气氛；其请求不在于打开窗户，而在于终止讨论。这两种不同的理解是听话人作为主体构建的结果。

如果言语行为的语境不明确，那么听话人的主体作用就处于主导地位，他必须反推话语发出者意图。塞尔在《意向性》中论述了感知的意向性，强调了背景性技能在感知中的重要性。下面这幅图片假设

---

① ［美］约翰·R. 塞尔：《心灵、语言和社会——实在世界中的哲学》，李步楼译，上海译文出版社 2001 年版，第 139 页。

画在黑板上，没有任何可感知的语境，我们将如何理解它？

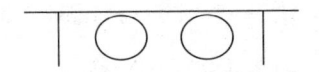

$$\text{T O O T}$$
（上方有横线贯穿）

图4-1 意向符号的双向流程

它既可以被看作"TOOT"这个词，看作数字1001上面加了一条横线，还可以被看作有两个横穿管道的桥，一张桌子下面有两个气球，或者被看作一个戴着一顶吊带搭在帽子两边的人的眼睛。"这些经验以及它们之间的差异，取决于我们已经掌握了一系列渗透着语言的文化技巧。……意向状态的网络和非表征性的心理能力共同影响感知。"[①] 塞尔注意到符号接收者对符号的建构作用，但对其建构机制没有展开讨论。

如果将听话人作为言语行为的主体，话语接受或理解流程则是：听话人→话语命题→说话人。这是与说话人作为主体的一个相反的过程。听话人通过对话语（符号）的建构达到对说话人意图的把握。当然，这种"推算"的蕴含就不一定与说话人意图一致。因此，言语行为流程是一个双向过程，如图4-2（a）所示。

说话人 ⇌ 话语命题 ⇌ 听话人

图4-2（a） 言语行为的双向流程

言语行为的双向流程表明，言语行为不仅是说话人向听话人"传达"意义，同时，这种意义要取得"效果"，还必须有听话人的"推算"。同样地，我们已经将叙事文看作作者的"发言行为"，其目的在

[①] ［美］约翰·R. 塞尔：《意向性：论心灵哲学》，刘叶涛译，上海人民出版社2007年版，第55页。

于向读者展示一个虚构世界,并希望读者理解这个世界的意义。而读者的理解总是在给定话语基础上的一种反向"推算"。因此,叙事交流也是一个双向流程,如图4-2(b)所示。

作者 ⇌ 叙事文 ⇌ 读者

图4-2(b) 叙事交流的双向流程

诠释学的理论为文学叙事的双向流程提供了理论支持。无论是胡塞尔的境域(horizont)、主体间性,海德格尔的"此在在世界中存在""因缘整体性""理解前结构",还是伽达默尔的"视域融合"等理论,都指出理解总是在语境中的理解,理解从来不是孤立的,"意义总是同时由解释者的历史处境所规定的,因而也是由整个客观的历史进程所规定的"。伽达默尔指出:"文本的意义超越它的作者,这并不只是暂时的,而是永远如此的。因此,理解就不只是一种复制的行为,而始终是一种创造性的行为。"[①] 在伽达默尔看来,理解是(作者)原初视域与(读者)当下视域的融合,视域融合创造一个新的视域,一个新的理解,而这个理解同时又被革除出去,而成为历史的一部分,由此形成阐释史。

伊塞尔的审美接受理论明确提出阅读活动是一个双向的过程。"阅读不是一种文本在读者心灵中的直接的'内化',因为阅读活动不是一个单向的过程。而我们的理论所关注的重心,则是文本与读者相互作用的动态过程。我们可以以此为出发点:语言学符号和文本的结构,在读者理解活动的不断激发下发挥其功能,也即是说,读者的理解活动虽然是由文本引起的,但却又不完全受文本的控制。的确,阅

[①] [德]汉斯·格奥尔格·伽达默尔:《真理与方法——哲学诠释学的基本特征》,洪汉鼎译,上海译文出版社1999年版,第380页。

读以创造性建构作为其全部活动的根基,文本作为相互作用的一个方面,殊难对其全局支配左右。"①

因此,"可读"与"可写"是两种理解文本的方式,而不是文本内在特征的划分。所有的文本既是可读的,又是可写的,而且从根本上说,文本都是可写的,因为理解本身就是一种创造性的活动。当然,这并不妨碍读者从作者的角度理解文本。

二 阅读行为的顺向流程

从作者的意图出发去理解文本,这种读者即巴特所说的"消费性读者"和彼得·拉比诺维茨所谓的"作者的读者",类似于瑞恰兹和卡勒的"理想读者"。在这种阅读中,读者的主体性消融于作者的主体性之中,可以说是一种"无我"阅读。当然,必须指明的是,这种"无我"阅读只是在有限的意义上说的,完全排除读者主体性的阅读几乎是不可能的。

布斯认为,任何小说都有作者的声音和作者的修辞行为。"作者创造的毕竟不仅只有他自己的形象。隐含着其第二自我的每一笔,都有益于把读者塑造成为适合于鉴赏这个人物和他正在写的这部作品的那类人。"② 作者的修辞行为既可以体现为能够辨识的作者声音,也可以体现为不易辨识的场面描写等。"我写。让读者学着去读。"是作者修辞行为的潜台词。作者总是对读者发出"吁请",希望读者能体会作者的用意、识别作者种种技艺的背后所蕴藏的真实。这种"吁请"正是所有言语行为话语发出者的特征。话语主体总是希望自己的话语

---

① [德] 沃尔夫冈·伊瑟尔:《阅读活动:审美反应理论》,金元浦、周宁译,中国社会科学出版社 1991 年版,第 128 页。
② [美] W. C. 布斯:《小说修辞学》,华明等译,北京大学出版社 1987 年版,第 101 页。

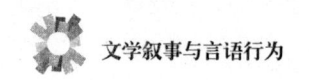

能够实现言内语力,并产生效果。

如果遵从言语行为的顺向流程,即从说话人的意图到听话人识别意图的线性过程,那么读者在这种阅读中往往处于被动地位,即使有主动姿态,也是为了尽力发现作者的原初意图。在这种情况下,读者必须在某种程度上中止他自己对故事的怀疑,准备承认故事提供的线索,并准备接受文本的价值。而识别或接受文本的价值就是在实现文本的言效行为。

布斯将小说的价值分为三类:(1)认知的或认识的,即通过作品发现"真实"或"知识";(2)性质的或审美的,即发现作品本身的艺术形式价值;(3)实践的,即作品引起读者善恶爱恨等道德判断的价值。在更为抽象的层面上,这三类价值其实对应真、美、善三方面的价值。在布斯的论述中,虽然他认为没有一部作品具有单一的价值,但他明显看重叙事作品的实践价值。"事实上,一个人物身上许多看来是纯粹审美的或认知的特点,可能都具有高度有效的道德重要性,虽然它们从未得到作者与读者的公认。"[①] 布斯对实践价值的强调,实际上是在强调叙事的实践效果,即文本对读者产生的现实影响。如亚里士多德所言,诗人要做的事就是对观众产生效果。在最理想的意义上,这也是所有发言行为的终极目的。

言效行为是言语行为的终点。作为话语的叙事作品总是暗含了作者的意图,并通过修辞行为或明或暗地"吁请"读者实现作者的意图。"作者出面"的话语是明显的修辞行为,而更多的修辞行为暗含在诸如场景、行动、人物等描写之中。如,上文提到《阿Q正传》中三次重复阿Q与小D相遇的场面,三次描写几乎用了完全相同的手

---

① [美] W. C. 布斯:《小说修辞学》,华明等译,北京大学出版社1987年版,第146页。

法，即通过人物言行体现二者之间的镜像关系。这显然是作者的修辞行为，通过这种集合式的描写，作者"吁请"读者识别其意图——"小 D 长大后就是阿 Q"。如果被识别，则作者的话语目的就将实现。

言语行为的顺向流程在女性主义文论中有重要意义。女性主义思想家一方面发现了男权话语写作中蕴含的对女性身体及性别的塑造，即男性作者的话语意图被女性主义者识别或"识破"；另一方面，女性主义者也试图通过女性书写来颠覆男权话语的控制，即通过确立女性作者的主体地位来颠覆男性作者的话语权利。两个相反的运作过程实际上都暗含了言语行为的顺向流程。女性主义文论整体上体现了话语的述行性，即通过颠覆男权话语的述行功能来实现女性话语的述行功能。因此，巴特勒提出了"述行性主体"（performative subject）的概念。在巴特勒看来，性别主体是话语述行的结果。"述行性不应理解为单数的或故意的'行动'，而应理解为不断重复和引用的实践，通过这种实践，话语生产了它命名的效果。……'性别'的监控规范述行性地建构了身体的物质性，更明确地说，建构了身体性别的具体化，建构了性别差异的具体化，巩固了对异性的控制。"[①] 在更深的层面上，也可以说福柯的权利话语和德里达的解构理论都体现了言语行为的顺向流程，他们往往是通过揭露话语发出者意图而颠覆其权威。

那么，话语如何能够产生现实效果，或者说，作为符号存在的话语如何与现实世界发生关联呢？塞尔的意向性理论有助于回答这一问题。塞尔认为："语言通过意义与实在相关联，但意义就是一种把纯粹的发声变为以言行事的行为的属性。以言行事的行为在这个词的一

---

① Judith Butler, *Bodies that Matter, on the Discursive Limits of "sex"*, New York and London: Routledge, 1993, p.2.

个非常特殊的意义上说是有意义的,正是这种类型的意义使语言能够与实在相关联。"① 也就是说,意义是语言与现实之间的纽带,话语述行是通过对意义的识别进行的。"理解意义的关键就是:意义是派生的意向性的一种形式。"② 即说话人总是将自己的意图赋予语言符号,话语的意义因此就具有从说话人思想中派生出的意向性。意义是语言与现实关联的纽带,而话语的意义又代表说话人的意图,这正是话语述行的基本逻辑。

言语行为的顺向流程以话语发出者意图为旨归。就文学叙事而言,因为作者(即话语发出者)已经不在场,如柏拉图所言,他不能与听众对话交流,所以作者意图只是一种理论假设,不可能完全实现。伊塞尔认为:"文学文本具有两极,即艺术极与审美极。艺术极是作者的本义,审美极是由读者来完成的一种实现。从两极性角度看,作品本身与文本或具体化结果并不同一,而是处于二者之间。不可任意将其归结为文本的现实性或读者的主观性。作品是功能性的,作品的动力就在于这种功能性中。"阅读就是发现文本的潜在意义,但无法实现其全部潜能,因此"应该将意义设想为发生性的,这是意义生成的前提。每个人在特定场合都会实现某一种意义,意义构成活动是因人而异的。传统的阐释形式建立在对唯一意义的追求上,旨在教导读者;因而忽视了文本的发生性和由文本的发生启动的读者经验"③。在这个意义上,阅读都是一种逆向的生成,文本的意义在于读者的建构。

---

① [美]约翰·R.塞尔:《心灵、语言和社会——实在世界中的哲学》,李步楼译,上海译文出版社2001年版,第133页。
② 同上书,第135页。
③ [德]沃尔夫冈·伊瑟尔:《阅读活动:审美反应理论》,金元浦、周宁译,中国社会科学出版社1991年版,第29—30页。

三 阅读行为的逆向流程

阅读行为根本上是一种逆向运作，因为任何阅读都是读者的一种主体行为。阅读总是在作者不在场的情况下进行的，正如摹本不在场的模仿总是模仿者的想象。作者的原意已经不可还原，在这个意义上，后结构主义者提出了"作者已死"的口号，读者面对的只是文本，为了获取文本的意义，读者必须对文本进行重构。先看一个例子：

前面提到的《深红色的蜡烛》的结尾是这样的：

女人发了誓，男人也死了。在葬礼上，女人站在棺材前部，手上拿着一根点燃的蜡烛，直到它燃为灰烬。

对应的英文是：

The Woman swore and the Man died. At the funeral the Woman stood at the head of the bier, holding a lighted crimson candle till it was wasted entirely away.①

在前文中，我们将"蜡烛"解读为男性生殖器的隐喻，男人之所以能对女人发号施令（give me…swear to me…），在于其拥有男性权威的符号——生殖器。男人健在，真实的生殖器在场，不需要符号，所以蜡烛藏在书桌里。当真实的生殖器即将离去，就需要一个符号（蜡烛）来继续行使其权威。女人最后的行为——将蜡烛燃为灰烬，我们将其理解为对男权世界的颠覆行为。这里的问题是，我们的解读可靠吗？这是作者的原意吗？

---

① 原文见 James Phenan and Peter J. Rabinowitz, *A companion to Narrative Theory*, Blackwell Publishing Ltd., 2005, p.324。

原文中明显有一个不支持这种解读的证据,女人点燃的蜡烛一定就是那个藏在书桌中的具有神圣意味的蜡烛吗?答案是不确定的。因为文中使用的是不定冠词"a"(a lighted crimson candle),而不是定冠词"the",所以女人点燃的蜡烛并不一定就是那个作为象征符号的蜡烛,既可能是,也可能不是。如果点燃的不是"那个"(the)蜡烛,而是其他一只普通的蜡烛,我们的解释就是不成立的。

那么,我们为什么又能将其理解为"那个"特殊的蜡烛呢?显然,作为读者的"我"重新建构了故事。根据上下文语境,我们将男人话语中的蜡烛与女人点燃的蜡烛联系了起来。但这并非绝对就是作者的原意,作者的原意是在言语行为的逆向运作中"推算"出来的。① 因此,阅读总是读者的建构活动,阅读即写作,读者是叙事流程中的重要环节。

但是,前文的解读是否就是没有根据的无稽之谈呢?也不尽然。推测作者的话语意图,一方面依据文本外的其他证据,如作者在其他地方的言论、写作背景、作者本人的因素等,但更重要的是要考察文本本身的上下文语境,识别作者在文本中的修辞行为。《深红色的蜡烛》中不仅有(男人)命令与(女人)服从命令言内行为的对立,而且更为明显的是"男人"和"女人"的对立。最后一段话中出人意料地将"男人"和"女人"大写:The Woman swore and the Man died. 这种书写明显违反语法规范,显然是作者有意为之,是作者的修辞行为。最后一句话的行为主体是一个大写的"女人"(Woman),而"男人"消失了——正如那个燃为灰烬的蜡烛。这一切足够使我们推测作者

---

① 本章继续使用前一章用过的例子,旨在表明阅读是一种双向过程,既可以从作者出发,也可以从读者出发。此处的分析好像推翻了前文的分析,并非笔者故意在此运用解构主义"边写边擦"的策略,而是要表明言语行为总是在理解中存在的,立足点改变,效果就会改变。特此说明。

的话语意图，并支持我们将蜡烛理解为男性生殖器的符号。

上述分析表明两方面的意义：其一，无论阅读遵循言语行为的顺向流程还是逆向流程，都必须以文本为中心，话语是意义产生的基础；其二，阅读的顺向流程以逆向流程为前提，（稍显武断地说）一切阅读都是读者的主观阅读。因此，读者是叙事述行的重要环节，没有读者的参与，就没有叙事述行。

第二节 理解与误解：叙事述行的语境性

言语行为的实现以"理解"为中介，如果不能达成理解，言语就不能成功述行。如果甲同学每次考试都是倒数第一，乙老师对他说："你真不错，每次都得第一。"我们说，乙老师的话语实施了"讽刺"的行为。但是，如果甲同学具有阿Q式的"胜利法"，那么乙老师的话语还能够"讽刺"吗？话语必须被理解才能述行。

同时，理解本身也是言语行为。理解总是在语言之中的理解，离开语言，理解就无法进行。一切行为（包括非语言的物质化行为）只有转化为语言才能被理解。例如，中秋之夜，看到天上一个圆圆的发光的东西，你必须将其转换为"月亮"，才能理解其全部意蕴。如果事物没有被语言"命名"，理解就不存在。因此，理解也是言语行为。正如伊塞尔所说："读者必须首先发现潜藏在文本中的符号，从而带来意义。发现的过程本身就是言语行为，它构成读者与文本交流的手段。"[1]

---

[1] Wolfgang Iser, "The Reality of Fiction: a Functionalist of Aproach to Literature", *New Literary History*, Vol. 7, No. 1, Critical Challenges: the Ballagio Symposium (Autumn, 1975), pp. 7-38.

文学叙事与言语行为

日常言语行为理解"推算"依据的是真实的、在场的语境，即交流当下的现实语境，因此，语境对于日常言语行为的实现有重要意义。尽管如此，对日常言语行为的理解也不一定与话语发出者的意图完全一致。文学叙事的作者语境是虚拟的，是不在场的，因此，理解文学叙事的主要依据是文本提供的语境。这种理解是在读者建构基础上的理解，因而与作者的意图常常不一致。误解也是一种理解，误解是叙事述行的基本特征之一。

一 作为言语行为的理解及其语境关联性

理解总是在语境中的理解，没有超语境的言语行为，也没有超语境的理解。解释学强调了语境对理解的限定，如海德格尔认为，理解总是被"世界"所限定，"世界"作为高于个体的他者，预先构成了理解的"前见"。伽达默尔将语境分为文本生产的原初语境与文本接受的当下语境，理解就是这两种语境的融合，从而生成一个新的语境。伽达默尔虽然强调了理解的创造性，但也间接强调了作者语境对理解的构成作用。接受美学则强调了理解对原初语境的改变及理解的生产性。伊塞尔指出："文本中的现实通常意味着它们承担着一种转换，确实这也是所有交流过程的总体特征。惯例、准则、传统等文学的全部剧目的呈现方式相当不同，但当它们从原初语境和功能中被移入文学时，它们总是一定程度上被简化和修改。在文学文本中，它们因此具有新的关联能力。"[1] 文学的惯例、准则和传统虽然一定程度上依然存在，但只是作为背景而起作用。文本的独特性很大程度上依赖

---

[1] Wolfgang Iser, "The Reality of Fiction: a Functionalist of Aproach to Literature", *New Literary History*, Vol. 7, No. 1, Critical Challenges: the Ballagio Symposium (Autumn 1975), pp. 7–38.

于文学剧目同一性被改变的程度。读者的理解是对已有意义模式的重新安排和重新排序。读者的理解参与了意义的生产。

对文本的理解是实现叙事述行的基础,而理解又依赖于语境,因此,语境成为后经典叙事学关注的重点。大体而言,语境可以分为三种:作者的语境、文本的语境和读者的语境。修辞叙事学、女性主义叙事学、认知叙事学等都将语境作为研究的重心,并且这些叙事研究或多或少都与言语行为理论有直接联系。

修辞叙事学将文本看作作者与读者交流的纽带,布斯关注的是作者的语境,费伦关注的是文本的语境,卡恩斯关注的是读者的语境。布斯和费伦前文已有探讨,这里重点探讨卡恩斯的修辞叙事学。卡恩斯1999年出版的《作为修辞的叙事》,以言语行为理论为基础,研究叙事修辞问题。申丹教授不无见地指出了卡恩斯著作中包含的诸多矛盾(详见第六章),尽管如此,其对读者和语境的强调是明显的,他断言,"恰当的语境几乎可以让读者将任何文本都视为叙事文,而任何语言成分都无法保证读者这样接受文本"。卡恩斯认为文学叙事从总体性质到每一个具体环节都受制于读者和语境:叙事作品的性质是由读者和语境决定的("像虚构性一样,叙事性也是语境的功能");叙事作品的阅读和理解是由读者和语境决定的(小说阅读始终是由规约性的和情境性的语境决定的);叙事作品的内容是由读者和语境决定的(除非借助读者的建构,叙事作品无法以共时性的整体形态呈现出来。话语的特征取决于读者接受叙事作品的具体语境);叙事作品的声音是由读者和语境决定的(叙事作品中的作者声音是由读者体察和构建出来的)[1] 卡恩斯显然强调了读者对叙事文的建构作用,从言

---

[1] 肖锦龙:《文学叙事和语言交流——试论西方的修辞叙事学理论和思想范式》,《文艺理论研究》2005年第6期。

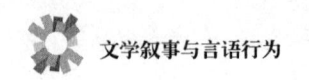

语行为的流程来看，读者的理解是一种逆向运作，受制于读者的语境。

　　女性主义叙事学则强调了作者的语境。一定历史语境中的作者选择特定的叙述模式，以达到特定的意识形态目的。兰瑟在《虚构的权威》中揭示了社会历史文化语境不仅制约女作家对叙述模式的选择，而且也影响女作家在作品中对叙述模式的运用。兰瑟指出："我认为，无论是叙事结构还是女性写作，其决定因素都不是某种本质属性或孤立的美学原则，而是一些复杂的、不断变化的社会常规。这些社会常规本身也处于社会权力关系之中，由这些权力关系生产出来。作者和读者的意识、文本的意义无不受这种权力关系的影响。这种权力关系涵盖作者、读者和文本。"[①] 因此，叙述技巧、叙述声音等不仅生产意识形态，其本身就是意识形态。沃霍尔的《介入的性别化差异》则"不去追问男性作家或女性作家的叙述结构差异，而去追问文本结构如何为读者建构男性意识（masculinity）或女性意识（femininity）服务"[②]。女性主义叙事学强调作者的话语目的，显然是从作者方面来理解叙事，遵从了言语行为的顺向流程。但需要指出的是，即便如此，作者的叙述意图也必须经过读者的识别才能够实现。

　　晚近兴起的认知叙事学特别强调语境的意义，对语境的强调与语义学、语用学和言语行为理论有密切的关联。戴维·赫尔曼将叙事视为一种"认知风格"。在赫尔曼看来，叙事理解就是建构和更新大脑认知模式的过程，文中微观和宏观的叙事设计均构成认知策略，是为建构认知模式服务的。若从这一角度来研究叙事，叙事理论和语境论

[①] ［美］苏珊·S. 兰瑟：《虚构的权威——女性作家与叙述声音》，黄必康译，北京大学出版社 2002 年版，第 5 页。
[②] 王宁主编：《文学理论前沿》（第 4 辑），北京大学出版社 2007 年版，第 121 页。

均应被视为"认知科学的组成成分"①；安斯加·F. 纽宁将认知方法和修辞方法结合起来，建立了新的不可靠性理论："将读者或批评家头脑里的世界模式、价值规范、概念信息以及文本与文本外信息的相互作用等因素纳入考虑范围。"② 理查德·沃尔施将叙事虚构性与语用研究结合起来，认为虚构叙事里的关联信息来自那些能够说明认知环境的假设，"小说里"的真实并不是指一种本体框架，而是指一种语境限定，这种类型的假设提供的信息与先前假设的语境相关联。因此，"虚构性既非不同世界之间的分界，亦非作者与话语之间的屏障，而是读者根据语境做出的假设，其动因在于他们明确地知道作者的话语属于虚构范畴"③。认知叙事学从读者理解的角度既关注文本话语本身，也关注读者本身的认知语境。根本上讲，认知叙事学采纳的是言语行为的逆向流程。

总之，文学叙事通过理解的中介使话语与意义联系起来，叙事理解本身就是一种言语行为。理解或阅读是读者根据自身语境的发言行为，包含言内语力实施的某种意图，这种意图通常具有意识形态含义。

二 理解与误解及阅读与误读

理解是理解者根据自身语境做出的发言行为，因此，理解总是包含了"误解"的可能性，正如布鲁姆所说，一切阅读都是"误读"。从言语行为的受话人角度思考，则话语的意义总处于开放之中，因为

---

① 申丹、王丽亚：《西方叙事学：经典与后经典》，北京大学出版社2010年版，第231页。

② ［美］詹姆斯·费伦、彼得·J. 拉比诺维茨：《当代叙事理论指南》，申丹等译，北京大学出版社2007年版，第92页。

③ 同上书，第168页。

读者的语境是无限的，不同的读者带有不同的语境，因此，阅读使文本呈现无限的意义，一千个读者有一千个哈姆雷特。在这个意义上说，每一种阅读可能都是误读。

（1）两岁小孩看到黄河，但他不知道这是黄河。

（2）五岁小孩看到黄河，他知道这是黄河，但这仅仅是字面意义的黄河。

（3）高中生看到黄河，他知道这是黄河，而且还知道这是中国的母亲河。

（4）大学生看到黄河，他知道这是黄河，也知道这是中国的母亲河，但黄河水的枯竭和污浊更容易使他产生对文明的叹息和现实的忧思。

哪一个黄河是真正的黄河？理解主体的变化，或者说，理解语境的变化使黄河呈现不同的样态。哪一种理解是正确的理解？在一定意义上说，每一种理解可能都是误解。理解主体决定了对象的意义。

理解是一种言语行为，理解能够产生物质化行为，即理解可以述行。《三国演义》第四回曹操诛杀吕伯奢一家的血案就是语境偏差带来的误解造成的。

> 操与宫坐久，忽闻庄后有磨刀之声。操曰："吕伯奢非吾至亲，此去可疑，当窃听之。"二人潜步入草堂后，但闻人语曰："缚而杀之，何如"操曰："是矣！今若不先下手，必遭擒获。"遂与宫拔剑直入，不问男女，皆杀之，一连杀死八口。搜至厨下，却见缚一猪欲杀。宫曰："孟德心多，误杀好人矣！"急出庄上马而行。（罗贯中：《三国演义》）

曹操的杀戮行为不是因为仇恨，更不是出于政治目的，而是对话语"缚而杀之,何如"的误解。而误解的根本原因则在于听话人和说话人不在同一语境。如果曹操当时就在后院,杀戮行为就不会产生,他肯定知道吕伯奢家人的话语意在杀猪。可见语境在理解中的重要意义。任何理解都可能产生相应的物质化行为,一旦被误解,将会产生难以预见的后果。

"误解"是听话人主观建构的理解,其遵从的是言语行为的逆向流程,即通过话语反推说话人的意图。因此,误解也是一种理解。我们无法排除"误解"的可能性,因为理解总是听话人的主体行为,包含理解主体的主观性。

文学叙事的理解通常都是这样的误解或误读。误读既是作者建构故事的手段,也是读者重构故事的必要途径(见下一节分析)。

第三节 示例:《S/Z》的阅读行为分析

罗兰·巴特的《S/Z》是后经典叙事研究的名篇。但它的"身份"并没有得到确认。它是一个理论文本,还是一个叙事文本?多数人会支持前者,因为它阐述了一种叙事理论。但必须认识到,它同时也是一个叙事文本,因为它对巴尔扎克的小说《萨拉辛》进行了重新"写作"。如果说《萨拉辛》讲述了一个爱情故事,那么《S/Z》则在这个爱情故事的基础上讲述了一个关于"阉割"的故事。因此,可以说它既是理论文本,又是叙事文本。文本"身份"的不确定正是《S/Z》的主人公赞比内拉"身份"的深刻隐喻:他(或她)既是一个男人,又是一个女人,或者说,他(或她)既不是一个男人,也不是一个女人,因为他是一个阉人。同时,文本"身份"的不确定也是书名"S/Z"中"/"的深刻隐喻:"/"本来表示"对照的边界""界线的抽象""纵聚合体的定位标志",但因为"身份"的不确定,界线在此被拆除,纵聚合体倒塌了。而这种界限的拆除正是下文将要论述的"阉割"的象征。

以这种视界来观照《S/Z》,那么,对它的分析则应在叙事理论与文本叙事形式的交叉往返中进行。首先,《S/Z》开篇就提出一种阅读理论,也是一种叙事理论,该理论是其后继叙事的"导引之文";其次,在这种理论的基础上,罗兰·巴特展开对《萨拉辛》的阅读,同时开始了关于"阉割"故事的叙事;最后,罗兰·巴特叙述故事的形式又表明另一种重要的叙事理论——叙事的述行性,尽管述行性一词并没有在《S/Z》中出现。

一 理论:阅读、写作、叙事

阅读、写作、叙事各有其理论,然而在巴特的论域中,三者得到了统一:阅读在实践上是一种写作活动,而写作本身即构成叙事。巴特指出:

> 写作并非从作者发向读者的某种信息的通讯;写作按特性完全就是阅读的声音:在文之内,只有读者在说话。这是对我们成见的颠倒(成见使阅读成为一种接受,确切地说,成为对正讲述着的萨拉辛奇遇记作纯粹心理上的参与)……如此,写作则是主动态,因为它替读者而行事:它并非出自作者,而是出自代笔人(écrivain public)……经此运作,在揭露过程的经济系统内,他经营这种商品:叙事。(罗兰·巴特:《S/Z》,上海人民出版社

2000年版，第253页）

巴特首先批判了阅读和写作的"成见"，这是《S/Z》开篇所做的主要工作。传统阅读理论认为作品的意义是作者赋予的，读者的阅读就在于发现这个先在的意义，巴特称其为"元意义"或"神话意义"。这种分析是心理学、主题学、历史学、精神分析等理论的主要模式，在这种分析中，读者只是被动的消费者。巴特的理论贡献在于义无反顾地颠倒了这一"成见"，不仅颠覆了传统的阅读理论，也颠覆了自己先前的"成见"——结构主义，赋予阅读和写作以"主动态"。作者不是作品先在的父亲，充其量只是一个"代笔人"。作品一旦诞生就与作者脱离了渊源关系，而成为独立的存在——"文本"。"声音失去其源头，作者死亡，写作开始。"[①] 以作者的死亡为代价，读者获得了新生。因此，文本的意义在于读者的阅读，不是去发现而是再次写作。

其次，巴特认为阅读是"生产性"的，阅读即写作。巴特区分了"可读文本"和"可写文本"，也区分了两种阅读方式。可读文本"是产品（而非生产）"，具体来说，它是作者的"产品"，作者的母性形象使读者处于"闲置的境地"，仅有"要么接受文要么拒绝文这一可怜的自由"，因此，"阅读仅仅是行使选择权"，而可写文本"其模型属生产式，而非再现式"。可写文本呼唤读者进入文本，将自己的身体渗入文本符号，阅读就是使文本符号来回穿梭于身体。质言之，对可写文本的阅读是对文本的再写作。

上述引文另一重大意义在于认为叙事是一种商品。由此，叙事必

---

① [法]罗兰·巴特：《作者之死》，赵毅衡编选《符号学文学论文集》，百花文艺出版社2004年版，第507页。

然涉及一场交易。那么,交易双方是谁呢?——代笔人与读者、叙述者与倾听者。代笔人可以看作文本外的叙述者,或者作者,他完成叙事即已死亡,留在身后的叙事(即文本)有待读者购买。相似的,叙述者与倾听者则可以看作文本内的交易双方,这种交易大多体现在嵌套叙事中(故事之中套有另一个故事,因此文本之内有一个叙述者和倾听者——正如《萨拉辛》)。就像购买商品需要兑出货币一样,对叙事的交易也需要一种一般等价物,那么,它是什么呢?巴特指出,它正是读者的身体:

> 那么,《S/Z》是什么呢?简单地说,是一篇文,我们抬头之际,此文我们写在自己的头上。(罗兰·巴特:《S/Z》,上海人民出版社2000年版,第51页)

> 阅读,就是使我们的身体积极活动起来(自精神分析处,我们明白这身体大大超越了我们的记忆和意识),处于文之符号、一切语言的招引之下,语言来回穿梭身体,形成句子之类的波光粼粼的深渊。(罗兰·巴特:《S/Z》,上海人民出版社2000年版,第53页)

> 有一个多出来的因素,这个不合常规的增补就是(叙述者的)身体。作为增补,身体是叙事布设在作品情节内的侵越的处所:正是在身体的层面上,对立的栅栏(barre)将要被一跃而过……之后,某个多出来的因素进入了话语中,就是由于这个多出来的(trop)因素,某类事物才可能被讲述,叙事才开始。(罗兰·巴特:《S/Z》,上海人民出版社2000年版,第95—96页)

> 叙事应与何物相交换?叙事与何物"相等值"?在此,叙事与身体相交换。(罗兰·巴特:《S/Z》,上海人民出版社2000年

版，第175页）

读者的阅读就是用自己的身体去占有（购买）叙事。出让身体，获得叙事，身体是叙事的中介。那么，身体（出让物）和叙事（购买物）又何所终呢？巴特认为，身体对叙事的介入使其成为文本的增补（"多出来的因素"），因此，身体本身也成为文本，它面临话语的改写——"语言来回穿梭身体"。同时，也由于身体的介入，原有的叙事向读者的身体返回，它也将被改写，被购买的叙事因此成为一个新的文本。正如《S/Z》是对巴尔扎克的叙事《萨拉辛》的改写，其中横陈的是巴特的身体。巴特因此坦言：《S/Z》也是一篇文本，"此文我们写在自己的头上"。此处的"头"就是我们的身体。

因此，以身体为中介的叙事面临双重改写。一方面，身体将被改写，如巴特阐明的叙述者与倾听者的身体易位；另一方面，原有的叙事也将被改写，如《S/Z》之于《萨拉辛》。但是，巴特的叙事表明，在双重改写的背后有一个更大的中介，那就是语言。正如巴特所说，阅读使身体"处于文之符号、一切语言的招引之下"。此即下文将要论述的叙事的述行性。

二　故事：《S/Z》的三重阅读和改写

《S/Z》开篇提出的阅读理论在紧随其后展开的阉割叙事中得到证明。因此，《S/Z》本身也成了其理论的试验场。《S/Z》包含了三重故事，故事结构如图4-3所示。

1. (S+Z)	2. (N+A)	3. (S+Z)
爱情故事	叙述1	阅读1+2
Zambinella赞比内拉　Sarrasine萨拉辛　Narrateur叙述者　Auditeur倾听者　Lecteur读者

图4-3　《S/Z》的三重故事

《萨拉辛》由故事1和故事2构成,它由叙述者向倾听者讲述一个爱情故事的故事构成,故事1为内故事,故事2就成了外故事。《S/Z》则是对《萨拉辛》阅读的结果,它讲述了另外一个关于阉割的故事。阉割是由阅读带来的,随着故事的展开,《S/Z》展示了三重阅读。

第一重阅读:萨拉辛(Sarrasine)对赞比内拉(Zambinella)的阅读,即S对Z的阅读。作为雕塑家的萨拉辛偶然的机会发现了自己的理想文本——美丽绝伦的歌手赞比内拉,并疯狂地爱上了"她"。萨拉辛雕塑家的身份决定了他爱上的不是赞比内拉的精神,而是他的身体。"拉·赞比内拉展示于他的,是混成,活生生,柔弱,这些绝妙的女性形态……富于表情的嘴,漾着爱意的眼,溢出耀目白光的皮肤。"因此,"在那瞬间,他惊叹这理想的美"(《S/Z》,上海人民出版社2000年版,第361页)。对爱的追求实际上是阅读(或者说"鉴赏")的进一步深化。所以,赞比内拉只是一个理想的雕塑文本("这岂止是个女人,简直是件杰作!"),萨拉辛则是一个多情的读者("一位雕塑家是最严苛也最多情的鉴赏者。"),而随爱情故事展开的则是阅读。

根据上述巴特的阅读理论,萨拉辛和赞比内拉都将面临双重改写。萨拉辛阅读的结果揭示了赞比内拉身体的真相——这一理想的形体实际上是早被阉割手术刀"雕刻"过的文本,他是个"阉人"。萨拉辛的阅读使赞比内拉的文本真相得以还原——因此,舞会上出现的奇怪老人不再是个女人。同时,萨拉辛也不得不为阅读付出一般等价物——自己的身体,他被赞比内拉的保护人杀死。可见身体横陈在阅读当中。当然,阅读的结果也留下了一个新的文本——尊赞比内拉的雕像,它将被继续阅读——它成了维安的画像和吉罗代《恩底弥翁》的原材料。

身体对阉割文本的介入使阅读者本人的身体也面临阉割的危险。巴特指出："萨拉辛在赞比内拉之中凝视自己的阉割。"(《S/Z》，上海人民出版社2000年版，第199页）巴特的文本表明，萨拉辛其实一直处于阉割之中。巴尔扎克的文本没有提到萨拉辛的母亲，他的老师布夏东充任了母亲的角色，他对萨拉辛童贞的保护实际上"圈禁、取消了儿子的性欲"。布夏东扮演了阉割者的角色。因此，"萨拉辛与性分离，表明他在目睹拉·赞比内拉之前，尚处于浑朴未凿、不通风情、阉割的状态；阉歌手的出现，将他自这般境况中暂时救了出来"（《S/Z》，上海人民出版社2000年版，第190—191页）。不过，萨拉辛此时的阉割是内在的，暂时尚未显露于身体（这一点与赞比内拉正好相对）。因此，萨拉辛一直存在着对自己身体的盲目。他希望通过占有赞比内拉这一理想的女性形体来确证自己的男性本质。正是在这个意义上，芭芭拉·约翰森指出萨拉辛对赞比内拉的爱实际上是自恋。"得不到她的爱，就去死。"显然，这里萨拉辛的身体（生命）与赞比内拉的爱之间有一个等价关系。"看到拉·赞比内拉是萨拉辛把自己作为爱的对象的第一次经历。就这样萨拉辛依靠雕刻完美的形象不去爱别人而爱上了自己。"[①] 这种盲目一直到真相最后揭示，萨拉辛才真正意识到自己被阉割的身体（"你已将我拖败到了你的境地"）。简言之，萨拉辛对赞比内拉的阅读使自己的身体也被阉割。巴特称为"阉割的传染性"，这种传染性势必波及叙述者和读者。

第二重阅读：叙述者与倾听者。《萨拉辛》是典型的嵌套叙事，内故事是萨拉辛的爱情悲剧，外故事则是一个叙述者（"我"，一个男

[①] ［美］芭芭拉·约翰森：《批评差异：评巴尔扎克的〈萨拉辛〉和巴尔特的〈S/Z〉》，赵毅衡编选《符号学文学论文集》，百花文艺出版社2004年版，第570页。

人)向一个倾听者（侯爵夫人罗契菲尔德）讲述萨拉辛的爱情故事。巴特的过人之处在于将内故事和外故事用"阉割"统一了起来，使内故事溢出到外故事。

叙述者和倾听者都可以看作萨拉辛故事的读者，所不同之处在于，叙述者同时也是故事的生产者，在交易之初具有一定的主动性（"叙事是一种商品"）。根据第一重阅读相同的原理，叙述者想通过叙事达成一项交易："我"（叙述者）为"她"（倾听者）讲述萨拉辛的故事，进而获取她的身体。但是，事与愿违，最终交易失败，根本原因在于，对阉割故事的阅读使交易双方都被阉割（双方性别特征易位）。巴特总结道："一个恋爱中的男人，趁情人对谜似的老头及一幅神秘画像显出好奇心之机，与她订立了一个契约：以真相兑换一夜欢爱，一个叙事交换一个身体。……叙事开始了；但发现这是一个可怕的伤疾故事，不可抗拒的传染力量将这伤疾栩栩激出；叙事本身运载了这一伤疾，它最终击中了漂亮的倾听者，使她收回爱，不兑现契约。情人落入自设的圈套内，他被拒绝了：讲述一个有关阉割的故事，必受惩罚。"（《S/Z》，上海人民出版社2000年版，第334页）这惩罚就是阉割——叙述者丧失了男子气概，而倾听者则由"孩子般的女人"转化成了"女王般的女人"。

这两重阅读构成《S/Z》的故事，这个故事是由"阉割的轴线"组织起来的。但是，如巴特所说的，巴尔扎克的故事中不仅没有出现"阉割"，而且尽力回避它。显然，这是巴特的写作（"阅读即写作"），他将《萨拉辛》改写成了一个阉割故事。这种阅读反映了巴特理论的巨大矛盾：他一方面反对主题学阅读，另一方面却使自己的阅读充盈丰满的主题。当然，这种阅读也有力地证明了巴特阅读理论：阅读是生产性的。

既然《S/Z》是对《萨拉辛》阅读的结果,因此,这里显然还潜在地包含了另一个层次的阅读,即作为读者的巴特对巴尔扎克叙事的阅读。那么,根据上述阅读的原理,巴特的处境又如何呢?

第三重阅读:巴特对巴尔扎克叙事的阅读。如果说前两层阅读还是文本之内的阅读,那么,第三重阅读则溢出了文本之外。既然阅读使阉割得以传染,在此,巴特不得不面对自己的身体。《S/Z》的翻译者屠友祥先生提供的资料可以说明这一点:

> 在访谈中,巴特说到巴尔扎克(Balzac)姓名内也有一个 Z,采访者接口说,巴特(Barthes)的姓名里则有一个 S。巴特觉得这是非同小可的事情。他对巴尔扎克作品的阅读,便也是一个 S 对 Z(S/Z)的过程。而这个 Z 的作品是篇有关阉割的故事,则巴特(S)对巴尔扎克(Z)一如萨拉辛(S)对赞比内拉(Z),都卷入了一个阉割的恐惧过程里。(罗兰·巴特:《S/Z》,上海人民出版社 2000 年版,第 30—31 页)

在《S/Z》的叙述中,也可窥见相似的"迹象"。赞比内拉的雕像最终保存了下来,但"某种重要之物将传递给阿多尼斯、恩底弥翁、朗蒂一家、叙述者、读者"(《S/Z》,上海人民出版社 2000 年版,第 320 页)。这重要之物就是"与雕像形影相随的阉割"。因此,巴特暗中已经接受了阉割的传染。"阉割转入萨拉辛自己和咱们这些阅读第二遍读者的身上,咱们感受到震撼。"(《S/Z》,上海人民出版社 2000 年版,第 272 页)同时,在《罗兰·巴特自述》中,巴特暗中透露出自己是个同性恋者,他在很多场合也表现出对"中性"的偏爱。这一切不都表明阉割临身了吗?

《S/Z》虽然是后结构主义的代表作,但上述三重阅读却显示出结构主义的影子。巴特在其结构主义经典作品《叙事作品结构分析导论》中，将叙事作品分为三个描写层次：功能层、行为层和叙述层。层次理论提供了两类关系：分布关系和归并关系。但分布关系不表示意义，"任何属于某一层次的单位只有能够归并到高一级的层次中去，才取得意义"①。即功能只有在行为中获得解释，行为只能在叙述层获得意义。阅读是一个获得意义的过程，上述三重阅读显示的正是一个意义不断溢出和归并的过程：内故事归并到外故事，外故事又归并到现实世界的读者（巴特），获得的却是身体介入叙事的结果——阉割。那么图4-2的结构则可转换为图4-4。

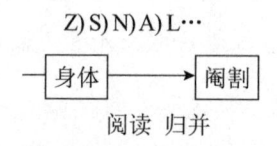

Z) S) N) A) L…

→ 身体 → 阉割

阅读 归并

Zambinella赞比内拉　Sarrasine萨拉辛　Narrateur叙述者　Auditeur倾听者　Lecteur读者

图4-4　阉割的轴线

一个完美的结构，"阉割的轴线"横穿身体。如巴特所说，"萨拉辛在赞比内拉之内凝视自己的阉割"，巴特也在《S/Z》之内凝视自己的阉割。事实上，每一个外层的阅读者都在自己的阅读中凝视自己的阉割。如果说赞比内拉这个最初文本获致的阉割是由"雕刻刀"（手术）带来的，那么，其后的系列阉割则是由阅读带来的。由此，我们进入阉割分析的核心层面：语言。

---

① ［法］罗兰·巴特：《叙事作品结构分析导论》，张寅德编选《叙述学研究》，中国社会科学出版社1989年版，第8页。

三　语言：叙事的述行性

奥斯汀将话语区分为"表述话语"和"述行话语"。前者能够对其作真假判断，突出了话语的认知功能，而后者则不能对其作真假判断，突出了话语的行事功能。"述行言语，或者说述行语没有真实与否，而是切实完成它所指的行为。如果说：'我保证付你钱'，这不是描述一种状况的言语，而是在完成许诺的行为，言语本身即行为。"① 话语的述行性在后经典叙事研究中得到了强调。后经典叙事学对话语述行性的强调源于对语言认知功能的不信任，语言所能做的仅仅是提供了一个用以阐释的文本。那么，《S/Z》提供的正是这样一个能够证明叙事述行性的范本。

《S/Z》表现了上述两个层面的述行性。

首先是话语的述行性。文本是由话语构成的，话语不仅仅承担讲述故事的责任，它还是"故事唯一确确实实的主人公"。话语通过"圈套""含混"等手段延迟真相揭露的时间，使故事得以继续，并把人物"拖败"到不可挽回的结局。因此，话语是人物命运、故事发展的述行主体。如果赞比内拉的真实身份一开始就被揭示，就不会有《萨拉辛》的故事。"换句话说，萨拉辛被话语强迫着去与拉·赞比内拉约会：人物的自由受话语的维持本能的支配。"(《S/Z》，上海人民出版社2002年版，第232页) 话语一直使萨拉辛陷入圈套，延迟真相，最终陷入悲剧结局。可以说，是话语杀死了萨拉辛。

其次是阅读的述行性，话语的述行性主要在故事层面起作

---

① [美] 乔纳森·卡勒：《当代学术入门：文学理论》，李平译，辽宁教育出版社1998年版，第99页。

用,而阅读的述行性则使话语的力量溢出文本之外,对故事外的某一现实读者产生述行作用。阅读过程也是一个阐释的过程,这一过程既是利用语言的过程,也是语言发挥述行作用的过程。巴特认为阅读就是写作,是一个再生产的过程,其实践性本身就体现了语言的述行性。《S/Z》的三重阅读及其阉割结果充分体现了阅读的述行性。

萨拉辛的悲剧既是话语述行性的结果,也是阅读述行性的结果。首先,对意大利文化符码的无知是萨拉辛阅读的预设语境,而文化符码在巴特看来具有元语言的功能。元语言对阅读构成意识形态控制。他"不了解罗马的习俗:由阉歌手上台演女性",假如他洞悉这一文化规则,故事将荡然无存。因此,可以说是元语言促成了他的阉割。其次,在雅各布森看来,换喻和隐喻是传播意义的两个基本语言规则,萨拉辛的阅读恰恰遵从"换喻—隐喻"的编码规则。他看到赞比内拉外形的一部分——"富于表情的嘴,漾着爱意的眼,溢出耀目白光的皮肤",而将其解读为整体(女性),此为换喻。换喻在象征上又成了隐喻——此一形体是艺术家理想的形体文本。这一"换喻—隐喻"规则决定性地使萨拉辛对赞比内拉着迷,并为自己的行为付出代价。

叙述者和倾听者的阉割同样是话语述行性和阅读述行性的结果。倾听者(读者)因为听了(阅读)一个阉割的故事而使自身陷入阉割的境地,在第552个意义单元,倾听者对叙述者说:"您这故事,使我对生命和激情产生了厌恶;这会持续很长时间的。"巴特解释说:"象征符码:阉割的传染。经由叙事的传递者,阉割临身了。"(《S/Z》,上海人民出版社2002年版,第331页)同时,倾听者之所以会陷入这种境况,也是由于中了叙述者的话语圈套。法语中，La Zambinella 意指阴性，因为 La 是阴性冠词。叙述者明知道赞比内拉的身份———一个被阉割的男人，但在讲述的过程中，他依然使用了这一阴性称谓，直到真相揭露才换为阳性的他"il"。在此，我们也可以看到柏拉图思想的遥远回声——模仿的话语具有欺骗性。

那么，叙述者（"我"）的阉割又如何呢？巴特这样说道：

> 根据指向（sens）说起来，轶事的主题蕴有回返的力量，此力量反作用于个体语言，且破除了个体语言发送是单纯无害的这一神话，把这种单纯无害彻底毁灭了：所讲述者就是讲述。说到底，没有什么叙事的客体；叙事只谈论自身；叙事讲述自己。
>
> （罗兰·巴特：《S/Z》，上海人民出版社 2002 年版，第 334 页）

这段话表明，阉割的主题回返到叙述者自身，叙述者的话语因此也受其浸染，并因此摧毁了叙事客体（故事内容），使阉割主题作用于叙事行为本身。叙述者的身体被自身的话语所害。罗兰·巴特对阉割的恐惧由此也得到了说明。

尽管很多研究者指出了罗兰·巴特思想的多变性和非系统性，但笔者认为，在他复杂的思想中还是有一条一以贯之的主线，那就是符号学。阅读的归并性和叙事的述行性都可以在他的符号学系统中获得解释。

在《符号学原理》中，巴特系统地提出了自己的符号学思想。他将符号学系统分为三个基本层次：1. 真实系统；2. 直接意指；3. 含蓄意指。

3. 含蓄意指	Sr: 修辞学		Sd: 意识形态
2. 直接意指：元语言	Sr	Sd	
1. 真实系统		Sr	Sd

图4-5 巴特的符号学思想层次
（Sr 表示能指 Sd 表示所指）

在《S/Z》开篇的理论阐述中，巴特明确指出"还是赞成含蓄意指"。含蓄意指是将第二系统的整体作为其能指，通过"意指作用"获得其所指，含蓄意指的所指是一种意识形态。"意指作用（signification）可以被看成是一个过程，它是一种把能指和所指结成一体的行为，这个行为的结果就是记号。"① 含蓄意指就是将文本符号本身看作另一个符号的能指，那么，它的所指就不是原来符号的所指了，而是一种修辞学意义上的意识形态。比如，"龙"这一符号由能指和所指构成，能指是它的读音或物质形式，所指是指一种动物，这是第二系统的元语言意义或直接意指含义。含蓄意指就是将"龙"这个符号整体看作一个能指，它将超越元语言，获得的则是另外一种含义，在中国文化系统中，它的所指就是中华民族的象征。

阅读是一种意指作用。那么，根据符号学原理，巴特对《萨拉辛》的阅读是如何形成阉割故事的呢？

首先，通过"换喻—隐喻"方法，萨拉辛将赞比内拉的身体当作能指，其所指则是理想的艺术"杰作"，这是萨拉辛实施追求的原动力，这构成内故事；其次，叙述者和倾听者则将萨拉辛的爱情故事整体上当作能指，其所指则是修辞学意义上的阉割故事，这构成外故

---

① ［法］罗兰·巴特：《符号学原理》，李幼蒸译，中国人民大学出版社2008年版，第34页。

事；最后，巴特又将内故事和外故事整体（即《萨拉辛》文本本身）当作能指来解读，同样获得"阉割的恐惧"。这样，《萨拉辛》的三重故事结构在符号学系统中，如图4-6所示：

3. 巴特的阅读
2. 叙述者和倾听者的阅读
1. 萨拉辛的阅读

Sr:《萨拉辛》		Sd: 阉割恐惧
Sr: 爱情故事	Sr: 爱情故事	
Sr: 赞比内拉	Sd: 理想的杰作	

图4-6　《萨拉辛》三重故事结构

图4-3的阅读归并在此表现为三个层次的含蓄意指叠加。由内而外，文本在延续。同时，符号学本身隶属语言学，前一文本的语言作为一个新的能指不断向后一文本延伸，含蓄意指的所指不断被创造出来，这种修辞学阅读就形成了巴特所说的"复数的文本"。每一新的所指被创造都对阅读者的身体构成述行性影响（在《S/Z》中，这一影响就是阉割），语言的述行性由此彰显。

根据上述理论，就有一个令人绝望的推论：《S/Z》的读者是否也会被阉割呢？比如笔者的解读？这个问题当如是看：阅读一个叙事文本会对读者产生一定的影响是有道理的，但这种影响更多的应是精神层面的。问题是巴特在这里引进了身体，强调身体在阅读和叙事中的作用，这与巴特的理论背景有关。《S/Z》凸显了后结构主义者巴特，而后结构主义的重要理论指向则是颠覆自柏拉图以来的形而上学传统。在柏拉图的论域中，精神具有至上的地位，身体只是精神的外化。巴特之所以强调身体，就在于颠覆精神与肉体的二元对立。借助《萨拉辛》这个合适的文本——这是一个关于身体的文本，巴特成功地实现了自己的颠覆。就阉割的元语言意义来看，身体是阉割的唯一对象。这是巴特用阉割来统辖文本的深层原因。但是，从柏拉图的叙事理论来看，巴特仍然没有走出柏拉图。在与模仿的对比中，柏拉图强调叙事是指诗人"用自己的口吻叙述"，是"不用模仿的纯粹叙述"。显然，柏拉图也强调了叙事中身体的在场性。因此，《S/Z》中仍然徘徊着柏拉图的影子。

本章小结

　　罗兰·巴特将文本分为两类：可读文本与可写文本。如果将这种划分看作"或/或"关系，或者说，非此即彼的关系，那么这种理解是有问题的。因为任何文本只要在阅读之中，就包含读者的主观理解，没有绝对忠于作者原意的理解。因此，两类文本应该是"既/又"关系，或者说，文本既是可读的又是可写的。读者可以尽可能地去推测作者原意，但不可避免有带有自身的主观性。根本上说，文本都是可读的，阅读总是读者的主观阅读。文本只要在阅读之中，就是一种动态的存在。

　　言语行为流程应该是双向的，仅仅考虑说话人到受话人的顺向流程是片面的。话语要成功述行，必须有听话人的理解。听话人的理解实际上对话语进行了重新建构。叙事阅读也是一种双向流程，从作者立场出发的阅读，读者处于被动地位，遵从言语行为的顺向流程；从读者立场出发的阅读，读者根据文本话语及自身语境重构故事，遵从言语行为的逆向流程。根本上说，阅读包含了读者建构的成分。

　　话语述行是通过受话人的理解实现的，理解总与受话人自身的语境密不可分，理解总是在一定语境中的理解。理解也是一种言语行为。对文本的理解既是读者的发言行为，也包含言内之力，并表达了某种意图。理解总包含误解的可能性，误读是阅读的基本特征之一。每一个读者的语境是不同的，因此对文本意义的理解也是不同的。或者说，每一个读者的阅读都从不同角度对文本进行了重构，因此每一种阅读可能都是误读。正是由于不断地误读，才使文本处于动态的开放之中。误读遵从言语行为的逆向流程。罗兰·巴特的《S/Z》展示了阅读的多重关系，证明了阅读或理解的述行功能。

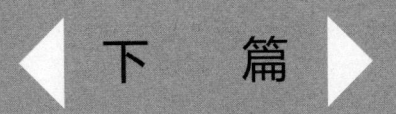

◀ 下 篇 ▶

第五章　朱迪斯·巴特勒：身体/性别叙事与言语行为

巴特勒是当代最著名的后现代主义思想家之一，著述颇丰，涉猎广泛，在女性主义批评、性别研究、当代政治哲学和伦理学等学术领域成就卓著。其主要著作《性别麻烦》（1990）、《身体之重》（1993）、《权力的精神生活》（1997）和《消解性别》（2005），已经有中译本。中国学界对巴特勒的研究与接受主要集中于译述与介绍，尤其对"身体"极为关注。对巴特勒的研究除两篇博士学位论文外，仅有孙婷婷《朱迪斯·巴特勒的述行理论与文化实践》（中国社会科学出版社 2015 年版）一本专著问世。论文则集中在对巴特勒性别理论的介绍与梳理，且为数不多。本章集中于巴特勒的述行理论，分析其中蕴含的叙事思想。

第一节　叙事与述行：巴特勒的又一副面孔

朱迪斯·巴特勒具有多副面孔，但作为叙事学家的身份一直没有被学界重视。在巴特勒看来，述行是一种言语行为，通过对规范、律法、权力等的征引而达成目的。巴特勒对叙事的界定与其对述行的界定有明显的一致性。巴特勒不仅揭示了述行假借叙事将自身合理化的诡计，而且，她关于述行可能面临失败的论述开辟一个颠覆的领域，提供了一种反抗的可能性。

一　巴特勒的多副面孔

朱迪斯·巴特勒具有多副面孔。她首先以一个哲学家的形象在学术界登场，不仅因为她的博士学位论文《欲望的主体：20 世纪法国哲学的黑格尔反思潮流》（1987）以法国哲学为对象，而且几乎她后来的所有著作都可看作哲学。同时，因其对精神分析学说的利用和改造，也奠定了她作为精神分析学家的地位。巴特勒最为人瞩目的成就是特立独行的女性主义理论，她的性别述行和身体述行思想、她的酷儿（queer）理论充分展示了其作为后女性主义思想家的独特形象。此外，由于巴特勒的理论与当下社会和政治的密切联系，也树立了她作为社会学家和政治家的形象。

现有的巴特勒研究大多是对上述多副面孔的某一面进行"深描"。比如，维奇·科比（Vicki Kirby）的《朱迪斯·巴特勒：生命理论》（2006）、伊莲娜·罗茨都（Elena Loizido）的《朱迪斯·巴特勒：伦理、法律和政治》（2007）、吉尔·贾格尔（Gill Jagger）的《朱迪斯·巴特勒：性政治、社会变革与操演的力量》（2008）、萨穆尔·A. 查博斯（Samuel A. Chambers）和特里·卡尔文（Terrell Carver）的《朱迪斯·巴特勒与政治理论：麻烦政治》（2008）等。国内的巴特勒研究以单篇论文居多，近年来出现了一些硕博学位论文。何佩群于 1999 年发表的《朱迪斯·巴特勒后现代女性主义政

第五章　朱迪斯·巴特勒：身体/性别叙事与言语行为

治学理论初探》[①]是国内可见的最早关于巴特勒的研究；侧重于精神分析方面研究的有严泽胜的《朱迪·巴特勒：欲望、身体、性别表演》[②]等；侧重于哲学方面研究的有李昀、万益的《巴特勒的困惑：对〈性属困惑〉的阿多诺式批判》[③]、中国香港学者文洁华的《芭特勒对萨特身体观的阅读探析》[④]等。国内的研究尚不够深入，多集中于其身体、性别和哲学方面的论述。

其实，巴特勒还有一副鲜为人知的面孔，那就是深藏在其述行（performative，也译为操演、表演等）理论之下的作为叙事学家的形象。我们可从巴特勒主要著作中"叙事"（narrative）及相关词（叙述、叙述者、叙事化等）出现的频率看出其对叙事的重视。据不完全统计，在《性别麻烦》中，叙事相关的词出现了42次，《消解性别》有35次，《身体之重》有82次，而在《自我评价》中则高达200余次。巴特勒的叙事思想还体现在她对大量文学文本的叙事解读中。巴特勒赞同"将文学叙事（literary narrative）看作孕育理论的场所"[⑤]。因此，文学叙事与她的理论一定程度上具有"同构性"，一方面文学叙事可以对其理论提供解释；另一方面理论本身就是叙事，所以，在巴特勒的著作中，经常可以看到诸如"精神分析的叙事""弗洛伊德的叙事""拉康的叙事"这样的表述。

在某种意义上，巴特勒的叙事思想不仅与其述行思想相伴而生，

[①] 何佩群：《朱迪思·巴特勒后现代女性主义政治学理论初探》，《学术月刊》1999年第6期。

[②] 严泽胜：《朱迪·巴特勒：欲望、身体、性别表演》，《国外理论动态》2004年第4期。

[③] 李昀、万益：《巴特勒的困惑：对〈性属困惑〉的阿多诺式批判》，《当代外国文学》2006年第1期。

[④] 文洁华：《巴特勒对萨特身体观的阅读探析》，《现代哲学》2009年第1期。

[⑤] [美]朱迪斯·巴特勒：《身体之重：论"性别"的话语界限》，李钧鹏译，上海三联书店2011年版，第179—180页。

而且对其身体、性别、生命,以及主体、社会、政治等哲学表述具有统领作用。简而言之,在巴特勒看来,身体、性别等作为可理解的对象,其可理解性(intelligibility)由"述行"而来,而"述行"本身即构成叙事。因此,要理解巴特勒的叙事思想必须先了解其述行理论。

二 巴特勒对"述行"的界定

巴特勒并没有给"述行"下一个明确的定义,但其著作中处处"弥漫"着述行,从中可以看出她对述行有如下正反两方面的基本界定:

正向界定:(1)述行是言语行为;(2)述行是对规范的"重复"和"引用";(3)述行是"权力作为话语的领域"。

反向界定:(1)述行没有主体;(2)述行可能会失败。

巴特勒继承了奥斯汀"言语即行为""说就是做"的思想,认为述行是"一种生成或产生其命名对象的话语行为"[①]。话语的功能不仅仅是描述世界,还能改变世界。一个对象如果被说,或被命名,那么这个对象就被话语塑造,并为之改变。比如,婚礼上当神父宣称"你们二人结为夫妻"时,这两个人的身份将随之改变;当接生的医生宣告"这是个男孩"时,这个新生婴儿的身份和身体不仅被命名,而且会随这声宣告而固化。在这个意义上,巴特勒认为:"性别不是一个名词……性别一直是一种行动……身份是由被认为是它的结果的

---

① [美]朱迪斯·巴特勒:《身体之重:论"性别"的话语界限》,李钧鹏译,上海三联书店2011年版,第14页。

第五章　朱迪斯·巴特勒：身体/性别叙事与言语行为

那些'表达'，通过操演（即述行——引者注）所建构的。"①

巴特勒认为述行没有主体。这是巴特勒述行理论与奥斯汀的区别。奥斯汀的言语行为理论预设了言语背后的言语发出者，即主体，言语总是由一个说话者说出来的。巴特勒认为述行与戏剧性的表演（performance）有联系，但也有区别。"表演和述行的区别在于，后者由规范的复现构成，而这些规范先在于、限制并超出了表演者，并由此不能被视为表演者'意愿'或'选择'的虚构物（fabrication）。"②可以看出，述行并非由一个具体的作为主体的人发出的，而是由"规范"发出的，而这个规范"先在于、限制并超出了"具体存在的人。概言之，述行不是"意愿"或"选择"的结果，而是"规范"的话语效果。因此，"述行"意味着"不存在一个先在的身份，可以作一项行动或属性的衡量依据"③。

巴特勒的述行理论还受到德里达的影响。德里达在《签名、事件、语境》中对奥斯汀的言语行为理论进行了批判性重构，他指出，述行的力量不是来自原生性（originating）意愿，而是来自对惯例（ritual）的"引用"和"重复"，因此，"成功的述行必然是'不纯的'（impure）述行"④。比如，宣布会议开幕，轮船下水，或者宣布一场婚礼，如果不是对可识别的（identifiable）惯例的"引用"，如果不与一种可重复的模式（iterable model）相一致，那么，这种宣布本

---

① ［美］朱迪斯·巴特勒：《性别麻烦：女性主义与身份的颠覆》，宋素凤译，上海三联书店 2009 年版，第 34 页。
② ［美］朱迪斯·巴特勒：《身体之重：论"性别"的话语界限》，李钧鹏译，上海三联书店 2011 年版，第 233 页。
③ ［美］朱迪斯·巴特勒：《性别麻烦：女性主义与身份的颠覆》，宋素凤译，上海三联书店 2009 年版，第 185 页。
④ Jacques Derrida, *Limited Inctrans*, by Samuel Weber and Jeffrey Mehlman. Evanston: Northwestern University Press, 1988, p. 17.

身将是不可识别的，或者是无效的。① 德里达也对奥斯汀关于述行的合适条件进行了批判性的质疑。他指出，奥斯汀只是单独地考虑了惯例作为言语的外部环境（circumstance），而没有考虑惯例内在于言语行为本身。因此，"'惯例'不是一种可能的事件，毋宁说，作为可重复性（iterability），是一种结构特性"②。而否定的可能性是一种结构可能性，因此，述行的失败是必然的冒险（risk）。就此而言，即使符合成功述行条件的言语行为，也仍然有失败的可能。同时，奥斯汀没有考虑述行的偶然和外在因素，那些述行的不合适条件（infelicities）仍然会构成一个事件。

巴特勒继承了德里达的述行思想，认为述行是对规范的不断"重复"和"引用"，在此过程中，规范得到不断巩固和加强。"述行因而不是一种单向的'行动'，它永远是一道规范或一系列规范的复现，并且，就其类似行动的外表而言，它隐藏或掩饰了为其所重复的惯习（convention）。"③ 同时，巴特勒也极大地发扬了德里达述行可能面临失败的思想。规范或惯例有其强制性，但因其否定性结构，永远面临再意指的可能性。"它们基本上是强制性表演，我们无从挑选，却被迫与其商议。我说'被迫与其商议'，是因为强制性并不必然保证这些规范的有效性。这些规范持续为其无效性所困扰；从而才有了设置和加强其管辖权（jurisdiction）的充满焦虑的重复行为。""规范的再意指与其无效性（inefficacy）有关，从而颠覆，即挑战规范的薄弱环

---

① Jacques Derrida, *Limited Inctrans*, by Samuel Weber and Jeffrey Mehlman. Evanston: Northwestern University Press, 1988, p. 18.
② Ibid., p. 15.
③ ［美］朱迪斯·巴特勒：《身体之重：论"性别"的话语界限》，李钧鹏译，上海三联书店 2011 年版，第 14 页。

第五章 朱迪斯·巴特勒：身体/性别叙事与言语行为

节，成为一个再表述的问题。"① 巴特勒由此开辟了一个颠覆的领域，比如扮装和酷儿，并开启了女性主义未来的新的抗争领域。

述行还是一个"权力作为话语的领域"。"流行的观点认为，述行是个人意向通过语言的有效表述。对此我无法苟同，相反，我将述行看成权力的某种特定模式——作为话语的权力。"② 巴特勒广泛吸收了福柯的话语理论、阿尔都塞的询唤理论、弗洛伊德和拉康的精神分析理论，并提出了"述行力"（performative power）的概念。述行力指话语通过"征引"而获得的力量，由话语的历史性，尤其是规范的历史性所构成。话语通过引用和重复权威的规范来确立其命名对象的权威。比如，性别规范的前提是它被"征引"为这种规范，同时也通过它所强迫的征引来获得权力。拉康的象征域所强制的是对其律法的征引，而后者又重复并巩固了律法的权威。"在对女人的父系命名中，以及在父名权威的交换与扩展，即婚姻中，父系律法'述行'了父名的身份与权威。因而，称谓的述行力不能脱离于它所处的父系体系以及它所生成和促进的性别间的权力差异。"③ 巴特勒认为述行行为是一种训谕（authoritative speech）：述行在言说的同时也执行了某种行动，并施行了一种黏置力（bonding power）。"述行处在一张核准与惩罚的关系网中，往往包括律法判定、洗礼、宣誓就任、所有权声明等陈述，它们不仅施展了一种行动，而且授予这种行动以黏置力。"④ 比如，法官言语行为的权威性源于其对所施用律法的征引，而这种征引的权力赋予述行以黏置力或授权力。因此，法官的权威

---

① ［美］朱迪斯·巴特勒：《身体之重：论"性别"的话语界限》，李钧鹏译，上海三联书店2011年版，第237页。
② 同上书，第184页。
③ 同上书，第214页。
④ 同上书，第223页。

既不处于法官的主体中,也不存在于他的意愿中,而处于对先例的征引中。

　　由此,我们反过来再看巴特勒"述行没有主体"的思想。阿尔都塞在《意识形态和意识形态国家机器》一文中提供了一个"询唤"(interpellation)的例子:一个警察在大街上召唤一个行人,"嘿,那个人",那人回头,并意识到自己就是那个被召唤的人。阿尔都塞的这个例子是用来解释社会主体是如何通过语言的手段生产出来的。主体是被塑造的,而且是通过语言塑造的。巴特勒为阿尔都塞的例子注入了一些福柯的因素,警察并非权力的象征,他只是引用了一个权力/话语系统,这个系统先于个人而存在,那人即使不回头承认就已经被询唤为主体。"'服从'意味着被权力屈从的过程,同时也是成为一个主体的过程。不管是用阿尔都塞的'询唤'还是用福柯的'话语的生产'来解释,主体都是以对权力的屈从为开端的。"① 因此,"不存在藏于话语之后并通过话语施展其意志或意愿的'我'。相反,'我'只能通过被呼唤、被命名、被询唤(借用阿尔都塞的说法)而生成,且这种话语构筑先在于'我';它是对'我'传递性征召(transitive invocation)"②。由此看来,发出言语行为的人并非言语行为的真正主体,在其说话之前就被权力/话语的述行力所征引。因此,"述行没有主体"的含义是,不存在真正的主体,主体具有虚构性。如果说有一个主体,那么这个主体不是发出言语行为的人,而是人背后的规范、律法和权力。

---

　　① [美]朱迪斯·巴特勒:《权力的精神生活:服从的理论》,张生译,江苏人民出版社 2009 年版,第 2 页。
　　② [美]朱迪斯·巴特勒:《身体之重:论"性别"的话语界限》,李钧鹏译,上海三联书店 2011 年版,第 224 页。

三 巴特勒的叙事思想

述行是一种言语行为，通过对规范、律法、权力等的征引而达成目的。也就是说，述行以语言或话语为中介，述行总有某种意图——"参与者必须有意图去实施"①，述行还必须通过某种手段或策略——"征引"——才能实现述行的目的。巴特勒正是依照这些特征将述行与叙事结合了起来。

巴特勒正面探讨叙事是在《自我评价》中，她对叙事做了这样的界定：

（自我评价因此采取叙事的形式）叙事不仅要求一种用貌似合理的（plausible）转换来安排一系列前后相继的事件的能力，而且需要调用叙事声音和叙事权威（authority），以通达读者（audience），达到劝说（persuasion）的目的。②

从这个界定中，我们可以看出叙事具有如下特征：叙事必须有事件的转换，这种转换构成事件的连续性；叙事总有某种意图——劝说读者，希望读者进入叙事的预设目的；叙事还必须通过某种手段或策略——调用叙事声音和叙事权威——才能达成目的。当然，叙事还有一个不言而喻的前提，即以语言为中介——联系这段话的上下文，自我评价当然以语言为中介。我们已经发现，叙事的特征与上述述行的特征具有明显的一致性。从这个意义上说，述行即叙事。

---

① J. L. Austin, *How to Do Things with Words*, 顾曰国导读，外语教学与研究出版社、牛津大学出版社 2002 年版，第 15 页。

② Judith Butler, *Giving an Account of Oneself*, Fordham University Press, New York, 2005, p. 12.

尤其值得注意的是巴特勒的用词。在事件的"转换"前面她加了一个定语：plausible。这个词的意思是"貌似合理的"，"貌似可信的"，意味着叙事对事件的转换或安排本身就含有某种意图，其合理性和有效性是值得怀疑的。读者在叙事开始之时就已经被纳入叙事的目的轨道。这种"貌似合理的"叙事转换在巴特勒身体述行和性别述行理论中具有重要的意义。身体和性别正是通过这种叙事转换被物质化和自然化，因而也被合理化，而在物质化和自然化的背后隐藏着规范和律法的述行目的。调用叙事声音和叙事权威（authority）是叙事的策略和手段。Authority 与 Author（作者）有相同的词源，都来自拉丁文 auctor，意指 master（主人）、leader（首领）。[1] 叙事声音来自哪里？显然来自叙述者。米克·巴尔将叙述者分为人物叙述者和"外在式叙述者"，后者即作者叙述者。米克·巴尔认识到，叙事作品总在最外围的层面有一个作者的存在，叙述总是一种言语行为："我叙述。"因此巴尔认为"我"和"他"都是"我"。正是在这个意义上，热奈特认为："与任何陈述中的陈述主体一样，叙述者在叙述中只能以'第一人称'存在。"[2] 奥斯汀也认为显述行句的标准形式为"第一人称现在时主动态"，那么，作者叙述者一旦开始叙述就预先做出了发言行为"我叙述"，这是一个典型的显述行句。然而，在巴特勒看来，述行没有主体。那么，这里叙事声音的"作者"是谁呢？如上文所述，如果说一定有个主体，这个主体只能是话语背后的规范、律法等，它们不断征引自身，不断强化自身的权威性（authority），并将自身合理化，从而达到述行的目的。

---

[1] Dr. Ernest Klein, *A Comprehensive Etymological Dictionary of the English Language*, Volume I, Elsevier Publishing Company, Amsterdam London New York, 1966, p.130.

[2] ［法］热奈特：《叙事话语》，转引自胡亚敏《叙事学》，华中师范大学出版社2004年版，第39页。

第五章 朱迪斯·巴特勒：身体/性别叙事与言语行为

在《性别麻烦》中，巴特勒也正面谈到叙事。这里的叙事直接与述行联系在一起。

> 压抑或宰制性律法自我合理化的手段几乎都是建立在一套故事逻辑上：述说律法建立之前情况是如何，而这个律法又如何以现在这样的必要形式出现。这些起源故事的编造，通常会描述律法出现之前的一种情势，这个情势遵循一个必然而且单线发展的叙事，最后以这个律法的创制告终，这个律法的创立也因此得到了合理化。因此，关于起源的故事是叙事的一个策略性手段，也就是以一种单数的、权威的陈述来叙述一个无可挽回的过去，以使律法的创制看起来像是历史上不可避免的一个发展。①

在这里，巴特勒构建了一个律法合理化自身的故事模式，叙事作为述行策略得到揭示。对"律法建立之前"的述说是为了正当化律法目前的地位，那个"过去"是律法征引自身的逻辑结果，其实已经被整合进律法现在和未来的故事序列。"必然而且单线发展的叙事"是作为权威作者的律法通过"貌似合理的"叙事转换的虚构。比如，性别等级的律法为了自身的合理化往往会构造一个"前历史的叙事"(prehistorical narrative)，这个叙事将性别自然化，将性别（gender）差别归因于物质性的身体差别（sex）。其实这个"前历史的叙事"是在两性对立的叙事框架下得到叙述的。

巴特勒不仅揭示了述行假借叙事将自身合理化的诡计，而且，开创性地开辟了一个颠覆的领域，这个领域来自她关于述行可能面临失败的论述。巴特勒认为，述行有赖于对规范的征引和重复，但"这种

---

① [美] 朱迪斯·巴特勒：《性别麻烦：女性主义与身份的颠覆》，宋素凤译，上海三联书店2009年版，第49页。

复现同样产生了缺口和裂隙,成为建构的不稳定成分,这些成分逃脱或超越了规范,而规范的重复无法完全限定或固定这些成分"①。这种不稳定性为述行的解构提供了可能。通过对齐泽克话语或然性的探讨,巴特勒认为:"一切话语询唤或建构都注定以失败而告终,它们都无法逃离或然性,从而话语将无法统合社会场域。"② 话语的或然性为律法述行打开了缺口,从而为颠覆律法提供了可能。比如,总有一些特例溢出了性别述行所编造的故事,身体的物质性并非性别差异的基础。

事实上,巴特勒所有著作的主要目的正在于打开这样一个颠覆的缺口,提供了一种反抗的可能性。在《性别麻烦》的序言中,她写道:"这本书展现的顽强的使性别'去自然化'的努力,是来自一种强烈的欲望:对抗理想性别形态学(morphologies of sex)所意味的规范暴力,同时根除一般以及学术性欲话语所充斥的那些普遍存在的自然的、理当如是的异性恋假设。"③ 在稍后《身体之重》的导言中,她又写道:"我要考察的是,被从(通过异性恋强制力获得的)适当的(proper)'性别'中排除或驱逐者如何同时被制造为一种棘手的回归(troubling return)？这种回归不仅是一种导致了不可抗律法(inevitable law)的失败的想象抗争,而且是一种促成性破坏(enabling disruption),通过这种回归,对赋予身体物质性/重要性的象征界域进行彻底的再表述(radical rearticulation)成为可能。"④ 这种颠覆性的"再表述"将是一个新的叙事。

---

① [美]朱迪斯·巴特勒:《身体之重:论"性别"的话语界限》,李钧鹏译,上海三联书店2011年版,第11页。
② 同上书,第188页。
③ [美]朱迪斯·巴特勒:《性别麻烦:女性主义与身份的颠覆》,宋素凤译,上海三联书店2009年版,第14页。
④ 同上书,第27页。

值得反思的是，巴特勒的颠覆性话语是否也是一种新的述行？这些话语不断地在其著作中被征引，不断地被那些志同道合者所"重复"，是否也是对其所揭示和批判的述行套路的重复？她在对异性恋"祛魅"的同时，是否也在对非异性恋"赋魅"？她在揭示律法叙事的诡计的同时，是否也在构建自己的叙事语法？她的叙事语法是否会成为新的律法？

古罗马神话中的雅努斯脑袋前后各有一副面孔，一副看着过去，一副注视未来。巴特勒就类似于这样一个雅努斯形象，她不仅揭示了历史形成的规范和律法的述行秘密，而且开启了一个面向未来颠覆的领域，在这一领域里，"被排除和驱逐者"将重回话语领域，并讲述自己的故事。

第二节 朱迪斯·巴特勒：身体/性别述行的叙事策略及其颠覆

身体是学术领域一个历久弥新的话题，不同的思想家从不同角度对身体进行了思考。美国思想家朱迪斯·巴特勒整合了哲学、精神分析学、社会学、人类学、政治学、文学等多个学科领域的理论，以一个全新的视角对身体进行了重新思考。巴特勒提出的问题挑战了我们对身体的"成见"，比如，身体是物质吗？我的身体属于"我"吗？身体二元化（男性和女性）背后隐含了什么样的诡计？这些问题的答案潜藏在她关于身体述行的思想中。

在巴特勒的论域中，身体、性别、主体都不是自在的存在，而是权力话语的述行效果。从这个意义上说，三者具有一定程度的同构关系。但身体具有优先性，它不仅是形成性别和主体的"物质"基础，而且也是颠覆性别和主体既有观念的可见的"物质"场域。只有颠覆了身体的"物质性"，才可摧毁性别的"自然性"。这里主要关注巴特勒对身体述行的论述，尽管很多地方涉及性别和主体，不拟全面展开。

一 主奴辩证法中的身体

在《权力的精神生活：服从的理论》中，巴特勒开篇花了很大的篇幅对黑格尔《精神现象学》中"苦恼的意识"进行了重读。以身体为中心，巴特勒改写了黑格尔的"主奴辩证法"。巴特勒的解读一定程度上采用了"叙事"的方式，其解读的"身体的主奴辩证法"可改写成如下故事：

> 有两个人，一个叫主人，一个叫奴隶。主人对奴隶说："替我干活吧。"于是，奴隶日夜不停地在主人的对象上工作个不停。奴隶生产出了很多的产品，并在每个产品上做上标记，刻下自己的名字。奴隶看着自己的签名，确认了自己的存在。当奴隶把产品交付主人时，主人抹去了奴隶的签名，并把自己的名字打印在上面，占有了它，或者消费了它。这一刻，奴隶似乎明白了自己是什么，并经验到一种恐惧。

巴特勒认为，在《精神现象学》里，身体从来没有作为哲学的对象被思考过。奴隶其实是作为工具化的身体出现的，主人"不仅要求奴隶以工具化身体的状态屈从，而且，他实际上也要求奴隶成为

第五章 朱迪斯·巴特勒：身体/性别叙事与言语行为

(be) 主人的身体"①。奴隶以自己的身体取代了主人的身体，主人因此遗忘或否定了自己本应作为工具（劳动）的身体。这里包含一个"聪明的骗局"，即"对于奴隶的诫命由下面的表述组成：你成为我的身体，但不要让我知道，你所是的身体就是我的身体"②。奴隶的劳动一开始就属于主人，然而却是作为奴隶自己的劳动反射给奴隶。奴隶因此从一开始就被蒙蔽。奴隶从自己的劳动产品、自己的签名中确认了自我，发现了他的自主权——签名即对自我的确认，反映了奴隶潜在的自为存在的意识。但他还不明白，他的自主权其实是主人自主权的假象。"奴隶从一开始就是在别人的名字或记号下为另外的人工作，因此，他始终是在那个签名总是已经被抹掉、被改写、被剥夺、被重新表述的情况下，用他自己的签名标记对象。"③奴隶一方面从自己的劳动产品中意识到自己的确定性；另一方面，又从自己签名被抹除的行为中意识到自己的短暂性。奴隶因此从自己的签名被抹去、从自己的自主权被威胁中认出了自己，并经验到一种恐惧。

故事到此并没有结束。黑格尔指出了奴隶意识的三种状态：

> 在主人面前，奴隶感觉到自为存在只是外在的东西或者与自己不相干的东西；在恐惧中他感觉到自为存在只是潜在的；在陶冶事物的劳动中则自为存在成为他自己固有的了，他并且开始意识到他本身是自在自为地存在着的。④

奴隶因其劳动产品而获得了自己的确定性，因此，"对于事物的

---

① [美]朱迪斯·巴特勒：《权力的精神生活：服从的理论》，张生译，江苏人民出版社2009年版，第34页。
② 同上书，第35页。
③ 同上书，第37页。
④ [德]黑格尔：《精神现象学》（上卷），贺麟、王玖兴译，商务印书馆1997年版，第131页。

陶冶（即劳动——引者注）不仅具有肯定的意义，使服役的意识通过这种过程成为事实上存在着的纯粹的自为存在，而且对于它的前一个环节，恐惧，也有着否定的意义"①。奴隶通过创造对象，并在对象上留下标记获得自我反省（self - reflexivity）的经验，因此，他将自己理解为能创造比自己更长久事物的生产者。奴隶在生产产品的过程中，意识到自己的否定性，并将自己建立为一个否定者，确立了自身的自为存在。

因此，奴隶内在性地具有否定主人和成为主人的潜能。在第一种状态中，主人以"外在的"形式出现在奴隶面前；而在第三种状态中，主人则成了奴隶的自我意识。精神由此被分裂为两个部分：主人和奴隶，二者内在于一种单一的意识中。这种自我意识在自身之内的二元化导致了奴隶"苦恼的意识"的产生，黑格尔指出："苦恼的意识就是那意识到自身是二元化的、分裂的、仅仅是矛盾着的东西。……于是在一个意识里必定永远也有另外一个意识，所以当每一方面自以为获得了胜利、达到了安静的统一时，那末，它就立刻从统一体中被驱逐出来。"②精神的二元化使奴隶永远处于恐惧之中。矛盾的是，为了减轻这种恐惧，奴隶必须"顽固"地依恋这种精神的二元化，即依恋这种主奴关系的辩证转化。

主奴辩证法同时也显示了主人身份的不确定性和暂时性。首先，主人的自主权本身也是一个假象。如上所述，奴隶通过自己的身体创造了对象，因而获得自我反省的经验，而主人已经否定了他自己的劳动的存在，否定了他作为劳动工具的身体，所以他"实现的是没有实

---

① ［德］黑格尔：《精神现象学》（上卷），贺麟、王玖兴译，商务印书馆1997年版，第131页。
② 同上书，第140页。

质反省的自主权"①。其次，主人也是一个暂时的存在。主人占据一个纯粹消费的地位，因而他的对象是转瞬即逝的。对他而言，除了他的消费行为，似乎没有什么东西是持久的。"对对象的消费是对永恒结果的否定；对对象的消费就是它的解体（deformation）。"② 因此，和奴隶一样，主人也因为对象的丧失而体验到自己的短暂性。

巴特勒的贡献在于引入了一个身体的维度，身体不仅是主奴关系辩证转化的中介，而且也是一个生产主体的场域。巴特勒写道："通过对自己形成性能力（formative capacity）的认可，奴隶取代了主人，但是一旦主人被替换，奴隶就成了自己的主人，更明确地说，成了自己身体的主人。"③ 身体也由此内在于精神之中，并成为主奴辩证法的中介——奴隶因其身体而成为奴隶，同时也因其身体的劳作而成为主人。而且，身体将继续是意识否定的对象——没有这种否定，主奴辩证法将无以继续。作为一种内在的外在性（alien），身体将被不断地重新建构。因此，苦恼的意识需要求助于一种戒命来保证对意识的依恋，巴特勒认为这种诫命是一种道德规范。道德规范对主体的形成具有双重意义："主体屈从于规范，而且，这些规范促成了主体的形成，也就是说，它们给予这个正在形成的主体的自反性一种道德的形式。"④ 正是在这个意义上，巴特勒指出："黑格尔的奴隶抛弃明显外在的'主人'时，却发现自己处于一个伦理世界，服从于各种规范和理想。"⑤ 巴特勒认为，对服从的依恋是通过权力的运作生产出来的。

---

① ［美］朱迪斯·巴特勒：《权力的精神生活：服从的理论》，张生译，江苏人民出版社2009年版，第36页。
② 同上书，第38页。
③ 同上书，第41页。
④ 同上。
⑤ 同上书，第32页。

"'服从'意味着被权力屈从的过程，同时也是成为一个主体的过程。"① 权力既外在于主体，又是主体生成的场所。在这个过程中，身体成了一个权力冲突的场域，一方面权力通过对身体的述行（performative）生产了主体；另一方面，身体作为被意识不断否定的对象，从而不断地重构自身，进而重构主体。

巴特勒对黑格尔的重读实质上提出了这样的问题：既然身体屈从于权力，那么，"我"（主体）是否真正拥有"我"的身体？进而，由身体生产的主体是否还是一个真正的主体？身体既内在于精神，又是精神否定的对象，那么，身体还是物质性的吗？巴特勒对主奴辩证法的重读也开辟了一个批判的可能空间。巴特勒问道："奴隶的行为是否始终处于它由之产生的假象完全制约之下？或者说，这种假象产生的作用能够超越主人的控制或支配吗？"② 因此，巴特勒在正反两个方向对身体进行了反思或重构：一方面，身体屈从于权力，身体是权力述行的结果；另一方面，身体也是一个颠覆的空间，一个反抗的场所（site），对身体的重构提供了一个解放的前景。前者揭示了权力的诡计，后者则指向了一个可变的未来。

二 身体述行的叙事策略

巴特勒援引福柯的理论，将权力看作话语。并且，通过对拉康精神分析理论的挪用，巴特勒将主体、身体、性别等范畴与语言联系起来，形成了她独特的述行理论。如她所说，主体"应该被定义为一种

---

① ［美］朱迪斯·巴特勒：《权力的精神生活：服从的理论》，张生译，江苏人民出版社2009年版，第2页。
② 同上书，第36页。

第五章 朱迪斯·巴特勒：身体/性别叙事与言语行为

语言的范畴，一个占位的符号，一个形成中的结构"①。在巴特勒的理论谱系中，身体具有重要的意义，它既是主体、性别的物质基础，也是它们的述行中介。如上文"身体的主奴辩证法"所示，身体是生产主体的场域，实际上也是权力话语述行的场域。权力话语首先对身体施加作用，即话语按照自身的目的对身体加以叙述，而后才形成了主体和性别。因此，对身体的叙述是一种言语行为，身体是一种语言效果，是权力话语的产物。所谓身体述行，即指权力话语对身体的强化和固化，其中蕴含着话语的叙述意图。同时，巴特勒对身体的论述本身也是一种话语行为，在此，身体是一个冲突的场域，蕴含着一种颠覆的可能。

巴特勒的重要贡献在于将述行看作叙事。她认为，述行是一种言语行为，是一个"权力作为话语的领域"②，通过对规范、律法、权力等的征引而达成目的。叙事则是通过对"叙事声音"和"叙事权威"的反复征引，从而形成一系列"貌似合理的"（plausible）③前后相继的事件，即形成一个故事，以达到劝说（persuasion）读者的目的。④在巴特勒看来，"叙事声音"和"叙事权威"来自那些先在的规范、律法，以及由此而形成的权力。显然，叙事与述行具有一致性。⑤在这个意义上，身体述行就是对身体的叙事，即身体是话语叙

---

① ［美］朱迪斯·巴特勒：《权力的精神生活：服从的理论》，张生译，江苏人民出版社 2009 年版，第 10 页。

② ［美］朱迪斯·巴特勒：《身体之重：论"性别"的话语界限》，李钧鹏译，上海三联书店 2011 年版，第 184 页。

③ Plausible 既有"貌似合理的"意思，也有"貌似真实的"意思。此处翻译为"貌似合理的"，意指叙事所构成的情节其实包含了叙述者的叙事意图，其合理性是值得怀疑的。详见上节。下文在论述身体时借用了该词"貌似真实的"含义，意指被认可的身体是话语叙述的结果，其实是不真实的。

④ Judith Butler, *Giving an Account of Oneself*, Fordham University Press, New York, 2005, p. 12.

⑤ 详见上节的论述。

述的结果。

那么，作为物质性的身体如何被权力话语"叙述"？难道话语能改变身体的物质性吗？巴特勒认为，"'性别'的管制规范以一种述行的方式构成了身体的物质性"，具体而言，有如下几点：（1）身体应被重构为权力的产物，与控制其物质化的管制规范及其意指目的不可分割；（2）述行应被理解为对话语反复征引的权力，并由此生产了它所控制和限制的现象；（3）性别是一种控制身体物质化的文化规范；（4）主体是通过对性别规范的采纳而形成的；（5）采纳一种性别身份的过程与异性恋律法通过促成某种性别化身份而排除或否定其他身份的话语有关。① 巴特勒并没有否定身体的物质性，她只是强调了权力话语对身体"物质性"的筛选和过滤作用，即那些管制规范按照自己的意指目的将身体"物质化"，进而生产了符合其意指意图的身体，由此身体获得其文化可理解性。正是在这个意义上，巴特勒说，"'物质性'标示了权力的某种效果，或者从它的形式和构成性上说，物质性就是权力"②。话语通过对身体的"物质化"对身体加以控制，使身体符合权力希望达成的可理解性。确定两性差异的身体标准为什么是诸如生殖器、荷尔蒙、染色体等，而不是其他"物质性"要素，比如身高、肤色、嗓音？如果以后者为标准，两性的边界势必会被打破。因此，那些被认可的标准实际上是异性恋律法的述行效果，在异性恋的话语框架内，我们的身体获得了理解和认可，而超出了这个话语框架的身体则被"贱斥"（abjection）和排除。"恐同症"的出现正是异性恋律法述行的结果。

---

① 参见 Judith Butler, *Bodies that Matter*: *On the Discursive Limits of Sex*, New York & London: Routledge, 1993, pp. ii – iii。
② Judith Butler, *Bodies that Matter*: *On the Discursive Limits of Sex*, New York & London: Routledge, 1993, p. 34.

第五章 朱迪斯·巴特勒：身体/性别叙事与言语行为

由此可见，我们的身体总在"被叙述"，当我们理解我们身体的时候——"我是男人"或"我是女人"，身体就已经"被叙述"，语言已经植入了身体，如巴特勒所说："语言和物质性深深嵌入对方，互相依赖，相互交叉。"① 并且，在某种程度上，我们也心安理得地接受了这种叙述，认可了我们的身体，似乎身体"本该如此"。那么，话语如何做到让我们浑然不觉地接受我们"貌似真实的"（plausible）身体？话语如何使被叙述的身体呈现出"自然"的面貌？这涉及话语的叙事策略。

在《性别麻烦》中，巴特勒明确指出了权力话语自我合理化的叙事策略，上节已有引述，为了论证得更清楚，再次引述如下：

> 压抑或宰制性律法自我合理化的手段几乎都是建立在一套故事逻辑上：述说律法建立之前情况是如何，而这个律法又如何以现在这样的必要形式出现。这些起源故事的编造，通常会描述律法出现之前的一种情势，这个情势遵循一个必然而且单线发展的叙事，最后以这个律法的创制告终，这个律法的创立也因此得到了合理化。因此，关于起源的故事是叙事的一个策略性手段，也就是以一种单数的、权威的陈述来叙述一个无可挽回的过去，以使律法的创制看起来像是历史上不可避免的一个发展。②

寻找一个"前话语的身体"是上述叙事策略的第一步，可称为"时间策略"。巴特勒指出："被视为先在于符号（sign）的身体总是

---

① Judith Butler, *Bodies that Matter: On the Discursive Limits of Sex*, New York & London: Routledge, 1993, p. 69.
② ［美］朱迪斯·巴特勒:《性别麻烦：女性主义与身份的颠覆》，宋素凤译，上海三联书店2009年版，第49页。

被假定或意指为具有先在性。"① 这里的符号指的就是语言。将身体看作先在于语言的存在,目的在于赋予身体一种"自然的"基础,一种不可更改的物质性。然而,身体又总是在语言中被"意指"为"某种"身体,比如男性身体或女性身体。因此,物质性一开始就与"意指"密不可分,意指"具有生产性、构成性,甚至述行性,因为这种意指行动为身体划定了界线和轮廓,然后又宣称身体先于一切意指"②。比如,女性气质与物质性的关联是自古希腊就开始的文化传统,古希腊词源将物质(matter)与母亲(mater)、母体(matrix)(或子宫)及生殖问题联系在一起。③ 这种文化传统被反复征引,划定了女性身体的"界线和轮廓",进而形成了女性身体特有的"物质性"。叙述者通过对叙事时间的操纵来达到其预期的叙事效果。巴特勒认为:"叙述总是在语言中发生,严格地说,语言在律法之后,是律法的结果,因此叙述总是以一种滞后的、回顾的观点展开。"④ "宣称身体先于一切意指",即宣称身体外在于语言,通过对语言的排除,塑造了身体"自然性"的形象,进而通过对起源的"追述"使身体呈现出"貌似真实的"假象,达到话语的述行目的。

藏匿叙述者是叙事策略的第二步,可称为"话语策略"。叙事总有一个叙述者,然而,身体述行的叙述者却是看不见的。巴特勒认为述行没有主体,述行"由规范的复现构成,而这些规范先在于、限制并超出了表演者,并由此不能被视为表演者'意愿'或'选择'的

---

① [美]朱迪斯·巴特勒:《身体之重:论"性别"的话语界限》,李钧鹏译,上海三联书店2011年版,第6页。
② 同上。
③ 同上书,第7页。
④ Judith Butler, *Gender Trouble: Feminism and the Subversion of Identity*, New York & London: Routledge, 1999, p.94.

第五章　朱迪斯·巴特勒：身体/性别叙事与言语行为

虚构物（fabrication）"①。因此，叙事声音并非由那个"表演者"发出的，真正的发出者是"表演者"背后的规范、律法等，而这个叙述者却是隐而不见的。巴特勒借用阿尔都塞的询唤理论，认为询唤生产出了主体。当接生的医生说"这是个男孩"或"这是个女孩"时，这个孩子的身体即被"物质化"，进而"生产"出这个孩子特定的身体。"物质化过程将是一种征引，是通过对权力的征引获取存在，是一种在'我'的形构过程中建立了与权力的原生关联（originary complicity）的征引。"② 看似"这是个男孩"或"这是个女孩"的声音是医生发出的，而实际上医生只是征引了"先在的"异性恋规范，即身体的二元化律法。医生成了代理叙述者，真正的叙述者是不在场的。上述"时间策略"也为叙述者的不在场提供了无罪证明，"对'以前'的描述是在'以后'的框架中展开的，因此，这个叙述使律法被稀释（attenuation），进而不在场"③。

藏匿叙述者的目的在于使身体和性别"自然化"。社会性别建构论的观点认为，社会性别是文化建构的结果，如波伏娃所说："女人不是天生的。"巴特勒则进一步认为，生理性别也是建构的结果，并且社会性别参与了对生理性别的建构。"生理性别不能构成一个先于话语的解剖学上的事实。事实上从定义上来说，我们将看到生理性别其实自始至终就是社会性别。"④ 这个过程可以这样理解：二元化性别律法首先建构了社会性别，这种社会性别在文化中被反复征引，进而

---

① ［美］朱迪斯·巴特勒：《身体之重：论"性别"的话语界限》，李钧鹏译，上海三联书店2011年版，第233页。
② 同上书，第17页。
③ Judith Butler, *Gender Trouble: Feminism and the Subversion of Identity*, New York & London: Routledge, 1999, pp. 94–95.
④ ［美］朱迪斯·巴特勒：《性别麻烦：女性主义与身份的颠覆》，宋素凤译，上海三联书店2009年版，第12页。

生产出"物质性"的生理性别。因此，巴特勒说："社会性别也是话语/文化的工具，通过这个工具，'生理性别化的自然'或者'自然的生理性别'得以生产，并且被建构为'前话语的'、先于文化的，成为一个政治中立的表面，任由文化在其上施行作为。"① 可见，将身体或性别"追述"为物质，其目的在于赋予身体一种"自然的"表面，其策略则是隐藏叙述者，从而掩盖身体被话语建构的事实。"这个律法通过建构一个关于它自身系谱的叙述故事来合理化和巩固其运作，而这个叙述故事有效地遮掩了它本身深陷于权力关系之中的这个事实。"② 藏匿叙述者是对权力话语述行力的隐藏，去除了身体与语言的关联，从而使身体呈现出自然性，律法的建立因此显得不可避免。

身体述行的叙事策略因此可以归结为"寻找/隐藏"模式。它一方面通过寻找一个时间上"在先"的身体，编造一个"起源故事"，赋予身体坚不可摧的"物质性"；另一方面，通过对叙述者的隐藏，切断身体与语言的关联，使身体呈现出"自然性"。"寻找"是为了"隐藏"，而"隐藏"又有效地遮蔽了"寻找"的意图。巴特勒对身体述行的叙事策略的揭示，暴露了权力话语的运作机制，也为其理论创造了一个颠覆的空间。

三 律法的述行性及其策略：《在苦役营》与《在法之前》

时间模式在身体述行的叙事策略中具有重要的意义。对"之前"的追述是在"之后"的框架中进行的，也就是说，寻找一个"前话语"的身体是在已经成型的律法框架中进行的。以这种模式找到的身

---

① ［美］朱迪斯·巴特勒：《性别麻烦：女性主义与身份的颠覆》，宋素凤译，上海三联书店2009年版，第10页。
② 同上书，第98页。

第五章　朱迪斯·巴特勒：身体/性别叙事与言语行为

体其实是话语铭刻的结果，如福柯所说："身体是受到事件铭刻的（inscribed）表面。"①叙事策略的目的正在于掩盖这种铭刻，使身体呈现出自然的假象。而巴特勒的策略在于揭露身体述行的诡计，暴露身体被铭刻的事实，赋予身体以可变性，从而达到解放的目的。

颠覆身体述行的叙事策略，首要的就是要颠覆"起源故事"。在巴特勒看来，所有的"起源故事"都是在既定的律法框架中进行的，其对"之前"的追述是为"之后"的律法奠定合法性。如前所述，叙事策略将身体追溯为原初的物质性，而身体的物质性本身就是话语建构的结果。即使是女性主义某些流派进行的所谓颠覆行为也不能逃离这个框架。比如，如果说身体的二元化是在异性恋框架中得到叙述的，那么，将双性情欲或同性情欲作为身体的"前话语"状态，结果会怎样呢？这样是不是就颠覆了异性恋的律法？巴特勒的回答是否定的，"假定双性情欲或同性情欲是存在于文化'之前'者，而将这'先前性'定为一种前话语的颠覆根源，这样的理论实际上从文化框架的内部禁绝了它矛盾地既维护又抵抗的那个颠覆本身。……颠覆因此成了一种徒劳无功的姿态，只能在一个抽离了现实的美学模式里想着好玩，而永远无法转化为其他文化实践。"② 因此，只有对"起源故事"进行彻底地拒绝，才能实现真正的颠覆。那么，这里隐含的问题是，律法本身是否也有一个"起源"？其源头是否可以追溯？巴特勒也给出了否定的回答，答案蕴藏在她对文学叙事的解读中。

---

① Michel Foucault, "Nietzsche, Genealogy, History", in *Language, Counter Memory, Practice: Selected Essays and Interviews by Michel Foucault*, trans, Donald F. Bouchard and Sherry Simon, ed. Donald F. Bouchard Ithaca: Cornell University Press, 1977, p.148.
② ［美］朱迪斯·巴特勒：《性别麻烦：女性主义与身份的颠覆》，宋素凤译，上海三联书店2009年版，第104页。

文学叙事与言语行为

巴特勒"将文学叙事（literary narrative）看作孕育理论的场所"①。文学叙事因此成了巴特勒的理论试验场。巴特勒特别钟情于卡夫卡，她常常借助卡夫卡的作品来阐述自己的理论。《在苦役营》(In the Penal Colony)与《在法之前》(Before the Law)是巴特勒经常引用的两个作品，通过这两个作品，巴特勒进一步阐明了律法——某种意义上，律法是最大的权力话语——的述行性及其策略。

《在苦役营》讲述了一个刑罚书写身体的荒诞故事。犯人躺在一个精心设计的刑具之下，接受刑具对其身体的铭刻。犯人事前并不知道自己的罪名，罪名将被刑具铭刻于身体之上。这个故事至少在以下三个方面体现了巴特勒的思想。首先，它直观地体现了律法对身体的铭刻。其次，它表明以身体的毁灭为代价，律法得以产生和继续。在长达12个小时的铭刻中，犯人最终死去，身体被埋葬于刑具旁的土坑中。其实，犯人至死都不了解自己所犯的罪名。以犯人身体的消失为代价，律法的尊严得以维护。巴特勒以《在苦役营》为例指出："文化价值是对身体铭刻的结果，而身体被理解为一个媒介，更确切地说是一页白纸；然而，为了要让铭刻能够意指，这个媒介本身必须被摧毁——也就是说，完全转化到一个升华的价值领域里。在这个文化价值概念的隐喻体系里，历史被比喻为无情的书写工具，而身体是一个媒介，它必须被摧毁、变形，以便让'文化'得以产生。"② 最后，这个故事还表明律法的起源无法追溯。故事中的军官参与了那个刑具的创制，并且是那种律法的坚定捍卫者。他竭尽全力向旅行者介绍刑具的精妙及创制过程。然而，其叙述一再被打断，又一再地开

---

① [美]朱迪斯·巴特勒：《身体之重：论"性别"的话语界限》，李钧鹏译，上海三联书店2011年版，第179—180页。
② [美]朱迪斯·巴特勒：《性别麻烦：女性主义与身份的颠覆》，宋素凤译，上海三联书店2009年版，第170页。

第五章　朱迪斯·巴特勒：身体/性别叙事与言语行为

始。叙事在那个军官不断介绍刑具中艰难前行。在《性别麻烦》的一个注释中，巴特勒对此做了精彩的分析："当叙事试图重述历史，将那个工具尊奉为传统的一个重要部分的时候，叙事一再地迟滞不前。起源无法恢复，而原本可以指引人到达源头的地图因为时日久远而无法辨识。可以把原委解释给他们听的那些人，又说着不同的语言，而且没有办法求助于翻译。"① 那么，那个军官为什么要尽其所能地追溯那个刑具以及那套刑罚的起源呢？巴特勒接着写道："事实上，那个器具本身是不能完整地被想象的；它的各个零件不能凑成一个可以想象的整体，因此在无法求诸它在完好无缺的理想状态中是什么样的概念的情形下，读者被迫去想象它支离破碎的状态。这似乎是对福柯的概念的一个文学上的演绎，亦即'权力'如此弥漫，它不能再作为一种封闭体系的整体存在。"② 那个刑具其实是律法的象征，追溯刑具的起源是为了赋予律法以完整性，从而为其合理性提供解释。对起源的消解就使律法失去了源头的合法性，从而也使律法对身体的铭刻失去了合法性。小说以那个捍卫律法的军官走上刑具接受铭刻和刑具本身的崩溃作为终结，暗示了改变律法的可能性。《在苦役营》完美地体现巴特勒的理论，这也许是巴特勒如此看重这篇小说的原因。

卡夫卡的《在法之前》(*Before the Law*)③ 也是巴特勒特别看重的一个文本，她的《性别麻烦》几乎是从对《在法之前》的阅读开始的。《在法之前》讲述了一个乡下人至死都无法进入法律之门的荒诞故事。Before 有两个相关的含义：一个是空间上的"之前"，另一个是时间上的"之前"。在卡夫卡的叙事中，before 兼具这两个含义。

---

① [美] 朱迪斯·巴特勒：《性别麻烦：女性主义与身份的颠覆》，宋素凤译，上海三联书店 2009 年版，第 49 页。
② 同上。
③ 国内的译本大多翻译为《在法律门前》。

一方面,"门"在空间上将法律区隔为法律之中和法律之外。然而,"门"永远敞开着,除了守门人的语言,并没有物质性的障碍阻止那个乡下人进入法律之门。法律之中和法律之外的空间边界由此坍塌,乡下人既在法律之中,又在法律之外。法律永远在场,但却以不在场获得对其在场的保证,正如那个乡下人虽然没有进入法律之门,却永远受到法律的控制。正如德里达所说:"法决不会亲自到场,即使'在法的前面'这一措辞好像是表示'当着法的面'。所以说,那个在法前面的人永远不能面对法;他可能在它前面,却因此永远不能遇到它。"① 在这个意义上,巴特勒认为:"期待去揭示一个权威的意义,是那个权威之所以被赋予,并获得创建的手段:那个权威召唤它的对象,并使之成形。"② 另一方面,before the law 也意指时间上法律产生"之前"。在德里达看来,隐藏在各种法律背后的是"律法本身"(law itself),这个"律法本身"生成了各种法律,而它却是不可见的。律法仿佛是无历史的,仿佛不再依赖于它在场的历史性。但是,"人们不问法所处的位置、它来自何方,就无法与法——或法的法——发生关系……这一疑问与求索是不可避免的,它导致了向法的位置与本源的不可抗拒的旅程。法则报以压制自己的态度,不说出自己的起源与位置"③。巴特勒进一步认为,"事实上,律法生产'律法之前的主体'这样的概念,而后又将之隐藏,为的是把这个话语结构

---

① [法] 雅克·德里达:《文学行动》,赵兴国译,中国社会科学出版社 1998 年版,第 137 页。
② 参见 Judith Butler, *Gender Trouble: Feminism and the Subversion of Identity*, p. xiv. 中译本参见 [美] 朱迪斯·巴特勒《性别麻烦:女性主义与身份的颠覆》(序 1999),第 8 页。译文有所改动。
③ [法] 雅克·德里达:《文学行动》,赵兴国译,中国社会科学出版社 1998 年版,第 128 页。

第五章 朱迪斯·巴特勒：身体/性别叙事与言语行为

当作一个自然化的基本前提调用，然后用它合法化律法本身的管控霸权"①。律法生产了"律法之前的主体"，同时又将它的生产行为隐藏，使主体呈现出貌似自然的假象，这与身体述行隐藏叙述者的叙事策略异曲同工，律法通过隐藏它的起源和位置，从而为其无时不在、无处不在的述行力提供合法性。《在法之前》体现了在时间上追寻律法起源的不可能性。这种不可能性至少体现在两个方面：一方面，以乡下人为代表的个体存在不可能穿越律法的历史，而走到律法"之前"；另一方面，律法本身也不可能允许个体存在探寻律法的起源，这正是守门人拒绝那个乡下人进入法律之门的原因。巴特勒说："值得注意的是，诉诸这个法律之前的时代而对这个法律作出批判，也同样是不可能的。"② 正如某些女性主义流派所做的，诉诸身体的物质性而对建构身体的律法加以批判是不可能的。正如身体不可追溯到话语"之前"的物质，律法本身也不可能追溯到律法"之前"的时代。

如果将这两个故事进行比较阅读，则会发现二者之间的联系与区别。两个故事都体现了律法的述行性，《在苦役营》表现为律法对身体的铭刻，而《在法之前》则表现为律法对个体无处不在的隐蔽控制。二者也都体现了追寻律法起源的不可能性，但在这一点上，二者又表现出明显的差别。《在苦役营》追寻律法起源的主体是律法的捍卫者和守护者，其追寻的目的在于为律法"寻找"一个自然的源头，从而为律法的述行性提供合理化解释。这一点与上文所述"寻找"的"时间策略"一致。而《在法之前》追寻律法起源的主体则是律法的

---

① ［美］朱迪斯·巴特勒：《性别麻烦：女性主义与身份的颠覆》，宋素凤译，上海三联书店2009年版，第3页。
② 同上书，第49页。

· 235 ·

述行对象①，那个乡下人一厢情愿地认为律法会为所有人敞开，其追寻的目的在于探寻律法的真相。然而，律法为了"隐藏"自身，拒绝了他的"寻找"。这里的问题是，律法为什么要"隐藏"自身的起源？律法为了达到述行目的，必须要以不在场的方式而在场。"隐藏"起源就是为了隐藏自身的历史性在场。德里达说得好："法不能容忍自身的历史，它作为一种完全突生的秩序而介入，完全超然于任何根源。它以某种从不出现在历史进程中的东西的面貌而出现。无论如何，它不能由可以产生任何故事的某种历史所构成。假如说有什么历史，它也是既不可能显现，也不可能叙述的：一种从未发生过的历史。"② 这一点又与上文所述"隐藏"的"话语策略"一致。这两个故事共同证明了上文所述身体述行的"寻找/隐藏"叙事策略——"寻找"一个自然的源头其实为律法的述行性提供了一个合法基础，而律法本身却是隐而不显的。

在巴特勒的论域中，身体是一种"想象的形态"（imaginary morphology），"这些想象的形态并非前社会或前象征的形态，而是通过各种规训模式精心编排而成的形态，它们生产了可理解的各种形态的可能性。这些规训模式不是永恒的结构，可理解性的标准在不同历史阶段可作相应修改，这些标准生产并征服了物质的/重要的身体（bodies that matter）"③。由此可见，身体不是固定的，而是可变的。不同的可理解性标准可以生产出不同的身体。这里的可理解性标准就是规训身体的律法，因此，巴特勒也暗示了改变律法的可能性。

---

① 律法的述行对象既包括那个乡下人，也包括那个守门人。故事表明那个守门人也受到律法的控制，他也无法穿越律法，无法走到律法"之前"。
② [法] 雅克·德里达：《文学行动》，赵兴国译，中国社会科学出版社1998年版，第131页。
③ Judith Butler, *Bodies that Matter: On the Discursive Limits of Sex*, New York & London: Routledge, 1993, pp. 13–14.

第五章 朱迪斯·巴特勒：身体/性别叙事与言语行为

回到本节开头"主奴辩证法"的故事。奴隶和主人的身体都不是自然的，而是话语建构的产物，或者说，是"想象"的结果。奴隶和主人都将产品视作自己身体的产物，但其实都是假象。他们对产品（即身体）的铭刻及抹除反映了他们身份的不确定性，暗示了主奴转换的可能性。每个人既是奴隶又是主人，不同的标准生产出不同的身体，也生产出不同的主体。某种意义上说，巴特勒的所有努力正在于打破固有的标准，颠覆既定的律法，从而为解放赢得一个多元空间。

巴特勒的思想具有鲜明的后结构主义或解构主义倾向，因而呈现出极强的颠覆性。正因为这一点，其理论也有值得批判和反思的地方。从身体到性别，再到主体，在其解构的链条上，每一环都有一个共同的理论预设："律法"生产或书写了身体、性别和主体，律法本身具有不合理性。我们姑且承认其述行理论有一定的真理性，但其理论预设依然必须面对这样的质问：一定的律法会生产一定的身体、性别和主体，律法本身为什么一定是不合理的？既然身体、性别和主体都具有建构性，如果没有律法，是否还有身体、性别和主体？在某种意义上，巴特勒抽象地使用了上述概念，或者说，上述概念只是一些符号，一旦带入具体内容，其局限性就显示出来了。比如，"律法"是巴特勒理论的核心术语，虽然在不同的场合，她用了"父权律法""性别律法"等，但总体上看，它只是一个空洞的静态符号，是文化规范和意识形态的代名词。她没有考虑律法本身辩证发展的过程，没有考虑律法的历史合理性。在马克思的辩证唯物主义和历史唯物主义看来，历史是一个辩证发展的过程，只有将"律法"放在一定的历史语境中，才能对其合理性和局限性做出正确的评价。而巴特勒恰恰去除了律法的历史性。就巴特勒所处的现实语境和历史语境来看，巴特勒某种意义上延续了西方"批判哲学"的思路，因此，她的"律法"

· 237 ·

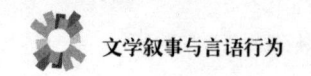

如果指西方资本主义文化和意识形态是合适的,但不适用于所有的文化和意识形态。这是我们在理解和接受巴特勒时应该注意的问题。

本章小结

朱迪斯·巴特勒将言语行为理论应用于性别研究,提出了其特有的述行理论。在巴特勒看来,身体、性别等作为可理解的对象,其可理解性(intelligibility)由"述行"而来,而"述行"本身即构成叙事。巴特勒认为,述行是一种言语行为,是一个"权力作为话语的领域",通过对规范、律法、权力等的征引而达成目的。叙事则是通过对"叙事声音"和"叙事权威"的反复征引,从而形成一系列"貌似合理的"(plausible)前后相继的事件,即形成一个故事,以达到劝说(persuasion)读者的目的。"叙事声音"和"叙事权威"来自那些先在的规范、律法,以及由此而形成的权力。巴特勒的叙事思想不仅与其述行思想相伴而生,而且对其身体、性别、生命,以及主体、社会、政治等哲学表述具有统领作用。

在巴特勒的理论谱系中,身体具有重要的意义,它既是主体、性别的物质基础,也是它们的述行中介。权力话语首先对身体施加作用,即话语按照自身的目的对身体加以叙述,而后才形成了主体和性别。因此,对身体的叙述是一种言语行为,身体是一种语言效果,是权力话语的产物。所谓身体述行,即指权力话语对身体的强化和固化,其中蕴含着话语的叙述意图。同时,巴特勒对身体的论述本身也是一种话语行为,在此,身体是一个冲突的场域,蕴含着一种颠覆的可能。身体述行的叙事策略可以归结为"寻找/隐藏"模式。它一方面通过寻找一个时间上"在先"的身体，编造一个"起源故事"，赋予身体坚不可摧的"物质性"；另一方面，通过对叙述者的隐藏，切断身体与语言的关联，使身体呈现出"自然性"。"寻找"是为了"隐藏"，而"隐藏"又有效地遮蔽了"寻找"的意图。巴特勒对身体述行的叙事策略的揭示，暴露了权力话语的运作机制，也为其理论创造了一个颠覆的空间。

第六章　米歇尔·卡恩斯：修辞叙事与言语行为

米歇尔·卡恩斯的《修辞叙事学》1999年问世以来，在西方学界产生了广泛的影响，而国内学界的研究却不多见。申丹的《语境、规约、话语——评卡恩斯的修辞性叙事学》对卡恩斯的理论做了较为全面的介绍，并对其理论缺陷做了分析和修正。《修辞叙事学的理论视点》（《文化与诗学》，王委艳译）是对卡恩斯《修辞叙事学》的第一章（即导论）的部分翻译，从中可见其主要理论观点。

修辞叙事学是当今叙事学研究的一个重要分支，代表作品有韦恩·布斯的《小说修辞学》（1961）、查特曼的《叙事术语评论：小说和电影的叙事修辞学》（1989）、詹姆斯·费伦的《作为修辞的叙事》（1996）等，但卡恩斯修辞叙事学的独特之处在于极其鲜明的言语行为理论基础及近乎极端的"强硬语境主义立场"。其独特性既是其成功之处，但也造成了其理论缺陷，如申丹指出："Kearns的修辞性叙事学的长处在于其兼收并蓄，博采众家之长的包容性和全面性，在于其对修辞交流的强调，主要是对语境、读者和阐释规约的特别关注。但令人感到遗憾的是，Kearns在构建自己的理论模式时，在语境上走极端，对言语行为理论的局限性认识不清，对于叙述话语（尤其是叙述行为）一边倒，出现了不少偏误和自相矛盾

第六章　米歇尔·卡恩斯：修辞叙事与言语行为

之处。"① 本章主要着眼于卡恩斯修辞叙事学与言语行为理论的相关性，对其理论进行介绍，并提供一些文本分析的案例。

第一节　语境与规约

在《修辞叙事学》的导论中，卡恩斯首先回顾了叙事学发展的简史，并指出，在已有的叙事学研究中还没有一种理论将叙事学工具和修辞学工具结合起来，前者侧重于文本分析，而后者侧重于文本和语境之间交互关系的分析。"为了填补这个鸿沟，我提出修辞叙事学，其奠基于言语行为理论，从社会建构行为的角度思考叙事：叙事'说'的时候也在'做'。"② 言语行为理论提供了一些描述、解释叙事和读者如何相互作用的途径。与经典叙事学相比，卡恩斯修辞叙事学关注的重心有所转移。经典叙事学关注话语和故事的规律和形式结构，而修辞叙事学虽然也能识别故事的要素，但因为言语行为理论将读者和文本的相互关系置于前景，所以更加突出了话语的因素。因此在卡恩斯看来，叙事是话语类型，而不是故事模式。基于言语行为理论，卡恩斯将语境（context）、基本规约（ur-conventions）、读者和声音（audience and voice）视为叙事话语的用法，而非文本特征。

---

① 申丹：《语境、规约、话语——评卡恩斯的修辞性叙事学》，《外语与外语教学》2003 年第 1 期。
② Kearns, Micheal, *Rhetorical Narratology*, Lincoln and London: Univ. of Nebraska Press, 1999, p. 2.

文学叙事与言语行为

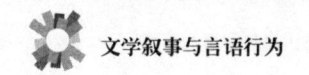

一 修辞叙事与语境

卡恩斯自称为"强硬的语境主义者"（strong-contextualist）。"对所有叙事分析而言，每一个叙事都暗示了一个基本修辞情境：一个听者在听某人讲一个故事。"① 这个基本的"修辞情境"就是语境。语境在卡恩斯的理论中具有基础性地位，因为任何叙事都在一种特定情境中发生，并且，语境是"文本为什么是叙事文本的决定因素"，"一个恰当的语境能让几乎任何文本被看作叙事"②。

言语行为理论认为，话语的意义存在于共同体当中，如果没有语境，任何说出的话语都不能够被理解，只有在语境之中，话语行为和效果才是可能的，而且，不同的语境，相同的话语实现的行为却是不同的。卡恩斯引用 Sandy Petrey 的例子说，"暂时取消宪法"出现在报纸中和出现在政府法令中，效果大不相同。前者的语境只是一种陈述，而后者的语境则是一种命令，具有言后效果。卡恩斯认为，言语行为理论强调"社会过程"，而不是文本的"形式结构"，文本的意义产生于社会过程，而非形式结构的基础上。③ 因此，言语行为理论家强调话语发生的情境语境（situational contexts），审视什么规约和期待在话语中发生。比如，在标明"浪漫主义"的书架上拿一本书，这个标签就是一种修辞情境，它规定了如何看这本书，也就是说，它具有言内之力。这也是卡恩斯认为语境是话语的原因。

卡恩斯认为，应该把虚构性作品，比如小说，看作一种语言的用

---

① Kearns, Micheal, *Rhetorical Narratology*, Lincoln and London: Univ. of Nebraska Press, 1999, p. 47.
② Ibid., p. 2.
③ Ibid., p. 11.

第六章 米歇尔·卡恩斯：修辞叙事与言语行为

法，并且，它的意义很大程度上是由语境决定的。塞尔根据"适应方向"和"真诚条件"将言语行为分为不同的种类，其中，"适应方向"指语词与世界的关系，即语言是否指向世界，或语言是否与世界相匹配。比如，"我认为情况就是这样"作为一种断言（assertive），现实世界就应该与这句话相匹配，即"语言指向世界"（words to world）。塞尔将"适应方向"分为两种：水平规约和垂直规约，前者将言内行为悬置，即语言不指向世界，而后者则是严肃的言内行为，即语言指向世界。塞尔认为，虚构性作品的作者仅仅"假装"（pretend）去执行言内行为[1]，即虚构作品的语言并不指向世界，塞尔称为展示性文本（display texts）。塞尔的观点给了卡恩斯极大的启发性，使他将小说叙事与修辞联系了起来。既然小说是一种"假装的"言内行为，"看起来像"（seem）断言行为，是一种水平规约，那么，虚构性作品的语言就不指向世界，是一种语言的使用（use）。并且，他由此认为，虚构性作品的意义不是由说话人的态度决定的，而是由语境决定的。"情境语境可以使文本得到与它的意图不同的理解。"[2] 比如，有人从小说的书架上拿到一本传记，那么，这本传记可能也会被当作小说来读。可见，作者的意图并不重要，重要的是那个标签构成的语境。

展示性文本是对语言的使用，在此基础上，借用普拉特的说法，卡恩斯进一步认为"文学是一种语境"[3]。普拉特在《走向文学话语的言语行为》中指出："言语行为理论提供了一种探讨言语行为的方

---

[1] Searle, John, *Expression and Meaning: Studies in the Theory of Speech Acts*, Cambridge: Cambridge UP, 1979, p.68.

[2] Kearns, Micheal, *Rhetorical Narratology*, Lincoln and London: Univ. of Nebraska Press, 1999, p.14.

[3] Pratt, Mary Louise., *Toward a Speech Acts Theory of Literary Discourse*, Bloominton: Indiana UP, 1977, p.99.

式，这种方式不仅依据其表面的语法特征，而且依据其产生的语境，那些意图、态度、参与者的期望、参与者之间的关系，以及那些没有说出来的总体规则和规约，在生产和接受言语时都在起作用。"① 表面的语法特征主要是指文本之内的特征，比如言语行为的分类，而语境则更多地指向了文本之外的因素，比如作者、读者、规约等，它们对文学话语的生产和接受具有重要的意义。正是在这个意义上，普拉特说"文学是一种语境"。

很多文学文本的基本意义在于生产思想，再现或描述世界，普拉特称为"信息断言"（informing assertions）。普拉特指出，与"信息断言"相比，展示性文本是对"可述性"（tellable）事物的断言，"可述性"事物是指"那些被认为是非同寻常的、与期待相反的，或有问题的事件状态"②。因此，在展示性文本中也有"表达"成分。"一个展示性文本的话语内容被理想地创造和接受，是在促进受众对文本'可述性'认可的语境中发生的。根据定义，这个语境就是文学。……说话人或文本积极断言一种事件状态是可述的，就是在试图创造一种语境，这种语境将导致受众积极验证和参与。"③ 也就是说，展示性文本对可述性的断言，在展示事件状态的同时，也在要求读者加入文本，去思考，去评价，去对文本做出反应。因此，展示性文本可能同时卷入多种言内行为，比如断言、指令、表达等。并且，展示性文本也"展示"了修辞特征：说话者有其目的，即通过断言、指令、表达等言内行为引起听众对此做出特定反应。听众领会到说话人

---

① Pratt, Mary Louise, *Toward a Speech Acts Theory of Literary Discourse*, Bloomington: Indiana UP, 1977, p. 86.
② Ibid., p. 136.
③ Kearns, Micheal, *Rhetorical Narratology*, Lincoln and London: Univ. of Nebraska Press, 1999, p. 15.

第六章　米歇尔·卡恩斯：修辞叙事与言语行为

的目的，要么顺应了它，要么拒绝了它。

展示性文本是由语境建立的，卡恩斯强调，这种语境主要是"情境语境"（situational context）："那些环绕接受具体文本的即时条件，包括文本的物质细节和受众接受文本的动机。"① 并且，情境语境是由格赖斯所说的"合作原则"（Cooperative Principle，CP）控制的。读者在面对一个展示性文本时，事先假定了作者有与他交流的意图。展示性文本召唤读者对文本和作者注意。因此，作者意欲交流的东西不仅包括文本的内容（what），而且包括看待文本的方式（how）。而后者既是一种情境语境，也是一种修辞行为。

卡恩斯还认为故事、虚构性和叙事性等都是由语境形成的。"修辞叙事学将一直研究叙事文本的故事，它作为动态过程的一个部分，在情境语境和文化语境中，被读者逐字逐句的阅读所体验到。"② 虚构性也是由语境建立的。Banfield 指出："叙事虚构的结构是由两个不可说的（unspeakable）句子结合而构成的，一个是叙述的句子，一个是再现意识的句子。"③ 这种"虚构的语用结构"被 Suzanne Fleischman 界定为一种由内嵌的虚构的说话人和听话人所形成的交流语境，"说话人和听话人不必然是文本的部分，而是语境的部分"④。同虚构性一样，叙事性也是语境的一种功能。如普林斯对叙事性的界定："一系列区别于非叙事的和将叙事特征化的特性；使叙事或多或少成为叙事

---

① Kearns, Micheal, *Rhetorical Narratology*, Lincoln and London: Univ. of Nebraska Press, 1999, p. 17.
② Ibid., p. 33.
③ Banfield, Ann, *Unspeakable Sentences: Narration and Representation in the Language of Fiction*, Boston: Routledge and Kegan Paul, 1982, p. 257.
④ Fleischman, Suzanne, *Tense and Narrativity: From Medieval Performance to Modern Fiction*, Austin: U of Texas P., 1990, pp. 107–108.

的形式和语境特征。"① 可见叙事性部分也由语境构成。

语境在卡恩斯的修辞叙事学中具有重要的意义,叙事的方方面面都与语境相关。在卡恩斯看来,语境不再外在于文本,而是构成叙事文本的一个元素;语境不仅仅是一种环境,而且是语言的使用,是一种话语。因此,语境与修辞密切相关。但是,语境的功能被卡恩斯极度放大,也带来了很多问题。申丹指出:"Kearns 则走向了另一个极端,在理论上单方面强调语境的'首要作用'和'决定性作用',忽略文本中的成分所起的作用。Kearns 对自己在理论上所走的这一极端似乎缺乏清醒的认识。"②

二 修辞叙事与基本规约

修辞叙事学关注读者和文本之间的交流,因此,阅读就是一个动态的过程,其中涉及作者、文本、读者,以及对合作原则的遵从和偏离等诸多问题。除上文谈到的语境问题,修辞叙事学也十分强调叙事的基本规约。基本规约涉及阅读过程的很多方面。规约来自言语行为理论,在奥斯汀的理论中,只有在规约中发生,言语行为才能实现其述行效果。卡恩斯也强调了言语行为理论对基本规约的重要性,"如果没有合作原则(CP),这些规约就不存在"③。卡恩斯将叙事的基本规约分为四种:作者式读者、自然化、进程和语言杂多。

Rabinowitz 在《阅读之前》中指出:"阅读(理解)一个文本就是以某种方式模仿它,就是围绕它生产某种东西,它是新的东西,但

---

① Prince, Gerald, *A Dictionary of Narratology*. Lincoln: U of Nebraska P., 1987, p. 64.
② 申丹:《语境、规约、话语——评卡恩斯的修辞性叙事学》,《外语与外语教学》2003 年第 1 期。
③ Kearns, Micheal, *Rhetorical Narratology*, Lincoln and London: Univ. of Nebraska Press, 1999, p. 113.

与原文本有一定的关系。"① 他区分了三种主要的模仿方式，读者在其中扮演了三种不同的角色：真实读者（实在的读者）、假想读者或作者式读者（作者预设的读者，他们可以领会作者的意图）和叙事读者（叙述者的叙述对象，认为故事世界是真实的）。瑞安对作者式读者和叙事读者作了形象的区分，以叙事读者的方式去阅读，就是"沉浸"（immersion）于文本之中，而以作者式读者的方式去阅读，就与文本相分离（detachment）。② 与真实读者相比，这两种读者都是虚构的。

卡恩斯对上述区分进行了进一步的细化。"读者认为是真实的并不一定是那个由叙述声音描述的虚构世界，而是虚构作品，即构成小说的叙述行为。以叙事读者的身份进行阅读的真实读者当然可以把虚构世界看作真实的，这是一个由叙述声音充分准确地描述的世界。但是这不是必需的，只有读者在相信叙事声音描述的世界具有真实性的情况下，他才能以叙事读者的身份起作用。"③ 显然，卡恩斯在这里强调的是叙述行为是真实的。

作者式阅读承认虚构叙事的世界是建构的，但并不需要在文本构成要素的基础上被区别为虚构。根据言语行为理论，这种区别应该来自言语情境。Rabinowitz 认为，阅读并非一种自然的行为，而是一种规约性行为。④ 为了阅读，读者必须隶属于一种"解释共同体"，在这个共同体中，一定的"社会用法"已经被建立，其中包括作者式读

---

① Rabinowitz, Peter. *Before Reading: Narrative Conventions and the Politics of Interpretation*. Ithaca: Cornell UP, 1987, pp. 17–18.
② Ryan, Marie-Laure. "Allegories of Immersion: Virtual Narration in Postmodern Fiction", *Style*, No. 29, 1995, pp. 262–286.
③ Kearns, Micheal. *Rhetorical Narratology*, Lincoln and London: Univ. of Nebraska Press, 1999, pp. 51–52.
④ Rabinowitz, Peter, *before Reading: Narrative Conventions and the Politics of Interpretation*, Ithaca: Cornell UP, 1987, p. 27.

者，这些假想的读者有信念、价值观和阅读实践，他们使正确领会文本的意义成为可能。在这种规约性阅读中，Rabinowitz 提供的两种虚构读者（作者式读者和叙事读者）的角色，真实读者都可以去扮演。在叙事理论中，这种划分得到广泛的应用。基于言语行为理论，卡恩斯作了两点小小的改动。其一，他建议将叙事读者（narrative audience）改为叙述读者（narrating audience）。热奈特将叙事三分（话语、叙述、故事），其中叙述（narrating）指"生产叙事的行为，甚至可以扩展为行为发生的整个真实或虚构的情境"①。卡恩斯借鉴了热奈特关于叙事行为的思想，强调阅读是一种动态的交互行为。其二，他建议保留叙述读者，而取消费伦提出的理想叙述读者。在卡恩斯看来，真实叙述读者和理想叙述读者的区分在一定程度上造成了混乱。

自然化（naturalization）是读者可以扮演的规约性角色的第二个重要因素。兰瑟将自然化看作小说话语的基本规约，即"文本允许创造一个连贯的人类世界，即使它是假定的"②。读者的任务就是去创造这样一个假定的世界，赋予它一些特征，使叙事显得合情合理。卡勒认为，自然化"是对那些奇异的、形式的、虚构的事物的复原，使之能够'对我们说话'（speak to us）"③。自然化的过程发生于一种语境——小说被认为是一种基本的可理解性的符号代理，一种社会想象自身的模式，通过这种模式，话语言说世界。在修辞叙事学中，自然化是指"读者对真实世界百科全书以及这个百科全书的知识组织框架

---

① Genette, Gerard, *Narrative Discourse: An Essay in Method*, Trans. Jane Lewin. Ithaca: Cornell UP, 1980, p. 27.
② Lanser, Sussan Sniader, *The Narrative Act: Point of View in Prose Fiction*, Princeton: Princeton UP, 1981, p. 113.
③ Culler, Jonathan. *Structuralist Poetics: Structuralism, Linguistics, and the Study of Literature*, Ithaca: Cornell UP, 1975, p. 134.

第六章 米歇尔·卡恩斯：修辞叙事与言语行为

自觉应用于叙事的过程"①。可见，自然化是读者对叙事文本的再组织过程，有赖于读者对世界的体验和认知。从这个意义上说，这也是读者的一种修辞行为。

叙事阅读的第三个规约是进程（progression）。这个概念来自费伦。"进程指的是一个叙事建立其自身前进运动逻辑的方式（因此指叙事作为动态经验的第一个意思），而且指这一运动邀请读者做出的各种不同反应（因此也指叙事作为动态经验的第二个意思）。"② 费伦区分了两种"不稳定性"（instabilities）："第一个不稳定因素出现在'故事'中，即人物之间的冲突，它们由具体的情境产生，通过行动相互纠缠，并获得解决；第二个不稳定因素来自'话语'，既涉及作者与读者，也涉及叙述者与读者之间的关系，其中包括价值、信念、观点、知识、期望等方面的分歧。"③ 这两种不稳定因素都构成了叙事进程，它们是构成叙事的必要因素。进程涉及读者的预见行为。当读者不知道事件细节的时候，读者会问："后来呢？"读者会对后来的事件进行预测。因此，进程是修辞上的，而非逻辑上的。

语言杂多（heteroglossia）是叙事阅读的第四个规约。这个概念来自 Mikhail Bakhtin。Bakhtin 将语言杂多界定为："任何语言在任何历史存在的给定时刻呈现的内在层次。"④ 对小说而言，语言杂多是指

---

① Kearns, Micheal, *Rhetorical Narratology*, Lincoln and London: Univ. of Nebraska Press, 1999, p. 57.
② 申丹：《语境、规约、话语——评卡恩斯的修辞性叙事学》，《外语与外语教学》2003 年第 1 期。
③ Phelan, James, *Reading People*, *Reading Plots*, Chicago and London: Univ. of Chicago Press, 1989, p. 15.
④ Bakhtin, Mikhail. *Dialogic Imagination: Four Essays*, Ed. Michael Holquist. Trans. Caryl Emerson and Michael Holquist. Austin: U of Texas P., 1981, pp. 262–263.

"另一种语言中的另一种话语,它折射出作者的意图,构成一种'双声话语'(double - voice discourse)的形式"[1]。小说类型本身就是语言杂多的体现。卡恩斯主要在虚构叙事中应用这一概念。语言杂多与作者式阅读联系紧密,任何文本的声音原则上都可被看作是多种话语的综合,作者的意图通过叙事声音折射出来,叙事声音促成了对意图的建构。跟上述三种规约一样,语言杂多也与合作原则共生共存,必须假定在一个合适的情境语境中,那个虚构叙事是可讲述的。因此,对叙事声音的分析必须考虑多种潜在的关系,诸如作者、读者、进程、故事、言语行为等。对叙事声音的分析不能事先预见它的言后效果,但可以勾画它的诸多可能性。

四种基本规约构成一个复杂的系统。在语境允许将一个文本当作叙事来阅读的情况下,这个系统能使叙事免于混乱,并使叙事显得合情合理。相关性原则引导读者去应用作者式阅读、进程、自然化等基本规约,就虚构叙事来说,来自语言内在的"语言杂多"使读者对文本复杂性产生期待。

申丹在其评论文章中指出:"可以说,在 Kearns 那本书的导论之后,这四种'基本规约'在一定程度上取代了言语行为理论所关注的规则。在此,一方面我们应该看到,作者与读者若不相互合作,文学交流就无法进行;另一方面我们也应清楚地认识到,这四种基本规约(尤其是作者式阅读、进程和语言杂多)都与格莱斯的合作原则理论模式无关。"同时,申丹也指出:"这四种规约来自不同的理论家,而除了 Lanser 之外,这些学者根本没有涉及言语行为理论。应该说,

---

[1] Bakhtin, Mikhail, *Dialogic Imagination: Four Essays*, Ed. Michael Holquist. Trans. Caryl Emerson and Michael Holquist. Austin: U of Texas P., 1981, p. 324.

Kearns 对这些基本规约的借鉴在一定程度上弥补了言语行为理论。"①应该说，这道出了卡恩斯修辞叙事学理论的实情。

第二节 合作原则、蕴含与标记

合作原则是言语行为理论的重要构成部分，如果没有听话人与说话人的合作，言语将无法实现其行为功能。如上文所述，展示性文本主要是由情境语境建立的，而情境又是由合作原则决定的。"作者与读者若不相互合作，文学交流就无法进行。"因此，合作原则对文学交流有重要的意义。合作原则同时也预设了"不合作"，即对合作原则的违反，并由此产生了"标记"和"非标记"的区分。认识合作原则和标记对理解卡恩斯的修辞叙事理论具有重要的意义。

一 修辞叙事与合作原则

合作原则是格赖斯提出的概念（详见第二章第一节），意指"在任一言语情境中的参与者假定他们在这一情境中进行合作，即他们分享同样的目的，除非这种假定本身是站不住脚的"②。卡恩斯吸收了普拉特的思想，认为文本本身是不能使其成为文学的，使其成为文学的是读者的一种认识，就是读者认识到文学文本是语言的一种特殊用

---

① 申丹：《语境、规约、话语——评卡恩斯的修辞性叙事学》，《外语与外语教学》2003 年第 1 期。

② Kearns, Micheal, *Rhetorical Narratology*, Lincoln and London：Univ. of Nebraska Press，1999，p. 17.

文学叙事与言语行为

法。读者在面对一个展示性文本时就已经假定"作者想与读者交流某些东西",同时,读者也自觉意识到,一个文本既被出版,出版者和编辑就已经认可了它"作为这样一个文本"①的有效性。也就是说,读者在开始阅读一个文学文本之前,就已经有了与作者和文本合作的意向。上文谈到语境时举的例子也适用于合作原则:读者在一个标明"文学"的书架上,即使拿到一本传记,他也会把它当作文学文本来阅读。

格赖斯划分的合作原则的四个范畴建立了读者对叙述声音的期待。比如,量的范畴要求文本"(1)需要多少信息就提供多少信息(以满足当前的交流目的);(2)不提供比需要的信息更多的信息"。质的范畴要求"(1)不说你确信为假的东西;(2)不说你缺乏充分证据的东西"等。然而,文学叙事也充满了对上述原则的违反,比如,新小说在外观上就呈现出对合作原则的违反,要么不提供全部的相关信息,要么提供明显的不相关的信息。某种意义上说,文学正是因为对这些原则的违反才使其成为文学。读者理解交流的目的和方向是"展示",即一种"假装的"言语行为,文学叙事并不指向真实世界,所以,即使意识到文本违反了"质"和"量"的原则,读者也不会选择退出交流。

合作原则的第三个范畴是"相关性"。相关性原则是"决定人类信息处理过程的一般因素","人类会自觉地应用最大的相关性,即,通过最小的过程的努力获得最大的认知效果……(相关性原则)决定了哪些信息是需要注意的,哪些背景预设是从记忆中恢复和作为语境

---

① Prat, Mary Louise, *Toward a Speech Acts Theory of Literary Discourse*, Bloominton: Indiana UP, 1977, p.169.

第六章 米歇尔·卡恩斯：修辞叙事与言语行为

来使用的，以及可以作出哪些推断"①。因此，相关性是一种认知原则。同时，相关性也是一种交流原则，这使其与修辞联系了起来。虚构的言语行为的过程与隐喻和反讽等修辞行为的过程是一样的，它们都是"对语言创造性地使用"："寻找最佳的相关性能使说话人的思想在不同的场合获得或多或少可信的解释，有时是字面意义，有时是隐喻。因此，隐喻并不需要特殊的解释能力和解释程序，它是这种能力和程序在言语交流中的自然结果。"② 反讽同样也是对语言创造性的使用。话语之所以被认为是反讽，是因为"听者意识到反讽话语是对一种观点的'反射'（echo），这种观点的来源在话语中被识别，同时，听者也意识到，说话人对这个被反射的观点的态度要么是拒绝，要么是不同意。"③ 因此，反讽话语总是呈现出与字面相反的意思。相关性既是认知原则，也是交流原则，文学叙事的读者既要从话语中读出蕴含的直接意义，又要理解话语蕴含的"言外之意"。

修辞叙事学把文学言语情境看作对合作原则的保护措施。普拉特指出，在文学言语情境中，"合作原则是非常安全的，它在作者和读者双向作用的层面上被很好地保护了起来，是一种超保护（hyperprotected）"④。因此，在文学叙事中，读者能够接受文本对合作原则的公然违反。超保护是文学文本的一个内在要素，"超保护一直在那儿，等待被利用"⑤。但是，超保护并不适用于所有的文本，它只在文学言

---

① Sperber, Dan, and Doerdre Wilson, "Loose Talk", *Proceedings of the Aristotelian Society* 86 (1985 – 1986): 153 – 171. Repr. in *Pragmatics: A Reader*. Ed., S. Davis. Oxford: Oxford UP, 1991, pp. 540 – 549, 544.

② Sperber, Dan, and Doerdre Wilson. *Relevance: Communication and Cognition*, 2nd ed. Cambridge: Harvard UP, 1995, p. 237.

③ Ibid., p. 240.

④ Pratt, Mary Louise, *Literary Cooperation and Implicature*. Essays in Modern Stylistics. Ed., Donald Freeman. London: Methuen, 1981, pp. 377 – 412.

⑤ Ibid..

语情境中起作用。卡恩斯认为："超保护是否起作用有赖于相关性原则，并由情境语境决定。"① 在文学叙事中，虽然文本明显违反了合作原则，但读者会根据相关性，假定这种违反一定蕴含了某种东西，由此叙事得以继续。

卡恩斯归纳了普拉特对文学作品言语行为分析的主要观点，主要有：（1）文学文本存在于一种语境中，语境决定读者如何接受文本；（2）由于读者分享了这一语境，他们将会把文学作品看作展示性的文本，（文本的）目的在于规定读者在想象、情感和价值方面的参与；（3）读者相信作者已经认为这一参与是值得花时间的；（4）对一个文类来说，无标记构成了文类规范，读者据此判断偏离和违规；（5）这些偏离和违规根据定义就是有标记的；（6）这些偏离和违规也受到超保护：当文本违反了合作原则的任何范畴时，读者假定这种违反是文本展示的一种手段，而不是对（假定的）作者和读者之间合作原则的违反；（7）读者总是在小说阅读之初就假定了言语情境与真实世界中的叙事展示文本相同，尤其假定了说话人（叙述者）会遵守合作原则，而且假定了叙事一定是可讲述的文本。对小说这一文类而言，这就是非标记的情形。②

卡恩斯的修辞叙事学很大程度上借鉴了普拉特的思想。可以看出，言语行为理论特别突出了接受者的行为，就文学叙事而言，就是突出了读者在叙事交流中的地位和作用。这里尤其值得注意的是上面最后一条观点，它使文学叙事与现实世界联系了起来。虽然一再强调合作原则的超保护是在文学言语情境中起作用，但普拉特也指出：

---

① Kearns, Micheal, *Rhetorical Narratology*, Lincoln and London: Univ. of Nebraska Press, 1999, p. 26.
② Ibid..

"虽然文学生产和接受经常发生在私人环境,但它又是制度性的(institutional),而且没有私人化的受众,因此,文学作品是公共言语行为,当人们参与文学活动时,他们就扮演了普遍化的(generalized)社会角色。"[1] 文学叙事是虚构的言语行为,但不意味着与社会绝缘,其不仅源于社会现实,而且承担了一定的社会功能。进入虚构世界的读者也不是完全剥离了社会身份的抽象的人,而是嵌入了社会性的具体的人。正是在这个意义上,卡恩斯认为:"修辞叙事学认识到合作承载了期望,这些期望是由权力和权威的程度形成的,而后者与他的性别、社会身份、种族等等密切相关。"[2] 因此,展示、标记、合作原则、超保护等因素在一种公共接受的语境中才获得其最大的意义。

二 修辞叙事与蕴含和标记

卡恩斯将相关性看作认知原则和交流原则,这些原则对于理解文学叙事如何在"说"的时候也在"做"是必需的,它们定义了言语交流的条件,读者将据此决定蕴含和识别标记。会话蕴含(implicature)主要来自格赖斯的言语行为理论,兼有暗示、建议、象征、意味的含义,还有提示、迂回的含义(见第二章第一节)。所谓蕴含是指:"这样一个命题,它说了某些东西,但不是通过实际说出的言词表达的,也不能通过逻辑推导出来。因此,它是话语和语境相互关系产生的结果。"[3] 比如丈夫出门,妻子对他说:"天气预报说今天要下雨。"在这个语境中,这个陈述蕴含的是提醒丈夫要带雨伞。根据格

---

[1] Pratt, Mary Louise, Ideology and Speech – Act Theory, *Poetics Today*, 1986, 7 (1): pp. 59 – 72.

[2] Kearns, Micheal, *Rhetorical Narratology*, Lincoln and London: Univ. of Nebraska Press, 1999, p. 28.

[3] Fowler, Roger, *Linguistic Criticism*, Oxford: Oxford UP, 1986, p. 106.

赖斯的理论，在两种条件下，读者可能会识别话语的蕴含。其一，说话人可能公然违反了质的范畴和量的范畴，即话语所言非其所是或没有提供足够的信息；其二，语境本身提供了一种"总体化的对话蕴含"。例如，"他今晚遇见了一个女人"蕴含的是"这个女人不是他的妻子、母亲、姐妹，或者非常亲密的朋友"。蕴含可以解释在文学言语情境中文本对合作原则的违反。读者预先假定了作者会遵守合作原则，在这种假定之下，读者会去"计算"（calculate）话语中所有的蕴含。读者会将作者对规则的违反理解为其交流意图所致。因此，蕴含并不内在于文本，而是在合作原则的规约之下，读者决定或"计算"出来的。

标记（markedness）是音韵学和语法学关注的对象，实际上，标记可应用于话语生产到接受所有的语言领域。语言系统的每个元素"奠基于一种逻辑上二元对立的矛盾：某种属性的在场与缺场，前者为标记，后者为非标记"。[①] 二者在分布上是不平衡的，非标记分布的范围更广。这种"不对称特征"引起了一种评价上的"超结构"（superstructure）：非标记的价值高于标记的价值。比如，在文化传统中，男人常被认为是非标记的，代表人类，而女人是标记的，是人类的"子集"。

语言的根本属性被认为是指称性的，而文学语言是表达性的，因此，过去常常认为文学语言是有标记的。卡恩斯指出："无论指称性还是表达性话语，作为语言的用法，它们在价值上没有区别。展示性文本也是这样：它们创作过程可能有别于其他类型的文本，但绝没有内在的制造类型等级的价值上的超结构。所有的文本类型都是由相关

[①] Shapiro, Michael, *The Sense of Grammar: Language as Semiotic*. Bloomington: Indiana UP, 1983, p.17.

第六章 米歇尔·卡恩斯：修辞叙事与言语行为

性原则控制的：用最少的努力获得最大的认知效果。"① 文学叙事，比如，小说是一种"假装的"言语行为，其语词指向文本之内，并不一定指称外部世界，识别其标记性就显得异常重要。

在普拉特看来，对一个文类来说，无标记构成了文类规范，读者据此判断偏离和违规。对叙事类文本来说，"一个说话人（叙述者）向读者言说一种叙事话语，其目的在于展示，其相关性是可讲述性；那个说话人遵守了合作原则和为这种话语指定的规则。也就是说，他知道那个故事，提供了所有相关信息，他作了足够的评估，并成功地使读者认为是值得阅读的"②。对这些规范的偏离和违反就是有标记的。普拉特对标记与否的区分是实用主义的，而非技术性的：非标记就是那种没有引起注意的要素，比如，小说如果以过去时态叙述，就没人去注意时态，它就是非标记的。相反，标记就是引起注意的要素，如果小说叙述有时态变化，它就是有标记的。卡恩斯吸收了普拉特的思想，认为言语行为理论尝试去识别背景及各种对背景的违反，背景传统上就被认为是非标记的情形，而对背景的违反显然引起了注意，就是标记的情形。叙事文本的元素是标记或非标记，从作者式读者、自然化、进程这三个基本规约体现了出来。

卡恩斯区分了非标记的作者式阅读与有标记的作者式阅读。非标记的作者式阅读是指，读者期望能够推断一种建构性意图，即推断出作者的意图；读者也期望他们可以被要求像叙事读者一样去"行动"，即作者召唤他们相信叙事世界是真实的；作者自觉地承担了这些期望。也就是说，非标记的作者式阅读充分遵守了合作原则。相反，有

---

① Kearns, Micheal, *Rhetorical Narratology*, Lincoln and London: Univ. of Nebraska Press, 1999, p. 22.
② Pratt, Mary Louise, *Toward a Speech Acts Theory of Literary Discourse*, Bloomington: Indiana UP, 1977, p. 205.

标记的作者式阅读是指，叙事不能使读者轻松地建构一个连贯的意图，即，"读者体会到作者（而不是叙述声音）违反了合作原则：被叙述的事件似乎不是可讲述的，或者作者看似缺乏对文类或用法规约的控制。所以读者无法建立相关性：要么读者可能会认为作者没有清晰的意图（相关性的认知原则的失败），要么读者会认为作者没有选择合适的途径去交流他们的意图（交流原则的失败）。或者，也有可能读者会认为他缺乏足够的智力或必要的经验去解读文本"[1]。可以看出，以作者的意图为中心，以对合作原则的违反与否为参照，卡恩斯区分了作者式阅读的标记与非标记。作者式阅读就是去寻求作者的意图，然而，这个意图不是作者的"个人心理学"（individual psychology），而是一种"社会惯例"（social convention）。作者式阅读就是在作者的邀请下去接受作者与读者共有的一种特殊的社会构成方式。

　　卡恩斯也区分了非标记的自然化和有标记的自然化。叙事唤起的文化框架与读者的生活世界十分接近，而且，读者不是有意识地去调用这个文化框架，而是这个框架在潜意识中起作用，那么，这就是非标记的情形。如果一个框架引起了读者的注意，那么它就是有标记的。比如，叙事世界被叙述的事物不可能在真实世界发生，即怪诞叙述，同一个人物同时出现在两个地方，既下雨又不下雨等，都是有标记的。自然化的标记与文化语境密切相关，也就是说，读者必须有意识地去调用基本规约才能识别，比如，一个话语的元素引起了基本规约的注意，或者一个故事的元素足够荒唐促使读者对之做出反应等。可以看出，自然化的标记问题是以读者为中心的，以文本元素是否唤起读者文化规约的注意为标准。

---

[1] Kearns, Micheal, *Rhetorical Narratology*, Lincoln and London: Univ. of Nebraska Press, 1999, pp. 52–53.

第六章 米歇尔·卡恩斯：修辞叙事与言语行为

进程的标记与非标记状况是由不稳定因素（instabilities）和张力（tensions）的呈现与否来界定的，卡恩斯重点谈了进程的非标记状况。在费伦看来，不稳定因素是由故事产生的，具体情境产生的人物之间冲突关系，带来一系列复杂的行动。张力是由话语产生的，作者与叙述者、作者与作者式读者之间产生的冲突关系，涉及价值、观念、信仰、知识、期望等方面的内容。卡恩斯认为："进程的非标记状况就是不稳定因素的呈现和张力的缺失。"① 叙事必须呈现人物之间的冲突，即使没有明显地叙述出来，读者也会注意到那些冲突。如果一个叙事没有任何冲突，读者就会终止阅读。如果一个叙述者表达的价值与作者式读者的价值相反，就体现了张力。相反，如果叙述者与作者式读者的价值一致，就体验不到张力；如果叙述声音明显违反了合作原则，就出现了张力。如果叙述声音遵循了合作原则，就没有张力。没有张力的话语就是非标记的，相反，呈现出张力的话语就是有标记的。可见，进程的标记状况是以文本为中心的，是由故事和话语——尤其是话语——产生的。

卡恩斯修辞叙事学奠基于言语行为理论，借用了一系列言语行为理论的概念，形成了其特殊的将修辞与结构主义方法相结合的叙事理论。他将叙事看作语言的用法，这一基本观念使叙事与修辞结合起来，并由此对言语行为理论的相关概念进行了修辞学改造。卡恩斯的贡献在于其理论的特殊视角，在于其理论的综合性和整体性，但其缺点也是明显的，比如，其"强硬的语境主义"立场就显得偏激，对其他理论的借用有时有削足适履之嫌。这是我们在理解和接受卡恩斯理论时值得注意的。

---

① Kearns, Micheal, *Rhetorical Narratology*, Lincoln and London: Univ. of Nebraska Press, 1999, pp. 60–61.

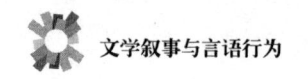

本章小结

卡恩斯的《修辞叙事学》将叙事学工具和修辞学工具结合起来，从社会建构行为的角度思考叙事：叙事"说"的时候也在"做"。与经典叙事学相比，卡恩斯修辞叙事学关注的重心有所转移。经典叙事学关注话语和故事的规律和形式结构，而修辞叙事学虽然也能识别故事的要素，但因为言语行为理论将读者和文本的相互关系置于前景，所以更加突出了话语的因素。因此在卡恩斯看来，叙事是话语类型，而不是故事模式。基于言语行为理论，卡恩斯将语境、基本规约、读者和声音视为叙事话语的用法，而非文本特征。

语境在卡恩斯的修辞叙事学中具有重要的意义，叙事的方方面面都与语境相关。在卡恩斯看来，语境不再外在于文本，而是构成叙事文本的一个元素；语境不仅仅是一种环境，而是语言的使用，是一种话语。因此，语境与修辞密切相关。

修辞叙事学关注读者和文本之间的交流，因此，阅读就是一个动态的过程，其中涉及作者、文本、读者，以及对合作原则的遵从和偏离等诸多问题。修辞叙事学不仅关注语境，也十分强调叙事的基本规约。基本规约涉及阅读过程的很多方面。规约来自言语行为理论，在奥斯汀的理论中，只有在规约中发生，言语行为才能实现其述行效果。卡恩斯将叙事的基本规约分为四种：作者式读者、自然化、进程和语言杂多。

合作原则是言语行为理论的重要构成部分，如果没有听话人与说话人的合作，言语将无法实现其行为功能。展示性文本主要是由情境语境建立的，而情境又是由合作原则决定的。因此，合作原则对文学交流有重要的意义。合作原则同时也预设了"不合作"，即对合作原则的违反，并由此产生了"标记"和"非标记"的区分。认识合作原则和标记对理解卡恩斯的修辞叙事理论具有重要的意义。

卡恩斯将相关性看作认知原则和交流原则，这些原则对于理解文学叙事如何在"说"的时候也在"做"是必需的，它们定义了言语交流的条件，读者将据此决定蕴含和识别标记。

第七章 "述行"批评实践

所谓"述行"批评，是指将言语行为理论应用于文学的批评实践，这里仅探讨叙事批评。"述行"批评有两个层面：一个是叙事文本之内的言语行为对虚构世界的建构；另一个是叙事本身作为言语行为在读者层面产生的效果。前者着重考察文本内的话语如何作用于那个虚构的世界，后者主要考察作者、文本与读者之间的相互关系。

本章将提供两个文本分析的案例，以示"述行"批评的可操作性。第一个案例探讨的是《阿Q正传》的叙事反讽。反讽是一种言语行为，说话人为了其特定表达意图有意违反合作原则，因此反讽也是说话人的修辞行为。反讽实施的是一种间接言语行为，通过字面意义获得另一种意义，从而达到述行的目的。因此，反讽具有双重意义结构，对叙事文故事世界的建构具有重要意义。基于塞尔的言语行为理论，第一节探讨了《阿Q正传》人物话语的反讽、叙述话语的反讽，以及在最外层面上的结构反讽，通过对宣告和断言两类言语行为的矛盾分析，揭示了反讽的哲学意义及其对叙事文的述行功能。第二节以"非男非女"这种文化现象为例，探讨了"行为"如何"叙事"。言语行为理论认为"言"即"行"，"说话"就是"做事"。而这里颠倒了这个观点，认为"行"即"言"，行为也可以叙述，从而构成叙事。"非男非女"既是愿望，又是行动，因此，它本身构成了叙事：用行动诉说了一个关于人类自身的性别故事。"非男非女"是当代间性文化的代表，理性与感性的冲突将在间性文化中得以调解。

第一节 《阿Q正传》：言语行为与叙事反讽

反讽最初出现在柏拉图的《理想国》中，大意为"油滑而狡诈的蒙骗人的讲话方法"，这就是所谓的"苏格拉底式反讽"，或"辩证式反语"。后来的研究出现了多种反讽的分类，如言辞反讽、情景反讽、结构反讽、戏剧反讽、浪漫反讽、宇宙反讽或命运反讽等。布思在其《反讽修辞》中区分了"稳定反讽"与"不稳定反讽"两类。

传统的反讽研究主要集中在语义和语用两个方面。语义研究认为反讽是一种修辞格，就是说反话，即实际所要表达的意义与话语的字面意义正好相反，是一种语义倒置。卡恩斯的修辞叙事学认为，反讽之所以呈现出与字面相反的意义，是因为"听者意识到反讽话语是对一种观点的'反射'（echo），这种观点的来源在话语中被识别，同时，听者也意识到，说话人对这个被反射的观点的态度要么是拒绝，要么是不同意"[1]。在言语行为理论中，塞尔认为反讽是语义上的反话，"一个说者意谓与他所说的相反的东西。通过语句意义然后折回到语句意义的反面达到表述意义"[2]。即"S是P"的字面意义就是其语句意义，但如果该句是反讽，那么其表述意义就是"S是~P"。格

---

[1] Sperber, Dan, and Doerdre Wilson, *Relevance*: *Communication and Cognition*, 2nd ed. Cambridge：Harvard UP, 1995, p. 240.
[2] ［美］塞尔：《隐喻》，［美］A. P. 马蒂尼奇《语言哲学》，牟博、杨音莱、韩林合等译，商务印书馆2006年版，第839页。

赖斯持一种语用观，格赖斯认为反讽话语绝不是完全无目的的，说话人"肯定在试图让别人理解某个其他的命题，而不是他提出来的这个命题。这个命题必须是某个显然有关的命题；而这个最显而易见的有关命题就是与他提出来的那个命题相矛盾的命题"①。在格赖斯看来，反讽也违反了合作原则中质的第一条准则。如"你是我咖啡中的奶油"的反讽解释就是"你是我的灾难"。"奶油"与"灾难"不是语义相反，而是两个相关的不同命题。反讽是说话者为了特定目的有意为之。

无论是语义学还是语用学的反讽，都将反讽看作说话人的言语行为，有意违反合作原则在于其特定的表达意图，因此反讽也是说话人的修辞行为。Haverkate 在《反讽的言语行为分析》一文中强调："对诚意条件的反讽性地操作是实施任何反讽性的言语行为时所固有的。"② 他指出，在断言类、指令类、承诺类、表情类和宣告类这五种基本言语行为中，反讽性的言语行为并不是均匀分布的，反讽主要见于断言类。本书不打算对各种反讽性的言语行为逐一探讨，仅考虑人物话语的反讽、叙述话语的反讽，以及在最外层面上形成的叙事文的结构反讽。"因为反讽句的间接含义往往是其命题内容的对立、否定或矛盾，它可以是正话反说（通过责备来赞扬）或反语正说（通过赞扬来责备），所以反讽句是一种间接施为句，反讽实施的是一种间接言语行为，其以言行事是借助另一种以言行事的表达方式间接实现的。"③ 尽管塞尔对反讽与间接言语行为进行了区分，但不可否认两者

---

① ［美］格赖斯：《逻辑与会话》，［美］A. P. 马蒂尼奇《语言哲学》，牟博、杨音莱、韩林合等译，商务印书馆 2006 年版，第 310 页。
② Haverkate, H., "A Speech Act Analysis of Irony", *Journal of Pragmatics*, No. 14, 1990, pp. 77–109.
③ 朱小舟：《〈傲慢与偏见〉中的微观反讽言语行为》，《四川外语学院学报》2002 年第 4 期。

在述行功能上是一致的，即都是通过字面意义而获得另一种意义，从而达到述行的目的。因此反讽也具有双重意义结构（显义和晦义），叙事文中的反讽述行对故事世界具有建构功能。

从反讽在叙事文中发挥作用的层次来看，有人物话语的反讽、叙述话语的反讽（包括人物叙述者话语和作者话语的反讽），以及最外层的叙事结构反讽。各个层面的反讽在文学叙事中有大量的表现，如俄狄浦斯的话语反讽、《喧哗与骚动》的叙述话语反讽、《堂吉诃德》的结构反讽等。中国的文学叙事中，尤其是现代以来的小说中反讽是构建故事的重要手段，如鲁迅的小说，余华、莫言等的先锋实验小说，而《大话西游》等后现代作品中，反讽具有基础性的意义。这里仅以《阿Q正传》为例，探讨作为言语行为的反讽对故事世界的构建作用。

张开焱教授关于《阿Q正传》的系列论文对该著的叙述结构、叙述话语有开创性研究，虽然论文没有直接使用"反讽"的术语，而是使用讽刺性模仿（戏仿）、狂欢、双声话语等术语，但这些术语都可看作反讽的表现。张教授的论文主要从文本叙事形式发掘文本潜藏的文化意义，本节将从言语行为理论的视角探讨反讽对故事的建构作用。

一 人物话语的反讽

阿Q的直接引语在《阿Q正传》中出现得较少，大多都是通过叙述者的声音转述阿Q的话语。但是，较少的阿Q的直接引语大多都是反讽话语。张开焱认为："仅就人物语言自身来讲，一般不存在双声性，但人物语言和隐藏在人物语言后面的叙述者的立场之间的差异赋予了这种语言双声性。"因此，"这些人物口头或心理语言里，明显的是阿 Q 的声音,但在这个人物的声音后面,我们总能听到一种悲哀的叹息或讥刺的嬉笑声,那是代表着作者立场的讽刺型叙述者的声音。"① 这当然是很正确的论断,但从言语行为理论来看,阿 Q 的有限话语本身就是反讽,或者说体现了双声性。例如:

阿 Q 不独是姓名籍贯有些渺茫,连他先前的"行状"也渺茫。因为未庄的人们之于阿 Q,只要他帮忙,只拿他开玩笑,从来没有留心他的"行状"的。而阿 Q 自己也不说,独有和别人口角的时候,间或瞪着眼睛道:

"我们先前——比你阔的多啦!你算是什么东西!"

(《鲁迅小说》,第 71 页)

这是阿 Q 在整个小说中第一次开口说话(在此之前都是叙述者的转述)。这句话起码实施了两种言语行为:"我们先前——比你阔的多啦!"是"宣告","你算是什么东西"是"断言"。

塞尔认为,言内语力就是话语满足的合适条件,不同的言语行为满足的合适条件不同,所以言内语力也不相同。根据塞尔从"合适条件"中提取出来的四条构成规则②,"宣告"(Declarations)类言语行为的符号化结构是:$D \updownarrow \emptyset(p)$。其中 D 是宣告类言语行为展示项;$\updownarrow$ 是合适方向或先决条件,即语词与世界的关系;宣告行为既可能使语词与世界相符(words to world),也可能使世界与语词相符(world to words),因此使用的是上下双箭头;$\emptyset$ 指真诚条件,因为宣告行为没有真诚条件的限制,所以用空符号 $\emptyset$ 来表示,与断言行为一样,宣告

---

① 张开焱:《双性同体的叙述者与叙事话语的双声性——〈阿 Q 正传〉叙事文化学分析之三·叙事学的中国之路》,祖国颂等主编,中国社会科学出版社 2006 年版,第 157 页。
② 见第二章第一节。

行为也没有命题条件,即命题内容没有限制;(p)指可变的命题内容。宣告行为的基本条件(话语的目的)是通过宣告的成功述行造成对象的状态或对象的相关条件的改变。

就阿Q的宣告行为而言,要重点探讨的是其言语行为的先决条件和真诚条件。宣告行为"确实试图使语言与世界相符。但他们不试图去做,比如描述一个存在的事件状态(像断言行为),也不尽力使某人造成一个将来的事件状态(像指令行为和承诺行为)"①。或者说,宣告行为就其命题内容而言既可能是真的,也可能是假的,因为世界不为语词提供证明。同时,宣告行为也没有真诚条件的限制,阿Q当然可以宣告"我们先前——比你阔的多啦"。然而,阿Q宣告的命题中又包含了一个时间副词"先前",即他宣告的是一个曾经存在的事件状态,如果说话人是真诚的,那么其语词应该与曾经存在的事件状态(即世界)相匹配。但是,"先前"意指过去,即语词指向的世界已经消失,因为在未庄人眼中,阿Q"先前的'行状'也渺茫",世界因此又不能为语词提供证明。阿Q钻了语言的空子,他的宣告是成立的,或者说是合法的。这种合法的宣告是阿Q一切行为的基础,甚至可以说是整个故事呈现反讽状态的基础。

问题出在其断言(Assertives)行为上。断言行为的符号化结构是:⊢↓B(p)。其中⊢是断言类言语行为的展示项;↓是合适方向或先决条件,断言行为必须使语词与世界相符;B是真诚条件,即心理状态上必须相信(Believe)所表达的命题。像宣告行为一样,断言行为没有命题条件。断言行为的基本条件是说话人必须保证命题的真实性。

---

① John R. Searle, *Expression and Meaning: Studies in the Theory of Speech Acts*,张绍杰导读,外语教学与研究出版社、剑桥大学出版社2001年版,第19页。

文学叙事与言语行为

阿Q的断言"你算是什么东西"肯定符合真诚条件，因为他肯定相信他所断言的命题。但他的断言并不符合先决条件和基本条件，或者说，"你算是什么东西"并不与世界相符，命题本身是虚假的。断言行为指向现在或将来，需要世界来证明其合法性。

因此，阿Q的话语在这里成了反讽。阿Q话语的基本逻辑走向是由"宣告"而"断言"，前为因后为果。前因是"先前"的事件状态，是已经消失的、不可证明的，因而其宣告是合法的，但其试图通过宣告达到改变自身状态的话语目的注定是不能实现的，因为其宣告话语不能成功述行。作为后果的断言行为因为遭遇世界的检验而成为不合法的断言，它不符合断言的构成原则。原因与结果构成不可调和的矛盾。具有反讽意味的是，阿Q常常用这种逻辑行事。在阿Q有限的直接引语中，大多都是这种"宣告"或"断言"，如：

"我的儿子会阔得多了！"
"我总算被儿子打了，现在的世界真不像样……"
"现在的世界太不成话，儿子打老子……"
"你还不配……"
"我说他！"阿Q指着近旁的一个孩子，分辩说。
"我不知道我今天为什么这样晦气，原来就因为见了你！"
"再过二十年又是一个……"

阿Q的反讽式"宣告"与"断言"对整个故事而言具有基础性的意义。宣告因为没有真诚条件限制，不需要世界的检验，因而具有无所不在的合法性。阿Q常常以不真实或不存在的事件状态作为自己宣告的命题，因而又达不到宣告的话语目的——改变自身的存在状态。但这并不妨碍他将合法的宣告作为"断言"的前提。而断言必须

· 268 ·

与世界相符合，因此他的断言反过来又摧毁了前提。精神胜利法的产生也许正以这种无所不在的宣告合法性为前提。

阿Q的话语受叙述者"我"的操控，是"我"写作的产物。更具反讽意味的是，叙述者话语也采用了这种"宣告→断言"式，其本身又构成反讽。

二 叙述者话语的反讽

文类是一种契约，文类的区分不仅标明话语模式的不同，而且也使故事世界呈现不同的面貌。因此，文类本身就具有一定程度的语力。如，传记小说、侦探小说、惊险小说等各有其话语规则和故事模式。《阿Q正传》作为"传记类"叙事作品，其文类标志"正传"预先确定了话语模式。

传记类叙事作品叙述者的话语模式采用的正是阿Q的"宣告→断言"式，其一般情形如下：

["我宣告"]：传主具有（光辉的、邪恶的……）生平事迹。

["我断言"]：传主是一个（崇高的、阴险的……）人。

其中小括号内的命题是可变的，因此不管其人是邪恶的或崇高的，只要他在历史上具有一定影响，一般都可以成为传记的主人。而小括号外的命题是不变的，它代表传记的一般命题内容。与一般的"宣告"行为不同的是，传记类叙事作品的宣告行为一般必须使语词与世界相符，即传主生平事迹是能够被世界证明的"存在的事件状态"，并且叙述者必须具有相信（Believe）是真实的真诚条件。因此，一般传记宣告的符号化结构是：$D\downarrow B(p)$。可以看出，这里的宣告变成了"断言"。这就是塞尔所说的"宣告"与"断言"重合（overlap）的地方，正如法官和裁判的宣告行为，"这是因为在一定的传统条件下，我们不仅确定那些事实，而且我们需要一个专家在发现事实的程序完成之后对有关事实做出决定"①。即一般传记的宣告和断言之间没有矛盾，具有一致性。

然而，正如阿 Q 本人的话语行为，《阿 Q 正传》叙述者的宣告和断言之间也产生了严重的断裂，从而构成矛盾，形成反讽。第一章的序集中代表了叙述者的话语，典型地体现了一个反讽结构：

["我宣告"]：我要给阿 Q 做正传，已经不止一两年了。

["我断言"]：（因为阿 Q 的特殊性）这注定是一篇速朽的文章。

做传记，即宣告行为的话语目的，是为了不朽，而这恰恰成了速朽的原因。

故事本身整体上也是一个反讽结构。叙述者的叙述处处隐含一种转折结构，转折之前是对阿 Q 各种失败"行状"的宣告，转折之后则是阿 Q 自我胜利的断言。如：

……然而不到十秒钟，阿 Q 也心满意足的得胜的走了，他觉得他是第一个能够自轻自贱的人，除了"自轻自贱"不算外，余下的就是"第一个"。

……但他立刻转败为胜了。……心满意足的得胜的躺下了。

……于是忽而想到赵太爷的威风，而现在是他的儿子了，便自己也渐渐的得意起来，爬起身，唱着《小孤孀上坟》到酒店去。

……而且奇怪，又仿佛全身比啪啪的响了之后更轻松，飘飘然的似乎要飞去了。

---

① John R. Searle, *Expression and Meaning: Studies in the Theory of Speech Acts*, 张绍杰导读，外语教学与研究出版社、剑桥大学出版社 2001 年版，第 19 页。

……不知怎么一来，忽而似乎革命党便是自己，未庄人却都是他的俘虏了。

……但不多时也就释然了，他想：孙子才画得很圆的圆圈呢，于是他睡着了。

因此，叙述者叙述故事的话语模式为：

["我宣告"]：阿 Q 的处处失败。

["我断言"]：阿 Q 的处处胜利。

显然，在这种话语结构中，"宣告"与"断言"之间形成反讽性断裂，《阿 Q 正值》的反讽叙事很大程度上源于这种整体上的话语反讽。同时，叙述者话语的这种反讽结构也产生了广为人知的阿 Q 式"精神胜利法"。"精神胜利法"的核心不在"胜利"，而在"失败"，或者说，精神上的"胜利"表明的恰恰是事实上的"失败"。因此，"精神胜利法"本身隐含了一个反讽结构，它与上述叙述者话语的反讽模式如出一辙。

三 叙事文的结构反讽

叙事文的结构反讽一方面可以通过叙事主题体现出来，如卡夫卡的《变形记》刻意构造了一个多层的反讽结构来探究现代人的意识和身份认同感，并通过这些反讽结构质疑了现存的社会机制，彻底地否定了现实世界的各种关系；[1] 另一方面，叙事文的结构反讽也可以通过叙事文的结构形式体现出来，如《伤逝》虽然以"涓生的手记"形式规定的是涓生讲述他与子君的故事，但实际上涓生的讲述又同时被隐含作者讲述着。鲁迅是以一种反讽的观点来观照和讲述涓生与子

---

[1] 参见刘秀玲《卡夫卡小说〈变形记〉的反讽结构》，《新西部》2009 年第 20 期。

君故事的，尽管这种反讽是不动声色和隐性的，但几乎无处不在，甚至可以说是《伤逝》的一个结构原则。作者或者置其自相矛盾的意见，或者以言行不一，表象和事实的对比构成反讽性事态，使叙述者的讲述反而成为嘲讽自己的来源。① 不论是哪一种形式的反讽，都可以归结为作者的"叙述"行为，是作者有意构造了反讽结构。反讽作为言语行为手段，最终必然涉及意义，涉及言语行为发出者的意图。

张开焱指出，《阿Q正传》表层叙事结构是对中国古代源远流长的史传英雄故事模式的讽刺性模仿，这个英雄故事模式主要由"出生寒微但少有大志—历经挫折磨难困苦—风云际会乘势而起—终于建立丰功伟绩"这几个基本环节构成，它们在《阿Q正传》中被做了贬低化、滑稽化处理，结果使得英雄豪杰的正剧或悲剧变成了小丑的滑稽性喜剧。② "讽刺性模仿"就是反讽。从言语行为的视角来看这个观点，则《阿Q正传》的结构反讽来源于文类规约与对象之间的错位。

言语行为是一种规约行为，即言语行为只有在一定的规约下才能成功述行。叙事作为一种言语行为，必须遵循文类规约，而文类规约不仅有其自身的话语规则，也与文化传统有关。如前所述，传记类作品必须使语词与世界相符，即传主必须是有历史影响力的人物。传记类作品的文化规约本身就已经"宣告"了对象应该具有的身份——如英雄豪杰，而阿Q的身份与此宣告恰恰相反。然而叙述者仍然遵循了这一文化规约的宣告，反讽由此产生。

［文化规约"宣告"］：传记是英雄人物的生平事迹。

---

① 参见李今《析〈伤逝〉的反讽性质》，《文学评论》2010年第2期。
② 参见张开焱《表层叙事结构：对史传文学英雄故事模式的讽刺性模仿——〈阿Q正传〉叙事文化学分析之一》，《海南师范学院学报》2006年第1期。

[文化规约"断言"]：《阿Q正传》的主人公应该是个英雄。

"出生寒微但少有大志——历经挫折磨难困苦——风云际会乘势而起——终于建立丰功伟绩"的文化规约规定了阿Q形式化的人生历程，但事实上阿Q的具体"行状"与这一文化规约恰恰相反。《阿Q正传》的反讽结构不仅构造了一个荒谬的故事，在最终的意义上，体现了作者叙述行为的话语目的，如杨义所说："结构是以语言的形式展示一个特殊的世界图式，并作为一个完整的生命体向世界发言的。"① 文学叙事本身就是一种发言行为。那么，《阿Q正传》的反讽结构向世界做出了怎样的"发言"？

反讽的价值指向总体上是否定性的。克尔凯郭尔指出："反讽主要是作为把握世界的反讽出现，它故意迷惑周围的世界，与其说是为了把自己隐藏起来，毋宁说是为了使他人显出真相。"② 在这个意义上可以说《阿Q正传》暴露了国民性的真相。"根本意义上的反讽的矛头不是指向这个或那个单个的存在物，而是指向某个时代或某种状况下的整个现实。"③ 在这个意义上，阿Q不是一个个体，而是一个群体的代表，用克尔凯郭尔的话说，他是鲁迅那个时代"主体性最飘忽不定、最虚弱无力的显示"。

但是反讽还有最深层的否定，"反讽的矛头也可能指向整个生存，就此而言，它也坚持本质和现象之间的对立、内在和外在之间的对立"④。本书坚持从言语行为理论的视角看待《阿Q正传》的反讽叙事，就此而言，首先，它表明文化规约对个体存在的否定，或者说，

---

① 杨义：《中国叙事学》，人民出版社1997年版，第41页。
② ［丹］克尔凯郭尔：《论反讽的概念：以苏格拉底为主线》，汤晨溪译，中国社会科学出版社2005年版，第215页。
③ 同上书，第218页。
④ 同上书，第221页。

个体存在总是被文化规约"宣告"和"断言",正如"不是我们在说语言,而是语言在说我们",在这个意义上也可以说,"不是我们在创造文化,而是文化在创造我们"。叙述者的叙述行为已经先在地被文化规约所限定,必须遵从这一限定,否则便是荒谬。其次,《阿Q正传》的叙述行为又颠覆了这一限定,从而否定了文化规约对个体存在的否定。

20世纪下半叶以来,言语行为理论已经超越纯粹语言学领域,进而对文学理论产生了重大影响,为观照叙事文话语机制提供了一种新的视域。言语行为是一种规约行为,或者说,言语述行受规则的制约。文学叙事是一种言语行为,因此文学叙事也受规则制约。文学叙事不仅受文类规则的制约,其话语表达作为言语行为也有规约性。本书探讨了反讽作为一种有目的的修辞行为对叙事文的故事世界及其意义的建构功能。作为一种研究视角,其他话语表达形式——如隐喻、反复、含混等——也对叙事文的建构具有重要的意义,也当纳入言语行为理论的应用场域。

第二节 "非男非女":间性文化与感性复归

对当代审美文化的认识存在一种方法论上的悖谬。当代审美文化的重要特征之一被界定为历史意识或历史深度的消失,从而呈现为一种平面化的文化。而对这一特征的认定恰恰是在历史的纵向比较中得出的。由此带来的悖论是,认识当代文化需要一种历史深度或历史意识,而当代文化却恰恰缺乏历史深度和历史意识。"历史"的深度棱镜却折射出"无历史"的文化镜像,这在学理上是不可思议的。

这一悖论突出体现在后现代主义文化思想家詹姆逊的论述中。詹姆逊不仅倡导,而且在研究中深深地嵌入了历史意识,资本主义文化分期的界定就是这种历史意识的体现。而且,正是历史意识的介入,才使他对后现代主义文化的特征做出了出色的分析。他一方面断言后现代主义文化是"无深度"和"平面化"的;另一方面,他对当代文化现象的分析却又是极具历史"深度"的。例如,他可以从"无深度"的后现代主义文化看出其蕴藏的政治寓意,他可以从一个后现代主义建筑看出"人"的当代处境。

然而,詹姆逊的悖论却为我们认识当代审美文化带来深刻的启示,即必须用一种历史的眼光去审视当代文化规范,并由此去"分析及了解其价值系统的生产和再生产过程"。诚如詹姆逊所言,"任何个别的、孤立的文化分析都无法逃离历史,都必定能够在历史分期的论述里得到诠释——无论那历史的论述如何受到压抑、如何被人漠视"[①]。詹姆逊给我们带来的思考是,如果在文化历史的长河中观照当代审美文化,它真的无历史意义吗?

历史意识是认识当代审美文化的一把钥匙。以此为基点,本节尝试去分析当代"非男非女"这一文化现象的历史意义及文化内涵,并以此为个案去理解整个当代审美文化"价值系统的生产和再生产过程"。

"非男非女"并非指生理意义上的"双性人",而是指在表象上表现为混淆男女两性性别差异的文化现象。男装女性化与女装男性化、影视剧中的"娘娘腔"与"野蛮女"、现实生活中的"伪娘"

[①] [美]詹姆逊:《晚期资本主义的文化逻辑》,张旭东编,陈清侨等译,生活·读书·新知三联书店1997年版,第426页。

现象等都可纳入此范畴。我们也将同性恋作为"非男非女"的表征之一，不是因为同性恋在生理和心理上性别的模糊性，而是因为它在当代文化生产体系中的公开性和公众性。公开性表现为现实中的同性恋再也不是秘密的，而是有组织的团体，甚至可以公开结婚；公众性表现为同性恋成为艺术观照的对象，成为大众娱乐的对象。

"非男非女"已经引起广大学者的关注，已有的研究多从社会学、文化学、女性主义等视角展开分析，结论大同小异。本节拟从格雷马斯的符号学理论出发探讨"非男非女"现象的深层运作机制，并将行为看作叙事，在"非男非女"现象的历史流变中探讨其形成的叙事内涵，并由此对当代审美文化的属性做出可能的判断。

一 符号学分析

在亚里士多德的逻辑学里，有两类命题，一类是矛盾，另一类是对立。格雷马斯继承了这一思想，来探讨意义的构成，提出了著名的符号学矩阵理论。"他认为这是一切意义的基本细胞，语言或语言以外的一切'表意'（significance）都是采取这种形式。"① 因此，"非男非女"作为一种表意形式，可以用格雷马斯的符号学矩阵加以分析。

如图 7-1 所示，白与黑是对立关系，黑与非黑、白与非白是矛盾关系。格雷马斯实际上是在极化对立中引入了弱对立的第三项，即矛盾关系。非黑不一定就是白，非白也不一定就是黑，该项处于中间

---

① ［美］詹姆逊：《后现代主义与文化理论》，唐小兵译，北京大学出版社 2005 年版，第 108 页。

地位，同时具有黑白两种属性，比如灰。格雷马斯称为"复合项"（complex term）。

在"非男非女"的矩阵中（见图7-2），男与女是对立关系，女与非女、男与非男是矛盾关系，因为非女不一定是男，非男也不一定是女。非男和非女两项指向了同一种对象——非男非女，或既男又女。所以，上述四项矩阵就转化为三元鼎立。

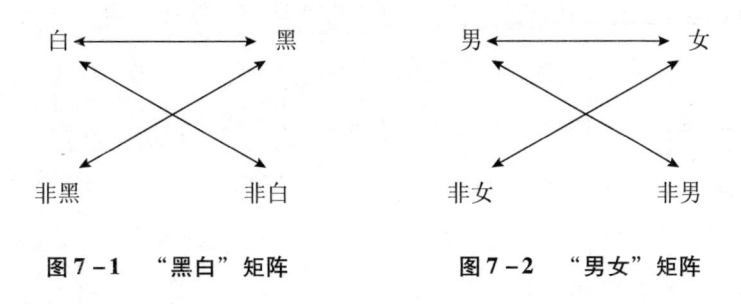

图7-1 "黑白"矩阵　　　图7-2 "男女"矩阵

那么，"非男非女"在这个符号三角中意指什么？过去被遮蔽或者说被压抑而现在俨然成为潮流的"非男非女"在整个文化发展史中有何意义？

自从人类走出蒙昧时代，男女性别就与其生物属性渐行渐远，而与社会和文化紧紧结合在一起。正如女性主义响亮的口号"女人不是天生的"，男性与女性是一种社会性别，或者说，是文化生成的性别，女性主义思想家称为性属（Gender）。女性主义所反对的正是文化对性别属性的外在规范，并由此带来的不平等。因此，二者的"对立"是一种文化上的对立。

而"非男非女"指向的则是自然。远古文明几乎普遍认为世界的始祖是双性同体的。中国的创世神话中，天公地母在乾坤未开之时原本是一体的。在中国的人类起源神话中，其实也暗含了一个"双性同体"的始祖。传说，华夏种族是由伏羲和女娲兄妹相婚而产生的，而伏羲和女娲是双头人首蛇身的神怪。在埃及神话中，地神格卜和天神努特最初是相互拥在一起的，因此，其始祖之神也是双性同体的。① 印度婆罗门教的圣书《往世经》说："至高无上的精神在创世的行动中成为双重的：右边是男性，左边是女性。她是玛亚，永恒不灭的。"② 此外，柏拉图的"双性同体"说、上帝的双性同体形象、众多的远古壁画雕塑，以及人类学、心理学等研究都表明，双性同体是一种原始观念，是早期人类对自身的感性认识。精神分析学认为，每个人天生都带有异性的某些性质，不仅在生理上会分泌异性激素，而且在心理上，人的情感和心态总是同时兼具两性倾向。正如荣格所说："每个男人心中都携带着永恒的女性心象，这不是某个特定的女人的形象，而是一个确切的女性心象。这一心象根本是无意识的，是镂刻在男性有机体组织内的原始起源的遗传要素，是我们祖先有关女性的全部经验的印痕（imprint）或原型，它仿佛是女人所曾给予过的一切印象的积淀（deposit）。"③ 在精神分析学看来，无意识往往与"自然"相联系，而意识恰恰是"文化"实施压抑的场域。在这个意义上，"非男非女"指向的是"自然"。

因此，"非男非女"的符号三角所反映的深层结构是文化与自然的对立（见图7-3）。

反过来说，文化或文明的发展就是对自然的压抑和禁锢。人类学的研究表明，当一个事物找不到自身的范畴根据，或者说不能明确归类的时候，这个事物就成了禁忌。"文化把混淆宇宙伟大分类的行为

---

① 参见［美］塞·诺·克雷默编《世界古代神话》，魏庆征译，华夏出版社1989年版，第52页。
② ［美］O. A. 魏勒：《性崇拜》，史频译，中国文联出版公司1988年版，第68页。
③ ［美］C. S. 霍尔、V. J. 诺德贝：《荣格心理学入门》，冯川译，生活·读书·新知三联书店1987年版，第54页。

定为禁忌。"① 比如，乱伦就是乱伦者无法为自己确切定位，他可能既是父亲又是情人，或既是母亲又是情人。乱伦成为禁忌是亲属关系存在的前提。C 和反 C 是两个对立的范畴，当一个事物同时属于这两个范畴的时候，它就成了禁忌。这个禁忌物就是符号三角的第三方（见图 7-4）。"非男非女"就是跨越了文化确立的男女两性泾渭分明的界限，因此，"非男非女"在文明的长河中一直是作为禁忌物而存在的。它被禁止言谈。禁忌为秩序而存在，确立禁忌就是确立秩序，同时实施一种压抑。文明或文化的发展必须使一些事物成为禁忌物，而这些事物通常都是自然物。

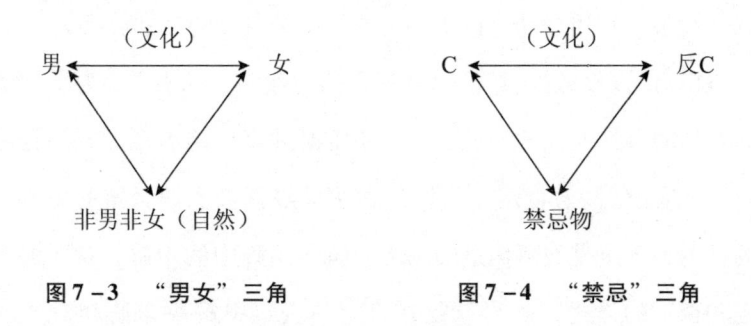

图 7-3 "男女"三角　　　图 7-4 "禁忌"三角

二　言语行为与叙事分析

J. L. 奥斯汀的言语行为理论认为"说"就是"做"，言语就是行为。奥斯汀将言语可以做事的功能称为述行（performative），"这个术语当然来自动词'实施'（perform），它的名词是'行动'（action）：它表明，说出话语就是在实施一种行动——而不是像通常认为的仅仅说了一些东西"②。比如说出"对不起"三个字，不仅实施了"说"

---

① ［美］玛丽·道格拉斯：《洁净与危险》，黄剑波等译，民族出版社 2008 年版，第 2 页。
② J. L. Austin, *How to Do Things with Words*, 顾曰国导读，外语教学与研究出版社、牛津大学出版社 2002 年版，第 6—7 页。

· 279 ·

的行为，而且实施了"道歉"的行为。反过来说，行为也是言语，尽管什么都没说，但行为可以传达言语所要表达的内容。奥斯汀强调了前者，而忽略了后者。"非男非女"是一种行动，不是通过"说"来行动，而是通过行动来"说"。如上文所述，"非男非女"是一种无压抑的、自然的原始观念，那么，当代的"非男非女"现象就是一种愿望的表达，是用行为表达了在文化过度的时代向自然感性回归的精神与心理诉求。在格雷马斯看来，叙事首先是愿望的投射，然后是行动，由此构成情节。愿望是行动的原动力，没有愿望就没有行动，从而也不会有故事。"非男非女"既是愿望，又是行动，因此，它本身构成了叙事——用行动诉说了一个关于人类自身的性别故事。

对格雷马斯来说，叙事中最基本的机制是"交换"，为了创造出不断有新的事件发生的幻觉，叙事系统必须来回地展现肯定和否定的力量。① 否定伴随着肯定，当肯定到达极限就会遭遇否定的力量，不断的肯定和否定是叙事前进的动力。符号矩阵中的矛盾、对立关系是肯定和否定的体现。叙事就是在肯定与否定中解决矛盾和对立的关系，当所有的问题都解决了，叙事就封闭了。

这种不断肯定和否定的基础就是自然和文化的关系。结构主义人类学家对神话叙事的解释就是立足这一关系的，比如，列维-斯特劳斯就认为神话叙事在最深层的意义上是对文化与自然这一对立关系的调解。"对于列维-斯特劳斯来说，神话是这样一种叙事过程：部落社会通过它可以找到一种想象性的解决办法，一种依赖于表象思维的解答，以消除基础结构同上层建筑之间的真正社会矛盾。……神话在

---

① 参见［美］詹姆逊《后现代主义与文化理论》，唐小兵译，北京大学出版社2005年版，第107页。

本质上是一种中立化的过程。"① 这一中立化过程势必会在二元对立中出现第三项,第三项的作用就在于对二元对立进行调解。列维－斯特劳斯的神话研究特别突出了诸如矛盾心理、双性同体、双重编码等形象的调解作用。由是观之,"非男非女"类似于此一中立化的神话形象,其意义在于对两性对立的文化/理性暴政加以调解,并表达了回归自然/感性世界的渴望。

在这个意义上,我们可以这样看"非男非女"符号三角所构成的叙事,如图7-5所示。

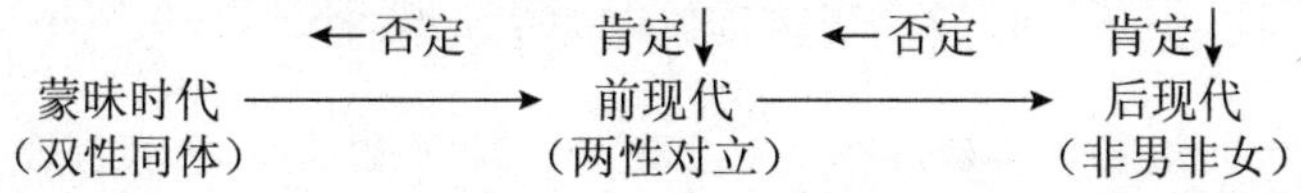

```
            ←否定      肯定↓     ←否定     肯定↓
   蒙昧时代 ─────→ 前现代 ─────→ 后现代
  (双性同体)       (两性对立)         (非男非女)
```

图7-5　"肯定"与"否定"构成的性别叙事

在蒙昧时代,双性同体体现的是未开化人类的自然世界观。接着出现了对蒙昧时代的否定,没有这一否定人类就不会进入文明时代。否定的力量摧毁了早期人类感性认知世界的方式(双性同体),确立了理性认知世界的方式(两性对立)。对理性的肯定是文明前进的动力,理性的力量在现代社会登峰造极。理性确立的是秩序,两性对立正是在这一否定和肯定中确立的。到了后工业社会,理性在其极端又遭遇了否定的力量,"非男非女"正是这一否定力量的体现。在这个意义上,"非男非女"是对两性对立这一理性秩序的反抗。如果说感性是起源、母亲和自然,那么,后现代主义文化对感性生活的肯定就是对起源的遥远回望,对母亲的弑父式回归,对阔别的自然的依恋。

德勒兹和瓜塔里的《反俄狄浦斯》试图对不同社会体制疏导和控

---

① [美]詹姆逊:《批评理论和叙事阐释》,王逢振主编,中国人民大学出版社2004年版,第24页。

制欲望的方式做历史分析，从而提出了符码化理论。他们把通过驯服和限制欲望的生产性能量来压抑欲望的过程称为"辖域化"（territorialize）或"符码化"（code），把物质生产和欲望从社会限制力量之枷锁下解放出来的过程称为"解辖域化"（deterritorialize）或"去符码化"（decode）。他们认为，对于一个社会来说，首要任务就是驯服和压制欲望，将欲望"辖域化"到一个封闭的结构当中。"为欲望制码（code）……乃是社会的要务。"① 以欲望为出发点，符码化理论实际探讨的是社会或文化制码到解码的过程。如果从德勒兹的符码化理论来看"非男非女"符号三角所构成的叙事，则如图7-6所示。

```
自然          （立约）      文化              （毁约）      拟自然
非符码化   ——————→   符码化、超符码化   ——————→   去符码化
（双性同体）              （两性对立）                  （非男非女）
```

图7-6 "符码化"构成的性别叙事

在世界被符码化之前，其实还有一个非符码化的阶段，或者用人类学的术语来说，是一个"原始的无分化的世界"。在这个世界里，"人们不能够对事物作出正确的区分"，呈现出"内在与外在、事物与人、自我与环境、符号与工具、语言与行为之间的混淆……这样的混淆或许是一个必然而普遍的阶段"②。在这一阶段里，人与自然没有严格的区分。双性同体正是未开化人类对自身的感性认识。符码化是原始人类根据自身的感性知识对世界的初步分类，通过分类使世界符码化，也将人从自然中提升出来。超符码化是对世界的严格分类，社会围绕一个神圣的中心而建立，形成了中心的独裁者，父权在文化上成

---

① ［美］凯尔纳、贝斯特：《后现代理论：批判性的质疑》，张志斌译，中央编译出版社1999年版，第112页。

② ［美］玛丽·道格拉斯：《洁净与危险》，黄剑波等译，民族出版社2008年版，第113页。

为权威的中心，两性对立由此产生。去符码化是对此前建立的符码世界进行颠覆，消弭其确立的等级秩序和价值规范。因此，"非男非女"是对父权文化的去符码化，在精神和思维上与非符码化的世界境况相通，可以说是一种拟自然。世界的符码化也是文化为自身立约的过程，立约就是确立理性的秩序，而去符码化则是对既定契约的撕毁，是对理性秩序的反抗。恰如格雷马斯所说："毁约就具有另一种正性意义，即显示出个人的自由。因此，叙事所确立的取舍即是在个人自由（也就是无契约）和被接受的社会契约之间做一抉择。"①

从符码化到去符码化，形成两性叙事的情节链条，锁在链条中的主人公则是处于文化中的人类自身。摆脱符码化是困难的。德勒兹在《反俄狄浦斯》中给了我们一个出路，那就是精神分裂。他认为"伟大的当代英雄只可能是精神分裂的人，只有他能摆脱这一切符码，回到最原始的状态"②。"精神分裂症要求回归到原始流时代的理想正恰如其分地代表了后现代主义一切新的特点。"③"非男非女"在传统文化看来，不正是一个精神分裂的形象吗？

格雷马斯认为，叙事既显示了恒定性，又显示了变化的可能性；既显示了必然的秩序，又显示了破坏和重建秩序的自由。因此，叙事可以分成两大类：一类是接受现有秩序的叙事，另一类是拒绝现有秩序的叙事。在第一种情况下，存在的秩序非人力所能改变，叙事的调解作用在于"使世界为人所认识"，赋予世界以人的维度。这样，世界的存在就得到了人的解释，人也就融入了世界。在第二种情况下，

---

① [法] A. J. 格雷马斯：《结构语义学》，蒋梓骅译，百花文艺出版社 2001 年版，第 311 页。
② [美] 詹姆逊：《后现代主义与文化理论》，唐小兵译，北京大学出版社 2005 年版，第 22—23 页。
③ [美] 詹姆逊：《晚期资本主义的文化逻辑》，张旭东编，陈清侨等译，生活·读书·新知三联书店 1997 年版，第 282—283 页。

现存秩序被视为不完美,叙事的调解作用就是一个拯救者的许诺:人类、个人就应该肩负起世界的命运,并试图改变它。①

上述对"非男非女"的符号学分析恰好对应于格雷马斯的两类叙事。男女对立的轴线对应于"接受现有秩序的叙事",它在时间上跨越了文明史的绝大部分,在空间上几乎填满了所有的叙事文。"非男非女"则对应于"拒绝现有秩序的叙事",它在历史上可能曾经出现过,但于晚近蔚成风尚,然而却将时间的弧度指向了文明之前。它是对既定"契约"的撕毁,是对不完美现实的拯救。

三 间性文化与感性复归

"非男非女"只是当代审美文化的个案。它是否具有典型性,是否足以代表当代审美文化多元价值趋向之一种,是必须回答的问题。如上文所述,如果将"非男非女"定位于对既成文化规约的挑战,对二元对立思维的调解,那么,不难发现当代审美文化有一种普遍的趋势,即致力于打破传统泾渭分明的文化界限,消解固有的文化规范,颠覆传统的等级秩序。审丑的流行使美与丑并驾齐驱,从而消解了"美"的崇高地位;日常生活审美化将日常生活和高雅的审美活动结合在一起,使艺术和生活之间没有界限;后现代主义的惯用手法"戏仿"更是将神圣的经典作品用世俗的笔法加以戏谑嘲弄,从而使神圣和世俗共存一体。诚如詹姆逊所说:"后现代主义所表现的恰恰是这种对立面的衰落,即阳春白雪文化和下里巴人文化形式的新异文合

---

① 参见[法] A. J. 格雷马斯《结构语义学》,蒋梓骅译,百花文艺出版社 2001 年版,第 314—315 页。

并。"①"在现代主义的巅峰时期,高等文化跟大众文化(或称商业文化)分别属于两个截然不同的美感经验范畴,今天,后现代主义把两者之间的界限彻底取消了。"②

有学者将类似于"非男非女"的文化趋向称为"中性文化",意指在性别表象上呈中性化的文化趋势。笔者认为,"中性文化"局限于性别,不足以概括其他类似的文化现象。并且,"中性文化"在价值指向上不一定是"中性"的,这种命名有可能因误解而掩盖了它的价值维度。因此,笔者建议将上述文化趋向命名为"间性文化"。此处的"间性"不同于文化间性、主体间性等的"间性",后者重在强调不同文化、不同主体之间的交互性和生成性,而"间性文化"的"间性"强调的是对立面的消失、边界的模糊,以及性质归属上的双重性。间性文化用以描述旨在消解传统二元对立的极化思维而出现的一种第三元文化。用格雷马斯的术语来说,间性文化就是用以调解对立关系而出现的复合项。

间性文化的价值向度是文化研究的重要课题。后现代主义文化总体上呈现为感性化的趋势。如果说,现实主义和现代主义文化推崇理性和逻辑,情感的表现是节制的,甚至是禁欲的。那么,后现代主义文化则推崇感性和欲望,其欲望的表现是自由的、放纵的。间性文化作为后现代主义文化的表征之一,其价值向度也应在感性与理性相冲突的历史境遇中去寻找。

感性与理性的冲突是一场随着世界符码化即已开始的战争。中西方的创世神话为人类这种不可逃避的原初处境提供了深刻的隐喻。伊

---

① [美]詹姆逊:《晚期资本主义的文化逻辑》,张旭东编,陈清侨等译,生活·读书·新知三联书店1997年版,第371页。
② 同上书,第424页。

甸园是一个感性的世界，一个未被符码化的世界。而偷吃禁果，使人获得了智慧。智慧，即理性。理性使人对善恶美丑加以区分，也使人对自身的性别身份有了明确的认识。偷吃禁果，即世界符码化的开端，其后果则是人类永久地失去了那个无忧无虑的感性世界。伊甸园的故事表明，作为社会存在的人必须以牺牲人的感性存在为代价，而接受理性的束缚。但人类回归伊甸园的精神向往却一直没有间断过。《庄子·应帝王》中"混沌开窍"的神话也是一个类似的隐喻。"混沌"的世界是一个无知的世界、一个自然的世界。而"开窍"既是让"混沌"成为"人"，因为人有七窍，也是使他具有知识，因为在汉语里"开窍"的本义为"儿童开始长见识"。"七窍开，混沌死"的故事表明，知识（理性）能够将人从自然世界中提升出来，但人具有理性后感性的世界就消失了。人之为"人"，必须具有理性，而理性又必然会为人的存在设置界限，对感性的疆域加以限制。这是"人"的宿命。

西方理性主义哲学自古希腊开始，一路突飞猛进，一直到18世纪德国古典主义哲学达到顶峰。与理性主义相伴而生的是等级制度和结构关系、现代科学和极权国家，是世界不断地符码化和超符码化。而"人"却逐渐沦为理性之手操纵的提线木偶。终于，在理性主义的巅峰时期，理性遭遇了非理性的拷问。19世纪产生的非理性主义哲学思潮既是对资本主义现实呼唤的回应，也是应对理性主义带来的精神危机的产物。"现代的标志既是对理性的神化，也是对理性的绝望。非理性主义和向绝对神话世界的逃遁一样，都是伴随理性的专制而出现的，是理性专制的影子，是它的充满敌意的兄弟。"[1] 非理性主义哲学不仅否定和限制理性在认识中的作用，而且普遍将哲学思考的中心转

---

[1] ［德］彼得·科斯洛夫斯基：《后现代文化——技术发展的社会文化后果》，毛怡红译，中央编译出版社1999年版，第30页。

向了"人"——人的意志、情感、直觉和本能,思考人之存在的实然和应然。正如萨特在《存在主义是一种人道主义》中所说,只有存在主义理论"配得上人类的尊严,它是唯一不使人成为物的理论。……我们的目的恰恰是建立一个价值模式的人的王国,有别于物质的世界"①。人的生存关怀及其感性解放是非理性主义哲学的基本价值向度。

我们似乎已经听到《启蒙辩证法》的回声:理性是为了摧毁神话,但理性的过度发展却使自身变成了新的神话。"理性变成了对目的性的盲目。"② 正如俄狄浦斯,他相信自己理性的眼睛能看清真相,然而,双目致盲的结局恰恰证明了理性的"盲目"。

那么,在这种背景下如何看待后现代主义文化?后现代是现代理性孕育的一个叛逆的儿子,他继承了父亲的某些遗产,但却不愿实现父亲的宏大抱负。后现代主义文化没有像非理性主义哲学那样对理性进行无情的批判,但却以现实的文化行动对理性主义传统进行了颠覆和消解。后现代主义文化打破理性主义设置的种种界限,拒绝体制规范预设的深度和崇高,而走向了感性化的拼贴和游戏,以及消弭差别的平面。在德勒兹和瓜塔里看来,后现代文化呈现的是精神分裂的主体,"在他们的分析中,精神分裂并不是一种疾病或一种生理状态,而是一种在资本主义社会状况下产生的具有潜在的解放力量的精神状态,是一种彻底解码的产物"③。精神分裂是达到后现代解放的基础条件。而后现代自我则是游牧式自我(nomad self),"后现代游牧者试图使自身摆脱一切根、束缚以及认同,以此来抵抗国家和一切规范化

---

① [法]萨特:《存在主义是一种人道主义》,周煦良、汤永宽译,上海译文出版社1988年版,第21页。
② [德]霍克海默、阿多尔诺:《启蒙辩证法》,重庆出版社1990年版,第81页。
③ [美]凯尔纳、贝斯特:《后现代理论:批判性的质疑》,张志斌译,中央编译出版社1999年版,第117页。

权力"①。后现代主义文化不为理性主义危机寻找新的出路，而是用文化实践呼唤感性回归。科斯洛夫斯基认为："后现代参与现代的破产，因为它继承现代的遗产，这种遗产尚未了断，必须被扬弃、被克服。如果说关于现代的问题是本源与未来的融合，那么，后现代必须是在理性主义与非理性主义的对立的彼岸，建立起的一种新的综合。"② 间性文化代表的正是这一"对立的彼岸"和"新的综合"。理性与感性的冲突将在间性文化中得以调解。

理性神话注定要催生一个"弑父"的儿子，如俄狄浦斯的命运。俄狄浦斯是理性的化身，他深信凭借理性可以洞察一切，但其命运却昭示了感性才是人之归宿。俄狄浦斯存在对自己生命来源的盲目，这也是人类最初的盲目。追根溯源是理性的本性，正是在理性的驱使下，俄狄浦斯去寻找父亲，又恰恰在寻找父亲的途中杀死了自己的父亲。这是俄狄浦斯悲剧的第一步，如果没有这一探求本源的行动，俄狄浦斯就会停留在最初懵懂无知的状态，悲剧就不会发生。在象征的意义上，这一无知状态正是人类的初始状态。父亲被杀，意味着对起源的否定，也是对理性的否定。其实，"俄狄浦斯属于一个第三地带，即喀泰戎山，这是襁褓中的俄狄浦斯被丢弃之地。喀泰戎山无根无底，既不属于忒拜又不属于科林斯，可谓处于一切疆界之外，为无名分之地"③。这一"第三地带"无所归属，在我们的论域中，当属未被"辖域化"或"符码化"的世界。在这个世界里生活的是逃离了宫廷生活"辖域化"的牧羊人。因此，喀泰戎山是一个自然的、感性的、

---

① ［美］凯尔纳、贝斯特：《后现代理论：批判性的质疑》，张志斌译，中央编译出版社1999年版，第134页。
② ［德］彼得·科斯洛夫斯基：《后现代文化——技术发展的社会文化后果》，毛怡红译，中央编译出版社1999年版，第30页。
③ ［美］J. 希利斯·米勒：《解读叙事》，申丹译，北京大学出版社2002年版，第28页。

不受理性管制的世界。双目被刺意味着理性的失败。当失明后的俄狄浦斯蹒跚走向喀泰戎山时，我们看到那个"无名分之地"才是他的真正归宿。俄狄浦斯是理性的悲剧。俄狄浦斯源于"无名分之地"，最终带着理性的创伤又归于"无名分之地"，其命运归宿表达了向原初感性世界回归的精神向往。间性文化对界限的拆除不正是这一"无名分之地"吗？

本章小结

本章提供了两个文本分析的案例，以示"述行"批评适用场域及其可操作性。

反讽是一种言语行为，说话人为了其特定表达意图有意违反合作原则，因此反讽也是说话人的修辞行为。反讽实施的是一种间接言语行为，通过字面意义而获得另一种意义，从而达到述行的目的。因此反讽具有双重意义结构，对叙事文故事世界的建构具有重要意义。"言语行为与叙事反讽——以《阿Q正传》为例"基于塞尔的言语行为理论，探讨了《阿Q正传》中人物话语的反讽、叙述话语的反讽，以及在最外层面上的结构反讽，通过对宣告和断言两类言语行为的矛盾分析，揭示了反讽的哲学意义及其对叙事文的述行功能。

"'非男非女'：间性文化与感性复归"将"非男非女"这一文化现象当作文本来研究，认为"非男非女"既是愿望，又是行动，因此，它本身构成了叙事：用行动诉说了一个关于人类自身的性别故事。与言语行为理论不同的是，这里将"做"看作"说"，认为行为也是言语，尽管什么都没说，但行为可以传达言语所要表达的内容。根据格雷马斯对叙事种类的划分，男女对立对应于"接受现有秩序的叙事"，"非男非女"则对应于"拒绝现有秩序的叙事"。它是对既定"契约"的撕毁，是对不完美现实的拯救，其意义在于对两性对立的文化/理性暴政加以调解，并表达了回归自然/感性世界的渴望。"非男非女"是当代间性文化的代表，理性与感性的冲突将在间性文化中得以调解。

第八章 走向建构主义叙事研究

言语行为理论涉及近年国内文论界关于建构主义与本质主义的论争，这场现在仍在持续的论争主要围绕以下几个问题展开：第一建构主义、本质主义、反本质主义三者的界定问题；第二本质主义是否具有价值和合法性问题；第三如何建构当代文艺学体系问题。第一个问题具有基础地位，很多争论主要源于在这个问题上产生的分歧。

建构主义与本质主义的论争首要的原因在于对概念的分歧，因此厘清概念的内涵是必要的。建构主义有产生的理论语境，社会学和语言哲学是建构主义思想两种基本理论来源。从其理论源头入手，有助于解决诸如建构主义是否是反本质主义，本质是否是不变的，以及本质与建构的关系等问题。

言语行为理论作为建构主义的重要理论资源之一，在这场论争中却几乎没有被提及，不能不说是一种遗憾。处于论争旋涡的陶东风教授虽然明确了"建构只能是语言的建构"，但却没有在这个问题上展开。从言语行为理论来看，陶东风教授关于建构主义的界定是合适的。本章以此为视角，探讨建构主义叙事研究，为建构主义文学研究提供一点理论支持。

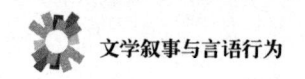

第一节 建构主义的理论渊源及言语行为理论的建构主义特征

正本清源对于正确认识一种理论至关重要。因此,梳理建构主义的理论来源对于认识其特征、性质有重要的意义。言语行为理论作为建构主义思想的重要来源,在这场论争中却被忽略了。本节重点探讨言语行为理论的建构主义特征。

一 建构主义的社会学、语言哲学背景

建构主义思想首先在社会学理论中产生,然后才进入文学研究领域。布迪厄、哈贝马斯、贝克、吉登斯,甚至福柯、德里达等人的理论中都体现了建构主义思想。更早可以追溯到埃米尔·涂尔干和马克斯·韦伯。涂尔干将社会事实定义为人通过实践活动的社会性建构,强调了社会规则的重要作用。韦伯强调了人具有赋予世界以意义的特殊能力,"意义"成为韦伯理论最重要的概念之一。而意义是在理解和诠释中存在的。理解是社会科学的主要方式,诠释是重要的理解形式,因为社会事实本身就是社会实践的产物。无论理解还是诠释,都加入了人的主观能动,而非单纯地发现和解释客观现象和现象之间的线性因果关系。[①] 世界或社会的意义是在理解和诠释中建构的。大多

---

① 参见秦亚青《建构主义:思想渊源、理论流派与学术理念》,《国际政治研究》2006 年第 3 期。

数建构主义学者都接受了韦伯的这些思想,尤其是文学研究方面,韦伯的思想具有重要的意义。

建构主义思想也有更为深刻的哲学背景。如康德认为,主体不能直接通向外部,要通过内部构建和组织经验去发展知识。维科认为,人们只能清晰地理解自己建构的一切。杜威则认为,经验的中心是主体在有目的选择对象基础的主观改造。主体的经验、知识,甚至理解本身都是建构的结果。

建构主义思想的直接哲学背景则是语言哲学。20世纪的语言学转向使语言的本体论地位得以确立,哲学上对语言的认识由工具论转为本体论,由对语言的逻辑性研究转向功能性研究。从笛卡尔到黑格尔,哲学重视认识论,研究的主要问题是语言的逻辑特征和工具功能。由于语言被定义为描述实在和表达思想的工具,研究的内容也就是语言是如何再现已有的存在,语言本身在描述的时候具有多大的逻辑上的精确性和描述上的真实性。比如,罗素强调语言的严密逻辑结构,认为数学语言是最完美的语言,因为它严谨地表达了理性的思维。早期维特根斯坦的主要理论贡献是图像论,认为一个描述事物的句子一定是一个现实的图像,即语言是表现现实的,语言结构等同于世界的结构。在这种将语言视作叙述和表述工具的框架中,语言被视为后在于事实和思想的东西,或者说,事实和思想都是先于语言存在的。[①]

而20世纪初的语言学转向则从根本上改变了这一局面,索绪尔语言学对语言与世界自然指涉关系的质疑,海德格尔"语言是存在的家园"的著名论断,后期维特根斯坦"语言游戏"的观点等,都离开

[①] 参见秦亚青《建构主义:思想渊源、理论流派与学术理念》,《国际政治研究》2006年第3期。

了语言是描述世界工具的工具论观点,并在一定程度上走向了语言建构论的观点。比如,索绪尔认为语言的意义在差异中存在,离开了差异语言符号将无法确定自身。只有在与"你""他"的差异中才能确定"我"的意义。换句话说,在场话语的意义是由不在场的其他符号构成的。雅各布森将语言的这种关系称为转喻和隐喻的关系。这样,话语的意义并非其本身具有的,而是在与其他符号的关系中存在的。后期维特根斯坦走向了"语言游戏论",强调语言的意义在使用中产生,认为语言是一种游戏(行为),离开了游戏参与者和游戏规则,语言的意义就不存在。这样,语言并非世界的"图像",语言与世界并没有固定的指涉关系,世界也不具有相对语言的优先性。相反,世界或意义是游戏参与者建构的结果。

二 言语行为理论与建构主义

建构主义思想的另一语言哲学背景就是言语行为理论。奥斯汀的言语行为理论在哲学上的重要贡献就是使语言的功能由描述世界转向建构世界。说话就是做事,说出一句有意义的话语,不仅说话人实施了发言行为和言内行为,而且会在听话人身上产生言效行为,并带来相应的物质化行动。言语述行不仅是说话人实施建构世界的意图,而且必须由听话人理解才能实现。而听话人理解也是一种建构行为,在对话语重构的基础上赋予话语以意义,使言语行为得以完成。因此,言语述行是一种双向建构。

塞尔则进一步研究了语言如何建构社会现实。塞尔将事实分为"不依赖语言的事实"(language-independent facts)和"依赖语言的事实"(language-dependent facts),比如,珠穆朗玛峰顶峰有雪就是不依赖语言的事实,它独立于语言而存在,而"珠穆朗玛峰顶峰有雪"作为一句汉语表述就是依赖语言的事实,没有语言这句话就不存在。进而,塞尔区分了"不依赖语言的思想"和"依赖语言的思想",前者表现为非制度性的、原始的、生物学的倾向和认知,后者表现为必须依赖语言才得以存在的思想。总体上说,塞尔认为依赖语言的事实和思想属于"制度性事实"(institutional facts),即在惯例的基础上建构的可理解的、可接受的事实。那么,制度性事实是如何被构建的呢?塞尔认为,根本原因在于语言的象征机制。语言象征机制的存在是制度性事实存在的必要条件。语言是一种符号,它总是意指或表征或象征超越自身的事物。因此,为了在根本上具有制度性事实,一个社会必须至少有一种原始的语言形式,在这种意义上,语言制度在逻辑上优先于其他制度。语言是基本的社会制度,所有其他的制度都以语言为前提,但是语言并不以其他制度为前提:你可以在没有货币和婚姻的情况下拥有语言,但不能在没有语言的情况下拥有货币和婚姻。任何制度性事实都有语言的成分。[1] 货币和婚姻既是制度事实,也是语言事实,没有语言就没有"货币"或"婚姻"。塞尔的理论确立了语言建构社会现实的本体地位。

既然语言对其他制度性事实具有优先性,后者是前者建构的结果,那么,能否认为语言就是其他制度性事实的先在本源,或者说语言就是其他制度性事实的本质呢?可能有两种不同的回答。柏拉图式的本质观会做出肯定的回答,柏拉图认为任何事物都有一个先在的、不变的、不可见的本质,现象只是本质的外化,现象是可变的,本质是不变的。语言对其他制度性事实而言具有这样的本质特征。紧接着的问题是,语言本身是否如柏拉图的理念一样是先在的、不变的?建

---

[1] John R. Searle, *The Construction of Social Reality*, New York: The Free Press, 1995, pp. 60-62.

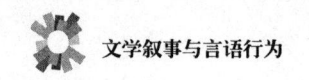

构论者可能做出否定的回答。

塞尔区分了建构现实的两种规则：调节性规则和构成性规则。在第二章我们已经指出，调节性规则调节先在于、独立于规则的行为，比如"靠右行驶"，行驶的行为独立于、先在于规则。构成性规则不仅调节行为，而且建构行为，即行为依赖规则而存在，没有规则，就没有行为，比如棋赛。语言正是构成性规则的突出例子，也就是说，语言并不先在于行为，语言本身也由规则构成的，是建构的产物。不可能是先有语言的系统规则，然后人类才开始说话，而是语言一旦存在就已经是被建构的产物。因此，语言是根本的人类制度，也是建构其他制度性事实的前提。语言建构现实的能力在于其象征机制。塞尔指出："语言的象征性方面对于建构制度性实在来说是本质性的。""正是这种语言的基本的象征化特征，在我看来是制度性事实的一个本质性的预设前提。"[①] 塞尔虽然承认语言对于制度性事实具有本质性地位，但同时也指出语言本身也是建构的产物，因此，本质并非先在的实体，而是建构的结果。

总之，语言学转向使语言走向了实践，语言的意义在使用中产生。"所以，语言学转向的一个根本问题是将可以独立于人存在的纯逻辑语言转向只有在人的使用之中才有生命的实践性语言；将人和语言可以分立的假定转化为人与语言的互动和互构。这样，语言的意义更多成为一个社会性概念，因为它是主体间理解产生的，是在人群的互动实践中形成的。"[②] 语言学转向为建构主义思想提供了理论基础。

[①] [美]约翰·R.塞尔：《心灵、语言和社会——实在世界中的哲学》，李步楼译，上海译文出版社2001年版，第128、147页。

[②] 秦亚青：《建构主义：思想渊源、理论流派与学术理念》，《国际政治研究》2006年第3期。

第二节 一个实例：本质与诠释学"空白"和符号学"待在"

承认本质是建构的结果，也就承认了建构主义不是反本质主义，而是取消了柏拉图式的本质主义的合法性。这里举一个实例予以说明。电影《达·芬奇密码》中有一段对《最后的晚餐》的出色分析能很好地说明本质与建构的关系。

一 本质与诠释学"空白"

圣杯传说是西方文学经久不衰的题裁，寻找圣杯演绎了无穷的故事。寻找圣杯的故事首先预设了圣杯的存在，它先在于寻找的行为，并且人们在意识中也预设了它具有"杯子"的物理形式，但总找不到。"寻找圣杯"本身可以看作西方探寻本质的隐喻，寻找那个先在的、唯一的、不变的本质是西方哲学自柏拉图以来的传统，直到德里达破坏了这一传统。《达·芬奇密码》对圣杯的解读启发了对本质主义新的思考。

《最后的晚餐》是达·芬奇著名的壁画，展现了耶稣和他的门徒们晚餐的场景。根据《圣经》和标准的圣杯传说，这一刻正是圣杯出现的时候，而桌上并没有酒杯。那么，圣杯在哪里？影片中的历史学家通过现代科技手段和对基督教文化的深刻理解指出："其实圣餐杯不是杯子，而是古代的象征符号，象征女人。"其直接依据是画面中间留下的"V"形空白，它貌似女人的子宫，是女人的符号。耶稣右边的人不是男人，而是女人，即圣母玛利亚。通过现代科技手段的处理，阐释者的结论令人信服。她与耶稣的位置关系形成"V"形空白，就是圣杯的象征符号。因此，达·芬奇给了圣杯，它就是传承着耶稣血脉的女性子宫。

柏拉图传统形成的本质主义常常被称为形而上学（metaphysics），而形而上学的根本特征就是寻找可见现象（physics）背后不变的元素，这个不变元素就是"形而上学"这个词的前缀"meta-"的基本含义，这个前缀在中文中常被翻译为"元"，即"最初""第一"的意思。也就是说，本质是可见现象的最初原因和动力。这个原因或动力隐藏在现象之后，需要寻找才能发现，类似于达·芬奇留下的密码。本质是不在场的，需要建构才得以在场，正如达·芬奇给出的圣杯。在这个意义上说，即使是柏拉图式的本质主义，本质的"发现"也是解释者的建构，因为本质不会自身显现。

二　本质与符号学"待在"

建构主义的本质观与柏拉图主义的区别在于，后者认为本质是先在的、不变的，因此需要"发现"。"发现"一词本身就预设了被发现之物的先在性和不变性。而建构主义的本质观认为本质不是固定不变的，而是建构的结果，它类似诠释学的"空白"，是解释者"填充"的产物。"空白"意味着本质既"在"又"不在"，其"在"是因为它占有一定的时空位置，它总处于被"填充"的可能性之中；"不在"是因为它有赖于解释者的建构，不同的解释者会填充不同的内容。比如，"圣杯"是物质化的杯子，还是女性子宫？"眼睛只看见大脑选择的东西。"不同的解释者会有不同的选择，也会有不同的回答。因此，本质存在，但它不是固定不变的存在，它只能是符号学的

"待在"（becoming），也就是说，本质在"生成"之中存在。在这个意义上，我们认为，对本质的探寻不是"寻找—发现"的过程，而是"建构—生成"的过程。

《达·芬奇密码》的另一启示是，本质的建构只能是语言的建构。"圣杯"一词来自中世纪英语"SANGREAL"，如果将这个词从中分开，就变成"SANG REAL"，这两个词的意思是"王室血统"。因此，从语言出发，"盛着耶稣血的圣餐杯"与女性子宫密切相连，耶稣的血脉只能通过女性子宫得以传承。耶稣受难时，玛利亚已经怀孕。耶稣的"王室血统"已经传递下来，并由此导致基督教历史上规模浩大的屠杀女巫的行动。如果没有"SANGREAL"与"王室血统"在语义上的联系，解释者的建构将成为无源之水。

从言语行为理论来看，达·芬奇壁画中潜藏的"密码"实施了"发言行为"和"言内行为"，即通过壁画做出了"断言"或"宣告"："圣杯是……"这里有两种情况：第一达·芬奇确实如解释者所说给出了"密码"，那么，达·芬奇就顺利地通过壁画实现了言效行为，因为解释者实现了话语发出者的意图；第二达·芬奇并没有给出所谓的"密码"，而是意在其他，所谓"圣杯是女性子宫"只是解释者根据文化规约和语言规约建构的结果，如此，虽然达·芬奇没有实现其意图，但解释者的结论仍然是话语（这里是壁画）带来的效果。言语行为是一种双向建构，接受者的理解是话语述行的必要前提。理解的过程就是建构的过程。无论哪一种情况，"圣杯是……"的结论都需要解释者的建构。理解也是一种言语行为，即理解也可以述行。如影片中所说，如果圣杯是传承耶稣血脉的女性子宫，那么，达·芬奇的壁画就"藏着一个惊天大秘密，一旦泄露出去，强大的力量会摧毁基督教的根基"。

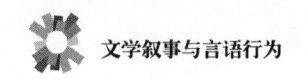

第三节 言语行为理论对建构主义
叙事研究的可能贡献

言语行为理论是建构主义思想的重要理论来源。文学叙事是一种言语行为，文学事实是一种制度性事实。所以言语行为理论也应该是建构主义叙事研究的重要参照，并且有助于消除建构主义与本质主义论争的部分分歧。

一 言语行为理论对建构主义性质的界定

何谓建构主义？从言语行为理论出发，可以做出如下界定。

第一，建构主义不是笼统的反本质主义，而是反柏拉图式的本质主义。言语行为理论承认语言对于建构包括文学在内的制度性事实的本体优先性，但同时承认语言本身是制度性事实，也是建构的产物。这样就取消了柏拉图式本质主义的合法性。语言并非文学现象先在性的本源，文学离不开语言，但语言并非如柏拉图的理念一样是文学现象的终极原因。

第二，文学建构只能是语言的建构。语言不仅是文学作品最重要的构成因素，文学生产是语言生产，而且文学也只有通过语言才得以理解。诠释学、言语行为理论都将语言置于本体地位，任何理解必须借助语言才能进行。文学理解就是对作品进行重构。塞尔认为，不仅制度性事实依赖语言的建构，而且任何思想都依赖语言的建构。①"明显的例子有结婚戒指、制服、徽章、护照以及驾驶证等。所有这些都是语言性的,尽管并非都使用语词。它们确实都是在我所解释的意义上的言语行为,因为它们都具有满足条件。戴着一枚结婚戒指或穿着一套警察制服就是一种持续的言语行为,它诉说着'我已结婚了',或者'我是一名警务人员'。"② 文本世界是语言建构的世界,罗兰·巴特说,叙述者和人物都是"纸上的生命",毋宁说,他们是语言的生命、符号的生命。只有退回(regress)到语言,文学世界才得以存在。

第三,文学建构是规约性建构。言语行为是规约性行为,奥斯汀的"合适条件"、塞尔的"构成性规则"、格赖斯的"合作原则"都表明言语行为的规约性。具体到文学研究,文学建构的规约性是指文学的文类规约,当然,文学和言语行为首先必须遵循的是语言规约。文类规约是制度性事实,其本身也是建构的结果。文学生产和文学接受都必须按照文类规约行事。规约就是契约,当一个作品被归于某个文类,就与读者建立了契约,读者的阅读就是履行契约,或者说,按照契约对该作品进行建构。申丹指出:"正是由于存在不同文类之间的区分,才会存在各个文类自己的创作规则和阐释规则;而正是由于这些规则之间的不同,语言文字在不同的文类中才会具有不同的规约性力量。"③ 普拉特在论小说的阐释规则时说:"我想说的是,无论小说中的虚构话语以什么形式出现,既然读者面对的文本是一部小说[而非其他文类],就会自动将这些[与小说相关的]规则运用于对

---

① John R. Searle, *The Constrution of Social Reality*, New York: The Free Press, 1995, p. 64.

② [美]约翰·R. 塞尔:《心灵、语言和社会——实在世界中的哲学》,李步楼译,上海译文出版社2001年版,第150页。

③ 申丹:《语境、规约、话语——评卡恩斯的修辞性叙事学》,《外语与外语教学》2003年第1期。

这一虚构言语行为的阐释。"① 弗卢德尼克则明确指出了读者阅读的建构性特征,"当遇到带有叙事文这一文类标记,但看上去极不连贯、难以理解的叙事文本时,读者会想方设法将其解读成叙事文。他们会试图按照自然讲述、经历或观看叙事的方式来重新认识在文本里发现的东西;将不连贯的东西组合成最低程度的行动和事件结构"②。所以,文学建构在生产和接受两方面都是一种规约性建构。

言语行为理论作为建构主义思想的重要理论来源,并且对文学研究产生了重大影响,理应成为文学建构主义的参照维度。陶东风教授提出建构主义文学理论主张,其主要观点有:建构主义并没有否定本质,而是否定先在的、不变的本质;本质也是建构的产物;建构离不开建构者的语境和文化规约;评判文学的标准也是建构的产物。由此倡导一种开放的、对话的文学理论。③ 总体上看,陶东风教授的观点主要来自社会学理论,在他的论述中并没有提到言语行为理论。虽然陶东风教授没有刻意论述言语行为理论,但他的观点却与言语行为理论的建构主义思想基本一致。因此,参照建构主义思想的理论渊源,陶东风教授提出的建构主义文学理论主张是合适的。

二 言语行为理论与建构主义叙事研究

那么,在建构主义视角下如何建构当代叙事研究,以及如何建构当代文艺学体系?这是建构主义文学理论必须回答的问题。建构主义倡导一种多元的、动态的、开放的文学理论,反对一元决定论(正是

---

① Mary Louise Pratt, *Towards a Speech-Act Theory of Literary Discourse*, Bloomington: Indiana University Press, 1977, p. 206.
② Monika Fludernik, *Towards a "Natural" Narratology*, London: Routledge, 1996, p. 34.
③ 陶东风:《文学理论:建构主义还是本质主义?——兼答支宇、吴炫、张旭春先生》,《文艺争鸣》2009年第7期。

在这个意义上，建构主义是反本质主义）。因此，建构主义文学理论也必然认可建构的多元性和动态性。从不同的理论视角提出的理论主张应当是不同的，理论建构应当随社会文化语境的变化而变化。作为一种资源、一个视角，言语行为理论对建构主义叙事研究和文学研究可能做出如下贡献。

第一，实践性：从发现意义到生产意义。言语行为理论的重要意义在于改变了语言描述世界的工具性地位，彰显了语言建构世界的实践性功能。文学叙事作为一种言语行为，其实践性首先表现在作者通过语言建构了一个有意义的可能世界，作者通过作品向读者"发言"，并由于文学语言的述行功能，"文学创造的可能世界必然会在读者身上产生某些效果，从而会参与和影响现实世界的发展和变化"[1]。

文学叙事的述行功能是通过读者的理解行为实施的，而理解本身就是一种建构意义的行为。意义是被"生产"的，而非被"发现"的，即使承认意义是可"发现"的，那也是建构中的"发现"。因此，文学的实践性还表现为读者生产意义的行为，阅读就是生产。比如，生活中的家庭住址本身不具有意义，但在《金瓶梅》中西门庆的家宅位置却是有意义的。作者在西门庆的家宅两边安排了一道一佛两座寺院：玉皇庙和永福寺。张竹坡夹评道："玉皇庙热之源，永福寺冷之穴也。"杨义指出："这道庙佛寺之设，把西门庆家族置于生与死、冷与热的带有宗教意味的潜在结构之中，呼应带有空幻色彩的天人之道。"[2] 这种意义显然是作为读者的张竹坡、杨义根据文本情节线索建构出来的，因为作者并没有指明它的意义。

艾布拉姆斯在《如何以文行事》中说："文学，换言之，是作为

---

[1] 张瑜：《文学言语行为论研究》，学林出版社2009年版，第223页。
[2] 杨义：《中国叙事学》，人民出版社1997年版，第48页。

人的作者和作为人的读者之间的交际行为。通过驾驭语言和文学的种种可能，作者用语词实现和记录自己关于人类及其行为、关于人类关注等等想要表达的东西，向那些有能力理解自己的读者发言。读者运用其与作者共有的语言和文学能力来努力弄清作者计划和表达是什么，通过竭力向作者想要表达的东西靠近来理解该语言作品的意义。"① 文学的意义生产是双向建构，一方面作者写作本身就是生产意义的行为；另一方面，读者的阅读是对意义的再生产。建构主义文学理论承认作者赋予文本意义的先在性，但同时承认读者面对文本时作者已经不在场，因此文本的意义只能是读者的再生产，读者只能以无限"靠近"的方式去理解作者的表达意图。那种视作者为作品先在父亲的文学观，实际上是在宣扬"作者霸权"，是一种极权主义。承认作者霸权就是承认意义的唯一性和不变性，其中徘徊的仍然是柏拉图式本质主义的幽灵。建构主义文学理论更关注读者的理解行为，一方面，文本在读者的理解中才实现和完成了自身；另一方面，读者也在自己的理解中实现和表达了自身。在这个意义上，读者的理解行为也是"以文行事"。

第二，语境性：从封闭走向开放。言语行为理论认为话语只有在一定的语境中才是可理解的，言语行为离开了语境就无法述行。相同的话语在不同的语境中可能有完全不同的意义，可以实现完全不同的言语行为。奥斯汀明确指出，话语的特殊场合非常重要，在某种程度上，被使用的语词是通过"语境"（context）被"解释"（explained）的，它们总是在语境中被设计和被说出，从而实现语言交换。② 塞尔

---

① ［美］M. H. 艾布拉姆斯：《以文行事：艾布拉姆斯精选集》，赵毅衡、周劲松等译，译林出版社2010年版，第251页。
② J. L. Austin, *How to Do Things with Words*, 顾曰国导读，外语教学与研究出版社、牛津大学出版社2002年版，第100页。

第八章　走向建构主义叙事研究

进一步提出语言建构现实的公式:"X 在语境 C 中被当作 Y（X counts as Y in C）。"塞尔的公式表明语言只有在语境中才有述行功能。言语行为的语境依存性深刻地影响了德里达等解构主义者，语言的不断"语境化"直接摧毁了柏拉图式的本质主义，语言的使用是重复"语境化"，是"延异"留下的"踪迹"，所谓先在的本源只是一个幻象。

　　文学叙事作为一种言语行为同样依赖语境。伽达默尔的"视域融合"理论是认识文学语境性的一个重要途径。语境可以分为文本上下文语境、生产文本的社会大语境和解读文本社会大语境。作者与读者的"视域融合"实际上建构了一个新的文本。潘金莲是一个淫妇还是一个觉醒的女性，贾宝玉是护花使者还是葬花帮凶，是不同读者在各自的语境中依据文本建构的结果。作者意图只能无限"靠近"，不可"还原"，还原论其实是本质主义的变体。

　　文学语境性还表现在文学理论本身就是语境建构的结果。艾布拉姆斯用坐标的形式标示出文学四因素：作品、世界、艺术家与欣赏者，着眼于不同因素会形成不同的文学理论，"批评家往往只是根据其中的一个要素，就生发出他用来界定、划分和剖析艺术作品的主要范畴，生发出借以评判作品价值的主要标准"[1]。艾布拉姆斯指出了文学理论建构性特征，罗兰·巴特则从另一方面指出文学理论的语境性特征。文学理论作为一种"元语言"，它在"说着"文学。这种"元语言"的掌握者是社会，每一种理论都客观地说出了文学的某些方面，"但是历史本身却使其客观性不能长存，因为历史是不断更新其元语言的"[2]。因此文学理论也是一定社会语境建构的产物，社会语境

---

[1] ［美］M. H. 艾布拉姆斯：《镜与灯：浪漫主义文论及批评传统》，郦稚牛、张照进、童庆生译，北京大学出版社 1989 年版，第 6 页。
[2] ［法］罗兰·巴特：《符号学原理》，李幼蒸译，生活·读书·新知三联书店 1988 年版，第 172 页。

的变化会带来理论的变化。文学理论史已经提供了证明。

建构主义对语境的强调使文学理论由封闭走向了开放。柏拉图式的本质主义预设了本质的唯一性和不变性，本质的绝对性封闭了与现实的通道，本质没有语境。建构主义认可语境的开放性、本质的建构性和理论的多元性，是对理论的宽容，相反，本质主义的一元话语是对理论的施暴。

第三，主体间性：从等级关系到平等关系。言语行为是一种双向交流关系，仅考虑说话人意图仍然是本质主义的思维模式，说话人与听话人的关系仍然是主动/被动、主体/客体的等级关系。

言语的述行功能必须通过听话人（读者）对话语或文本的理解才能实现。艾布拉姆斯指出当代文学批评是"阅读的时代"，正如形式主义发现了作品本身（work–as–such），当代文学理论则发现了读者本身（readers–as–such）。[1] 以读者为中心并非重新预设了"读者霸权"，而是将作者、文本、读者放入一种关系网络，作者并没有死亡，文本不是独立的存在，读者也不是新的"绝对主体"，三者在一种交互关系中存在。三者互为主体，相互建构。或者说，三者的关系是主体间性的关系。

作者作为"文学交际行为的第一动因"（艾布拉姆斯语），仍然具有主体地位，他创造了文本，通过文本"发言"，并对读者产生现实影响。但同时，文本的作者是一个以"签名"形式存在的不在场形象，因此，处于交流终端的作者只能是读者建构的"作者形象"，作者的主体性消融于读者的建构性之中。那么，文本有没有主体性？文本是作者的造物，属于被生产的对象，但文本诞生之初，作者就已

---

[1] 参见［美］M. H. 艾布拉姆斯《以文行事：艾布拉姆斯精选集》，赵毅衡、周劲松等译，译林出版社2010年版，第251页。

"隐蔽","隐蔽的作者"使文本获得一定程度的独立。并且文本总是"说了些什么"和"做了些什么",并在读者身上产生一定的效果,即文本替"隐蔽的作者"进行了"发言行为",实施了"言内行为"和"言效行为"。在这个意义上,文本也具有主体性。但是,文本总是在读者的理解中存在,读者的理解又总是对文本进行重新建构。因此,文本的主体性也消融于读者的建构性之中。看来,读者似乎是文学建构的"绝对主体",其实不然,读者的建构行为不仅要服从语言规约和文类规约,而且必须以文本为依据,在理解的同时,读者也被文本"书写"。作者、文本、读者三者同时既是主体又是对象,毋宁说,它们是建构中的"主体—对象",或"对象—主体"。

文学主体间性不应忽略第四个因素,艾布拉姆斯称为"世界",伊塞尔称为"文学剧目"(repertoire)。世界建构了"我",而"我"又建构了世界。海德格尔的著名论断"此在在世界中存在",表明个体存在总是被"世界"建构,此在被"在……之中"的结构限定和构造。艾布拉姆斯指出语言与世界的关系,"成功的语言实践取决于我们对语言一致性的掌握,对这种一致性,我们称为习惯,或规范、规则"。"我们在文本中所发现的语言意义都是和我们所使用的阐释策略相关的,对意义的一致同意是取决于共有某种阐释策略的社团中的成员关系的。"[1] 语言的意义取决于世界的认可,是"我"与世界的契约。伊塞尔同样指出:"文学剧目包括所有为读者所熟悉的领域,这种剧目可能以参考以前的作品、参考社会规范和历史规范,或者参考文本从其中显现出来的整个文化的形式出现。"[2] 上述三者都突出了

---

[1] [美] M. H. 艾布拉姆斯:《以文行事:艾布拉姆斯精选集》,赵毅衡、周劲松等译,译林出版社2010年版,第271页。

[2] Wolfgang Iser, *The Act of Reading: a Theory of Aesthetic Response*, London and Henley: Routledge & Kegan Paul Ltd., 1978, p.69.

世界对文学行为的建构作用。言语行为理论一方面强调了言语述行的规约性和语境性，但另一方面强调了语言建构世界的实践性功能。文学叙事不仅通过文本对世界"发言"，而且经过读者的中介影响或改变世界。文学理论中的"诗教说""同情说""讽喻说""启蒙说"等都表明了文学对世界的建构功能。世界对文学行为的建构功能表明其具有主体地位，但其主体性也面临文学的修改和"书写"。

柏拉图式的本质主义预设了一个高于主体的他者（Otherness），这个他者就是永恒的本质。主体间性颠覆了他者与主体的等级关系，肯定了主体间的相互建构和相互生成的关系，因此，主体间性的意义在于倡导平等和对话。文学是一种言语行为，在主体间性的意义上，文学述行将会带来一个平等的、多元的、宽容的、和谐的世界。

本章小结

言语行为理论涉及国内学界正在进行的本质主义与建构主义之争，言语行为理论是建构主义思想的重要来源，在这次争论中并没有提到。本章从言语行为理论出发，探讨建构主义叙事研究，为建构主义文学研究提供一点理论支持。

索绪尔语言学对语言与世界自然指涉关系的质疑，海德格尔"语言是存在的家园"的著名论断，后期维特根斯坦"语言游戏"的观点等都离开了语言是描述世界工具的工具论观点，并在一定程度上走向了语言建构论的观点。奥斯汀的言语行为理论在哲学上的重要贡献就是使语言的功能由描述世界转向建构世界。言语述行是一种双向建构。塞尔则进一步研究了语言如何建构社会现实。塞尔的理论确立了语言建构社会现实的本体地位。本质并非先在的实体，而是建构的结果。

通过对电影《达·芬奇密码》的分析，表明本质是诠释学"空白"和符号学"待在"。本质是不在场的，需要建构才得以在场。在这个意义上说，即使是柏拉图式的本质主义，本质的"发现"也是解释者的建构，因为本质不会自身显现。本质存在，但它不是固定不变的存在，它只能是符号学的"待在"（becoming）。也就是说，本质在"生成"之中存在。在这个意义上，我们认为，对本质的探询不是"寻找—发现"的过程，而是"建构—生成"的过程。

从言语行为理论来看，建构主义不是笼统的反本质主义，而是反柏拉图式的本质主义。文学建构只能是语言的建构和规约性建构。言语行为理论对建构主义叙事研究和文学研究的可能贡献表现在实践性：从发现意义到生产意义；语境性：从封闭走向开放；主体间性：从等级关系到平等关系。

结　语

言语行为理论为透视叙事转向提供了内在视角。如果将叙事转向放在 20 世纪整个理论转向背景中来考察，则可发现它与后者具有理论的一致性，或者说，叙事转向只是 20 世纪理论转向的一个一般性个案，而非特例。20 世纪的理论转向总体上可以归结为由文本到读者、由语言到历史的转移。如后经典叙事研究一样，20 世纪后半叶的历史转向仍然以语言为中心，显示出其与 20 世纪之前历史批评或主题学批评的不同。言语行为理论也是观照 20 世纪理论转向的一面镜子。

一　言语行为理论与 20 世纪理论转向

我们认为"历史转向"是"内在"于"语言"之中的。鉴于此，将 20 世纪后期批评理论的历史转向与此前的社会学批评或主题学批评加以比较是必要的。社会学批评的显著特点是，将一种先验的历史观强加于文本，文本的作用就是证明、支持或反对某种历史观，因此，预设的历史观既是社会学批评的出发点，也是其终点。而 20 世纪后期批评理论的出发点则是文本的话语，强调文本话语对读者的建构作用，强调话语是一种施事行为——比如，"民族是一种话语结构，是一种只有通过话语才能发生的事物"，其终点是文本话语对读者的述行性效果。因此,马克·柯里指出:"从早期的各种新历史主义到新近的后殖民主义写作,其中都有这样一种意识,即物质的东西与比喻性的话语是不可分割的,它们与想象性和象征性的结构——如西方民族——通过心理分析合二为一之后,成了个人物质经验的一部分。"① 历史预设被取消,历史的客观性被颠覆,历史因读者的引入而存在于阐释之中,或者说,历史成为一种话语存在。

正是在这个意义上,陶东风主张重建新的文艺社会学,它区别于传统的文艺社会学。"当代形态的文艺社会学固然是对文本中心主义的反拨,力图重建文学与社会的关系,但这是一种否定之否定,它非常强调语言与文化活动是一种具有物质性的基本社会实践。"因此,"应该在吸收语言论转向的基础上建构一种超越自律与他律、内在与外在的新的文艺——社会研究范式。"② 显然,陶东风的主张是在对20世纪批评理论深刻洞见的基础上提出的,也表明"历史转向"并没有离开"语言学转向"。

总之,叙事转向只是20世纪理论转向的一颗"棋子",是20世纪理论"语言"的具体"言语"。历史转向并没有离开语言,仍然以语言为中心,只是发展了语言学理论的其他方面。就言语行为理论来说,历史转向强调了读者阅读的述行性;就巴特的符号学理论来说,历史转向发挥了含蓄意指符号学。如果说语言学转向是由外部研究转向内部研究,那么,20世纪后期的历史转向则是语言学的"内部转向"。因此,言语行为理论在转向后的理论语境中仍然有广阔的应用空间。

---

① [英]马克·柯里:《后现代叙事理论》,宁一中译,北京大学出版社2003年版,第103页。
② 陶东风:《日常生活的审美化与文艺社会学的重建》,《文艺研究》2004年第1期。

二 言语行为理论与文化研究

文化研究是当下文学研究的重要流派。言语行为理论"吸收了文化研究质疑文化表象,挖掘深层文化生产机制的思想,而文化研究也从文学述行理论中汲取了话语建构世界并影响世界这一主张。它们共同关注着文学与现实之间的再现和再造的双重关系"。言语行为理论是当代文化研究的重要理论工具。伊格尔顿的"文学的生产方式"、布迪厄的"文学场域"、哈贝马斯的"交往行为理论"、巴特勒的"性别述行性"等都看到文学/文化中的述行属性,试图建构一种理论观念或隐喻来赋予文化/文学的社会功能。① 言语行为理论在文化研究中的应用,我国学者王建香已经做了出色的论述。

当前的文化研究主要应用了言语行为理论关于话语可以述行的思想,致力于揭示潜藏在文化表面之下的权力运作机制和身份建构机制,主要遵循的是"言语→行为"的路线。那么,有没有可能反过来思考"行为→言语"的运作机制?或者说,有没有通过文化行为进行说话或叙事的可能?

奥斯汀强调了说话就是做事,即言语的述行功能,但同时也暗示了行为也可能在说话。奥斯汀认为说话行为和言内行为必受规则制约,而言效行为则不是一种规约行为,因为效果可以通过非说话的方式获得,比如,恐吓可以通过挥舞棍棒获得,也可以通过用枪指着对方获得。② 这就是说,行动就是在说话,用枪指着对方的头,无疑在

---

① 参见王建香《当代西方文论中的文学述行理论》,中国广播电视出版社2009年版,第143页。
② J. L. Austin, *How to Do Things with Words*,顾曰国导读,外语教学与研究出版社、牛津大学出版社2002年版,第119页。

结 语

说"我要打死你"。这种思路将为文化研究开辟一条新的道路。这里举一个例子。

明星文化是当代重要的文化现象。当代明星文化改变了过去那种明星"自然"成长的模式，而走向了有意地"造星"。《星光大道》就是这样一个"造星"的舞台。《星光大道》被称为老百姓的舞台，由老百姓成为万众瞩目的明星，其中蕴含了一个类似英雄成长的故事，而《星光大道》的运行模式就在述说这个故事。比如，演员反复渲染自己的出身低下，主持人也有意提示观众注意这一点。除了演员本身的表演素质外，如农民、农民工、仓库管理员等身份成为演员成名的重要砝码。事实上，在星光大道成名的明星大多都具有这样的身份。对身份的渲染不仅仅是为了获取同情票，更重要的是要完成一个故事。这个故事就是中国传统的史传叙事中的英雄成长故事。如前文所述，源远流长的史传英雄故事模式主要由"出生寒微但少有大志—历经挫折磨难困苦—风云际会乘势而起—终于建立丰功伟绩"这几个基本环节构成。① 《星光大道》的运作模式基本符合这几个环节。以旭日阳刚为例，出身寒微但少有大志（农民工，爱好音乐）—历经磨难困苦（打工，街头唱歌）—风云际会乘势而起（因为自己的视频被广泛传播而登上星光大道）—建立丰功伟绩（走进春晚，成为明星）。《星光大道》用自己的文化行为反复地"诉说"这个故事。

言即行，反过来，行即言也可能成立。当代文化的多样态、多向度使言语行为理论具有更为广阔的应用空间。

言语行为理论从语言的角度思考人与世界的关系，视语言为行为，语言是人类行为的一部分，也是可见世界的一部分，由此打破了

---

① 参见张开焱《表层叙事结构：对史传文学英雄故事模式的讽刺性模仿——〈阿Q正传〉叙事文化学分析之一》，《海南师范学院学报》2006年第1期。

语言与世界的传统二分法。言语行为理论重视使用中的"言语"活动，代表了20世纪后期重要的研究转向，即从静态的"语言"研究转向了"言语"研究，从语言形式转向了话语实践，其实践性和开放性在人文社科领域产生了广泛的影响。在文学研究领域，言语行为理论已经有了广泛的应用，并且我们相信，其影响还会进一步扩大，研究还有待进一步深入，还有更为广阔的研究空间。

附录　术语解释

言语行为（Speech Act）

言语行为理论的核心术语。言语行为理论由奥斯汀提出，经由塞尔、格赖斯等人的发展完善，形成了日常语言学派。奥斯汀的言语行为理论主要体现在他的《如何以言行事》（*How to Do Things with Words*，1962）一书中。奥斯汀认为说出一句话的同时也实施了行为，言即行，说话就是做事。语言的功能不是对事实作真假描述，而是带来行动。比如，甲对乙说"对不起"，说出这三个字的同时也实施了"道歉"的行为。言语行为就是通过话语而实施的行为，如承诺、打赌、宣誓等。

述行（performative）

奥斯汀将言语可以做事的功能称为述行，是言语行为理论的核心范畴。比如，在婚礼中说"我愿意"就是在实施一种承诺的行为，"我宣布你们二人结为夫妻"就是一种宣告行为。在奥斯汀的理论中，"述行"，即"言语行为"。

巴特勒将"述行"这一概念广泛应用于哲学、文学、社会学等领域，并发展了该概念。巴特勒并没有给"述行"下一个明确的定义，但其著作中处处"弥漫"着述行，从中可以看出她对述行有如下正反两方面的基本界定。正向界定：第一，述行是言语行为；第二，述行是对规范的"重复"和"引用"；第三，述行是"权力作为话语的领域"。反向界定：第一，述行没有主体；第二，述行可能会失败。

巴特勒认为述行没有主体。这是巴特勒述行理论与奥斯汀的区别。奥斯汀的言语行为理论预设了言语背后的言语发出者，即主体，言语总是由一个说话者说出来的。巴特勒认为述行并非由一个具体的作为主体的人发出，而是由"规范"发出的，而这个规范"先在于、限制并超出了"具体存在的人。要言之，述行不是"意愿"或"选择"的结果，而是"规范"的话语效果。

巴特勒继承了德里达的述行思想，认为述行是对规范的不断"重复"和"引用"，在此过程中，规范得到不断巩固和加强。同时，巴特勒也极大地发扬了德里达述行可能面临失败的思想。规范或惯例有强制性，但因其否定性结构，永远面临再意指的可能性。巴特勒由此开辟了一个颠覆的领域，比如扮装和酷儿，开启了女性主义未来的新的抗争领域。

述行还是一个"权力作为话语的领域"。巴特勒广泛吸收了福柯的话语理论、阿尔都塞的询唤理论、弗洛伊德和拉康的精神分析理论，并提出了"述行力"（performative power）的概念。述行力指话语通过"征引"而获得的力量，由话语的历史性，尤其是规范的历史性所构成。话语通过引用和重复权威的规范来确立其命名对象的权威。比如，性别规范的前提是它被"征引"为这种规范，同时也通过它所强迫的征引来获得权力。拉康的象征域所强制的是对其律法的征引，而后者又重复并巩固了律法的权威。巴特勒认为述行行为是一种训谕（authoritative speech）：述行在言说的同时也执行了某种行动，并施行了一种黏置力（bonding power）。比如，法官言语行为的权威性源于其对所施用律法的征引，而这种征引的权力赋予述行以黏置力或授权力。因此，法官的权威既不处于法官的主体中，也不存在于他的意愿中，而处于对先例的征引中。

"表述话语"（constative utterance）和"述行话语"（performative utterance）

奥斯汀最初对"表述话语"（constative utterance）和"述行话语"（performative utterance）作了区分。表述话语描写或报道事物的状态，可以做出真假判断，如"约翰有两个孩子"。但在后来的研究中，他认为所有的表述话语也有述行功能，如"约翰有两个孩子"起码实施了"陈述"或"宣告"的行为。述行话语不描述或报道事物的状态，而是生产或建构一种社会现实，话语述行的结果不是先在于话语的客观事实，而是由话语本身建构出来的。话语述行改变了语言描述世界的工具性地位，突出了语言建构世界的实践性功能。上帝说"要有光"，便有了光，这是话语述行的最好例证。上帝用语言创世，完美展现了语言的述行功能。表述话语的典型形式是陈述句，是对事实的描述或报道，可以做出真假判断。比如，"湖北省的省会是武汉"，对该句话我们可以进一步追问："这是真的吗？"必然会有一个肯定或否定的回答。表述话语体现了逻辑实证主义的观点，凡是不能证明真假的陈述都是"伪陈述"（pseudo-statements），是"毫无意义的"（nonsense）。但是，大量存在不是描述或报道事实的句子，这些句子不能对之做出真假判断，比如，"把盐递给我"该句没有报道什么事实，而是说话人在以言行事，即通过话语在实施"请求"或"命令"的行为。这样的句子奥斯汀称为"述行话语"。所谓"言语行为"就是通过说出话语在实施某种行为，即通过言语"述行"。述行话语有合适与不合适、愉快与不愉快的问题，或者说，话语要成功述行必须具备一定的合适条件。同时，话语实施的是什么行为与语境相关。比如，"把盐递给我"是"请求"还是"命令"，与说话人及语境有关。真假判断与合适条件并不能区分表述话语和述行话语。表述话语也可以述行，比如，"我已经吃饭了"就是一种"陈述"行为。因此，表述话语和述行话语没有本质的区别，所有的话语都有述行功能。摈弃表述话语和述行话语的区分，标志着奥斯汀对言语行为有了新的认识。

发言行为（locutionary acts）、言内行为（illocutionary acts）和言效行为（perlocutionary acts）

奥斯汀提出的言语行为三分法。发言行为是指说出一句有意义的话语，它与词汇和语法相关。词汇和语法是一种规约，也就是说，发言行为是一种规约行为，必须符合语法规范；言内行为是指说出话语的同时实施的行为，行为在话语之中，是一种规约行为，它与言内行为"语力"相关；言效行为是指话语在听众方面所产生的效果和影响，是一种非规约行为，与话语的目的和作用相关。奥斯汀认为说话行为和言内行为必受规则制约，而言效行为则不是一种规约行为，因为效果可以通过非说话的方式获得，比如恐吓可以通过挥舞棍棒获得，也可以通过用枪指着对方获得。

"语力"（force of the utterance）

奥斯汀提出的概念，凡符合言语行为"合适条件"的表述除自身的意义之外，还具有语力。所谓"语力"是指话语本身所具有的力量，正是这种力量才使它能够述行。例如，某种表述可能具有一种陈述的"力量",也可能具有一种警告的"力量",或者可能具有一种允诺、一种命令的"力量"。这些语力规定了某种表述打算派什么用场,即该表述打算产生什么样的效果(包括认知的、动机上的、社会的或法律的),从而规定了应该在什么尺度(为真、可行、适当等)上对它们进行评价。

间接言语行为(indirect speech acts)

间接言语行为是通过实施一种言语行为而实施其他言语行为的方式。例如:

学生甲:今晚我们去看电影吧?

学生乙:我要考试必须学习。

在该例中,学生乙的话语起码包含两种言内行为:"在学生乙的话语中,首要(primary)的言内行为是拒绝学生甲的建议,该行为是通过实施次要(secondary)言内行为——陈述必须准备考试——而实施的。"首要言内行为是间接的、非字面,而次要言内行为是直接的、字面的。或者说,通过直接的字面意义表达了一种间接的非字面意义。间接言语行为对于分析小说的隐含意义及对故事世界的建构有重要作用。

蕴含(implicature)

来自格赖斯的话语蕴含理论(theory of conversational implicature),该理论可以看作对奥斯汀言语行为理论的一种修正。奥斯汀将语词的意义与合适条件联系在一起,而格赖斯则致力于对"所说"(what is said)与"所蕴含"(what is implicated)的意义进行区别。会话蕴含理论主要集中于《逻辑与会话》(1975),其发端则是早期的著名论文《意义》(1957)。在《意义》中，格赖斯发现有两种不同的意义，他将其区分为"自然意义"(natural meaning)和"非自然意义"(non-natural meaning)。比较两个句子：

(1) 那些红斑意味着麻疹。

(2) 三声铃响意味着客车人满。

句(1)是自然意义，红斑和麻疹之间有自然的联系，不能陈述这一事实，而同时否定它，如"那些红斑意味着麻疹，而他没有得麻疹"。句(2)是非自然意义，三声铃响和客车人满之间没有必然的联系，二者之间是一种约定的关系。非自然意义表示的是与说话人相关的意义，与说话人的交际意图相关。格赖斯的理论旨趣不在自然意义，而在于与人密切相关的非自然意义。非自然意义将语言的意义和语言的使用者联系在一起，打破了语言的真假逻辑，是会话蕴含理论的基础。格赖斯在研究语言意义时发现，人们说话时，传达的意义往往超出其所言。比如，某人说了这样一句话，"He is in the grip of a vice"，因为vice既有"恶习"的含义，也有"老虎钳"的含义，所以，这句话的含义之一为"他被老虎钳夹住了"，另一含义则是"他受恶习的支配"。那么，要判断该句话的意义，必须知道说话人的身份、说话的时间和说话时的语境。他把这种受语境制约的超出的意义统称为"蕴含"(implicature)。格赖斯区分了约定蕴含和会话蕴含。约定蕴含是指话语在形式上就可以把握的蕴含，如："他是一个英国人，因此他是勇敢的。"虽然说话人没有说出"英国人是勇敢的"，但从语言形式上已经蕴含了"英国人是勇敢的"。而会话蕴含是一种必须经过"推算"才能够把握的蕴含，是一种非约定蕴含。会话蕴含受合作原则的制约。会话蕴含的推算不仅要说话人和听话人遵守合作原则，而且要共享知识背景和语境，与说话人的意图密切相关。蕴含可以解释在文学言语情境中文本对合作原则的违反。读者预先假定了作者会遵守合作原则，在这种假定之下，读者会去"计算"（calculate）话语中所有的蕴含。因此，蕴含并不内在于文本，而是在于合作原则的规约之下，读者决定或"计算"出来的。

"合适条件"（fecilities）

奥斯汀反复强调了成功述行是在一定语境下进行的，必须遵循一定的规约程序。它们是：

（A1）必须存在一套有规约作用的可接受的规约程序，这一程序包括一定的人在一定的环境中说出的一定的话；

（A2）在一给定的事件中，特定的人和特定的环境必须符合特定程序的要求。

（B1）程序必须由对话双方正确而（B2）彻底地执行。

（Γ1）通常，当那个程序被设计为有一定思想和情感的人所使用，或设计为在任何参与者身上能产生结果行为的仪式典礼上所使用的时候，那么，参与其中的人和他所援引的程序必须在事实上有那些思想和情感，参与者必须愿意根据程序引导他们自己，并且，参与者必须拥有一定的实施行为的打算。

（Γ2）必须事实上接着这样做了（引导他们自己）。

六个条件中，前四个为一组，后两个为一组，二者有重大区别，所以奥斯汀分别用罗马字母和希腊字母来表示。AB 条件表明言语行为的外在情境条件，即合适的言语环境；Γ 条件表明言语行为的"真诚"条件，或者说是内在的情境条件，即双方要有执行的"意图"——塞尔由此发展出言语行为的"意向性"理论。满足上述"合适条件"，话语才能成功述行。

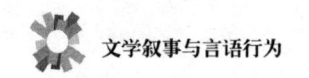

调节性规则（regulative rules）和构成性规则（constitutive rules）

在塞尔看来，言内行为是典型地通过发出声音或制造命题标志而实施的行为，而言内行为中的声音或命题标志是具有意义的，言内行为是意义的一个功能。意义的获得有赖于规则。塞尔首先就强调："说出一种语言就是加入了一种规则操控的行为形式。言谈就是根据规则实施的行为。"塞尔提出并区分了两种基本的规则：调节性规则和构成性规则。

调节性规则调节先在的或独立存在的行为，比如，礼仪调节不依赖于规则而存在的人际关系。或者说，调节性规则调节先在（pre-existing）的行为，该行为逻辑上独立于规则。无论有没有礼仪，人际关系依然存在。调节性规则在语言形式上典型地体现为祈使句的形式，如"官员就餐时必须打领带"。但行为与规则之间没有必然的联系，无论是否打领带，就餐是独立的行为。比如，握手作为礼仪，它独立于或先在于礼仪规则，握手表示欢迎，但并不意味着不握手就是不欢迎，表示欢迎也可以采取其他的方式。构成性规则不仅仅可以调节行为，它也可以创造新的行为。或者说，构成性规则构成一个行为，该行为逻辑上依赖于规则。比如，下象棋，棋子该如何走，如何将军，如何吃子，必然依赖于规则，没有规则，就没有象棋比赛。同时，象棋规则是不变的，但棋局却个个不同，即规则创造了新行为。因此，构成性规则是以系统的方式存在的，每个棋子的意义在于其在整个棋局中的位置。塞尔认为，言语行为依赖于规则，而这种规则是构成性的。在《什么是言语行为》中，塞尔明确指出："一种语言的语义学被视为一系列构成规则的系统，并且以言行事的行为就是按照这种构成规则完成的行为。"并将言语行为的一套构成规则公式化。

下面就是塞尔从言语行为的"合适条件"中提取出来的四条构成规则：

（1）命题内容规则：规定话语的命题内容部分的意义。例如，做出承诺，一定指说话人将来的行为。

（2）先决条件规则：规定实施言语行为的先决条件。例如，表示感谢，说话人一定意识到，听话人做了有利于说话人的事。

（3）真诚条件规则：规定保证言语行为真诚地得到实施的条件。例如，要真诚地表示歉意，说话人必须对所做的事表示遗憾。

（4）基本条件规则：规定言语行为按照规约当作某一目的的条件。例如，提出警告，可当作一项保证，将来某一事件对听话人不利。

通过这些构成规则就可以对各种言语行为进行区分。塞尔区分了五种言语行为：断言行为、指令行为、承诺行为、表情行为和宣告行为。

"合作原则"（Cooperative Principle，CP）

与塞尔不同的是，格赖斯从言语交流的角度提出会话原则理论，更侧重于言语行为是如何被理解的。格赖斯认为言语行为是参与双方共同合作的结果："在正常情况下，我们的谈话交流不是由一连串不连贯的话组成的；如果是那样，我们的谈话则毫无条理。从特征上看，它们至少在某种程度上是共同努力的结果，它们中的每一个参与者都在某种程度上意识到一个共同的目的或一组目的，或至少一个相互都理解的方向。"格赖斯称这种参与者共同遵守的一般原则为"合作原则"（cooperative principle）："即在你参与会话时，你要依据你所参与的谈话交流的公认的目的或方向，使你的会话贡献（conversational contribution）符合这种需要。"格赖斯仿效康德将合作原则划分为四个范畴。

1. 量的范畴：

（1）需要多少信息就提供多少信息（以满足当前的交流目的）；

（2）不提供比需要的信息更多的信息。

2. 质的范畴：

总准则：争取使你的贡献为真。

（1）不说你确信为假的东西；

（2）不说你缺乏充分证据的东西。

3. 关系范畴：

使之有相关性。

4. 方式范畴：

总准则：要清楚明白。

（1）要避免表达方式含混不清；

（2）要避免模棱两可的话；

（3）要简洁（避免冗长）；

（4）要有条理。

卡恩斯将合作原则应用于他的修辞叙事学。卡恩斯认为，叙事文本的情境语境是由格赖斯所说的"合作原则"控制的。读者在面对一个展示性文本时，事先假定了作者有与他交流的意图。展示性文本召唤读者对文本和作者注意。因此，作者意欲交流的东西不仅包括文本的内容（what），而且包括看待文本的方式（how）。而后者既是一种情境语境，也是一种修辞行为。

卡恩斯认为文本本身是不能使其成为文学的，使其成为文学的是读者的一种认识，就是读者认识到文学文本是语言的一种特殊用法。

读者在面对一个展示性文本时就已经假定"作者想与读者交流某些东西",同时,读者也自觉意识到,一个文本既被出版,出版者和编辑就已经认可了它"作为这样一个文本"的有效性。也就是说,读者在开始阅读一个文学文本之前,就已经有了与作者和文本合作的意向。读者在一个标明"文学"的书架上,即使拿到一本传记,他也会把它当作文学文本来阅读。然而,文学叙事也充满了对合作原则的违反,比如,新小说在外观上就呈现出对合作原则的违反,要么不提供全部的相关信息,要么提供明显的不相关信息。某种意义上说,文学正是因为对这些原则的违反才使其成为文学。读者理解交流的目的和方向是"展示",即一种"假装的"言语行为,文学叙事并不指向真实世界,所以,即使意识到文本违反了"质"和"量"的原则,读者也不会选择退出交流。

修辞叙事学把文学言语情境看作对合作原则的保护措施。普拉特指出,在文学言语情境中,"合作原则是非常安全的,它在作者和读者双向作用的层面上被很好地保护了起来,是一种超保护(hyperprotected)"。因此,在文学叙事中,读者能够接受文本对合作原则的公然违反。超保护是文学文本的一个内在要素,"超保护一直在那儿,等待被利用"。但是,超保护并不适用于所有的文本,它只在文学言语情境中起作用。卡恩斯认为:"超保护是否起作用有赖于相关性原则,并由情境语境决定。"在文学叙事中,虽然文本明显违反了合作原则,但读者会根据相关性假定这种违反一定蕴含了某种东西,由此叙事得以继续。

"相关性"是合作原则的第三个范畴。相关性原则是"决定人类信息处理过程的一般因素","人类会自觉地应用最大的相关性,即,通过最小的过程的努力获得最大的认知效果……(相关性原则)决定了哪些信息是需要注意的，哪些背景预设是从记忆中恢复和作为语境来使用的，以及可以作出哪些推断"。因此，相关性是一种认知原则。同时，相关性也是一种交流原则，这使其与修辞联系起来。虚构的言语行为的过程与隐喻和反讽等修辞行为的过程是一样的，它们都是"对语言创造性地使用"："寻找最佳的相关性能使说话人的思想在不同的场合获得或多或少可信的解释，有时是字面意义，有时是隐喻。因此，隐喻并不需要特殊的解释能力和解释程序，它是这种能力和程序在言语交流中的自然结果。"反讽同样也是对语言创造性地使用。话语之所以被认为是反讽，是因为"听者意识到反讽话语是对一种观点的'反射'（echo），这种观点的来源在话语中被识别，同时，听者也意识到，说话人对这个被反射的观点的态度要么是拒绝，要么是不同意。"因此，反讽话语总是呈现出与字面相反的意思。相关性既是认知原则，也是交流原则，文学叙事的读者既要从话语中读出蕴含的直接意义，又要理解话语蕴含的"言外之意"。

垂直规则（vertical rules）和水平规则（horizontal conventions）

在《言语行为：语言哲学论》中，塞尔对"真正的"日常世界和"寄生的"虚构世界的话语模式进行了明确的区分。塞尔一方面承认文学虚构是"寄生的""假装的"言语行为；另一方面也认为虚构话语在虚构世界中的指称也是真实的，它服从现实世界的言语行为规则，如果在虚构世界中福尔摩斯没有结婚，福尔摩斯夫人就是不存在的。在1979年的《表述和意义：言语行为研究》中，塞尔进一步发展了这种观点，并重点研究了言语行为与文学虚构的关系。既然小说作者是假装实施言内行为，那么他是如何做到的？塞尔通过对垂直规则和水平规则的区分对此做出了回答。

垂直规则：是指语词与世界之间的关系，通过该规则语词（word）与现实（reality）产生联系。

水平规则：是一套语言之外的、非语义的惯例，它打破了由垂直规则建立的语词与世界的联系。它不是意义规则，也不是说话人的语义能力。因此它不改变语词的意义。说话人所做的就是对语词字面意义的使用，但不承担语词指称世界的义务。

垂直规则意味着"世界"中总有一个存在物与符号相对应，而水平规则不指称"世界"中的对象。虚构依赖水平规则。虚构话语将垂直规则带来的语词与世界的指涉关系悬置（suspend），实现的是文本之内的指涉关系。塞尔总结说："构成虚构作品的假装的言内行为通过悬置言内行为与世界之间的正常机制而得以可能。在这个意义上，用维特根斯坦的话说，讲述故事是真正的分离的语言游戏。"当然，塞尔在此只是极端地强调了虚构话语与日常话语的区别。在稍后的部分，他指出，并非所有虚构作品的指涉都是假装的，有些是真实的指涉。大多数虚构的故事包含非虚构的因素。

伊塞尔在《阅读行动》中将垂直规则看作"过去的价值也适用于当前"，而水平规则是对垂直规则有效性的剥夺，强调了社会和文化惯例在虚构叙事中的意义。

言内规约（illocutionary conventions）与言效规约（perlocutionary conventions）

言内规约是指文学叙事建构故事世界的各种手法，是文本世界之内的言语行为规约。奥斯汀的"in"公式表明，言内行为是言语"之中"实现的行为。塞尔的水平规则也表明，虚构话语将垂直规则带来的语词与世界的指涉关系悬置（suspend），实现的是文本之内的指涉关系。Lubomír Doležel 认为虚构世界是由文本行为建构的可能世界，并将奥斯汀的言内语力的概念改造为认可力（the force of authentication）。所谓认可力是指使不存在变为存在的力量，"通过在一种合适的文学言语行为的表达中被认可，一个非事实可能的事件状态变成一个虚构的存在。虚构存在意味着一种文本上被认可的可能性。"认可力就是"使它存在"（Let it be）。文本行为使虚构世界得以存在，并且这种存在被认可，那么虚构世界就是真实的存在。虚构世界的存在有赖于读者的建构，它是在读者的阅读中存在的。虚构总是凭借一定的话语手段使不存在的世界呈现出来，并使读者相信它是真实的。这种话语手段就是虚构文本的言内规约，伊塞尔称为"文本策略"（textual strategies）。在伊塞尔看来，文本策略通常以文本技巧表现出来，它们就是奥斯汀言语行为理论中的"可接受程序"。因此，言内规约就是使虚构世界得以存在的话语手段，是构成文本的话语规约，这些话语手段与整个故事世界具有相关性。伊塞尔强调读者分享文本规约，而对文本技巧没有展开论述。与伊塞尔不同的是，本书重点突出了文本内的话语技巧，强调其建构故事世界的功能。言内规约与经典叙事学既有联系又有区别。二者的联系体现在都以文本之内的话语为对象，探讨文本话语本身的规则。不同的是，经典叙事学侧重于文本话语的结构规则、故事讲述的普遍规律，不关心文本的意义；而言内规约侧重于话语对故事的建构功能、文本策略与故事世界的整体联系，并且潜在地指向了文本的意义。在整个叙事转向的背景下，言内规约仍然属于经典叙事学的范畴，只不过对经典叙事学进行了一定程度的改造。

言效规约是指读者重构故事及故事产生现实影响的规约，是由虚构世界走向现实世界的规约。言语行为只有在听话人方面产生了效果才算真正完成。塞尔突出强调了说话人的意图，而对听话人的接受论述不多。其实，说话人的意图已经潜在地指向了听话人，因为意图只有被理解才算真正实现。格赖斯的理论表明言语行为是说话人和听话人之间的合作。总之，言语行为理论隐含了言语交流，只有在动态的交流之中，语言才能真正实现对世界的建构。在言语行为理论看来，说话人的意图对言语交流有重要意义。文学叙事作为一种虚构的言语行为，其本身就带有作者的意图。因此，塞尔说："忽略作者的意图是荒谬的，因为判别一个文本是小说、诗歌或其他文本时，就已经宣告了作者的意图。"读者因此与作者订立了契约。读者阅读小说其实已经先在地接受了虚构的契约。这是真实作者与真实读者进行交流的首要言效规约。这是在这个意义上，米勒说："面对作品的呼唤，读者必须说出另一个施行的言语行为：'我保证相信你。'……要求读者接受某一作品的特殊规则，对这一要求作出这样的肯定回应，这对所有阅读行为来说都是必要的。"同时，文本既传达了作者的某些观念，也应用了某些文化惯例。读者的阅读也是对文化惯例的识别，对作者观念的接受或反抗。文本传达的作者的观念，或多或少总会对读者产生一定的影响。读者阅读总在一定程度上使作者的观念现实化。正是在这个意义上，米勒认为作者具有述行的权威，操纵语词，通过言语行为发生作用，小说家记述的同时又在述行，在读者身上产生效果。这是文学述行的重要体现，因此，言效规约也要考虑作者的意图。总之，言效规约首先要求将文学叙事看作一种交流行为，文本内的交流行为及其效果对故事世界的建构有重要作用，而文本外的交流则使文本产生了现实效果。一方面读者阅读（阐释）重构了文本；另一方面，作者通过文本传达的观念对读者产生了现实的影响。当然，言效规约必须在"虚构"的总规约下才能起效。

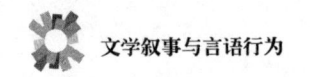

叙述语力（the force of narrating）

"叙述语力"是指能够使相同或相似的主题和事件呈现出差异的构成性力量，话语的力量构造了不同的故事。奥斯汀开创性地提出"语力"的概念，塞尔接着提出语力公式：F（p）。p是"命题"，相同的命题因为表述方式的不同可以形成不同的语力F。因此，尽管主题和行动是相同或相似的，但在不同的叙事话语中却表现出不同的语力，从而形成不同的故事世界。

本书用"叙述语力"将叙述和话语结合起来，意在表明故事世界是叙述行为通过话语的力量建构的结果。塞尔的语力公式F（p）为我们提供了工具。F（p）中p是命题，F是语力。命题总是依赖一定的表达方式而存在，虽然命题相同，但如果表达方式变了，那么语力就会相应地发生变化（见第一章第一节的例子）。几乎所有的叙事文中都包含一些共有的成分，如视角、叙述者、受述者、叙事时间等，这些成分是构成故事世界的必要因素，可以说，没有这些因素故事将无以形成。如果将这些共同因素看作"命题"，那么不同的叙事文显然通过操纵这些命题而形成了不同的故事世界。或者说，叙述通过操纵话语而形成不同的语力，从而建构了故事世界。

经典叙事学研究故事的"同"，而忽略了故事世界的"异"。比如，普洛普的研究表明民间故事的世界几乎是相同的，所不同的只不过是角色的替换或情节的增减而已。用言语行为理论来观照这些"命题"，则要表明故事世界是由"命题"产生的语力构建而成的。比如，视角显然对故事有构成作用，视角不同故事就不同。"F（视角）→故事"意指（作者选择的）视角产生的"语力"对"故事"的构成作用。

把p看作一个简单的主谓句，塞尔将F（p）改造为F（RP）。其中 R 是指称表达项（referring expression），P 是谓语表达项（predicating expression），比如 F（萨姆经常抽烟），其中萨姆就是指称表达项 R，经常抽烟就是谓语表达项 P。相似地，我们也可以将"F（视角）"改为 F（谁看），F（叙述者）改为 F（谁讲），F（受述者）改为 F（谁听）。"谁看""谁讲"和"谁听"对故事世界的形成有重要意义。

修辞语力（the force of rhetorics）

修辞语力是指应用修辞手段使叙述话语变成隐述行命题，它们常常超越话语的字面意义，变成间接述行句，构成故事的经络，弥漫在整个故事世界中，暗中实施建构故事世界的功能。米勒指出，话语创造故事的标志之一就是修辞：隐喻、反讽、呼语、借代、拟人等，这些修辞"表明这些新世界的诞生是由语言实现的"，并且修辞语力"能简洁、优雅地让想象中的人物活起来"。

叙事修辞研究自 20 世纪 60 年代兴起，至今仍兴盛未衰。从修辞角度来理解叙事性（narrativity），费伦认为有相互关联的两个方面："（1）对于叙事的修辞性界定：叙事是某人在某个场合出于某种目的告诉另一个人发生了某事。（2）关于叙事进程的概念。从这一角度来看，叙事性具有两个层次，既涉及人物、事件和叙述的动态进程，又涉及读者反应的动态进程。这些词语'某人……告诉……发生了某事'属于第一个层次：叙事涉及对一系列相互关联的事件的叙述，在这一过程中，人物和/或他们的情景发生了某种变化。"第一层次属于叙事进程的层次，第二层次才是读者反应的层次。

叙述修辞是叙述者的言语行为，叙述修辞不仅对故事世界的构建有重要作用，而且最终的意义上是作者的言语行为。因此，文本内的修辞与作者的叙述意图相关,最终参与了文本意义的构建。

话语场力(the force of discursive field)

话语场是从福柯思想中借来的一个概念。福柯认为:"人、主体或作者不能被认作基础、本源或话语可能性的条件。相反,主体,特别是作者,可被定义为话语场的一个元素,话语场是一个特殊的空间,通过它,主体才可能说或写,话语要想存在,话语场必须被充满。"在福柯看来,话语场是一种控制主体或作者的力量。

本书的话语场也是一种力量,但不同于福柯的话语场。本书认为,小说中重复出现的一些元素,比如,场景(包括行为、事件)、相似的话语形式,甚至重复讲述的故事等,它们在整个故事中以集合的形式出现,彼此之间并不处于必然相接的故事链条上,那么,这些元素就构成故事之中的话语场。这些话语场以集合的形式形成叙述语力,构建了故事世界。与福柯相反,这里的话语场不是控制作者的力量,而是作者建构故事的手段,并最终指向故事的意义,即作者叙述行为的话语目的。

解构主义者德里达和米勒、女性主义者巴特勒也研究了重复对文本的重要意义,如巴特勒认为话语的重复具有述行功能,女性身份是不断重复的男性话语建构的结果。

德里达在《文学行动》和《有限公司》中创造了"可重复性"(iterability)概念,并将其与言语行为理论结合起来。德里达认为既然言语行为是一种规约行为,言语行为离不开语境,规约或语境就是可重复和"引录"的。但是,并不能因此将语境绝对化,德里达指出,可重复性"既取缔了一个语境统一体的根源,同时也向一个非饱和的语境开放,即再语境化"。没有一个语境是饱和的,重复永远是再语境化。德里达在总体上说明了言语行为的"可重复性",话语不断与语境分隔和再语境化实际上离开了主体的意图。"可重复性"对本书的启示是,文本中每一次重复都是一次再语境化,可能带来不同的意义。与德里达不同的是,这些重复元素作为整体可能形成一个话语场,而这个话语场的语力正是作者的意图所在。

米勒在《小说和重复》中研究了重复在小说及文学中的重要意义。小说中的重复以各种形式出现,从小处来说,有"言语成分的重复",如语词、修辞格、外形或内在情态的重复等;从大处来说,有事件或场景在文本中重复;最后还有"作者在一部小说中可以重复其他小说中的动机、主题、人物或事件"。重复从形态看有横向的和纵向的两类。横向的重复,指的是文本内的因素的一再显现,如,"词语因素的重复""事件或场景的复现"、人物的重复、题旨的重复等。此类重复将作品内部各种不同的因素如词语、符号、事件、场景、人物、题旨等编织到一起,组构成一种"线形序列",使之成为一个整体。纵向的重复指的是文本"外部的东西"在文本中的复现。此类重复将文本外部的所指内容和文本内部的词语形象连接起来,使之合为一体。小说等文学作品是由上述两类不同形态的重复的交互运动组构成的。话语场力主要关注的是横向重复,即文本内多次出现的因素所形成的话语场对故事世界和文本意义的建构作用。

叙事述行(narrative performative)

米勒在《文学中的言语行为》中提出了"文学述行"的概念:文学述行既指"文学作品中的言语行为",也指"作为一个整体的文学作品所具有的述行功能",还指"通过文学(虚构)来达成某事"的行为。米勒的定义表明,文学述行既可以体现在文本内部——建构

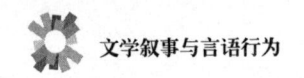

一个文学世界,也可以体现在文本外部——对现实产生影响。

"叙事述行"是指文学叙事用话语的力量做事,认为文学叙事是一种言语行为,也具有述行功能。根据米勒对文学述行的定义,叙事述行也在不同的层面体现出来。文学叙事首先必须有"叙述"这一行为,没有"叙述"就没有叙事。其次,文学叙事在"叙述"的同时也"建构"了一个虚构世界,该世界是"叙述"的目的,也是其结果,即进行"叙述"的同时也进行了"建构"的行为。最后,文学叙事的最终目的在于读者接受,读者阅读也是一种言语行为,他/她在"读"的同时,也在对所读的对象进行"重构",从而形成一个新的世界。并且,叙事作品会对读者产生现实的影响。

述行批评(performative criticism)

"述行"批评是指将言语行为理论应用于文学的批评实践,本书仅探讨叙事批评。"述行"批评有两个层面:一个是叙事文本之内的言语行为对虚构世界的建构;另一个是叙事本身作为言语行为在读者层面产生的效果。前者着重考察文本内的话语如何作用于那个虚构的世界,后者主要考察作者、文本与读者之间的相互关系。

参考文献

一 中文部分

（一）著作

［奥］弗洛伊德：《精神分析学引论》，罗生译，百花文艺出版社1997年版。

［丹］克尔凯郭尔：《论反讽的概念：以苏格拉底为主线》，汤晨溪译，中国社会科学出版社2005年版。

［德］J.哈贝马斯：《交往行为理论：行为合理化与社会合理化》，曹卫东译，上海人民出版社2004年版。

［德］汉斯-格奥尔格·伽达默尔：《真理与方法——哲学诠释学的基本特征》，洪汉鼎译，上海译文出版社1999年版。

［德］康德：《判断力批判》，邓晓芒译，人民出版社2002年版。

［德］马丁·海德格尔：《存在与时间》，陈嘉映、王庆节合译，生活·读书·新知三联书店2006年版。

［德］沃尔夫冈·伊瑟尔：《虚构与想象：文学人类学疆界》，陈定家、汪正龙等译，吉林人民出版社2003年版。

［德］沃尔夫冈·伊瑟尔：《阅读活动：审美反应理论》，金元浦、周宁译，中国社会科学出版社1991年版。

[德] 姚斯等：《接受美学与接受理论》，周宁等译，辽宁人民出版社 1987 年版。

[德] 马尔库塞等：《现代美学析疑》，绿原译，文化艺术出版社 1987 年版。

[俄] 弗拉基米尔·雅科夫列维奇·普罗普：《故事形态学》，贾放译，中华书局 2006 年版。

[法] A.J. 格雷马斯：《结构语义学》，蒋梓骅译，百花文艺出版社 2001 年版。

[法] 拉康：《拉康选集》，褚孝泉译，上海三联书店 2001 年版。

[法] 罗兰·巴特：《显义与晦义》，怀宇译，百花文艺出版社 2005 年版。

[法] 罗兰·巴特：《S/Z》，屠友祥译，上海人民出版社 2000 年版。

[法] 罗兰·巴特：《流行体系——符号学与服饰符码》，敖军译，上海人民出版社 2000 年版。

[法] 罗兰·巴特：《符号学原理》，李幼蒸译，中国人民大学出版社 2008 年版。

[法] 米歇尔·福柯：《权力的眼睛——福柯访谈录》，严锋译，上海人民出版社 1997 年版。

[法] 米歇尔·福柯：《知识考古学》，谢强、马月译，生活·读书·新知三联书店 2003 年版。

[法] 热拉尔·热奈特：《热奈特论文集》，史忠义译，百花文艺出版社 2001 年版。

[法] 热拉尔·热奈特：《叙事话语，新叙事话语》，中国社会科学出版社 1990 年版。

［古希腊］柏拉图：《柏拉图全集》（第 2 卷），王晓朝译，人民出版社 2003 年版。

［古希腊］柏拉图：《文艺对话集》，朱光潜译，人民文学出版社 1963 年版。

［古希腊］亚里士多德：《诗学》，陈中梅译注，商务印书馆 1996 年版。

［荷］米克·巴尔：《叙述学：叙事理论导论》，谭君强译，中国社会科学出版社 2003 年版。

［美］A. P. 马蒂尼奇：《语言哲学》，牟博、杨音莱、韩林合等译，商务印书馆 2006 年版。

［美］华莱士·马丁：《当代叙事学》，伍晓明译，北京大学出版社 1990 年版。

［美］詹姆斯·费伦：《叙事判断与修辞性叙事理论——以伊恩·麦克尤万的〈赎罪〉为例》，申丹译，《江西社会科学》2007 年第 1 期。

［美］J. 希利斯·米勒：《解读叙事》，申丹译，北京大学出版社 2002 年版。

［美］J. 希利斯·米勒：《小说与重复——七部英国小说》，王宏图译，天津人民出版社 2008 年版。

［美］M. H. 艾布拉姆斯：《镜与灯：浪漫主义文论及批评传统》，郦稚牛、张照进、童庆生译，北京大学出版社 1989 年版。

［美］M. H. 艾布拉姆斯：《欧美文学术语词典》，朱金鹏、朱荔译，北京大学出版社 1990 年版。

［美］M. H. 艾布拉姆斯：《以文行事：艾布拉姆斯精选集》，赵毅衡、周劲松等译，译林出版社 2010 年版。

[美] W. C. 布斯：《小说修辞学》，华明等译，北京大学出版社 1987 年版。

[美] 戴卫·赫尔曼主编：《新叙事学》，马海良译，北京大学出版社 2002 年版。

[美] 哈罗德·布鲁姆：《影响的焦虑》，徐文博译，江苏教育出版社 2005 年版。

[美] 海登·怀特：《后现代历史叙事学》，陈永国、张万娟译，中国社会科学出版社 2003 年版。

[美] 亨利·詹姆斯：《小说的艺术——亨利·詹姆斯文论选》，朱雯等译，上海译文出版社 2001 年版。

[美] 莫里斯：《指号、语言和行为》，罗兰、周易译，上海人民出版社 1989 年版。

[美] 乔纳森·卡勒：《当代学术入门：文学理论》，李平译，辽宁教育出版社 1998 年版。

[美] 乔纳森·卡勒：《结构主义诗学》，盛宁译，中国社会科学出版社 1991 年版。

[美] 斯坦利·费什：《读者反应批评：理论与实践》，文楚安译，中国社会科学出版社 1998 年版。

[美] 苏珊·S. 兰瑟：《虚构的权威——女性作家与叙述声音》，黄必康译，北京大学出版社 2002 年版。

[美] 希利斯·米勒：《文学死了吗?》，秦立彦译，广西师范大学出版社 2007 年版。

[美] 约翰·R. 塞尔：《心灵、语言和社会——实在世界中的哲学》，李步楼译，上海译文出版社 2001 年版。

[美] 约翰·R. 塞尔：《意向性：论心灵哲学》，刘叶涛译，上海

人民出版社2007年版。

[美]詹姆斯·费伦、彼得·J.拉比诺维茨：《当代叙事理论指南》，申丹等译，北京大学出版社2007年版。

[美]詹姆斯·费伦：《作为修辞的叙事：技巧、读者、伦理、意识形态》，陈永国译，北京大学出版社2002年版。

[瑞士]索绪尔：《普通语言学教程》，高名凯译，商务印书馆1980年版。

[以色列]里蒙·凯南：《叙事虚构作品》，姚锦清等译，生活·读书·新知三联书店1989年版。

[英]休·索海姆：《激情的疏离：女性主义电影理论导论》，艾晓明、宋素凤、冯芃芃等译，广西师范大学出版社2007年版。

[英]安德鲁·本尼特、尼古拉·罗伊尔：《关键词：文学、批评与理论导论》，汪正龙、李永新译，广西师范大学出版社2007年版。

[英]吉尔伯特：《后殖民理论——语境、实践、政治》，陈仲丹译，南京大学出版社2001年版。

[英]凯瑟琳·贝尔西：《批评的实践》，胡亚敏译，中国社会科学出版社1993年版。

[英]克里斯蒂娜·豪威尔斯：《德里达》，张颖、王天成译，黑龙江人民出版社2002年版。

[英]马克·柯里：《后现代叙事理论》，宁一中译，北京大学出版社2003年版。

[英]汤因比等：《历史的话语：现代西方历史哲学译文集》，张文杰编，广西师范大学出版社2002年版。

[英]特伦斯·霍克斯：《结构主义和符号学》，瞿铁鹏译，上海译文出版社1997年版。

陈杰：《内向指标：以康德批判哲学为进路的意义理论研究》，上海大学出版社2009年版。

陈启伟：《现代西方哲学论著选读》，北京大学出版社1992年版。

陈伟华：《基督教文化与中国小说叙事新质》，中国社会科学出版社2007年版。

高辛勇：《形名学与叙事理论》，台北联经出版公司1987年版。

龚翰熊：《文学智慧——走近西方小说》，巴蜀书社2005年版。

胡亚敏：《叙事学》，华中师范大学出版社2004年版。

胡经之：《文艺美学》，北京大学出版社1989年版。

黄华新、陈宗明主编：《符号学导论》，河南人民出版社2004年版。

黄敏：《分析哲学导论》，中山大学出版社2009年版。

李幼蒸：《理论符号学导论》，中国人民大学出版社2007年版。

刘再复：《李泽厚美学概论》，生活·读书·新知三联书店2009年版。

罗钢等编：《后殖民主义文化理论》，中国社会科学出版社1999年版。

钱敏汝：《篇章语用学概论》，外语教学与研究出版社2001年版。

申丹、韩加明、王丽亚：《英美小说叙事理论研究》，北京大学出版社2005年版。

申丹、王丽亚：《西方叙事学：经典与后经典》，北京大学出版社2010年版。

盛晓明：《话语规则与知识基础》，学林出版社2000年版。

孙爱玲：《〈红楼梦〉对话研究》，北京大学出版社1997年版。

陶东风主编：《文学理论基本问题》，北京大学出版社2004年版。

汪民安：《谁是罗兰·巴特》，江苏人民出版社2005年版。

汪民安主编：《文化研究关键词》，江苏人民出版社2007年版。

王建香：《当代西方文论中的文学述行理论》，中国广播电视出版社2009年版。

王宁主编：《文学理论前沿》（第4辑），北京大学出版社2007年版。

王先霈、胡亚敏：《文学批评原理》，华中师范大学出版社2008年版。

王先霈、王又平主编：《文学理论批评术语汇释》，高等教育出版社2006年版。

许钧等：《文学翻译的理论与实践：翻译对话录》，译林出版社2001年版。

杨玉成：《奥斯汀：语言现象学与哲学》，商务印书馆2002年版。

杨大春：《文本的世界——从结构主义到后结构主义》，中国社会科学出版社1998年版。

阎嘉主编：《文学理论精粹读本》，中国人民大学出版社2006年版。

杨义：《中国叙事学》，人民出版社1997年版。

曾繁仁：《西方美学论纲》，山东人民出版社1992年版。

张京媛编：《后殖民理论与文化批评》，北京大学出版社1999年版。

张瑜：《文学言语行为论研究》，学林出版社2009年版。

赵毅衡：《当说者被说的时候：比较叙述学导论》，中国人民大学出版社1988年版。

赵毅衡：《文学符号学》，中国文联出版社1990年版。

赵毅衡编选：《符号学文学论文集》，百花文艺出版社2004年版。

赵寅德编选：《叙述学研究》，中国社会科学出版社1989年版。

周宪：《现代性的张力》，首都师范大学出版社2001年版。

祖国颂等主编：《叙事学的中国之路：全国首届叙事学学术研讨会论文集》，中国社会科学出版社2006年版。

（二）论文

郭艳娟：《阅读的伦理：希利斯·米勒批评理论探幽》，博士学位论文，北京语言大学，2009年。

梅美莲：《阅读的伦理：希利斯·米勒批评理论探幽》，博士学位论文，上海外国语大学，2004年。

肖锦龙：《希利斯·米勒文学观的元观念探幽发微》，博士学位论文，北京师范大学，2006年。

张青岭：《论希利斯·米勒的解构批评》，博士学位论文，北京师范大学，2006年。

顾曰国：《John Searle的言语行为理论：评判与借鉴》，《国外语言学》1994年第3期。

胡瑞娜、王姝慧：《皮尔斯符号学的实用主义特征及其后现代趋向》，《科学技术与辩证法》2007年第4期。

李今：《析〈伤逝〉的反讽性质》，《文学评论》2010年第2期。

刘秀玲：《卡夫卡小说〈变形记〉的反讽结构》，《新西部》2009年第20期。

龙迪勇：《叙事学研究的空间转向》，《江西社会科学》2006年第10期。

陆杨：《德里达与塞尔》，《外国哲学》2006年第11期。

陆杨：《言语行为理论的解构与批评——德里达评奥斯汀》，《学术研究》1991 年第 4 期。

陆杨：《意义确证：一个难解的结——解构言语行为理论》，《华中师范大学学报》1991 年第 2 期。

梅美莲：《文学批评言语行为意义观》，《绍兴文理学院学报》2004 年第 4 期。

秦亚青：《建构主义：思想渊源、理论流派与学术理念》，《国际政治研究》2006 年第 3 期。

申丹：《语境、规约、话语——评卡恩斯的修辞性叙事学》，《外语与外语教学》2003 年第 1 期。

陶东风：《日常生活的审美化与文艺社会学的重建》，《文艺研究》2004 年第 1 期。

陶东风：《文学理论：建构主义还是本质主义？——兼答支宇、吴炫、张旭春先生》，《文艺争鸣》2009 年第 7 期。

文旭：《反讽话语的关联理论阐释》，《外国语言文学研究》2001 年第 1 期。

肖锦龙：《解构批评的洞见与盲区——从希利斯·米勒的〈小说和重复〉谈起》，《外国文学研究》2009 年第 2 期。

肖锦龙：《文学叙事和语言交流——试论西方的修辞叙事学理论和思想范式》，《文艺理论研究》2005 年第 6 期。

谢龙新：《罗兰·巴特的符号学体系与叙事转向》，《江西社会科学》2010 年第 3 期。

谢龙新：《叙事溯源：柏拉图与亚里士多德》，《华中学术》（第二辑），华中师范大学出版社 2010 年版。

谢晓河、余素青：《虚构话语：言语行为和交际性》，《外语研究》2005年第3期。

余素青:《言语行为理论与虚构话语研究》,《上海机电学院学报》2006年第2期。

翟丽霞、刘文菊:《皮尔斯符号学理论思想的语言学阐释》,《济南大学学报》2005年第6期。

张开焱:《表层叙事结构:对史传文学英雄故事模式的讽刺性模仿——〈阿Q正传〉叙事文化学分析之一》,《海南师范学院学报》2006年第1期。

张旭春:《德里达对奥斯汀言语行为理论的解构》,《国外文学》1998年第3期。

朱小舟:《〈傲慢与偏见〉中的微观反讽言语行为》,《四川外语学院学报》2002年第4期。

张旭春:《文学行动与文化批判——后现代主义在中国的角色定位》,《四川外国语学院学报》2002年第1期。

二 外文部分

Alan Palmer, *Fictional Minds*, Lincoln and London: University of Nebraska Press, 2004.

Bethan Benwell and Elizabeth Stokoe, *Discourse and Identity*, Edinburgh: Edinburgh University Press, 2006.

Brian Richardson, *Narrative Beginnings: Theories and Practices*, Lincoln and London: University of Nebraska Press, 2008.

Charles Sanders Pierce, *Philosophical Writings of Pierce*, ed., by Jusdus Buchler, New York: Dover Publications Inc., 1955.

David Herman, *The Cambridge Companion to Narrative*, Cambridge:

Cambridge University Press，2007.

Gérard Genette，*Fiction and Diction*，Ithaca and London：Cornell University Press，1993.

J. Hillis. Miller，*Speech Acts in Literature*，California：Stanford University Press，2001.

J. L. Austin，*How to Do Things with Words*，顾曰国导读，外语教学与研究出版社、牛津大学出版社2002年版。

Jacques Derrida，*Acts of Literature*，New York and London：Routledge，1992.

Jacques Derrida，*Limited INC*，Evanston，IL：Northwestern University Press，1988.

JamesPhenan and Peter J. Rabinowitz，*A Companion to Narrative Theory*，Blackwell Publishing Ltd.，2005.

John R. Searle，*Expression and Meaning：Studies in the Theory of Speech Acts*，张绍杰导读，外语教学与研究出版社、剑桥大学出版社2001年版。

John R. Searle，*Speech Acts：an Essay in the Philosophy of Language*，涂纪亮导读，外语教学与研究出版社、剑桥大学出版社2001年版。

John R. Searle，*The Construction of Social Reality*，New York：The Free Press，1995.

Judith Butler，*Bodies that Matter，on the Discursive Limits of 'Sex'*，New York and London：Routledge，1993.

Mark Currie，*About Time：Narrative，Fiction，and the Philosophy of Time*，Edinburgh：Edinburgh University Press Ltd.，2007.

Martin McQuillan，*The Narrative Reader*，London and New York：

Routledge, 2000.

Mary Louise Pratt, *Towards a Speech – Act Theory of Literary Discourse*, Bloomington: Indiana University Press, 1977.

Michael Hanker, "Beyond a Speech – act Theory of Literary Discourse", *MLN*, Vol. 92, No. 5, Compartive Literature, 1997.

Mieke Bal, *Narratology: Introduction to the Theory of Narrative*, Toronto Buffalo London: University of Toronto Press Incorporated, 1997.

Monika Fludernik, *An Introduction to Narratology*, London and Newyork: Routledge, 2009.

Monika Fludernik, *Towards a " Natural" Narratology*, London: Routledge, 1996.

PaulCobley, *The Routledge Companion to Semiotics and Linguistics*, London and New York: Routledge, 2001.

Peter Brooks, *Body Work: Objects of Desire in Modern Narrative*, Harvard University Press, 1993.

Roland Barthes, *Image Music Text*, London: Fontana Press, 1977.

Roland Barthes, *Mythologies*, translated by Annette Lavers, New York: the Noonday Press, 1991.

Roman Jakobson, *Verbal Art*, *Verbal Sign*, *Verbal Time*, Minneapolis: University of Minnesota Press, 1985.

Sandra Heinen, Roy Sommer, *Narratology in the Age of Cross – disciplinary Narrative Research*, Berlin: Walter de Guyter, 2009.

SandyPetrey, *Speech Acts and Literary Theory*, New York: Routledge, 1990.

Suzanne Keen, *Narrative form*, Palgrave Macmillan, 2003.

Terry Eagleton, *Literary Theory: An Introduction*, Minneapolis: University of Minnesota Press, 2008.

Terry Eagleton, "Ideology, Fiction, Narrative", *Social Text*, No. 2, (Summer, 1979), pp, 62 – 80.

TomKindt and Hans – Harald Müller, *What Is Narratology? Questions and Answers Regarding the Status of a Theory*, Berlin and New York: Walter de Gruyter, 2003.

W. John. Harker, "Literary Communication: the Author, the Reader, the Text", *Journal Aesthetic Education*, Vol. 22, No. 2, 1988, pp. 5 – 14.

WolfgangIser, *The Act of Reading: a Theory of Aesthetic Response*, London and Henley: Routledge & Kegan Paul Ltd. , 1978.

后　　记

　　这是一本关于言语行为和叙事理论的书稿。所谓"后记",其实也是一种言语行为,有其自身的文类规约。它是对这本书稿最终完成的"宣告",也要对为这本书稿作出贡献的人表达"感谢",还要"陈述"一些这本书稿写作背后不为人知的故事。

　　这本小书是在我的博士学位论文基础上写成的。博士学位论文没用"后记",用的是"致谢"。记得当时写完"致谢"后,我趴在桌子上无声哭泣,积压多年的情感在那一刻全部释放。生命只是过客,但每一个过客都应心怀感恩。将"致谢"全文照录于此,再次感谢给了我生活勇气和生命力量的贵人。

　　　　感谢我的导师胡亚敏教授。从硕士到博士,与先生相识已有八年。这是我完成人生蜕变的关键八年,其中的每一步路都离不开先生的帮扶、教导和鼓励,您用实际行动为学生树立了做人和做事的标杆。忘不了您对我学术不严谨的严厉批评,忘不了您对我小有成绩的温柔鼓励,忘不了您对我生活困难的默默支持。博士论文从选题、开题到完成,都凝聚了您的心血,您的行为使此处的语言显得苍白,只有那一封又一封深夜回复的电子邮件在永久地表白您的辛劳。八年前,我的生身母亲去世了,这是个目不识丁的伟大母亲,而上天同时又给了我另一个伟大的母亲,您的

后 记

母爱使我此后的人生充满温暖。上帝是公平的,他不计我出身的寒微,时时眷顾我。胡老师,您是我生命中的贵人!

感谢华中师范大学文学院的王先霈教授、张玉能教授、孙文宪教授。您们不仅在课堂上使我感受到智慧的愉悦,更为重要的是您们的学术品格使我终身受益。您们对开题报告提出的中肯建议,不仅给了我写作的灵感,而且使这篇论文更加严谨,有更多的光彩。

感谢我的老师和同事张开焱教授、李社教教授、吴瑞霞教授、胡光波博士等,您们不仅对我的论文提出了很好的意见和建议,而且对我的生活给予了多方面的照顾,免除了我的后顾之忧,这是我能完成学业的必要因素。

感谢我的博士同学胡涛、郭琳、肖祥、张才刚、张惠等,你们的思想也给了我诸多的启发,感谢你们对我的论文提出的意见和建议。感谢武汉大学研究生王娟同学,你为我找的外文资料是我能完成论文的重要条件。

感谢我的妻子严小香女士。我是个失职的丈夫,为了我写博士学位论文,虽然你身怀六甲,但却坚持让我租房另居他处达半年之久。我没有尽到一个丈夫的责任,你的理解、宽容、善良和贤惠让我终身感激。感谢我的岳父岳母,没有您们对我家庭的照顾,我不可能完成学业。

还要感谢我的儿子谢庄霖,你的诞生给我带来了好运气。你刚刚满月,希望你茁壮成长,将来有出息。老谢家靠你了!

最后,我要感谢我的父母,虽然您们不识字,看不懂我的论文,但我要说,大山深处能出一个博士,希望您们为我高兴,母亲的在天之灵应当欣慰。还要感谢我的两个姐姐,在我写论文期间，您们先后因病去世，我从小由您们带大，而您们却不能分享我的喜悦了。无以为报，我只能将我的博士论文、学位和学历敬献坟前，祭奠——我的母亲，两个姐姐！

本书稿的部分章节已在《外国文学研究》《华中学术》《江西社会科学》《湖北大学学报》等刊物发表过，在此对聂珍钊教授、孙文宪教授、龙迪勇教授、熊显长教授等表示真诚的谢意。本书稿的出版得到中国社会科学出版社文学艺术与新闻传播出版中心主任郭晓鸿博士和编辑席建海先生的大力帮助，在此对他们的辛勤付出表示诚挚的谢意。本书稿的完成也得到文学院和学校相关部门和领导的大力支持，在此也深表感谢。

博士毕业到现在已五年有余，在学术道路上，这五年走得还算比较顺利。博士学位论文答辩当天恰逢国家社科基金项目公示，公示名单里居然有我的名字。意料之外的收获让我喜不自禁。毕业第二年，拿到国家留学基金委公派留学项目，博士学位论文选题先后获得伦敦大学和剑桥大学两家邀请函。在剑桥大学的一年时间里，得到英国学术院院士、剑桥大学杰出教授 Stefan Collini 先生的悉心指导，与先生合作的研究成果发表于国际期刊，并被国际检索系统 A&HCI 收录。先生的指导使我受益匪浅，这里诚致谢意。本书稿需要查阅和补充大量的外文文献资料，相关章节的修正和补充主要是在剑桥留学期间完成的。回国后，有幸入选"楚天学者计划"，被聘为楚天学子。本书稿近1/3篇幅已以学术论文的方式发表，部分研究成果先后获得市政府、省委宣传部、省政府颁发的社科研究成果奖，我本人也多次被评为校级和市级"优秀教师"。因此，这本小书是我学术生涯起步阶段的一个总结，是诸多贵人带给我的福音，也是生活馈赠给大山深处一个苦孩子的珍贵礼物。

后 记

　　这本小书还要献给我的父亲。博士毕业第二年我的父亲走了。我抱着父亲，眼睁睁地看着他走了，却无能为力。父亲平时寡言少语，只知抬头看天，低头种地。在我的记忆中，父亲连县城都没去过。但我知道，父亲的爱如大山一般沉默，也如大山一般厚重。羊有跪乳之恩，鸦有反哺之义。在我刚刚有能力尽一点孝道的时候，父亲却追随母亲而去。我们把父亲和母亲合葬在一起。出国前夕，我专门回了趟老家。在父母的坟前，我长跪不起。我多么想亲口告诉他们我就要去剑桥大学了，可是他们却再也听不到了。生命难免遗憾。但近来常常觉得，父母的一生也许是对生命意义的最好诠释。生于斯，长于斯，长眠于斯。回归土地，死得其所。而他们的后辈却选择了流浪，与生养他们的土地渐行渐远。与父母的爱相比，这本小书显得苍白。

　　这本小书是我的第一本专著，既是十多年求学之路的总结，也是未来学术道路的开始。就像婴儿学步一样，我深知这本小书的理论架构有太多的漏洞，论证过程也甚欠严谨。恳请诸位方家批评指正！

3 月 11 日于天方百花园